ことば×データサイエンス

中村靖子
Yasuko Nakamura
鄭弯弯
Wanwan Zheng
〔編〕

AAA叢書 1

春風社

叢書刊行によせて

　人間は〈自然に〉お互いを理解するのではない．人間のコミュニケーションは技術に基づき，道具に基づき，コード化された記号体系(シンボル)に基づいている．もちろん人間にも〈自然〉なコミュニケーションの形態はあるが，そうしたコミュニケーションは人間のみに特有とは言えない．より複雑でないものへの分解（エントロピー）を〈自然〉の一般的傾向とするならば，取得した情報を記憶し世代から世代へと伝える人間のコミュニケーションは，〈自然〉に逆らうものでさえあるとヴィレム・フルッサーは言う．この特徴は，人間の〈自然〉についてもあてはまる．人間の〈自然的〉でないこうした側面を追求しようとすれば，自然科学ではなく，それゆえ情報科学とは別の観点からコミュニケーションを論じることになり，つまりは，〈人文学的〉な観点から論じることになる（フルッサー，2-9）．

　学術知共創プログラムの2022年度採択プロジェクト「人間・社会・自然の来歴と未来：「人新世」における人間性の根本を問う」（Anthropocenic Actors and Agency in Humanity, Society, and Nature，略称：AAAプロジェクト）が2022年6月1日から開始された．プロジェクトメンバーをセンターの共同研究員として同年11月1日，名古屋大学に人文学研究科附属人文知共創センターが設置された．このプロジェクトが目指す途上のメルクマールとして，またその成果発信の媒体として企画されたのがAAA叢書である．

　近代的個人という従来の人間像を前提とした社会制度設計のままでは，科学技術がいかに進歩しようと，現代の人間・社会・自然の危機は解決されない．それを踏まえ，人間の来歴を探り未来の姿を模索しつつ，人文知を中核として新たな人間像を問うことがAAAプロジェクトの目的である．プロジェクトを構想した当初より，〈自然〉については，環境としての外的自然

と，人間の本性としての自然という観点から議論がなされた．ロベルト・エスポジトは「人間は，自然科学を通しては認識しえない．なぜなら人間の自然とは，まさに本質的に，非自然的なものだからである」（エスポジト，219）と述べるが，言語こそは人間を非自然化する最たるものであろう．しかしながらその言語さえ，大規模言語モデルの登場により，人間に特権的なものではなくなったかのような観がある．AAAプロジェクトが人間の来し方ゆく末を思うものであればあるほど，いよいよ茫然とならざるをえないが，しかし世の動きは立ちすくむ暇さえ与えてはくれなさそうである．

　ブルーノ・ラトゥールのアクターネットワーク理論（Actor-Network-Theory）は動物やモノ（自然物・人工物），概念をも含めたノン・ヒューマンを，人間と同様，作用を及ぼす行為項（エージェンシーを持つアクター）として捉え，その機能を概念化し分析する．かたやピエール・ブルデューに端を発するハビトゥス論では，社会集団に共有され受け継がれる思考や行動の無意識的な習慣，つまり価値観や信念，嗜好などが人間の内部構造を考察するよすがとなる．これらの理論に大いなる示唆を受けてAAAプロジェクトは，これまでそうであり，現にそうである我々の状態——さまざまなネットワークによって多次元的に絡め取られた状態——をいったん解きほぐし，新たなネットワークへと組み直すことを目指す．したがってAAA叢書は全巻を通して，〈他者や自然との柔らかな均衡〉を描出する試みとなる．

　本叢書はJSPS課題設定による先導的人文学・社会科学研究推進事業JPJS00122674991の委託を受けたものです．

中村靖子

参考文献

R・エスポジト，岡田温司訳（2009）『近代政治の脱構築——共同体・免疫・生政治』講談社（原著の出版は2008年）

V・フルッサー，村上淳一訳（1997）『テクノコードの誕生——コミュニケーション学序説』東京大学出版会（原著の出版は1996年）

2　叢書刊行によせて

7　はじめに〔中村靖子〕

総論

21　第1章　テキスト計量分析の過去と現在からみる行方〔金明哲〕

第1部　人文学とテキスト分析

61　第2章　遠読できることと，できないこと
　　　　　──インド古典演劇論からのアプローチ〔岩崎陽一〕

73　第3章　ダーウィン『ビーグル号航海記』のセンチメント分析
　　　　　──感情史における量的分析と質的分析の融合に向けて〔伊東剛史，鄭弯弯〕

101　第4章　データサイエンスが紐解く文学空間の軌跡
　　　　　──日本近現代小説の文体変化を手がかりとして〔李広微〕

〈文学と映画──翻訳×テキスト分析〉

127　研究事例1　文体は翻訳できるか
　　　　　──『雪国』の中国語翻訳を中心に〔孫昊〕

143　研究事例2　翻訳作品のテキストマイニング
　　　　　──中国現代SFを題材に〔劉雪琴，程星博，盧冬麗〕

166　研究事例3　『紅いコーリャン』の日中レビュー比較分析
　　　　　──頻出語の差異にみる解釈の多層性〔張玉鳳〕

180　研究事例4　センチメント分析で分析される「センチメント」とは？
　　　　　──『マルテの手記』翻訳の比較より〔中村靖子・鄭弯弯〕

197　コラム1　文学研究とテキスト計量分析
　　　　　──『遠読』再読〔平井尚生〕

第2部　データ分析から見る〈こころ〉

201　第5章　フロイトのテキスト分析
　　　　　──言葉をめぐる想念の追跡〔中村靖子・鄭弯弯〕

231　第6章　私たちの心が癒されるプロセスの可視化
　　　　　──VRセルフカウンセリング研究における
　　　　　　テキストマイニングの応用可能性〔山下裕子・山本哲也〕

251　第7章　ひとりひとりの宇宙
　　　　　──オンライン調査からみえてくる
　　　　　　頭の中の世界の多様性と意志の所在〔高橋英之，竹内英梨香〕

276　コラム2　機械はテキストを「読む」のか？〔宮澤和貴〕

278　コラム3　言葉の進化生態モデル〔鈴木麗璽，有田隆也〕

第3部　社会感情，もしくはことばのデータ分析

285　第8章　感情分析
　　　　　──人間と言語モデルによる感情判断の比較〔鄭弯弯〕

307　第9章　国境侵犯の危機と政治家の演説
　　　　　──スイス大統領エッターとヒトラーの比較〔葉柳和則，鄭弯弯〕

331　第10章　人工テキストのマイニング
　　　　　──雑談する大規模言語モデル集団が創る
　　　　　　社会構造と文化進化〔鈴木麗璽，浅野誉子，有田隆也〕

354　コラム4　能登半島地震報道の感情分析〔熊川穣〕

357　コラム5　ホープスピーチ〔和泉悠〕

359　あとがき──学恩が未来へと繋ぐ〔鄭弯弯〕

363　執筆者紹介

はじめに

中村靖子

> 明瞭であるにもかかわらず，空模様を見分けることができる人でも捉えることのできない「時のしるし」なるものが存在する．来るべき時代を告げ知らせ，それを規定するような出来事のうちに，このしるしは結晶化する．こうした出来事は気づかれぬまま過ぎ去ることもあれば，そこに生じる現実をほとんど，あるいは一切変化させないということもありうる．だが，それゆえにこそ，それらはしるし，言い換えれば歴史の索引（semeia ton kairon）と呼ばれるに値する．（アガンベン, 2022 [2017]）

　書物とペンの図像は，知識や知恵の象徴として用いられてきた．綴じられていなくてもよい．書は知識の保存庫のメタファーとして機能したが，その知識にアクセスする権限は長らく限定的であった．今日，そのアクセス権は開放されつつあり，知識にアクセスするために必要なのは，そのチャンネルに辿りつくこと，そして獲得した文書を読むスキルをもつことである．しかし，記録し，人に伝えることが可能になると，その記録の正当性はどう担保されるのかという，新たな問題が生じる．記録として残されたというだけでは，その文書の著者や内容の真偽は保証されていないことを，文書を探索する側が承知していなくてはならない．それを検証するためのスキルと見識を

も含め，書にまつわる技術の歴史があった．

1　筆跡から印字へ

　1930年，ベルリンのレッシング応用科学大学にアーニャ・メンデルスゾーン（Anja Mendelssohn, 1889–1978）[1]を長として，学的な筆跡学のための中央研究所（Zentralinstitut für Wissenschaftliche Graphologie）が設立された．これについてヴァルター・ベンヤミン（Walter Benjamin, 1892–1940）は「古い筆跡学と新しい筆跡学」（Alte und neue Graphologie, 1930）という小文を寄せている．筆跡学という概念は，フランスのミション（Jean-Hippolyte Michon, 1806–1881）の主著『筆跡の神秘』（*Les mystères de l'écriture*, 1872）に遡る．筆跡から書き手の性格を判断する技法としての筆跡学は，19世紀には主に実際的な生活の諸要求に応えるものであったが，20世紀に入りルートヴィヒ・クラーゲス（Ludwig Klages, 1872–1956）の二つの主著『性格学の諸原理』（*Prinzipien der Charakterologie*, 1910）と『筆跡と性格 ── 筆跡学の技法の簡潔な概要』（*Handschrift und Charakter. Gemeinverständlicher Abriss der graphologischen Technik*, 1917）によって，学問的な土台が整えられた．こうした状況を踏まえ，ベンヤミンは「科学的（wissenschaftlich）な筆跡学」は，若干の留保をつけた上で，ドイツで誕生したと述べている（Benjamin, 1930, 596[138]）．

　フランス派は書き手の性格特性を特定の文字記号に結びつけた．それに対し，クラーゲスは筆跡を「身振りとして，表現身振りとして」（als Geste, als Ausdrucksbewegung）解釈し，次世代のロベルト・ザウデック（Robert Saudek, 1880–1935）[2]は，民族の筆跡を対象とする筆跡学を目指した（Benjamin, 1930, 597[140]）．クラーゲスにせよザウデックにせよ，筆跡を表現身振りと捉える点で変わりない．これに異議を唱えたのが冒頭のメンデルスゾーンやマックス・プルファー（Max Pulver, 1889–1952）であり，彼らが目指したのは「いわば『表意文字的な』筆跡学」（eine » ideographische « Schriftdeutung）であった．すなわち，手書き文字を，それが含んでいる無意識のイメージ幻想に関連づけて解釈しようとしたのである．クラーゲス自身心理学者でもあったが，ベ

ンヤミンは，ザウデックの筆跡学にはヴィルヘルム・ヴント（Wilhelm Wundt, 1832–1930）[3]の心理学の，プルファーの試みにはフロイトの無意識に関する学説の影響を見ている（Benjamin, 1930, 598[141]）．

　筆跡は，歩き方や話し方などの身振りのように，書き手の特徴を表わしている．書き手を識別しうるという点では，歩き方や話し方よりはむしろ，声に近いかもしれない．そのことと，筆跡のパターンを見出し，類似の書き癖をもった人たちに共通の性格特徴を想定することとのあいだには，多少の隔たりがあるように思われる．ベンヤミンはプロファーの試みにフロイトの影響を見たが，筆跡の特徴をグループ分けし無意識のイメージに関連づけようという試みは，フロイトの無意識よりは，むしろカール・グスタフ・ユング（Carl Gustav Jung, 1875–1961）の集合的無意識の考えに近い．実際，メンデルスゾーンはユングとの交友が深く，彼女の筆跡に対する考え方にはユングの思想の影響が指摘されている（Nagel, 2010, 49）．

　19世紀末にタイプライターが登場して以降，筆記手段は激変した．20世紀後半にはワードプロセッサーやパーソナルコンピュータが普及し，文章を書くという行為は，目的や状況に応じて規模や速度は異なるものの，広範囲で，手書きからタイピングへと移行していった．タイプライターにはまだ機種ごとに特有の癖があったが，ワープロ以降，印字された文字列にはもはや書き手の「身振り」は見られない．筆跡を解読する代わりに，文の長さ，語彙や語の用い方，品詞の用い方などを基に，文体や書き手を判別する技術が発展した．この潮流は，日本においては波多野完治の『文章心理学――日本語の表現価値』（三省堂，1935）に端を発している．その後，統計学や機械学習といった技術が人文学研究に導入され，テキストから有用なパターンや情報を抽出する手法も飛躍的に進展していった．その先駆的な研究となったのが，金明哲ほか「手書きとワープロとによる文章の計量分析」（1994）であり，同年の金明哲「読点の打ち方と文章の分類」（1994）は，読点の打ち方だけで書き手が判別できるとした．さらに金明哲「統合的分類アルゴリズムを用いた文章の書き手の識別」（2014）は，複数のテキスト特徴量と分析手法の組み合わせによって書き手の識別精度を著しく向上させた．

2　筆記具と思考

> 筆記用具はわれわれが思考する際にともに作業している．（ニーチェ）[4]

　タイプライターの登場により，書字が手から引き離されてしまうという出来事は，人間の存在と言葉との関係に大きな変化をもたらさずにはいなかった．活版印刷が近代の始まりであったことは，断じて偶然ではないと，フリードリヒ・キットラー（Friedrich Kittler, 1943–2011）は言う（Kittler, 291 ［下 156］）．キットラーによれば，1867 年にはタイプライターの最初の大量生産が始まり（Kittler, 295 ［下 162］），ニーチェは 1882 年にタイプライターを購入している（Kittler, 296 ［下 163］）．一般に，タイプライターによる著作は 1889 年のコナン・ドイルの『アイデンティティの事件』が最初とされているが，それよりも 7 年早くニーチェはタイプライターを用いて一篇の詩を書いており，それこそがタイプライター文学の始まりとみなされるべきである（Kittler, 299）［下 167］．タイプライターの普及により，印刷所での作業は格段にスムーズになった．ペンであれタイプライターであれ，書くという行為においてそれらを操作するのは手であることに変わりはないが，ペンは人間の機能を補助し拡張する道具であったのに対し，タイプライターは，人間の手からその「身振り」（筆跡）を奪ってしまった．思考は紙に穿たれた無数の穴として表現され，それが印刷機を経由して出版され，広く拡散する．そのプロセスにおいて，人間が占める場所は根本から変わってしまったとキットラーは言う（Kittler, 305 ［下 176］）．人間は，タイプライターを中心とする筆記機械の一部となったのだ．見方を変えるならば，思考は人間の頭蓋の中から解放され，個々の人間身体を一部とする巨大な機械となったのだ，といえるだろう．

　いうまでもなく，地球上のどの瞬間にも，あらゆることが同時並行的に生じている．それを，誰もが知識として知っている．しかしそのようなことをほとんど意識せず，多くの人は自分の生活空間の範囲内で，自分の時間を生

きている.

> 一人の人間に対してであれば——場合によっては四人でも——同情することはできるが,8万人に対して同情するのは誰であっても無理がある.こういう状況で私たちが扱う数字は,巧妙に発明された義肢であり,盲人が壁に衝突しないようについて歩く杖なのだ.その杖のおかげで,たとえそれが彼の住まう通りの小さな一区間のことであっても,盲人にも世界の複雑さがすべて見えているなどとは誰も言いはしない.私たちのこのみすぼらしい,伸縮性のない意識が,カヴァーできるようにするにはどうしたらよいのか?(Lem, 1983, 329)

アクターネットワーク理論によれば,私たちはこの地球上で,あらゆるものと複層的に,多次元的に繋がれている.そのネットワークの全容を,私たちの意識は到底把握しきれない.スタニスワフ・レム(Stanisław Lem, 1921–2006)によれば,統計的な手法は私たちの思考や推論を助ける補助道具であり,この見通しのきかない世界を歩くための「杖」なのだ.

こうした観点から,マクロアナリシスの効用を考えることができる.今日デジタル・ヒューマニティーズと呼ばれる分野では,個々の人間がどれほどの時間を費やしても到底読み切ることのできないほど厖大なテキスト群を一気に処理し,分析することができるようになった.たとえば秋草俊一郎は,マシュー・ジョッカーズ(Matthew L. Jockers)によるマクロアナリシスの試み(Macroanalysis: Digital Methods and Literary History, 2013)を紹介している.秋草によれば,ジョッカーズは統計やNSCと呼ばれるアルゴリズムを用いて19世紀の英語圏の小説を「教養小説」「ゴシック」などのジャンルごとに分類させ,その結果,ジャンルによっては88%の確率で仕分けることができたという.

> コンピュータが識別できるのはジャンルにとどまらない.ジョッカーズはディケンズやオースティンなどの四十七人の作家の作品を読みとらせ,

ランダムなサンプルを与えたところ，九十三パーセントの確率で正しい作家名をあてられたという．(秋草)⁽⁵⁾

　こうした試みは，秋草が述べるように，作家固有の文体とは何か，文体にジェンダーはあるのかという議論に示唆を与えるだろう．もしも文体にジェンダーがあるならば，AIが生み出すテキストはいかなるジェンダーを付与されるのかという観点から，文章とジェンダーを考察するきっかけになるかもしれない．
　こうしたジョッカーズの研究は，手書き文字の特徴のパターン分析と，そこから導き出される書き手の性格判定という筆跡学における二つの作業をデジタルな仕方で継承している．もとより筆跡学もマクロアナリシスも，テキストを読まないで，書き手を識別することができることを示している．テキストは，筆跡という「身振り」を無くしたばかりではなく，印字されることさえ，それどころか「読まれる」ことさえ，必要としなくなった．量的分析はテキストを紙媒体から解放することを必須とし，その引きかえに，各テキストが属するジャンルや書き手の特定を可能とし，つまりテキストに再び書き手を戻し返したのである．
　筆跡を解読する作業は，ヨハン・ヴォルフガング・フォン・ゲーテ (Johann Wolfgang von Goethe, 1749–1832) の形態観察を想起させる．たとえばゲーテは，ビーバーと野ネズミの骨格を挙げて以下のように述べる．

> かるく上に曲がった，少し隆起したライン，ごく僅かの平面，鋭利，精巧，これらが表示しているのは感覚的対象の容易な知覚，素早い捕捉，欲望，小心，それゆえの狡猾である．しばしば弱い下顎．尖って曲がった前歯の使命は，齧って味わうことである．それらはひっつかんだ命のないものを勢いよく賞味することはできるが，抵抗する生きものを無理にとらえ殺すことはできない．(Goethe, 1829, 13[41])

ゲーテは，動物の骨格を観察し，その形や構造から，その動物が生きていた

頃の食餌やその捕獲のための行動傾向，それらを中心とする生活形態を推測した．身体の機構は，それが自己を維持し，修復し，展開するために必要なものが何であるか，それを確保するためにどのような行動が必要となり，その行動を可能にするために翻ってはどのような器官が必要となるかの記録であった．その限り，形態から導き出される「性格」は，行動の傾向や特徴にすぎない．その性格は，個々の生物に特有のものというよりは，種としての性格であり，種をまたがって，類似性に応じてさまざまな規模で分類されるものである．そのような意味で，ゲーテの形態学（Morphologie）はマクロアナリシスに似ているとも言え，逆に，マクロアナリシスはこうした分類学の伝統の系譜に連なるものといえる．

3　解読という行為

　タイプライターと蓄音機によって，筆記する手も，声も，その位置づけが根本的に変わりつつあったそのさなか，新たな観察対象としての形態が発見された．観察されることも，読まれることも目的としない，人工的な形態である．

> 頭蓋骨の冠状縫合線と，蓄音機の針が録音用の回転している円筒に刻み込む，こまかく曲折する線とは〔……〕一種の類似性を有している．さて，ここでこの針を欺き，ある音をさかのぼって再現すべきその針を，ひとつの線条，すなわち音がそれへと転化された線形の上へではなく，それ自体で自然のままのものとして存在している線条の上へ持っていくとしたら，どうだろう，〔……〕まさにあの冠状縫合線の上へ――いったいどういうことが生じるだろうか？　おそらくはひとつの音が生じるに違いない，ひとつの旋律，ひとつの音楽が……（Rilke, Ur-Geräusch, 1919, 702[422]）

人間は，乳児のあいだ，頭蓋の一部に隙間が空いていて，成長するにつれて

前頭骨と頭頂骨が大きくなって接合するのだが，そのとき，前頭骨と頭頂骨とのあいだに痕跡が残る．それが「冠状縫合線」である．一方，録音用のリールは，音が転化して刻み込まれた線であり，蓄音機の針はその溝を辿ることによって，オリジナルの音を再現する．この針に，冠状縫合線を辿らせたら，何が起きるか？ リールの溝とは違って，冠状縫合線は，かつては空隙であったことを示すにすぎない．それでももし蓄音機の針が何らかの「音」を発するとしたら，それは「始原の音」と呼ばれるに値する．人間の頭蓋が成長する以前の空隙，その頭蓋の中で思考が営まれ始める以前の空隙が，ひとつの「音」として再現されるかもしれない．

> フォノグラフが存在するようになってからは，主体のないエクリチュールというものが存在する．これ以降，あらゆる痕跡にその作者を見つけてやる必要などなくなってしまった．〔……〕
> 〔……〕だがそれによって作家は，彼自身が用いる媒体(メディア)とはまったく反対のもの——すなわち，もはやいかなるエクリチュール［Schrift］も記録することができないホワイト・ノイズを称揚していることになる．
> (Kittler, 71–72[111–2])

17世紀初頭，人間の頭蓋骨を目にしてハムレットが，死者の在りし日を語り，それによって現在と過去とを同時に表象させるスタイルを呈示したように，20世紀初頭にリルケは，フォノグラフの痕跡を想起し「始原音」を夢想することによって，やはりその時代の文学を証言している．「始原」と訳されたドイツ語の「Ur」は「源」や「祖」を意味する．つまり「Ur-Geräusch」とは，あらゆる「ざわめき／ノイズ（Geräusch）」の源であり，「音」に分化する以前，聴覚的要素を獲得する以前の「原-音」ともいうべきものである．それを人間の聴覚が捉えることは終ぞないだろう．冠状縫合線それ自体は何も意味しない．いかなる音をも発しない．それを承知した上で夢想される「音」を起点として，翻って人間を見るならば，この音ならぬ「音」を人間が想念するために何が必要だろう？ 人間の感覚器官へ繋がるチャンネルと

しては唯一「冠状縫合線」があるのみだが，それは単なる自然現象の結果であり，解読されることなどまったく想定していない偶然の産物にすぎない．いかなる感覚器官によっても捉え得ないものが，にもかかわらず，有ると想念されるためには，そのような無意味な線にさえ触発されて非在の「音」を夢想する人間の豊穣な——時に過剰な——想像力が欠かせない．今日ではもはや仮想空間が日常に浸透し，誰もその存在を問おうとさえしないが，そのような意味で，リルケのこの短いエッセイは，「時のしるし」を感知した証言だったかもしれない．

* * *

本書は，2022年度課題設定による先導的人文学・社会科学推進事業採択課題「人間・社会・自然の来歴と未来：「人新世」における人間性の根本を問う」（以下，AAAプロジェクト）の研究成果の発信として企画された叢書の先陣を切る第一巻である．この研究プロジェクトには前身があり，その一つが，同じく，課題設定による先導的人文学・社会科学研究推進事業の採択研究課題「予測的符号化の原理による心性の創発と共有——認知科学・人文学・情報学の統合的研究——」（代表：大平英樹，2017–2022年度）であり，人文学班のリーダーを中村，テキストマイニンググループのグループリーダーを金明哲が務め，人文学グループには伊東剛史，認知科学系のグループ班には長井隆行，鈴木麗璽，高橋英之が名を連ねた．これを基盤としたもう一つの前身として特設科研「言説を動かす情動とファシズムの変貌：テキストマイニングによる独伊仏日の資料分析」（代表：中村靖子，2019–2022年度）があり，分担者として金明哲，山本哲也，葉柳和則が参画した．これらの研究活動の中で，金明哲門下の孫昊，劉雪琴，李広微，鄭彎彎（本書の共編者）はRAとして，人文学研究者らがテキストマイニング技術を習得するのに献身的に貢献し，こうしたさまざまな双方向的な協働がAAAプロジェクトへと繋がった．そしてAAAプロジェクトが開始されてからは，岩崎陽一，和泉悠，平井尚生（RA）らが加わった．2024年1月，長井の急逝は我々に深い悲しみと衝

撃を与えたが，長井が我々と共に構想したプロジェクトの未来を，宮澤和貴が受け継いだ．さらにAAAプロジェクトの一環として，鄭が講師としてテキストマイニング講習会を各地で開催する中で，若手の張玉鳳，熊川穣が，鄭によりデータ分析の手ほどきを受けた．いずれのプロセスにおいてもさまざまな議論があり，分野を超えた知見の応酬があり，それらすべてを結実させたのが，本書である．本巻も本叢書も，まだその歩みの一歩でしかないが，その歩みをさらに進めるための「杖」を探し，「時のしるし」を摑もうとする試みの証言となることを祈っている．

『虚構の形而上学』（2015年），『非在の場を拓く』（2019年），『予測と創発』（2022年）に引き続き，今回も春風社の岡田幸一さんにお世話になった．いつものように突然の電話で出版をお願いした私に，即決で出版を快諾して下さった岡田さんの勇気と心意気に対し，感謝の言葉もない．無謀というべきか気宇壮大というべきか分からぬこの試みの出発を，矢萩多聞さんが素敵にかわいいデザインで飾って下さったことを嬉しく思う．なかなか原稿が集まらぬ中，どんどん時間が迫っていく中で，動じることなく献身的に校閲を担当し，みごとに仕事を果たしてくれた田中基規さんのおかげで本書は無事刊行された．合わせてお礼を申しあげたい．2022年8月より全体研究集会，各研究班の班別会議や企画セミナーなどに集まってくれた多くの人たちとの愉快な議論がこのプロジェクトにいよいよ活力を与えてくれている．どの方にも心からの感謝を申しあげたい．みなさまのおかげで，こうしてAAAプロジェクトは進行している．

註

〔1〕　アーニャ・メンデルスゾーン」は旧姓．『筆跡の中の人間』（*Der Mensch in der Handschrift*, 1928），『文と魂──意識されざるものへの道』（*Schrift und Seele—Wege in das Unbewusste*, 1933），Ania Teillardの名で『夢の象徴学』（*Traumsymbolik—Ein Reiseführer durch die Welt der Träume*, 1944），『深層心理学に基づく筆跡判断』（*Handschriftendeutung auf tiefenpsychologischer Grundlage*, 1952）などの著書がある．

〔2〕　チェコの筆跡学者，小説家．関連の著書として『学的筆跡学』*Wissenschaftliche*

〔3〕 　*Graphologie* (1926),『実験的筆跡学』*Experimental Graphology* (Science Progress in the Twentieth Century Vol. 23, No. 91 (JANUARY 1929))などがある．

〔3〕 　ドイツの心理学者．1879年，ライプツィヒ大学に実験心理学の研究所を開き，これが，学問分野としての心理学の始まりとされている．言語学者のハイマン・シュタインタール（Heymann Stheinthal, 1823–1899）らとともに，民族心理学を創始したことでも知られる．

〔4〕 　1882年2月末，ニーチェがヴェネツィアにいるハインリッヒ・ケーゼリッツに宛てた手紙の中の言葉．キットラーが引用している（Kittler, 293）．

〔5〕 　秋草俊一郎「「遠読」以後──デジタルヒューマニティーズと文学研究」，2023年7月23日，https://yakusunohawatashi.hatenablog.com/entry/2023/07/20/013232（2025年1月8日閲覧）

参考文献

Benjamin, W. (1930). Alte und neue Graphologie. *Gesammelte Schriften*, Bd. IV, 1. Suhrkamp Verlag 1972, p. 596–598.（「古い筆跡学と新しい筆跡学」浅井健二郎訳，浅井編訳（2010）『思考のスペクトル』ちくま学芸文庫，138–141頁）

Goethe, J.W. (1829). Tierschädel. Aristoteles von der Physiognomik. p. 1776–1788. *Sämtliche Werke. Briefe, Tagebücher und Gespräche*. 40 Bände, 1. Abteilung, Bd. 24. Deutscher Klassiker Verlag 1987, p. 12–15.（「アリストテレスによる動物の頭蓋に関する観相学的所見」木村直司訳（2009）『ゲーテ形態学論集・動物篇』ちくま学芸文庫，38–48頁）

G・アガンベン，岡田温司＆中村魁訳（2022）『創造とアナーキー──資本主義宗教の時代における作品』月曜社（原著の出版は2017年）

Kittler, F. (1986). *Grammophon Film Typewriter*. Brinkmann & Bose.（『グラモフォン　フィルム　タイプライター』（上・下）石光泰夫＆石光輝子訳（2006）ちくま学芸文庫）

Lem, S. (1983). Provokation. Besprechung eines ungelesenen Buches. *Provokationen*. Frankfurt am Main 1988, p. 173–237.（『挑発（J・ジョンソン，S・ジョンソン共著『人類の一分間』）』関口時正訳（2017）『主の変容病院・挑発』国書刊行会，321–344頁）

Mendelssohn, A. & Georg (1929). *Der Mensch in der Handschrift*. Seemann.

Nagel, Alexandra (2010). Ania Teillard-Mendelssohn and her first teacher in graphology, the forgotten Ludwig Aub. *The Graphologist. The Journal of the British Institute of Graphologists*. Vol. 28, No. 3, Issue 108, 2010, p. 49–56.

Nietzsche, F. (1882). An Heinrich Köselitz in Venedig (Typoskript). *Briefwechsel. Kritische Gesamtausgabe*. De Gruyter. III.1, 1981, 172.

Rilke, R.M. (1919): Ur-Geräusch. *Werke, Kommentierte Ausgabe in vier Bänden*, Bd.4,

p. 699–704. Herausgegeben von August Stahl, Frankfurt am Main und Leipzig 1996（「始原音」田口義弘訳, 塚越敏監修（1990）『リルケ全集』第7巻, 河出書房新社, 419–426頁）

総論

第1章
テキスト計量分析の過去と現在からみる行方

金明哲[1]

　私がテキスト計量分析の研究を始めたのは，1992年の10月に総合研究大学院大学数物研究科統計科学専攻に3期生（正確には3期半）として入学してからであり，32年の光陰が過ぎ去った．統計科学専攻の事務室および研究室は文部科学省統計数理研究所（当時は東京港区広尾にあった）に置かれており，スタッフは研究所の一部の所員で構成されていた．私の指導教官は村上征勝先生であり，そのとき日蓮の遺文の計量分析に続き，サンスクリット法華経，源氏物語の計量分析のためにデータベースを作成するため，毎日大勢のパートタイムの方やアルバイト学生が狭い研究室で，窮屈そうに作業していた．これらの研究を勧められたが，私のバックグラウンドとはかけ離れており，引き受けることはできなかった．

　そのときのパソコンはPC-9800であり，今では博物館でしか見られない5インチのフロッピーディスクを用いて応用ソフトを起動しなければならず，パソコンの操作や日本語処理は今日のように便利ではなかった．使用していたワープロソフトは一太郎であり，表計算ソフトは三四郎であった．パソコンを立ち上げると，真っ黒な画面（現在のコマンドプロンプトのような）に文字や記号列で構成された指令（コマンド）を入力して操作するのが一般的であった．

将来を見据えて，人工知能と日本語の計量分析をキーワードに博士論文の研究テーマを模索するため，毎日資料室に出入りし，国内外の研究論文を収集し研究サーベイを始めた．人工知能が一つのキーワードである理由は，私が日本に留学に来たのは，人工知能を学ぶためであったという考えが頭のどこかにあったからである．当時，日本の人工知能に関する研究は中国よりもはるかに進んでいた．論文のデータベースやインターネットもない時代であり，研究資料収集のノウハウもなかったため，資料室に閉じこもって主な論文誌の創刊号から漏れなく調べた．幸いにも統計数理研究所は，数理統計や情報処理に関する著名な国内外の論文誌がそろっており，非常に役立った．

　印象的だったのは，論文誌Biometrikaに掲載されたドイツの物理学者ヴィルヘルム・フンクス（Wilhelm Funks）による1952年および1954年の文学作品の計量分析や，アメリカの統計学者ブラッドリー・エフロン（Bradley Efron）によるシェイクスピアが知っていたが使用しなかった単語の数に関する論文（Efron & Thisted, 1976），および新しく発見された詩がシェイクスピアのものであるかに関する論文（Thisted & Efron, 1987）であった．計量生物系の論文誌にこのような計量文体に関する素晴らしい論文が掲載されていることに驚いた．ヴィルヘルム・ヴィーンは物理学者であるため，物理理論や情報理論の側面からテキストの計量分析を試みていた．

　先行研究のサーベイの結果，博士論文の方向は日本語テキストの計量分析を，文章のパターン認識のアプローチで進める基礎研究にすることに決めた．その時代では，パターン認識は人工知能の核心分野であり，文字認識，指紋認識，顔認識，音声認識，画像認識などが主な話題だったが，「文章・文体のパターン認識」という用語は存在しなかった．その当時のパターン認識の研究成果が実り，現在では携帯電話やAI（Artificial Intelligence）システムに指紋識別，顔識別，音声識別などの機能が実装されるようになった．現時点の人工知能は識別型と生成型などがある．識別型はパターン認識の研究成果を取り入れたものであり，生成型は大規模言語モデルChatGPTのような言語や画像の生成モデルである．図1に示すように，パターン認識は大きく特徴量抽出と特徴量処理の二つの部分で構成されている．

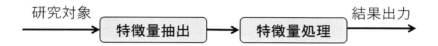

図1 パターン認識の流れ

　文章にはさまざまな文体（スタイル）がある．文章には記述文，論文，小説などいろいろなジャンルがある．また，一つの小説をとっても，A氏が書いた小説とB氏が書いた小説の文体が同じであるとは限らない．このようなスタイルはパターンとみなすことができる．A氏が書いた小説とB氏が書いた小説には，それぞれA氏，B氏の書き手の特徴のパターンが組み込まれている．その書き手の特徴となる要素を何らかの方法で定量化して分析に用いることで，指紋識別のように文章を書いた著者を推定することが可能である．以下では，研究対象の特徴となる要素を何らかの方法で定量化したものを特徴量（Feature）と呼ぶことにする．

　私が研究を着手したとき，日本語のテキストにおける著者推定を前提とした特徴量抽出に関する基礎研究はあまり行なわれていなかった．そこで，日本語のテキストから著者推定のための特徴量抽出の実証研究を行なうため，コーパス作成から始めた．コーパス作成は紙媒体の文豪の作品をOCR（Optical Character Recognition）で読み込み，誤認識された文字や記号を修正したうえで，単語，文節に切り分けてタグを加えた．これは村上征勝先生の経験を踏まえ，ご指導のもとで試行錯誤しつつ作成に当たった．ここでいうタグは，単語ごとに切り分けた場合，単語の品詞などに関する情報を指す．

　精度が高い形態素解析ツールがなかった時代，タグ付きコーパスの作成は一つの壁であった．JUMANの早期バージョンは1992年に記述されているが，広く知られていなかった．コーパスがない，ツールがない環境で研究を進めるためには，自分で作成するしかなかった．今でも同じである．電子化されていない作品について計量分析を行なうためには，自分で作成するしかない．幸い，村上征勝先生は科研費が比較的潤沢であったため，人海戦術で

大学および院生たちにOCRを用いて1ページ1ページスキャンさせ，その結果をチェックし，単語，文節に切り分け，係り受け関係や属性を認定したうえでタグ付けし，交叉確認を行なった．単語の認定は広辞苑を基準とした．

そのコーパスのサンプルとして三島由紀夫の『遠乗会』の1文を示す．今は多くの形態素解析や文節係り受けの処理ソフトがあり，瞬時に結果を出すことができる．開発者に感謝する．

原文：
葛城夫人のような気持のきれいな母親に，こんな苦労を背負わせた正史はわるい息子である．

形態素解析の例：
葛城夫人（M）の（J）ような（Z）気持（M）の（J）きれいな（Y）母親（M）に（J），（C）こんな（R）苦労（M）を（J）背負わせ（D）た（Z）正史（M）は（J）わるい（K）息子（M）で（Z）ある（D）．
文節の係り受けの例：
（4）／葛城夫人（M）の（J）ような（Z）（4）／気持（M）の（J）（4）／きれいな（Y）（7）／母親（M）に（J），（C）（6）／こんな（R）（7）／苦労（M）を（J）（8）／背負わせ（D）た（Z）（10）／正史（M）は（J）（10）／わるい（K）（11）／息子（M）で（Z）（12）／ある（D）．

コーパスの作成は，機械的に識別できるようにルールを決めて行なった．(M)(D)などは名詞，動詞を示す記号である．文節の係り受けの場合，記号「／」が文節の境界を示し，その前の数値で示す記号，たとえば「(2)／」は，この数値の後の文節が2番目の文節にかかることを意味する．このような形式であれば，少なくとも単語および品詞，文節などの使用状況，品詞の接続や文節の接続関係，係り受け関係に関するデータをプログラムにより収集することができる．このように作成した電子ファイルを通常タグ付きコー

パスと呼ぶ．

　テキストの計量分析は，どのような目的で，いかなるアプローチで分析するかは問題によって異なるが，電子化されたテキストの計量分析（テキストの機械的処理）の流れを図2に示す．大きく，「特徴量ベース」と「LM (Language Model) ベース」に分けられる．右の上段の「特徴量ベース」は，テキストから特徴量を抽出し，その特徴量を計量分析する伝統的方法であり，下段の「LMベース」は大規模言語コーパスに基づいた事前学習済みモデルのような方法である．順に追って説明するため，まず特徴量に基づいたアプローチから説明する．

　図の左側の「テキストの電子化」では，紙媒体や音声媒体の言語を電子化テキストに変換する．紙媒体の場合はOCRを用いるのが一般的である．最近は非常に精度が高いOCRアプリが多数公開され，スマートフォンやタブレットでも簡単に文字画像をテキスト化できる．また，音声言語をテキスト化する応用ソフトも多く公開されている．

　機械的に電子化したテキストには文字・記号の誤認識やノイズによる意味不明な文字や記号列が存在する．テキストの中の必要ではない記号・文字列

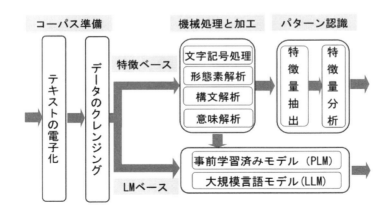

図2　テキスト計量分析の流れ

（ゴミ）を取り除いたり，間違った文字列を訂正したりすることは不可欠である．データのクレンジングの作業は単純ではあるが非常に重要である．退屈な作業に思われるかもしれないが，丁寧に行なうことが今後の作業に役立つ．これらの作業で電子化したテキストを平テキストまたはプレーンテキスト（Plain Text）コーパスと呼ぶ．

　単語や文節などの単位で計量分析を行なうためには，平テキストを単語（厳密には形態素），文節単位に切り分け，その属性を示すタグを付ける作業が必要である．上記で示したタグ付きコーパスは手作業によるものであるが，前世紀90年代半ばからは，現代日本語においては形態素解析，構文解析のツールを用いるのが一般的になった．機械的に処理した形態素解析や構文解析の結果には誤りが含まれることがある．精緻に分析するためには誤りのチェックや訂正が必要である．形態素解析の結果は用いる辞書にも依存するため，どの辞書を用いるかに関しても事前の確認が必要である．

　また，形態素は短い単位を用いるか，長い単位を用いるかについても事前に決めておくことが必要である．短い・長い単位とは，「自然言語」を一つの形態素とみなすか，「自然」「言語」の二つの形態素とみなすかのことを指す．前者は長い単位，後者は短い単位となる．

　図2には「意味解析」があるが，現時点では意味解析を行なう信頼性が高ツールは開発されていない．特徴抽出の方法でテキストの意味処理に関連しては，概念語辞書，同義語辞書，感情語辞書などを用いるのが一般的である．生成言語モデルを用いた意味分析に関しては後に触れる．

　テキストの計量分析においては，形態素解析，構文解析，意味解析をすべて行なわなければならないとは限らない．研究に必要な処理だけでよい．もっとも多くみられるのは形態素解析を行ない，形態素を単位とする要素を抽出するやり方である．

1　特徴量

　テキストの計量分析では，テキストをさまざまなグループの特徴を分析す

るのが一般的である．たとえば，テキストを内容別，評価の度合い別，センチメント分析（ポジティブとネガティブ別），性別，年齢別，著者別に特徴分析したり，分類を行なったりする．

テキストを内容別に分類するためには，名詞などの内容語を使用し，評価別に分類するためには主に形容詞を用いることが想像できる．一方，文章を年齢別，性別，著者別に分類する場合は，内容的分類や評価別の分類よりも複雑である．

テキストの何らかの特徴別にパターン分類を行なうためには，研究対象からどのように特徴を抽出するかが非常に重要である．機械学習の領域では，特徴量を主に研究する分野を「特徴量工学」（Feature Engineering）と呼ぶ．主にパターン認識や機械学習の予測精度を向上させるために，入力データの収集，前処理，加工などの方法について研究応用を行なう．

テキストから特徴量を抽出するためには，まず，テキストを構成する要素の単位を決めることが必要である．単位とは，文字，単語，文節，文などのことである．Funks（1952）は文学作品の構成について，小さい単位から順に，文字（letter），音節（syllable），単語（word），文（sentence），段落（paragraph），章（chapter），本（book），作品（work），作家の全作品（total work of an author），一言語内の文学の一種（kind of literature within a language），一言語の全文学（total literature of a language），文学の一種（kind of literature），世界文学（world literature）のように階層的に分けている．特徴量は，このように分割した比較的に小さい要素を単位として計量するのが一般的である．Funks（1954）は音節を単位としてその接続のパターン，現在でいうと音節のn-gramで特徴を抽出し，情報理論に基づいて文体分析を行なった．

1.1　n-gramベース

平テキストからデータを抽出するもっとも簡単な方法は，文字および記号列のn-gramである．n-gramは，文字，音素，単語などを単位とし，隣接しているn個を一つの組としたものである．たとえば，文字を単位とした場合，例文「この店の主人を見知っている．」についてn=1，2，3とすると，

n-gramは次のように隣接するn個(記号／で区切っている)を1組として区切り,そのパターンをカウントしたデータである.

n=1 (unigram)　 こ/の/店/の/主/人/を/見/知/っ/て/い/る/.
n=2 (bigram)　 この/の店/店の/の主/主人/人を/を見/見知/知っ/って/てい/いる/る./
n=3 (trigram)　 この店/の店の/店の主/の主人/主人を/人を見/を見知/見知っ/知って/ってい/ている/いる./

n-gramの特徴量を用いた著者推定に関する早期の研究として,Fucks (1954) が挙げられる.Fucksは隣接している二つ,三つの音素のペアのデータを用いて著者の推定を試みた.

Kjell (1994) は文字のbigramを特徴量として,Hoorn et al. (1999) は文字および記号のtrigramを特徴量として,ニューラルネットワークの方法で著者識別を行なった.松村・金田 (2000) は,日本語において文字および記号のn-gramが著者推定に有効であることを示した.

n-gramの単位を何にするかは分析者が決める.単位としては文字,音素,音節,単語または形態素,品詞,文節などが考えられる.文字,音声,単語 (または形態素),品詞 (または形態素のタグ) などを単位としたn-gramは,言語やテキストの長短を問わずに広く使用されている.日本語,韓国語,中国語でも文字・記号,形態素,形態素タグのn-gram (n=1, 2, 3) が書き手の識別に有効であることが示された.

形態素を単位としたunigramでは,単語および記号の頻度が集計され,内容語,機能語,感情語,付属語,記号などが混在している.いかにそれを選別して具体的なタスクに用いるかは知恵が必要である.内容的にテキストを分類する場合は,内容語関連の語彙を用いるべきである.そのためには何が内容語であるかを定義し,選別して用いるべきである.もちろん品詞情報を用いて粗く選出することも一つの方法である.たとえば,一般名詞,副詞などである.あるいは,代名詞,助詞,助動詞などの機能語や付属語を取り除

く方法も考えられる．著者推定を行なうときには，内容的分類とは逆であり，内容語を排除する．

　文字および記号単位で n-gram（n>1）を抽出すると，データの次元が非常に高く（項目または変数が多い）なり，内容語が多く含まれる．テキストの書き手を推定することを目的とし，より低次元のデータを抽出するため，私は「読点の打ち方」に注目した．われわれが文章を書くときに，文章のジャンルや内容にかかわらず使用しているのは付属語や記号（句読点など）である．日本語においては記号の中でもっとも多く用いられているのは読点である．読点は，語句の切れ・続きを明らかにするために文の中の意味の切れ目につける符号である．並立する語句の間に打つ読点以外は，はっきりとした規則がなく，どこを意味の切れ目にするかは書き手によって異なると考えられる．たとえば，助詞「は」の後ろに必ず読点を打つ人もいれば，打ったり打たなかったりする人もいる．これは読点の打ち方に明確な基準がないからである．明確な基準がないからこそ書き手の特徴が出やすいと言えるだろう．

　平テキストから特徴量を抽出するため，読点をどの文字の後に打たれているかに注目してデータを集計した結果，頻度が高いものを絞ると 20 〜 30 項目であった．これは教師なしのデータ分析方法による特徴分析には都合がよい．教師なしとは，データを分析する際に各々のテキストが属するグループ，たとえば著者のような所属情報が与えられていないデータのことを指す（本章の34頁を参照）．分析の結果，日本語の読点の打ち方について書き手の特徴が比較的に顕著であることが分かった（Jin & Murakami, 1993; 金・樺島・村上, 1993; 金, 1994a, 1994b; 吉岡, 1999）．

　読点の打ち方には書き手の特徴が明確に現れるため，これは，文学作品に限らず，論文スタイルの文章の書き手の識別にも有効である．ただし，これまでの研究では，文章の中に読点が少なくとも数十回現れることを前提としている．したがって，日記のような短い文章の書き手の識別には困難である．また，読点の打ち方に関しては，書き手以外の人が手を入れやすいこともあり，同じ書き手であっても経年により変化する場合もある（劉・金, 2017）．なお，読点を打つ間隔は，文章のリズムに関する特徴量にもなる．読点およ

び記号をどの文字の後に使用するかに関する特徴量は，文字・記号のbigramの一部である．

　Jin & Jiang（2012）は，中国語において記号がどの文字の後に使用されているかという特徴量と，文字・記号のbigramの特徴量を比較分析した．比較に用いたのは5人の作家のそれぞれ40編の小説であり，もっとも短い文章は943文字・記号である．記号がどの文字の後につけられているかに注目して集計したデータの次元（項目）は640である．文字・記号のbigramデータの次元は4,337であった．後者の次元数は前者の約7倍である．変数選択を行なわず，階層的クラスター分析による著者別分類を行なった結果，次元が高い文字・記号のbigramの正解率は前者より低い．これは，文字・記号のbigramには内容に依存する項目が多く含まれていることが一つの原因であると考えられる．

　教師なしの方法ではテキストの分類の結果から特徴を分析しやすいことが望ましい．そのためには特徴量のデータ次元が低いほうがよい．教師ありデータ分析の方法の場合，特徴になりうる項目を選んで分析する方法もあるため，文字および記号のbigramのほうがよい．また，テキストの中の関心のない要素をマスクしてn-gramを取ることも考えられる．たとえば，金（2002a, 2002b）はテキストの中の助詞と読点以外はすべてマスクし，助詞のn-gramを抽出して用いた結果，短い文章の書き手の推定に有効であることが分かった．

　教師ありデータ分析の方法では，特徴となり得る項目を選んで分析する方法もある．その際には，文字および記号のビグラム（bigram）の方がもっと適している場合がある．

　n-gramのnをいくつにするべきかに関しては，言語とタスクによって異なる．平テキストにおける記号および文字列のn-gram（$n>1$）の場合は，nが大きくなると，データの次元（項目またはパターン）が数千から数万に至る．このような高次元データは，特徴の選択を行なわないと分析に支障をきたす．

　データを集計する方法として，よく用いられているのは現れる頻度を集計したカウントベースの方法と，TF-IDF（Term Frequency–Inverse Document

Frequency）の方法である．TFはある文書におけるある単語の頻度または相対頻度であり，IDFはその単語がコーパス全体の中で現れる度合いの対数値である．TF-IDFには，いろいろな工夫がなされているバージョンがあることに注意してほしい．Abbasi et al. (2022) は，著者推定問題においてTF-IDFデータはカウントベースのデータほど有効ではないという比較分析の結果を示している．

1.2 その他の特徴量

すでに述べたように，テキストを内容別，評価別に分類する問題において特徴量抽出は比較的単純であるが，著者別の分類やフェイクニュースの検知などの文体分析の場合は，特徴量の抽出のための方法が多く提案されている．紙面の都合上，本章では詳細な説明を割愛する．Lagutina et al. (2019) は，43編の著者推定に関する論文に用いられた特徴量について，文字レベル（4種類），単語レベル（7種類），構文（4種類），意味（1種類），トピック（2種類），リズミク（4種類）に分けてレビューし，表に整理しているので参考になる．

Mikros et al. (2023) は，テキストが人間によって作成されたものか，AIモデルによって作成されたものかを識別する研究を行ない，特徴量として(1) n-gramに関しては文字のbigram，単語のunigram，単語のbigramの最頻値それぞれ上位500個，(2) 言語複雑度指数，語彙の豊富さの指標，単語の長さのような文体特徴量74種類，(3) LIWC辞書を特徴量として用いた．

LIWC（Linguistic Word Inquiry）は辞書ツールであり，心理的特性に関連する単語の概念辞書であると考えてよい．LIWCは，1990年代に，エッセイを自動的に分析し，苦痛を伴う個人的な経験について話したり書いたりする人が，身体的・心理的な健康状態の改善を示すかどうかを判断する試みとして作成された．LIWC-22はBoyd et al. (2022) に詳しく説明されている．辞書は，12,000以上の単語，語幹，語句，および選択された顔文字が収録されており，各辞書項目は，さまざまな心理社会的構成要素を評価するために設計されたカテゴリーに少なくとも1つに属する．このような概念辞書を用いることにより，「悲しい」または「うれしい」と関連する語をどれぐらい

用いているかを計量的に扱うことができる．このような辞書は，テキストの内容別，感情別，著者別に分類する際の特徴量として用いることができる．このような日本語ツールとしては，国立国語研究所が公開している分類語彙表がある．

Mikros et al.（2023）は，上記に示している3種類の特徴量を結合して用い，単一の特徴量を用いた結果より良いことを示している．柳・金（2022）は，著者推定における文字，形態素，タグ付き形態素，タグのn-gram（n=1, 2, 3），文節のパターン（金, 2014），読点の打ち方（Jin & Murakami, 1993; 金, 1994; Jin & Jiang, 2012）計14種類の特徴量の有効性について，いくつかのケースに分けて比較分析を行なっている．

このように著者推定には多くの特徴量が多く提案されている．提案された特徴量についても，具体的に抽出する際には工夫を重ねると結果が変わる場合がある．たとえば，単語の長さに関する情報を用いる際は，すべての単語の長さの平均値や標準偏差などの要約統計量を用いることが多い．しかし，著者推定において，より効果的な特徴量を抽出するためには，品詞ごとに分けた上で単語の長さを集計した方がより効果的である（Zheng & Jin, 2023）．

2　特徴量を用いたテキスト分析

特徴量を用いたテキスト分析は，統計的分析から始まったため，大きく「記述的データ分析」「推測的データ分析」「教師なしのデータ分析」「教師ありのデータ分析」に分けることができる．

2.1　記述的データ分析

記述的データ分析は，データを要約した統計量やグラフで説明する分析方法である．データの要約方法としては，比率や百分率，平均，分散（または標準偏差），中央値，相関などがある．グラフとしては，円グラフ，棒グラフ，折れ線グラフ，ヒストグラム，箱ひげ図などがある．1940年度前後までは，記述的データ分析を用いた．その例として，物理学者トマス・メンデンホー

ル（Thomas Corwin Mendenhall）のテキスト計量分析の例を示す．Mendenhall（1887）は，ディケンズ（Dickens, 1812–1870），サッカレー（Thackeray, 1811–1863），ミル（Mill, 1806–1873）の文章に使われた単語の長さを調べ，それが作家によって異なり，作家の特徴となることを示した．単語の長さは，単語を構成する要素（アルファベット，音素など）の数によって表現される．また，Mendenhall（1901）は，単語の長さに関するデータに基づいて，シェイクスピアは4文字の単語をもっとも多く使用し，ベーコンは3文字の単語をもっとも多く使用していることを示したうえで，「シェイクスピアという人物は実在せず，単にベーコンが圧政に抗議するために，シェイクスピアという偽名で一連の風刺劇を書いた」という一部の人によって信じられていた説を否定した．

1975年になってこの問題の再考を促す研究が発表された．Williams（1975）は，16世紀のイングランドの詩人シドニー（Philip Sidney）の著作を調べ，同一人物の著作であっても散文（prose）と韻文（verse）では，もっとも多く使われている単語の長さの値が異なる場合があることを示した．そして，シェイクスピアの文章とベーコンの文章とではもっとも多く使われている単語の長さが異なることは，著者が別人である可能性を否定するものではないが，メンデンホールが分析に用いたのはシェイクスピアの散文とベーコンの韻文であったため，文章の形式の差による違いである可能性もあり得ると指摘している．つまり，すべての単語を調べているため，単語にはテキストのジャンルや内容に大きく依存する語が含まれ，これがノイズになっている可能性がある．

統計学者 Yule（1939）は，4人のエッセイの中からサンプリングした文がいくつの語によって構成されているかに関する文の長さを調べ，平均値，中央値，四分位数などの基本統計量を比較し，文の長さは著者の文体特徴になり得ると結論づけたうえで，ある作家の文の長さの度数分布は，かなり狭い範囲内で一定に保たれることを示すと同時に，その限界を正確に定義することはできないことも認めなければならないとした．

2.2 推測的データ分析

推測統計は，標本のデータを分析して，その標本が属する母集団の特性を推定する．多く用いられている方法は，推定や仮説検定である．推定は，標本から母集団の性質（母数）を推定する．推定には点推定と区間推定がある．選挙の出口調査では，投票した人の一部の標本データから，投票権を持つ全員の傾向を推定する．仮説検定は，母集団の特性についての仮説を立てて分析する方法である．たとえば，仮説として標本が属する母集団の平均と既知の母集団の平均に差異がないという仮説を立て，仮説が支持されるか，されないかを何らかの方法で示す．もっとも多く用いられているのが確率分布（正規分布，t分布，カイ二乗分布など）に基づいた推定方法である．

前世紀50年代前後になると，推測統計分析の方法によるテキスト計量分析の事例が現れるようになった．たとえば，安本（1958）は『源氏物語』の「宇治十帖」の10巻が，その前の44巻と同様に紫式部によって書かれたのかどうかについて，各巻のページ数および和歌，直喩，声喩，色彩語，名詞，用言，助詞，動詞，助動詞の使用頻度などについてU検定法を用いて分析を行なった．U検定法は，2つの独立した標本間の中央値の差を検定する方法の一つであり，データが正規分布に従わない場合や順序尺度のデータを扱う際に有用である．ノンパラメトリック統計検定法とも呼ばれる．推測統計法によるテキストの計量分析としては，世界では比較的早い論文である．項目別に分析した結果，有意の差が認められるものもあり，認められないものもあったが，「私の個人的な判断としては，宇治十帖の著者は，他の四十四帖と異なるのではないかと思われるものである．」と結論づけている．Smith（1983）は単語の長さ，Sichel（1974）は文の長さの検定統計量を用いて著者の推定を行なった．

2.3 教師なしの方法によるデータ分析

教師なしの方法は，正解ラベルが付いていないデータからパターンやグループの形成，または相対的な特徴を分析する方法である．データの関連性

や特徴を探索し，データセット内の構造を分析する際に用いる．教師なし学習とも呼ばれている．主な分析手法は，関連性や特徴を同時に分析する手法として，主成分分析，因子分析，対応分析，トピックモデルなどの方法と，関連性および類似性の分析方法としてクラスタリング法，多次元尺度法，t-SNE（t-Distributed Stochastic Neighbor Embedding）法，UMAP（Uniform Manifold Approximation and Projection）などがある．これらの方法は，コンピューターを比較的自由に使用し始めた前世紀の70年代からテキスト分析に用いるようになっている．

主成分分析，探索的因子分析，対応分析の共通点は，高次元を低次元に縮約して分析する．縮約した低次元で分析を行なうと，それが全体のデータをどれぐらい説明できるかが一つの問題である．しかし，少なくともこのようなことが言えるという点では役立つ．分析が簡単であり，再現性があるため広く用いられている．この中でも，テキストの計量分析では主成分分析と対応分析が多く用いられている．対応分析は主成分分析よりも異常値に敏感である．たとえば，縮約されたデータの散布図を作成すると個別のテキストが飛び出ているケースがよく見られる．また，教師なしの方法として，近年知られるようになった非負行列分解法やトピックモデルがある．

非負行列分解（Non-negative Matrix Factorization, NMF）は，非負の要素から構成されるデータ行列（$N \times M$）を，与えた次元数 k（因子数とも呼ぶ，$k \ll \min\{N, M\}$）を用いて，二つの非負行列（$N \times k$ の基底行列と $k \times M$ の係数行列）に分解する手法である．NMFは，データの次元削減や特徴分析などに広く使用される教師なしの学習手法の一つである．NMFの結果は，主成分分析や対応分析のように個体の部分と変数の部分に分かれている．それを用いて個体またはトピックの分類の状況やそれらの特徴を分析する．テキストからカウントしたデータは非負であるため，この方法を適用するのに都合がよい．NMFは，元のデータと分解されたデータとの差（損失）を最小にするように機械的に繰り返し計算を行なう．

テキストのトピックを分析する方法としてトピックモデルという方法がある．トピックモデルの代表的な手法としては，LSA（Latent Semantic Analysis），

LDA（Latent Dirichlet Allocation），HDP（Hierarchical Dirichlet Process）などがある．上記のNMFもトピック分析には用いることが可能である．LSAはテキストデータについて特異値分解の手法で次元削減を行ない，文書と単語の潜在的な意味を捉える手法であり，使用の目的は主成分分析やNMF法と差はない．LDAは各文書が複数のトピックに混合しているという仮定を基に文書内の単語の分布からトピックの分布を推定する．LDAの場合はモデリングする前に事前にトピック数を与える必要があるが，HDPではデータ内の潜在的なトピックの数とトピックの分布を自動的に推定することができる．トピックモデルは，テキストデータの構造化や要約，文書の分類，情報検索などの自然言語処理タスクに広く活用されている．トピックモデルを使用することで，大規模なテキストデータからトピックを抽出し，データの理解や分析を支援することができる．これらの方法はテキストの計量分析にかなり多く使用されているため，用いる事例の枚挙にいとまがない．

2.4 教師ありのデータ分析

教師ありのデータ分析は，機械学習の一種であり，人間が作成した正解データ（教師データ）を用いて，分類や予測のモデルを作成する手法である．この手法では，正解データをもとに最適なモデルになるように学習し，学習に用いていないデータに対してより正しい予測を行なうことを目指している．教師なしのデータ分析と根本的な違いは，学習データに事前に正解となる情報を与えていることである．この事前情報は従来の統計的データ分析では外的基準と呼ばれる．外的基準は大きく，量的データと質的データに分けられる．

たとえば，年齢や性別の情報を用いて血圧を予測するモデルを作成する場合，今まで記録しておいた血圧は外的基準となる．血圧が120というのは量的データである．教師データが量的の場合のモデルは，一般的に回帰モデルと呼ばれている．もっとも簡単なのは線形回帰モデルであり，次のように示すことができる．式の中のa，bは，今まで記録した血圧，年齢，性別から求める係数である．

$$血圧 = a 年齢 + b 性別 \qquad (1)$$

　一方，外的基準がカテゴリーカルデータ（質的データ）の場合のモデルは，判別モデルとも呼ぶ．たとえば，上記の血圧を「低い」「正常」「高い」と分けて記録した場合，上記のモデルは判別モデルになる．従来の統計的データ分析においては，判別分析（Discriminant Analysis）と呼ばれ，作成されたモデルを判別関数と呼び，機械学習分野では分類器（Classifier）と呼ぶ．

　教師ありデータ分析は，学習と識別・予測という二つのステップに分かれている．学習とは，既知の外的基準が与えられている正解データを使用して，ルールやパターンを学習しモデルを作成することを指す．識別・予測では，外的基準がないデータについて，学習して作成したモデルを用いて目的変数の識別や予測を行なう．

　これらの手法は，識別的AIの根幹をなす方法であり，数百に上るアルゴリズムが提案されている．テキストの計量分析の研究では前世紀の60年代から，判別分析の手法が著者不明の書き手を判別する研究に用いられてきた．

　たとえば，Mosteller & Wallace（1964）は連邦主義者の一連の論説（The Federalist Papers）のうち，著者が明確な文章から選び出した upon, although, commonly, enough, while, as, at, by, of, on, would などの使用頻度を用いて判別モデルを作成し，それまで著者について論争のあった文章について，判別分析を行なった．また，韮沢（1965）は，「にて」「へ」「して」「ど」「ばかり」「しも」「のみ」「ころ」「なむ」「じ」「ざる」「つ」「む」「あるは」「されど」「しかれども」「いと」「いかに」などの単語の使用率を用いて『由良物語』の著者判別を行なった．

　前世紀の90年代になるとニューラルネットワークなどの方法がテキスト分類に用いられるようになった．たとえば，Wiener et al.（1995），Tweedie et al.（1996）などはニューラルネットワークを著者推定に用いている．これらではネットワークの入力データとしては by, for, no, not, so, that, the, to, with, an, any, can, do, every, from, his, may, on, there, up のような機能語の

使用率を特徴量として主に用いた．当時はパソコンの計算力の限界もあり，ほとんどが一つの隠れ層を持つ多層パーセプトロンニューラルネットワークを用いた．

今世紀になるとサポートベクターマシン（Support Vector Machine, SVM）やランダムフォレスト（Random Forest, RF）のような方法がテキスト分類に多く用いられるようになった．テキスト分類の研究ではSVMが広く用いられている．しかし，ノイズが多く含まれているデータにおいて，特徴選択などの事前処理を行なわない場合において，SVMよりRF，XGBoost（eXtreme Gradient Boosting）やAdaBoost（Adaptive Boosting）のような分類器の正解率が高く得られる場合が多いことに注目してほしい．

柳・金（2022）では，小説と随筆が混在している作品について，12種類の文体特徴量と7種類の分類器（SVM, RF, AdaBoost, HDDA, LMT, XGBoost, Lasso）を用いて，ジャンルの分類，著者の分類，ジャンルが混在している文章の著者の分類などの比較分析を行なった．その結果，文体特徴量および分類器のスコアはケースによって異なることがわかった．

金（2014）はこのようなことを意識し，複数種類の文体特徴量と複数の分類器を用いた統合的なアンサンブルを提唱した．金（2014）は4種類の文体特徴量（Character-symbol-bigram，Words/POS，POS-bigram，phrase-pattern）を6つの分類器で小説，学生の作文，日記について書き手別の分類を行ない，それぞれのデータセットと分類器による18個の結果を統合的に扱うため，単純投票によるアンサンブルを行なった．その結果，小説と学生の作文では100％，サンプル数が一人10編の日記文（平均長さが約529文字）でも98.41％の高いF1スコアを得た．用いたアンサンブルは，各基底分類器の出力に一様な重みを与え，最も多く出現した判別を最終的な出力としている．

個々の分類器は単独ではあまり正確ではないが，信頼性がある異なる性質の分類器をアンサンブルすることにより，より正確な予測を行なう可能性を秘めている．このようなアンサンブル方法は，精度が単一の特徴量と分類器の最高スコアと同等または上回るのが一般的であり，よりロバストである．実問題において総合的な結論を出す上では，ロバスト性が非常に重要である．

このようなアイデアは，最近では広く活用されるようになった．Bacciu et al.（2019）は，6種類の特徴量について一つの分類器SVMで分類を行なったうえで，その結果をソフトボーティング（Soft Voting）によるアンサンブルを行なった．Lasotte et al.（2022）はフェイクニュースの検出に一つの特徴量について4つの分類器（Naïve Bayes, SVM, Logistic Regression, RF）の結果をハードボーティング（Hard Voting）とソフトボーティングでアンサンブルを行ない，アンサンブルの有効性を示した．

3　言語モデルによるテキストの計量分析

前節で述べた分析方法は，テキストから分析に必要となる特徴量を集計したうえで，統計的データ分析法や機械学習法で研究目的に合わせて分析を行なっている．近年，深層学習に基づいた言語モデルが大きなブームを起こしている．2013年にニューラルネットワークを用いた単語または文をベクトルに埋め込むアルゴリズムが提案され（Mikolov et al., 2013），文書から特徴量を抽出しないまま，テキストを分類するアプローチが示された．2018年にはGoogleの研究チームによりBERT（Bidirectional Encoder Representations from Transformers）が提案され，いくつかのNLPのタスク上でSOTA（State of the Art）を達成した（Devlin et al., 2018）．

Googleが公開したBERTは，深層ニューラルネットワークに基づいたTransformersアーキテクチャを用い，英語の大規模コーパス（WikipediaとBookCorpus）で学習したモデルである．このような，大規模学習データを用いて学習し，単語または文の文脈上の関係など埋め込んだ言語処理ツールを事前学習済み言語モデル（Pre-trained Language Models, PLM）と呼ぶ．クライアントは，公開しているモデルを微調整または再学習させた上で，個別のタスクに適用する．PLMは，用いた学習データの規模や種類により，得られたモデルが異なる．また，深層学習に用いたニューラルネットワークの層の違いなどにより，モデルのパラメータの数が異なり，baseモデルとlargeモデルに分かれている．

BERT-baseモデルは12層のエンコーダー（Transformerブロック）を持ち，隠れ層のサイズは768で構成され，BERT-largeモデルは24層のエンコーダーを持ち，隠れ層のサイズは1,024で構成されている．BERT-largeはより多くのパラメータを持ち，より複雑な自然言語処理タスクに適しているが，計算リソースと時間が必要となる．

GoogleのBERTに続き，世界各国からさまざまなBERTモデルが公開され，感情分析や質問応答の分類，新聞ニュースの分類，センチメント分析など幅広いタスクで有効性が確認されている．海外の主なBERTモデルを日本語コーパスで学習させたモデルも多数公開されている．たとえば，東北大学のBERT，青空文庫とWikipediaで学習したBERT，ニュース記事などで学習させたstockmark社のBERT-news，国立国語研究所の日本語ウェブコーパスで学習させたNWJC-BERT，京都大学のDeBERTa，河原研究室のRoBERTa，金融関連のコーパスで学習させた東京大学和泉研究室のDeBERTなどがある．

雨後春筍のようにさまざまなタイプとバージョンのBERTが続々公開されることもあり，BERTに関する研究も多岐にわたり急速に進んでいる．表1に本章と関連するテキスト分類および分類方法の比較とアンサンブルに関する主な論文をまとめて示す．表1の第1行は研究内容に関する分類ラベルである．EFは特徴量または分類器のアンサンブル，CF&Bは特徴量アプローチおよびBERTの比較，IptDBは事前学習データがタスクに与える影響，EdifBは異なるBERTのアンサンブル，EBftDは微調整で生成したBERTのアンサンブル，EBFはBERTと特徴量アプローチのアンサンブル，LLMはLLM関連のテキストの分類，SSはタスクデータのサンプルサイズが千を超えていることを示す．

本章でのアンサンブルは，アンサンブル学習の略であり，複数のモデルを組み合わせて高い精度の予測を行なうための機械学習手法である．分類器RF，AdaBoost，XGBoostは多数の異なる分類木を作成し，その木を組み合わせたアンサンブル学習による分類モデルである．アンサンブルの方法はいろいろ考案されている．もっとも単純な方法は，投票（複数結果の統合）による方法である．投票にはソフトボーティングとハードボーティングがある．

ソフトボーティングでは，複数の分類器が各クラスの確率を出力し，これらの確率を平均化して最終的な予測を行なう．ハードボーティングでは，各分類器がクラスの予測結果を出力し，これらの予測結果の多数決を取って最終的なクラスを決定する．以下，表1の第2列から右の方向に順を追って説明する．

3.1 文体特徴量およびPLMの比較

PLMモデルが続々考案されるとエンドユーザーがまず考えるのは，どのモデルを自分のタスクに用いるべきであるかである．各モデルの提案者は，自分のモデルの良さを示すのが一般的である．ただし，すべてのデータにおいてそれが妥当するとは限らない．

Tyo et al.（2022）は15のデータセットを用いて，n-gramの特徴量アプローチによる方法を含む8つの有望な方法について比較分析を行なった．その結果，著者推定タスクにおいて多くのデータセットで伝統的なn-gramベースの特徴量を用いる方法がもっとも優れており，総単語数が多い個別データセットではBERTモデルが優れている傾向があることを示した．用いたデータの中でサンプルサイズ（文書の数）がもっとも小さいのは5千であり，著者一人あたりのサンプルサイズは100である．

Qasim et al.（2022）は，9種類のBERTについて2つのデータセット（COVID-19 fake news dataset，extremist-non-extremist dataset）を用いて，フェイクニュースの判別に関する2値分類を行なった．データセットによってBERTとRoBERTaのスコアの順位が異なり，どちらがより良いかに関しては判断できない．また，これらのモデルの中のbaseとlargeモデルも同様に，データセットによってスコアの順位が反転され，必ずしもlargeモデルのスコアが高い結果は得られているわけではない．これらのデータのサンプルサイズは1万を超えている．

Karl & Scherp（2022）は，4種類のテキスト分類（BERTベースモデル，BOWベース分類器，Graphベースモデル，LSTMベースモデル）における計14モデルについて比較分析を行なった．SOTAはデータセットにより異なり，それぞれ

表1　分類方法の比較およびアンサンブルに関する近年の主な論文

	EF	CF&B	IptDB	EdifB	EBftD	EBF	BFE	LLM	SS
金 (2014)	✓	✓							
Devlin et al. (2018)					✓				✓
田中ら (2019)					✓	✓			✓
Bacciu et al. (2019)	✓								✓
Xu et al. (2020)					✓				✓
Dang et al. (2020)			✓						✓
Fabien et al. (2020)						✓			✓
Mishev et al. (2020)			✓						✓
Arslan et al. (2021)			✓						✓
Wu et al. (2021)							✓		✓
Strøm (2021)							✓		✓
Tyo et al. (2022)	✓	✓							✓
Lasotte et al. (2022)	✓								
Qasim et al. (2022)		✓							✓
Abbasi et al. (2022)							✓		✓
Karl & Scherp (2022)		✓							✓
Sun et al. (2023)		✓							✓
Ling (2023)			✓						✓
Abburi et al. (2023)				✓					✓
Zhang et al. (2024)		✓							✓
Zamir et al. (2024)			✓	✓					✓
Prytula (2024)		✓							✓
Wang (2024)									✓
神田・金 (2024)			✓	✓					✓
Vanetik et al. (2024)		✓							✓
Kumarage & Liu (2023)								✓	✓
Zaitsu & Jin (2023)								✓	
Zaitsu et al. (2024)								✓	
Edwards & Camacho-Collados (2024)								✓	✓
Huang et al. (2024)								✓	✓

BERT, RoBERTa, DeBERTa, ERNIE2.0である．用いた4つのデータセットの中でサンプルサイズがもっとも小さいものでも8千を超えている．

　Zhang et al. (2024) は，提案するPLMモデルの有効性を確認するため，公開されているベンチマークデータセットでテキスト分類（センチメント分析，トピックラベリング，ニュース分類）の性能について，公開されている15個の

PLMと比較した．提案したモデル以外のSOTAはデータセットによって異なるが，DeBERTaがRoBERTaよりやや良い傾向を示している．用いた7つのデータセットの中で，サンプルサイズがもっとも小さいものは7千を超えている．

Qasim et al.（2022）は，BERT，RoBERTaなどのモデルで，フェイクニュースに関する2値分類にBARTを用いた．BARTは，BERTのような双方向エンコーダーとGPTのような自己回帰デコーダーを組み合わせることで，テキスト生成と理解のタスクで優れた性能を発揮したというモデルである．比較の結果，RoBERTa-baseモデルは99.71%という最高のスコアを得た．関心を持っているBARTのスコアは，BERT-baseの99.68%よりやや低い99.31%である．この差は誤差範囲内であると言える．

Prytula（2024）は，ウクライナ語で書かれた約1万件のユーザーコメントデータセットをポジティブとネガティブの2つのクラスに分類する問題において，BERT，DistilBERT，XLM-RoBERTaおよびUkr-RoBERTaについて比較した．その結果，XLM-RoBERTaモデルが最高のスコアを得た．しかし，モデルの訓練に必要な時間とすべての分類指標を考慮すると，Ukr-RoBERTaが最適な選択であることを示した．

Wang（2024）は，センチメント分析におけるBERTの有効性について，BERT，RoBERTa，DistilBERTの学習データサイズやパラメータの影響について比較を行なった．その結果，BERTは感情分析に適した価値あるモデルであり，トレーニングデータサイズをより多く増やすと，より良い結果をもたらすが，パフォーマンスをわずかに向上させるだけであることを示した．

Vanetik et al.（2024）は，ロシア文学のジャンル分類について，文体特徴量を用いる方法とBERTを用いる方法の分析を行なった．その結果，文体特徴量の分類器結果はBERTよりもジャンルの分類スコアが高かった．

3.2 事前学習コーパスがBERTモデルに与える影響

いろいろなBERTが公開される中，事前学習コーパスがモデルにどの程度影響を与えるかに関しては，エンドユーザーだけではなく，BERTの開発者

にとっても重要である．

　Mishev et al.（2020）は，金融関連のテキスト（Financial Phrase-Bankと SemEval-2017 Task5）の感情分析のため，20数種類のBERTを主とするPLM について比較分析を行なった．その結果，ロイターの金融コーパスで事前学 習されたFinBERTは，WikipediaとBookCorpusで事前学習したBERTほど のスコアは得られなかった．また，Arslan et al.（2021）は，BBC Newsデー タと20Newsデータを用いて，金融タスクにおけるBERTの性能比較を行 なった．分析には金融分野のコーパスから構築されたFinBERTとその他5 つのPLM（BERT，DistilBERT，RoBERTa，XLM，XLNet）が用いられた．その結 果，金融分野以外のコーパスから構築されたRoBERTaが優れていると報告 された．用いたデータサンプルは小さいものでも2千を超えている．

　また，鈴木ら（2024）は，金融コーパスを用いて事前学習を行なった FinDeBERTaV2モデルを作成し，BERT，RoBERTa，GenDeBERTaV2など と比較分析を行なった．その結果，一般問題ではGenDeBERTaV2の性能が 高く，金融ドメインではFinDeBERTaV2の性能が高いことから，事前学習 データがタスクに影響を与えることを暗に示した．

　Ling（2023）は，BERT-baseとBio+Clinical BERTを含むPLMが薬剤レビュ アーの治療感情を分類する際の有効性を調査した．分析は患者満足度を単純 化し，高，中，低の3つのカテゴリーに分類した．その結果，テストデータ におけるBio+Clinical BERT分類スコアはBERT-baseを上回り，医療ドメイ ン固有のBio+Clinical BERTモデルがより有効であることを示した．しかし， RoBERTaやDeBERTaが比較に用いられていないため，これらより良いかど うかは不明である．用いたデータはUCIの機械学習レポジトリのデータ セット"Drug Review"という21万件以上の薬剤レビューである．

　Vanetik et al.（2024）は，ロシア文学のジャンル分類について，文体特徴 量を用いる方法とBERTを用いる方法の分析を行なった．その結果，大規模 なロシア語コーパスで事前に訓練されたruBERTモデルは，多言語BERTモ デルよりも性能が悪いことが分かった．

　神田・金（2024）は，文学作品を用いた事前学習済みのモデルを含む4種

類のBERT（東北大BERT，BERT-aozora，BERT-aozora + Wikipedia，BERT-news），青空文庫内にある小説と，青空文庫に含まれていない小説を用いて事前学習コーパスがモデルに与える影響について比較分析した．その結果，文学作品の著者推定には青空文庫とWikipediaで学習したモデルのスコアがもっとも高く，事前学習コーパスがタスクに与える影響は大きいことを明らかにした．分析に用いたデータのサイズは1著者あたり20作品であり，先頭の512トークンのみである．

3.3 ファインチューニングによるBERTのアンサンブル

ファインチューニング（Fine-tuning）は，事前学習（訓練）済みのモデルを特定のタスクに適用するために再訓練または微調整することである．これにより，モデルは特定のタスクで高い性能を発揮することが目的である．具体的には，タスクのデータセットを用意し，再訓練を行なう．その際にはモデルのパラメータの調整を行なうこともある．したがって，ファインチューニングに用いたデータおよびパラメータの違いによって再訓練したモデルの性能が異なる．

Devlin (2018) は，質問応答タスクで異なる事前学習チェックポイントの微調整シードを使用し（different pre-training checkpoints and fine-tuning seeds），訓練させた複数のBERTのアンサンブルを行ないスコアを向上させた．田中ら (2019) は，日本語のBERTを用いて512トークンを超える長いテキストに対処する研究を行なった．彼らは512トークンを超えるテキストについて，一定間隔で後ろにシフトしながら512トークンを切り取り，異なるテキストサンプルを作成し，再訓練させた複数のBERTの結果を足し合わせた結果が単一のBERTよりも高いスコアが得られることを示した．この実験では3つの領域のデータセットを用い，各訓練データとテストデータのサイズはそれぞれ2千である．

Xu et al. (2020) では，質問応答タスクにおいて，学習するデータセットの大きさおよび異なるバッチファイルで学習させた複数のBERTについてアンサンブルを行なった．その結果，アンサンブルの結果がもっとも良いス

コアを得たと報告した．用いたデータは 15 万パラグラフの SQuAD 2.0 の読解力データと 10 万以上のパラグラフの SQuAD 1.1 読解力データセットである．また，Dang et al.（2020）は，ソーシャルメディア上に投稿された医療関係のデータセット SMM4H（Social Media Mining for Health Shared Task）2020 を 10 フォルダー分割し，Bio+Clinical BERT と BERT-large で 20 個のモデルを生成した結果をアンサンブルを行ない，SMM4H Task1 のコンペティションで優勝した．

3.4　異なるBERTのアンサンブル

前節で示したのは，単一の事前学習済みのBERTで，異なるデータセットで再学習した結果などをアンサンブルした研究である．本節では，異なる事前学習済みのモデルのアンサンブルに関する研究を紹介する．

Abburi et al.（2023）は，LLMで生成したテキストの識別に関する研究にDeBERT，XLM-RoBERTa，RoBERTa，BERTなどを用いてアンサンブルを行ない，2023年度のコンペティションで1位を取った．アンサンブルはそれぞれのBERTの結果をつなげたベクトルを分類器で分類する方法をとった．用いたデータはコンペティションで配布された4つのデータセットであり，サンプルサイズがもっとも小さいものでも2万を超えている．

Zamir et al.（2024）は，BERT，ALBERT，DistilBERT，RoBERTa-base，XLM-RoBERTaを用いてアンサンブル学習における最適化について実証研究を行ない，個々のモデルを組み合わせることにより互いに補完し合うことによって，パフォーマンスが向上することを示した．報告された結果を見る限り，最適化の方法には大きな差が見られない．用いたデータは，PAN-21コンペティションで配布された著者分析共有タスクのデータセットであり，サンプルサイズは1万を超える．

神田・金（2024）は，異なる事前学習データセットで作成した4種類のBERTモデルを用いて，事前学習データがタスクに与える影響について調べたところ，BERTのアンサンブルによるスコアアップが確認された．用いたデータは文学作品であり，一人当たりの作品数は20である．

3.5 BERTと特徴量のアンサンブル

田中ら（2019）は，BERTの埋め込みベクトルにBOWのTF-IDFベクトルを結合し，ニューラルネットワークで分類を行ない，その有効性を示した．また，Fabien et al.（2020）は，著者推定のコーパスで微調整を行なった一つのBERT，文体特徴量，文の構造に関する特徴量の分類結果について回帰分析でアンサンブルを行ない，良い結果を得たと報告している．用いたデータは4種類であり，著者あたりの学習サンプルは少ないケースでも1千である．

Wu et al.（2021）は，公開されている疾患関連の質問応答データセットを用いたBERT，RoBERTaの結果とテキストから抽出した一つのデータセットを用いた分類器XGBoostとLightGBMの結果をアンサンブルし，パフォーマンスを向上させコンペティションで優勝した．用いた学習データのサンプルサイズは3万である．

Strøm（2021）は，一組956次元の文体特徴量とBERTによる768次元の埋め込みベクトルのスタッキングアンサンブルの方法を用いて著者スタイル変更の検出問題に挑み，同年度著者のテキストの分類タスクのコンペティションで最良のスコアを得た．データセットのサンプルサイズは1万を超えている．

Abbasi et al.（2022）は，ニュース記事の著者の推定においてDistilBERTの推定結果と単語のbigramおよびTF-IDF行列を用いた分類器の推定結果を多数によるアンサンブルを行なった．その結果，作成した複数のデータセットにおいて提案するアンサンブル学習が有効であると報告した．用いた10人の著者を分類する問題では総記事数は5千件，20人の著者を分類する問題では総記事数は2千件である．

3.6 PLM関連研究の現状と問題点

サンプルサイズについて：以上に示し研究報告を見ると，ファインチューニングに用いられたデータのほとんどのサンプルサイズは千オーダーである．BERTの提案者たちの論文でモデルの評価に用いたデータGLUEの中でもっ

ともサイズが小さいのが2.5千である．テキスト分類問題におけるネット上の諸問題や大きな応用システムの構築を前提とした場合であれば，大きなサンプルを用いることには意味がある．しかし，われわれが扱っている人文系の個人研究関連の問題や刑事または民事における実問題ではサンプルサイズが比較的小さい．しかし，サンプルサイズが小さい研究事例は，上記の表で分かるように我々のグループの研究のみである．

Tyo et al.（2022）は，総文字数が少ない場合には従来の n-gram ベースが有効であり，総文字数が多い場合にはBERTが有効であることに言及している．論文中のデータを見ると，総文字数が多いデータセットはサンプルサイズが大きく，総文字数が少ないデータセットはサンプルサイズが小さい．これは，従来の特徴量ベースが適するケースとPLMが適するケースに関して何かを示唆している可能性がある．

PLMモデルについて：多くの事前学習済みのモデルが提案されている中，どのモデルがもっとも良いかに関しては結論付けられていない．それは，テストに用いた標本サイズやタスクの種類，チューニング時のパラメータによっても異なるからである．そこで，エンドユーザーがPLMを用いる際，有望とされている多数のモデルを有効に用いるかに関しては引き続き研究が必要である．

アンサンブルについて：BERT関連のアンサンブルでは，複数のBERTのみをアンサンブル学習したもの，BERTに一組の特徴量データセットを用いた結果をアンサンブル学習したものになっている．一組特徴量データセットは，抽出した複数の特徴量を一部切り取りつなぎ合わせてまとめている．

内容的な分類とは異なり，文体研究では多くの特徴量が提案されており，どれが最も優れているかは一概には言えない．それらは書き手や文体のジャンルによって異なるからである．さらに，最近では高次元のデータが収集しやすくなり，それを一つのデータセットにまとめると分類器のパフォーマンスに大きな影響を与える．たとえば，文字やPOSのビグラムなどを集計すると，いずれも何千次元から数万次元に至る．特に数十から数百という小サンプルの場合，万オーダーの高次元データをそのまま用いることは好ましく

ない．多数の特徴量，分類器，PLMをどのように有効に活用するかに関する研究が期待される．

PLMのメリットとデメリット：BERTの一つ大きなメリットは，大量の短いテキストの分類に有効である．前節で取り上げたBERT関連の研究を見ると，サンプルサイズは大きいが一つ一つのテキストのサイズは比較的小さく，ほとんどが512トークン以内である．たとえば，質問文，メール，ツイッター，ニュース記事などである．

テキストが長いものに対しては，一般的には512トークンを上限として切り取って用いる．そこで，田中ら（2019）は512トークンを超えるテキストについて，一定間隔で後ろにシフトしながら512トークンを切り取り，異なるテキストサンプルを作成し，BERTに適応させることを繰り返し，得られた複数の結果を足し合わせる方法をとっている．その結果，スコアは単一のBERTより増加しているが，わずかである．

神田・金（2024）で用いた文学作品の長さは512トークンを超えている部分は切り捨てている．512トークンを用いたBERTの結果は，作品の5千文字から抽出したn-gramベースの特徴量を分類器で分析した結果よりかなり低い．たとえば，同じコーパスを用いた柳・金（2022）の結果と比較すると10ポイント以上の差がある．長いテキストの計量分析にどのようにBERTを用いるべきかに関しては，引き続き研究が必要であろう．

BERTを用いるもう一つのデメリットは，計算環境である．BERTのファインチューニングを行なうためには，GPUを持つ計算環境が望ましい．さもなければ，計算時間が非常に長くかかる．

4　LLMとテキスト計量分析の今後

OpenAIが開発したChatGPTが2022年にリリースされ，社会に大きな衝撃を与えている．ChatGPTはAIブームを加速させ，Gemini，Claude，Llama，deepseekなどの生成型AIツールが続々とリリースされている．ChatGPTを代表とする大規模言語モデル（Large Language Model, LLM）がもっ

とも得意なことは，質問や指示文に基づいたテキストの生成である．ChatGPTが社会にもっとも衝撃を与えているのは，生成された文書がわれわれ人間の書いたような自然な文であることであろう．LLMと本章と関連する話題としては「LLMによって生成されたテキストと人間が作成したテキストの識別」と「LLMを用いたテキストの分類」がある．

4.1　LLMにより生成されたテキストの識別と分類

LLMの生成された文書の自然さのこともあり，研究者がまず注目したのは，LLMで生成した文書と人間が作成した文書を識別できるかどうかであった．

Kumarage & Liu（2023）は，大言語モデルで生成した文章と人間の文章を分類することを試みた．彼らはGPT-3.5，GPT-4，Llama 1，Llama 2，GPT-NeoXの5つのLLMに，人間が書いた記事のヘッドラインを使ってLLMに1,000件のヘッドラインを生成させ，6,000のニュース記事を生成させ，伝統的な方法とRoBERTaを用いて分類分析を行ない，比較的高い確率で識別が可能であることを明らかにした．

また，Zaitsu & Jin（2023）では，36人の単独著者による72本の学術論文，GPT-3.5とGPT-4で生成したそれぞれ72本のテキストについて，（1）品詞のバイグラム，（2）助詞のバイグラム，（3）読点の位置，および（4）機能語の割合という文体特徴に焦点を当て，人間による文書とLLMにより生成された文書の識別について分析を行なった．その結果，機能語の割合に焦点を当てたRF分類器は98.1％のスコアを達成し，すべての文体特徴に焦点を当てたRF分類器は，すべてのパフォーマンス指標（精度，再現率，適合率，F1スコア）に関して100％に達した．なお，Zaitsu et al.（2024）は，日本語の文体測定分析の手法で，人間のパブリックコメントとChatGPT生成のパブリックコメントを分別することを試みた．特徴量に基づいたRF分類器一つで分析した結果，ChatGPTにより生成された偽の公開コメントに対しては，統合された文体特徴（文節パターン，品詞のbigram，trigram，機能語）に焦点を当てることで99.5％の最高の精度を得た．

4.2 LLMによるテキスト分類

LLMは自然言語を理解することが可能であるため，文章を分類することも可能である可能性を秘めている．テキスト分析におけるPLM応用は，特徴量抽出などの従来の手法の限界を克服することができる．しかし，BERTベースとしたPLMモデルでは最適なパフォーマンスを得るためにはパラメータの調整やGPUなどを利用する計算環境が必要である．もしLLMを用いてテキスト分析ができれば，上述のデメリットを乗り越えることができる．また，プログラミングを一切用いず，プロンプトの指示文で問題に挑むことができる．

Edwards & Camacho-Collados（2024）は，16のデータセットを用いてFastText, RoBERTa, LLM（T5, Flan-T5, LLaMA, GPT 3.5-Turbo）の3つの異なるタイプのモデルについて，バイナリおよびマルチクラスのテキスト分類問題における性能比較を行なった．その結果，5つのデータセットでLLMの方がPubMedBERTという医療分野に特化したPLMモデルより優れた結果を得た．ただし，0ショット（Zero-shot）より5ショットの方がより顕著である．0ショットとは，タスクに関する具体的な例を一度もモデルに与えずにタスクを実行することであり，ワンショット（One-shot）は，ランダムに1つの学習用インスタンスを選択し，これをモデルに示したうえでタスクを指示する．全体的には，Flan-T5モデルがLLaMA 1およびLLaMA 2より明確な優位性を示した．論文では，この結果を踏まえて，より小さいテキスト生成モデルが大きいモデルよりテキスト分類において優れた汎化能力を持つことを強調した．さらに，モデルの微調整の効果は数ショット学習の効果を上回ることができることをまとめている．

なお，Huang et al.（2024）は，著者検証や著者推定の問題において，プロンプトの指示文を適切に作成することにより，TF-IDFの文体特徴量ベースによる分類やBERTをベースとしたPLMによる分類より高い分類スコアを挙げることが可能であることを示した．

これらの文献を参考にし，ChatGPTがテキスト分類における効果を試す

ため，簡単なゼロショット実験を行なった．実験の材料としては，6人が10日間書いた日記である．この日記は金（2014）で用いたコーパスである．6人のそれぞれの日記IDはQ01～Q10，Q11～Q20，Q21～Q30，Q31～Q40，Q41～Q50，Q51～Q60としている．ChatGPTは有料のChatGPT-4を用いた．GPTのプロンプト上の指示文は次のようになっている．

> プロンプト上の指示文：
> ＊＊
> *以下に提示する60編のテキストは6人が書いた日記である．話題の違いやテキストの長短を無視し，文体を分析してほしい．内容語は無視し，助詞などの機能語，句読点，記号，付属語，珍しい単語，接辞，ユーモア，皮肉，文末，誤字脱字，文法の間違いなどの言語的特徴に基づいて推論してほしい．*
>
> *回答は表形式で，第1列はテキストのID，第2列は初めのテキストと同じである場合はA，初めのテキストと異なると判断された場合はB，また上記と異なると判断した場合はC，D，E，Fのように順に記してほしい．最後にはグループ別にテキストIDをまとめて示した上で，6人の著者それぞれの文体特徴を述べてほしい．*
> ＊＊

実験1では，上記の指示文の下に次の順序で日記を並べて与えた．

Q01~ Q10, Q11~ Q20, Q21~ Q30, Q31~ Q40, Q41~ Q50, Q51~ Q60

ChatGPT-4oが分類した結果と特徴分析文を表2に示す．

結果の出力の速さと正確さに驚き，結果について疑問を抱いた．そこで，実験2を行なった．実験2では，乱数（Rの関数sampleで，乱数のシードは0にし

た）でテキストの順番を次のようにシャッフルした．

Q04, Q54, Q35, Q05, Q27, Q11, Q15, Q25, Q34, Q30, Q38, Q17, Q31, Q02, Q28, Q12, Q51, Q52, Q58, Q23, Q24, Q32, Q08, Q03, Q53, Q09, Q57, Q59, Q48, Q01, Q47, Q60, Q41, Q14, Q43, Q22, Q07, Q29, Q21, Q18, Q46, Q44, Q49, Q50, Q40, Q19, Q56, Q45, Q26, Q36, Q42, Q13, Q06, Q10, Q33, Q55, Q39, Q37, Q20, Q16

実験1と同じプロンプトの指示文で，シャッフルした順に日記を並べChatGPT-4oに投入した．返された分類の結果を次に示す．

グループA：Q04, Q54, Q30, Q28, Q23, Q24, Q09, Q48, Q47, Q60, Q29, Q46, Q44, Q49, Q45
グループB：Q35, Q05, Q31, Q02, Q08, Q03, Q01, Q41, Q43, Q07, Q50,

表2 ChatGPT-4oが返す実験1の結果

グループA：Q01, Q02, Q03, Q04, Q05, Q06, Q07, Q08, Q09
グループA：短く簡潔な文章が多く，機能語や助詞が頻繁に使われています．また，日常的な観察や意見が冷静に述べられ，皮肉やユーモアが含まれる場合もあります．形式的な文章が多く，句読点の使い方が一定しています．
グループB：Q10, Q11, Q12, Q13, Q14, Q15, Q16, Q17, Q18, Q19
グループB：学術的で論理的な内容が多く，助詞や接続詞を多用した長文が目立ちます．話し言葉は少なく，事実を冷静に分析する傾向があります．正確な文法と専門用語が多用されています．
グループC：Q20, Q51, Q52, Q53, Q54, Q55, Q56, Q57, Q58, Q59, Q60
グループC：家庭や育児についてのリラックスした口語的な文体が特徴です．感情的な表現や話し言葉が多く，親しみやすいトーンです．また，会話的な表現や擬音語が頻繁に使われています．
グループD：Q21, Q22, Q23, Q24, Q25, Q26, Q27, Q28, Q29, Q30
グループD：個人の日常的な出来事や考えが軽妙に述べられており，ユーモラスで時に皮肉が含まれるスタイル．カジュアルで自由な言葉遣いと感情表現が強調されています．句読点の使い方が柔軟です．
グループE：Q31, Q32, Q33, Q34, Q35, Q36, Q37, Q38, Q39, Q40
グループE：宗教的・精神的な内容が中心で，敬語や古風な表現が多いです．穏やかで深いトーンが特徴で，助詞や接続詞が丁寧に使われています．感謝や祈りが頻繁に表現されています．
グループF：Q41, Q42, Q43, Q44, Q45, Q46, Q47, Q48, Q49, Q50
グループF：技術や専門的な話題に焦点が当てられています．形式的で論理的な文体ですが，親しみやすい語り口が混じり，軽いジョークも見られます．専門用語や略語が多用され，業界内の文化が反映されています．

　　　　　Q40, Q42, Q06, Q39
グループC：Q27, Q25, Q22, Q10, Q26
グループD：Q11, Q15, Q17, Q12, Q14, Q18, Q19, Q13, Q37, Q20, Q16
グループE：Q34, Q32, Q21, Q36, Q33
グループF：Q38, Q51, Q52, Q58, Q53, Q57, Q59, Q56, Q55

　この結果は，k-平均法によるk=6の分類結果と考えればよい．Dグループを見るとQ37を除いてQ11~Q20であるので，実験1のテキストの順番を入れ替えていないグループBに相当する．もっとも正解に近いグループである．それ以外は正解率は非常に低く，実験1の結果とは大きく異なる．次に両グループの特徴分析の結果を表3に並べて示す．ここでも多少の相違が読み取れる．同じ指示文であるが，テキストの順番を変えるだけで，結果が大きく異なることは問題である．

　同一人物が書いたものを順番に提示する場合と順番をシャッフルした場合の違いが異なり，正解率は前者が高く，後者が低いのは人間がテキストを読んで判断する結果と似ているのではないかと思う．かつ，文体の特徴分析においても揺れが生じるのはわれわれ人間に似ている気がする．最近，LLMの生成型AIが「意識」を持っているかに関して議論が行なわれている．このような異なる側面からの大量の実証実験の結果は，それを解明する一つの材料になる可能性もある．

表3　結果の比較

シャッフル前のグループB：学術的で論理的な内容が多く，助詞や接続詞を多用した長文が目立ちます．話し言葉は少なく，事実を冷静に分析する傾向があります．正確な文法と専門用語が多用されています．
シャッフル後のグループD：学術的・公式な文章で，具体的な事実やデータに基づいた情報が多い．構成が堅苦しく，正確な表現を重視．使用例：旅行記や歴史的事実，研究関連の記述が中心で，論文のような形式で書かれています．

　LLMアプローチの大きな欠点は，プロンプトの指示文にモデルが敏感に反応し，わずかな指示の変更でパフォーマンスに大きな違いが生じる可能性がある．この問題については多くの研究者が指摘しており，Edwards &

Camacho-Collados（2024）の2.2章によくまとめられている．現時点のLLMを用いてテキストを分析することは可能であることは否定しないが，科学的に行なうためには引き続き研究が必要である．

5　おわりに

本章ではテキストの計量分析に関する自分の経験を踏まえて，時代の発展に伴うテキストの計量分析に関する研究環境の変化と進展について述べた．テキストの計量分析の環境が急速に変化している中，われわれエンドユーザーにとっては，いかに増え続けているツールを有効に用いるべきかが一つのキーポイントである．

本章で述べているように，どの一つのツールがすべての問題において最有力な方法はない．伝統的方法，深層ニューラルネットワークで開発されたPLM，LLMはそれぞれにメリット・デメリットを持っており，得意・不得意なタスクがある．われわれが何らかの意思決定を行なう際には，単一の情報または個人の見解に基づいて意思決定を行なうと，失敗する確率が高い．そのため，組織体ではさまざまな委員会を作り，多くの委員が議論してまとめた知見のもとで意思決定を行なう．これと同じく，テキストの計量分析でもさまざまなアプローチの結果をアンサンブルすることが重要ではないかと思う．つまり，テキストから得られるさまざまなデータの統計的分析や機械学習，PLM，LLMの結果を統合的にアンサンブルすることが必要である．このような考えのもとで金（2014）は，統合的アンサンブルを提唱している．

註

〔1〕　京都先端科学技術大学総合研究所

参考文献

Arslan et al. (2021). A comparison of pre-trained language models for multi-class text classification in the financial domain. *Companion Proceedings of the Web Conference*, p. 260–68.

Boyd, R.L., Ashokkumar, A., Seraj, S., & Pennebaker, J.W. (2022). The development and psychometric properties of LIWC-22, Austin, TX: University of Texas at Austin, p. 1–47.

Dang, H., Lee, K., Henry, S., Uzuner, Ö. (2020). Ensemble BERT for classifying medication-mentioning Tweets. *Proceedings of the Fifth Social Media Mining for Health Applications Workshop & Shared Task*, p. 37–41, Barcelona, Spain.

Edwards, A. & Camacho-Collados, J. (2024). Language models for text classification: Is in-context learning enough?. *arXiv*:2403.17661v2.

Fabien, M., Villatoro-Tello, E., Motlicek, P. & Parida, S. (2020). BertAA: BERT fine-tuning for authorship attribution. *In Proceedings of the 17th International Conference on Natural Language*, p. 127–137.

Huang, B., Chen, C., Shu, K. (2024). Can large language models identify authorship? *arXiv*:2403.08213v1.

Karl, F., Scherp, A. (2022). Transformers are short text classifiers: A study of inductive short text classifiers on benchmarks and real-world datasets. *arXiv*:2211.16878v3.

Lasotte, Y.B., Garba, E.J., Malgwi, Y.M. & Buhari, M.A. (2022). An ensemble machine learning approach for fake news detection and classification using a soft voting classifier. *European Journal of Electrical Engineering and Computer Science*.

Mikolov T., Sutskever I., Chen K., Corrado G., Dean J. (2013). Distributed representations of words and phrases and their compositionality. Part of Advances in Neural Information Processing Systems 26. *arXiv*:1310.4546.

Mikros, G., Koursaris, A., Bilianos, D. & Markopoulos, G. (2023). AI-Writing detection using an ensemble of transformers and stylometric features, *CEUR Workshop Proceedings* (CEUR-WS.org), Jaén, Spain.

Neal, T., Sundararajan, K., Fatima, A., Yan, Y., Xiang, Y., Woodard, D. (2017). Surveying stylometry techniques and applications. *ACM Computing Surveys*, 50(6), p. 1–36.

Prytula, M. (2024). Fine-tuning BERT, DistilBERT, XLM-RoBERTa and Ukr-RoBERTa models for sentiment analysis of Ukrainian language reviews. *Artificial Intelligence*, 285, p. 85–97.

Qasim, R., Bangyal, W.H., Alqarni, M.A., Almazroi, A.A. (2022). A fine-tuned BERT-Based transfer learning approach for text classification. *Journal of Healthcare Engineering*.

Sichel, H.S. (1974). On a distribution representing sentence-length in written Prose. J. R. Statist. Soc. A-137, p. 25–34.

Tyo, J., Dhingra, B. & Lipton, Z. C. (2022). On the state of the art in authorship attribution and authorship verification. *arXiv*:2209.06869v2.

Vanetik, N., Tiamanova, M., Koga, G. & Litvak, M. (2024). Genre classification of books in Russian with stylometric features: A Case Study. *Information*, 15(6), 340.

Wang, M.L. (2024). Fine-Tuning BERT for Sentiment Analysis. University of California.

Xie, H., Arash, H.L., Nikhill, V. & Dilli, P.S. (2024). Authorship attribution methods, challenges, and future research directions: A comprehensive survey. *Information*, 15(3), 131.

Yule, G.U. (1939). On sentence-length as a statistical characteristic of style in Prose, with application to two cases of disputed authorship. *Biometrika*, 30, p. 363–390.

Zaitsu, W., Jin, M., Ishihara, S., Tsuge, S. & Inaba, M. (2024). Can we spot fake public comments generated by ChatGPT (-3.5, -4)?: Japanese stylometric analysis exposes emulation created by one-shot learning. *PLOS ONE*.

Zamir, M.T., Ayub, M. A., Gul, A., Ahmad, N. & Ahmad, K. (2024). Stylometry analysis of multi-authored documents for authorship and author style change detection, *arXiv*:2401.06752v1.

Zhang, Y., Wang, M., Ren, C., Li, Q., Tiwari, P., Wang, B. & Qin, J. (2024). Pushing the limit of LLM capacity for text classification, *arXiv*:2402.07470v2.

Zheng, W. & Jin, M. (2023). Is word-length inaccurate for authorship attribution? *Digital Scholarship in the Humanities*, 38(2), p. 875–890.

金明哲（2014）．統合的分類アルゴリズムを用いた文章の書き手の識別．行動計量学，41（1），35–46頁．

金明哲（2002a）．助詞の分布における書き手の特徴に関する計量分析．社会情報，11（2），15–23頁．

金明哲（2004）．品詞のマルコフ遷移の情報を用いた書き手の同定．日本行動計量学会第32回全国大会講演論文集，384–385頁．

金明哲（2013）．文節パターンに基づいた文章の書き手の識別．行動計量学，40（1），17–28頁．

金明哲（1994b）．読点の打ち方と著者の文体特徴．計量国語学，19（7），317–330頁．

金明哲（2002b）．助詞のn-gramモデルに基づいた書き手の識別．計量国語学，23（5），225–240頁．

金明哲，中村靖子（2021）．文学と言語コーパスのマイニング，岩波書店．1–17頁．

神田泰誠，金明哲（2024）．著者推定におけるBERTの比較分析とアンサンブル学習．情報知識学会誌，34（2），244–255．

紙面上の都合により，割愛された参考文献は https://github.com/mining-jin/Others にアップしている．

第1部
人文学とテキスト分析

第2章
遠読できることと,できないこと
――インド古典演劇論からのアプローチ

岩崎陽一[1]

　ディスタント・リーディングということがよく言われるようになった.これは「クロース・リーディング」,つまり精読の正反対を意味する,いささか諧謔的な造語である(モレッティ,2013, 44).日本語では「遠読」と訳されるが,古い言葉では「粗読」といってもいいだろう.イタリアの文学研究者フランコ・モレッティが2000年の論文 Conjectures on World Literature で提唱したのが始めと考えられる.確認までに Google で "distant reading" のこの意味での用例を検索しても,1999年以前のデータには見つからない.もとよりモレッティの造語であることは彼の論文を見れば明らかなのであるが,主観的解釈を疑い,ファクトベースの人文学を構想しようというこの論集の指針に照らせば,これくらい慎重にやっていった方がよいだろう.

　モレッティの遠読論については,2013年の彼の論文集 *Distant Reading* に考え方と実践とが示されており,また同書に対する優れた書評の数々が,それへの良い導入となるだろう[2].ここではモレッティの遠読論に関する必要最小限のことのみ紹介するに留める.

　Moretti (2000) は,地域文学や比較文学ではなく「世界文学(world literature)」というシステムを論じようとするとき,限られたテキストを精読

するというアプローチは不適切であり，テキストからの距離（"distance from the text," Moretti, 2013, 48）が必要であるという．そのとき，テキストをいかに読むかではなく，テキストをいかに読まないかということが鍵となる[3]．そのような研究方法を採ることで，精読により得られていたものを失うことになることを，モレッティは十分承知している．しかし，「〔世界文学の〕システムの全体を理解したいならば，わたしたちは何かを失うことを受け入れなければならない．理論的知識のために，わたしたちは常に対価を支払う必要がある（Moretti, 2000 = Moretti, 2013, 48）」．言っていることはとても分かりやすい．「世界文学」を構成する，多様な言語で書かれた無数の文学作品をすべて精読するのは到底不可能であるから，世界文学を俯瞰する研究をしようというとき，精読とは異なるアプローチを取る必要があるということである．その実践例として，モレッティは，たとえば作品のタイトルのみを集めてきて計量的に分析する（Moretti, 2009），あるいは戯曲の登場人物の参照関係を図式化することでプロットを分析するといった試みを行なっている（Moretti, 2011）．

　遠読的研究は，テキストマイニングを始めとする，計算機を用いた計量的文学研究と相性がよい．しかし常に計算機を必要とするわけではなく，紙とペンを使っても遠読的研究は可能である[4]．遠読にとって本質的なのは，それに用いる道具ではなく，「なるべく読まない」というアプローチである．そしてこのアプローチは，計算機を用いた計量的文学研究に説得力をもたせるために有効である．モレッティが精読をせず，遠読的方法により成果を出せたのならば，テキストマイニングも同様に成果を出すことができるだろう．遠読論は，いわば，計量的文学研究の理論的支柱となる．

1　遠読の向き不向き

　モレッティは次のような過激な表現をするため，彼が遠読以外の方法を認めていないかのように理解される恐れがある．

> 〔私の著書〕*Graphs, Maps, Trees* に対する反応は，〔……〕常に最終的には精読と遠読の周辺に沈み込むのであった——それらは相補的なのか，両立可能なのか，それとも対立するのか，私（モレッティ）はひとびとに読書をやめさせようとしているのか，等々．私は〔実際〕そうするよう（読書をやめるよう）求めてきたので，文句を言うつもりはない〔……〕．（Moretti, 2013, 137）

そのような解釈を懸念してか，論集 *Distant Reading* の訳者は「あとがき」で次のように説明する．

> しかし，注意しなくてはならないのは，モレッティは，精読を否定しているわけではないということだ．重要なのは，精読と遠読の分業なのだとモレッティは主張している．（モレッティ，2024, 330）

これについて，片山（2017）は次のように論評する．

> これは想像になるが，訳者は本書を読み解いた結果，モレッティが過剰なまでに遠読を称揚するのを本心とは取らず，むしろ現在の研究におけるパワーバランスを変えるために，あえて徹底した遠読の旗手としてパフォーマンスしていると捉えたのではないか．小説の登場人物のように振る舞ってきたモレッティなら，これは十分ありうることである．

精読と遠読の「分業」は，訳者あとがきにあるようには明確には主張されていないが，前節でみたモレッティの論述から，彼が「世界文学」の研究という限られた問題について遠読のみが有効だと陳べていることが理解できるだろう．精読には精読が向いている領域というものがある．当然のことなのに，往々にして「どちらが優れているか」「他方は認められない」というような一般化した議論を引き起こす．精読と遠読は，そして伝統的人文学とデジタル人文学は，いつまでも対立していくのだろうか．そうあってほしくな

い，これらの協業，あるいは少なくとも分業を実現したいということを考えている研究者も少なくない．そのためには，精読と遠読のそれぞれに何ができ，何ができないのかを論証しなければならない．

たとえば先に言及したモレッティの戯曲分析では，戯曲のプロットを，登場人物とそれらのネットワークに還元して分析するが，プロットがそのようなネットワークに還元できるものなのかどうかの論証が弱い．好意的な読者は，ネットワークに還元すると何が導けるのかという期待をもって読むだろうが，そうでない場合，プロットというものはそんなに抽象化できるわけがないと決めてかかり，彼の論文を全否定することになるだろう．

同じことが，遠読的アプローチを採るさまざまな計量的研究にも言えるだろう．何がどうして遠読でき，何がどうして遠読できないのか．そういった論述を丁寧にやっていくことが，伝統的人文学とデジタル人文学の協力には欠かせない．本章でこれから論じるのは，「物語から得られる感情は遠読により読み取ることができる」ということ，および「物語から感情を得ることは遠読によってはできない」ということの二点である．これにより，テキストマイニングによる悲劇や喜劇などのジャンル分け，およびセンチメント分析に類するような感情判断が可能であることを示す．

なお本章ではここまで，モレッティの論述を英文原著に依拠し，精読することにより確認してきた．遠読と正反対の方法である．和訳の価値を認めないわけではないが，モレッティの意図を可能な限り正確に読み取るには，遠読は向かないと考えている．私の研究領域（サンスクリット文献学）では，文献のさまざまな現代語訳が出版されていても，原典にあたらずに理解しようとすることはまったく認められない．「英訳，和訳でなら読んだことがある」というのは読んだうちに入らない，というのがこの学問領域での常識である．そんなサンスクリット文献学でも，上記の感情分析ならば遠読できるのではないか，ということをサンスクリット詩論書を精読することで論述していく．

2　ラサ理論——古代インドの芸術理論

　インドといえば映画が有名だが，古代インドの人々も舞台芸術を好んでいたようで，紀元数世紀頃には『演劇典範』（nāṭyaśāstra）と呼ばれる演劇理論書が編纂されている[5]．この書物は主に劇作家や役者といった制作者側に向けて編まれたものであり，劇場の作り方に始まり，演技の仕方，衣装や化粧，楽器や歌唱法など，非常に多くのトピックを網羅している．このうち第6章「ラサの章」と第7章「感情の章」は，ラサ理論と呼ばれる古代インドの芸術理論を論じている[6]．

　ラサとは「味」や「味わい」を意味する語であり，たとえば食べ物のもつ甘さや辛さなどがラサと呼ばれる．それと同じように，演劇には勇ましさや滑稽さ，哀しさといったラサがあり，演劇鑑賞者は，あたかも食事をするひとが食べ物の甘さや辛さを味わってグルメの悦びを楽しむように，演劇のラサを味わい，感動を体験する．演劇のラサには9種類があるとされる（恋しさ，滑稽さ，哀しさ，憎しみ，勇ましさ，怖さ，嫌悪感，驚き，静けさ）[7]．もっとも，どんな作品からも感動が得られるわけではなく，観客がラサを味わい楽しむことができるのは，優れた作品の優れた上演のみからである．ではどういう条件で，どのようにして，演劇のラサは成立するのか．『演劇典範』は次のように云う．

　　感情生成因，結果現象，変動要素と〔基底的感情が〕結びつくことにより
　　ラサが成立する．（Rāmakṛṣṇa Kavi, 272）

　感情生成因とは，たとえば恋しさのラサについていえば，恋愛対象という登場人物や，適切な季節や庭園の散歩など，恋愛感情を成立させる諸原因をいい，主として脚本に書かれるものである．結果現象とは，眉の動きや流し目など，恋愛感情の結果として生じる現象のことをいい，これらは舞台上で役者により表現される．（どのような結果現象を演じるべきかは，脚本に指示が記載

第2章　遠読できることと，できないこと　　65

されることもあるが，そうでないものの方が多いと考えられる．）変動要素とは，眠気や疲労や歓喜など，恋愛感情と必ず共にあるわけではないが，恋愛感情の表現に効果的にはたらく付随的要因のことである．これら三要素と「基底的感情」の結びつきによるラサの成立を説く上掲の命題は，さまざまな解釈が可能であり，その解釈をめぐる議論がインドの芸術論の奥深さを形成するのだが，古典的な解釈としては次のようなものが知られている[8]．それによれば，プロットに描かれた感情生成因は，登場人物に「基底的感情」と呼ばれる，いまだ観客の感動をもたらす状態に至らない，いわば不活性の感情を生成する．それは役者による結果現象の演技，および変動要素と結びつくことで，観客が味わうことのできる「ラサ」の状態へと強められる．ラサはまず登場人物に生成されるが，役者が登場人物になりきることで，あるいは観客が役者と登場人物を同一視することで，役者にも副次的に生成される．観客は舞台上のそれを味わうことで感動を得る．以上が，ラサ生成と美的体験の仕組みである．

この古典的解釈には種々の批判が寄せられるが，筆者が問題と考えるのは，登場人物または役者の感情を，観客がどうやって感じることができるのかという点である．他者の心的現象を経験することはできない，というのはインド哲学で広く認められる常識である．

3　シャンクカの推理説

この問題を解消しうる案がいくつか出されている．その一つが，シュリー・シャンクカ（9世紀）による推理説である[9]．推理説によれば，このラサ感受のプロセスは，推理による合理的判断にほかならない．彼によれば，感情生成因，結果現象，変動要素という三要素は，登場人物ないし役者の感情を推理するための論拠としてはたらく．

どういうことか考えてみよう．たとえば悲劇の観劇体験において，観客は登場人物または役者の悲嘆から「哀しさ」のラサを味わい，それに涙し，鳥肌が立つような感動を得る．しかし，そもそも人間は他人の感情を知覚する

ことはできない．友人が隣で悲しんでいたとしても，私たちはその友人の悲しみを感じることはできない．なぜ悲しんでいるのか，その経緯（感情生成因）を聞き，またその涙や狼狽という結果現象を目の当たりにして，友人が悲しんでいることを理解することはできる．その悲しみに至るまでの希望や落胆，怒りなどの変動要素の存在を聞くことは，友人の悲しみをより鮮明に理解することにつながる．推理説が言っているのも，このようなことであろう．推理説によれば，実際のところ，役者には悲嘆も恋心も存在しない．役者は結果現象や変動要素を巧みに演じることで，自己に登場人物の感情を偽装し，その偽装された感情を観客に推理させる．観客は合理的判断でその感情を理解するのだという．

4　理解と体験の違い

シャンクカの推理説もまたさまざまな観点から批判されるが，その一つに，芸術体験は非日常的な認識をもたらし，それは推理から得られる日常的な認識とは本質的に区別される，というアビナヴァグプタ（11世紀）の批判がある（上村，1990, 142, 159–160）．アビナヴァグプタは，芸術体験の認識を二段階のプロセスとして捉える（上村，1990, 135–137）．観客は演劇を鑑賞するとき，物語の中の出来事や登場人物の感情を，まず物語の中のこととして理解する．これは日常的な認識の段階にあるといえるだろう．そのうえで，理解したことに関する時間的・空間的な限定や，誰が誰に対して恋をしたというような限定を取り除いて「普遍化・共通化」することで，観客自身に関することとして体験する．これが第二の認識であり，非日常的な芸術体験である．たとえば，カーリダーサの戯曲『シャンクタラー』の第1幕に，ハンティングをする王に追われる鹿の恐怖心を描いた有名な偈がある．これを聴く観客は，遠い国で遠い昔に架空の鹿が感じた恐怖を「普遍化」し，自らの恐怖として味わい，心地よい芸術体験を得る．感情移入とは少し違う．観客は鹿に感情移入して鹿になりきるわけではなく（そもそも鹿に感情移入するのは難しいだろう），鹿の感じた恐怖から「鹿のもの」という限定を除去し，鹿の恐怖に

共感・共鳴することで，それを自らの恐怖として感得する．日常的な恐怖は不快なものであるが，普遍化され，ラサとして体験される恐怖は心地よいものである．

アビナヴァグプタによれば，観客が登場人物または役者の感情を味わうという枠組み自体が適切でない．彼は，観客のひとりひとりが，恋や恐怖や悲嘆の因子を潜在的な状態で自己の内に有しており，それこそが『演劇典範』のいう「基底的感情」だとする．そしてその因子が，舞台上で展開される感情生成因，結果現象，変動要素という三要素と結びつくことで，物語の中の感情が「普遍化」され，ラサの味わいが発生する．ラサは何かがもつ味なのではなく，演劇鑑賞という場において瞬間的に実現する体験である．このような枠組みでラサの成立を捉えるため，他人の感情をどう認識するかという問題はここでは問われることがない．

5　遠読できることと，できないこと

3節と4節で示した二つの立場を，観劇における推理説（シャンクカ）と体験説（アビナヴァグプタ）と呼ぶことにしよう．推理説によれば，演劇のラサはプロットや演技から推理できる．一方，体験説によれば，ラサの体験は推理のような日常的な認識ではなく，特殊な美的経験だという．

この二つの立場は，実は矛盾していない．つまり，体験説は，ラサが推理可能であることを否定していない．たしかにアビナヴァグプタは，演技による感情の鮮明な理解は推理によっては不可能と言っているが（上村, 1990, 148），あくまで「鮮明な」理解が不可能だといっているだけである．これは暗に，不鮮明な理解でよければ推理によっても可能であることを示していると捉えてよいのではないか．不鮮明で日常的なレベルでの感情理解ならば推理により可能である．しかし，そのレベルを超え，感動に鳥肌が立つような芸術体験をするには，推理では不十分である．体験説からはこのようなレベル分けが理解できる．

さて，いま，ようやく話をインド芸術論から遠読論に戻そう．ここまでの

議論は，演劇鑑賞により生じる感情の理解が推理により可能だということを示している．そして，推理により可能というのは，研究者が機械的に，ときにはプログラムを利用して判断できる，ということを意味しているといえるだろう．具体的には，プロットにどのような感情生成因が仕掛けられているか，また役者が何を（たとえば眉の動きや流し目などを）演じているか，という二つの要因を主たる根拠として，どのラサが描かれているかを推理しうる．さらには変動要素としてどのようなものが描かれているかを参照することで（これもそれぞれの感情生成因と演技により推理可能である），作品内ではどういった流れで感情表現が展開されているかを推理することができる．このとき推理される感情とは，推理説に従えば登場人物の感情であるが，それはそのまま，鑑賞者が観劇によってどのような感情を味わうか，という鑑賞者の感情でもある．そもそもラサは，観客が味わう対象という前提で考えられているため，ラサを推理するというのは，何よりもまず，その演劇を観て観客はどのような感情を得るかを推理することに他ならない．このような仕組みで，個々の作品を悲劇・喜劇・冒険譚・恋愛譚といったジャンルに分類することができるだろうし，あるいはプロットの展開を，実際にその作品を読まずに，すなわち遠読により把握することができるだろう．筆者も実際にやってみようと思ったのだが，いくつかの理由——サンスクリット語の自動形態素解析がまだ不完全であること，また感情生成因や演技指示に関する感情語の辞書が作られていないこと——により，今回は実現するに至らなかった．

　一方で，遠読によりできないことは何なのか．体験説によれば，それは，ラサを味わい感動するという芸術体験そのものである．つまり，悲劇の脚本をテキスト分析に掛ければ，それが悲劇であることは推理により判断できるが，その悲劇に感動し涙するには，実際に脚本を精読するか，上演を観るかしなければならない．なお，実体験として，たとえば戯曲『シャクンタラー』で感動するにはサンスクリットの絶妙な表現や修辞技法をつぶさに捉えなければならないので，遠読はもちろん，ふつうに観劇する程度の鑑賞でも感動に至らない．おそらく当時の知識人たちも，予習をして観劇するか，あるいは繰り返し観劇するなどして「精読」のレベルに至らないと，十分に演劇を

楽しむことはできなかっただろう．

なお，推理による日常的理解と，鑑賞による美的体験というこのレベル分けは，筆者としては感覚的に同意できるのであるが，一般的にはどうなのであろうか．というのも，シャンクカやアビナヴァグプタよりも後にマヒマバッタ（11世紀）という文学理論家がおり，彼は演劇論ではなく文学作品の鑑賞を論じているのだが，彼は文学作品のラサについて推理説を主張している．マヒマバッタに対し，ラサが推理されたとしても，文学作品を通して恋情を味わうこの喜びはどうやって説明するのだ，という質問が寄せられ，彼は次のように答える．「感情生成因など（結果現象と変動要素を含む）を通して諸々の感情が理解される，その場合にのみ，優れた鑑賞者だけに分かる，ラサの感受などがある，ということが現実のあり方である（Mahimabhaṭṭa, 70).」どうやらマヒマバッタは，推理による感情理解と，その味わいの体験を区別していないようである．「優れた鑑賞者」とは芸術を理解するセンスのある鑑賞者をいうのであるが，そういう鑑賞者が文学作品を読むと，推理のプロセスを通して，芸術の味わいを体験すると考えているのだろう．筆者としては，推理あるいは合理的判断というものはセンスの有無を問わず，さらには人間に限らず機械にも平等に開かれたものと考えるので，マヒマバッタの立場は受け入れがたい．しかし，このような立場が取られることが実際にみられる以上，何が遠読でき，何が遠読できないかは，この段落の最初で言ったように「感覚的に」分かるとしてしまうのでなく，丁寧に論述していかなければならない．

6　おわりに——遠読できないその他のこと

以上の長い論述を通して，遠読できることと遠読できないことの一例を示してきた．これにより，テキストマイニングによる演劇や文学作品の感情分析（ただし発話者の感情の分析ではなく，聞き手・読み手が得る感情の分析）が可能であることを述べたつもりである．もちろん，遠読あるいはテキストマイニングにより可能なことは他にもあるだろうし，そのさまざまな事例がこの論集

の各章で示されている．一方，筆者は，何が遠読できるかではなく，何が遠読できないかについても考えてみたい．精読しなければ得られないようなものが感動以外にもあるとすれば，どんなものが文学作品には潜んでいるのだろうか．感覚的には，作者が何を考え，どのような思いで作品をつくり上げたのかは，ひと文字ひと文字を精読していかないと分からないだろうとは思う．しかしそれも現時点では「感覚的に」分かるだけであり，もしかしたらそれも推理により分かるかもしれない．試みに，GPT-4oのChatGPTに「カーリダーサはシャクンタラーをどのような思いで書いたのでしょう」と訊いてみた．この人工知能は即座に「カーリダーサが『シャクンタラー』を書いた際の思いを正確に知ることはできませんが，その内容や構成，背景から推測できることはいくつかあります．」と言って長い推理を示してきた．この応答は，これまでの本章の議論を実によく反映している．カーリダーサの思いを正確に知ることは，推理によっても，他の手段によっても，そもそも不可能である．他人の感情を感じることはできないからである．ある程度，不鮮明なかたちであれば推理することはできる．しかし別のアプローチもある．作品の登場人物ではなく作者の感情に思いを寄せ，それを「普遍化」することで，作者に共感するというかたちで作者の感情を共有することができるだろう．それは，これまでの議論に従うならば，おそらく推理では不可能である．

註

〔1〕 名古屋大学大学院人文学研究科附属人文知共創センター
〔2〕 筆者は二つの書評，今井（2017）と片山（2017）をとくに参考にした．
〔3〕 "... we know how to read texts, now let's learn how not to read them."
〔4〕 それはテキストマイニングについても同様であり，計算機を用いずとも，計量的なテキスト研究は可能である．村上征勝他（2016, 8）に19世紀の計量的テキスト研究について言及がある．
〔5〕 以下，各種文献の年代についてはPollock（2016）に従う．
〔6〕 ラサ理論について，詳しくは上村（1990）やPollock（2016）を参照．
〔7〕 最後の「静けさ」のラサは後代の付加と考えられている．上村（1990, 199）参照．

〔8〕　『演劇典範』アビナヴァグプタ註におけるバッタ・ローッラタの解釈に従っている．上村（1990, 44-64）およびPollock（2016, 74-77）を参照．

〔9〕　上村（1990, 65-84），Pollock（2016, 77-84）．

参考文献

今井亮一（2017）．屠場の抜け穴——フランコ・モレッティ『遠読』への覚書．れにくさ 現代文芸論研究室論集，7，22-36頁．

上村勝彦（1990）『インド古典演劇論における美的体験——Abhinavaguptaのrasa論——』東京大学出版会．

片山耕二郎（2017）．書評　フランコ・モレッティ『遠読〈世界文学システムへの挑戦〉』．れにくさ 現代文芸論研究室論集，7，142-146頁．

Mahimabhaṭṭa (1964). *Vyaktivivekaḥ*. Rewa Prasad Dwivedi, ed. Chaukhamba Sanskrit Series Office.

Moretti, F. (2013). *Distant Reading*. Verso.（モレッティ，フランコ著，秋草俊一郎他訳（2024）『遠読——「世界文学システム」への挑戦』新装版，みすず書房．）

Morretti, F. (2000). Conjectures on World Literature. *New Left Review*, 1, p. 54-68. Moretti (2013) に収録．

Moretti, F. (2009). Style, Inc.: Reflections on Seven Thousand Titles (British Novels, 1740-1850), *Critical Inquiry*, 36(1), p. 134-158. Moretti (2013) に収録．

Moretti, F. (2011). Network Theory, Plot Analysis, *New Left Review* 68, p. 2-31. Moretti (2013) に収録．

村上征勝他（2016）『計量文献学の射程』勉誠出版．

Pollock, S., ed. and tran. (2016). *A Rasa Reader: Classical Indian Aesthetics*. Columbia University Press.

Rāmakṛṣṇa Kavi, M., ed. (1956). *Nāṭyaśāstra of Bharatamuni: With the Commentary Abhinavabhāratī by Abhinavaguptācārya*. Second edition. Gaekwad's Oriental Series 36. Vol 1. Oriental Institute, Baroda.

第3章
ダーウィン『ビーグル号航海記』のセンチメント分析
──感情史における量的分析と質的分析の融合に向けて

伊東剛史[1]　鄭弯弯[2]

　チャールズ・ダーウィン（Charles Darwin, 1809–1882）は，いかにして進化論を着想したのか．この問いには，多くの研究者が取り組み，チャールズ・ライエル（Charles Lyell, 1797–1875）『地質学原理』やトマス・ロバート・マルサス（Thomas Robert Malthus, 1766–1834）『人口論』の影響など，さまざまな要因が指摘されてきた．なかでも，約5年間におよぶビーグル号航海の経験を無視することはできない．ダーウィン研究の第一人者である科学史家ジャネット・ブラウン（Janet Browne）は，「ビーグル号の航海が，ダーウィンを創った」（ブラウン，32）と評している．このような理由から，ビーグル号航海とその記録である『ビーグル号航海記』に関しては，膨大な研究蓄積がある．これらの研究の多くは，主に1845年刊行の増補改訂版に依拠しており，現在比較的容易に入手可能な邦訳も，この版の完訳版である．つまり，この増補改訂版が『ビーグル号航海記』の決定版とされている（以下，同版を「決定版」と呼ぶ）．その一方で，決定版が刊行されたのは，ダーウィンが帰国してから10年近い月日がたってからであり，このタイムラグに注意を払う必要がある．『ビーグル号航海記』は，ダーウィン自身が日誌に記録された出来事を再構成・再解釈したものだからである．そこで本章は，『ビーグル航

海記』誕生の背景を整理し，航海中に記録された未刊行日誌（以下，日誌）と決定版の重要性をふまえたうえで，両者を計量的な手法で比較分析する．具体的には，センチメント分析を行なう．

　この研究には，ダーウィンがどのように進化論に至ったのかという科学史の大きな問いに，感情史の視点から迫るという意義がある．研究生活においてダーウィンが自身の感情とどのように向き合い，それが研究の発想や方向性にいかなる影響をもたらしたのかについては，これまでにも議論がなされてきた（伊東，2021）．本章は，そうした科学史と感情史が交差する領域の研究に計量的な分析を導入し，その可能性と課題について考えるものである．

　なお，歴史史料には量的分析の対象となるものもあれば，質的分析の対象となるものもあるが，本章でとりあげる日誌や旅行記は，これまで主に後者の対象だった．そこに前者を導入することについては，まだ試行錯誤が続けられる段階であり，分析手法が確立されているわけではない．センチメント分析自体も，大規模言語モデルの登場により，近年は著しい発展を見せており，その発展に応じた分析手法の開拓が求められる状況である．したがって，本章はあくまで現状における一つの実践例として，分析方法についての考察も含めながら，歴史史料のセンチメント分析を行なうものである．

1　ビーグル号航海の概要

　まず，テキストの分析に先立ち，ダーウィンの経歴とビーグル号航海の概要をまとめておこう．チャールズ・ダーウィンが誕生したのは，今からおよそ200年前の1808年のことである．裕福な医師の家庭に生まれ育った．父方の祖父は博物学者として有名なエラズマス・ダーウィン（Erasmus Darwin, 1731–1802）であり，母方の祖父は陶器製造業で成功したジョザイア・ウェッジウッド（Josiah Wedgwood, 1730–1795）だった．ダーウィンは父親と同じように医業に就くことが期待され，スコットランドにあるエディンバラ大学に送られた．しかし，そこで自分は医師には向かないと考えるようになり，かわって標本採集などの自然史の研究に没頭するようになった．また，ロバー

ト・グラント（Robert Edmond Grant）という動物学者を介して，ラマルク（Jean-Baptiste Lamarck）の進化論にも触れることになった．晩年のダーウィンは，エディンバラ大学での経験に積極的な意義を見出さなかったが，そこで種は変異するという考え方を学んだ経験を，過小評価することはできないだろう（Barlow, 1958, 46–7）．

　1828年，息子を医師にすることを断念した父親は，ダーウィンをケンブリッジ大学に送った．イングランド国教会の聖職者であれば，ほぼ同等の社会的地位が得られると考えたのである．ただし，そのためにはイングランドにある大学で，神学を学ばなければならなかった．こうした理由からケンブリッジ大学に行ったダーウィンは，そこで出会った植物学者のジョン・スティーブンス・ヘンズロー（John Stevens Henslow, 1796–1861）の紹介で，長期間の航海を予定しているイギリス海軍の帆船，ビーグル号に乗り込むことになった．

　このビーグル号の艦長だったのが，ロバート・フィッツロイ（Robert FitzRoy）である．海軍士官だったフィッツロイは，南アメリカに派遣され，大陸南端部のフエゴ諸島で測量を行なうビーグル号に乗船していたが，艦長が自殺してしまったため，その任を引き継ぎ，1830年9月にイギリスに帰国した．また，任務中に遭遇した4名の若いフエゴ島民をイギリスに連れ帰り，教育を施してから，島に戻すことにした（ただし，うち1名はイギリス到着後に天然痘にかかり死亡）．フィッツロイは，教育を受けたフエゴ島民たちが宣教師としての役割を果たして，フエゴ諸島を「文明化」してくれると期待したのである．海軍本部も，航海の難所であるフエゴ諸島でイギリスへの友好的な態度が広まる利点を認め，フィッツロイの案を許可した．さらに，この目的と南アメリカ大陸沿岸の測量に加え，世界各地での経度測定という使命がフィッツロイに課された．そのため，二度目のビーグル号航海は，世界を一周することになったのである（McConnell, 2015）．

　フィッツロイは，彼の前任者が6ヵ月にわたる孤独な測量任務の末に自殺してしまったことから，話し相手になるナチュラリスト（自然史研究者）を乗船させた方がよいと，出航前に助言されていた．そこで人脈を頼りに該当者

を探したところ，ヘンズローを介してダーウィンが推薦された（Keynes, 1988, viii; DCP-LETT-105; DCP-LETT-106）[3]．そのことをフィッツロイに知らせる手紙には，「哲学者および詩人として有名な〔エラズマス・〕ダーウィンの孫」（DCP-LETT-113, DCP-LETT-13）として，ダーウィンが紹介されている．こうした経緯から，ダーウィンは，海軍から報酬が支払われる測量艦の正式なナチュラリストとしてではなく，艦長個人のゲストとして乗船し，フィッツロイと交流を深めながら，自然史の研究に従事することになった．フィッツロイとダーウィンが乗るビーグル号は，1831年12月にプリマス（イングランド南西部にある港町）を出航し，5年におよぶ航海が始まった．

ビーグル号は全長90フィート，242トン（載貨重量トン数）の帆船で，これにフィッツロイやダーウィン，3名のフエゴ島民を含めて合計74名が乗船した（ムーアヘッド，1982, 32）．艦長であるフィッツロイには個室があったが，ダーウィンは測量助手ら2名と船室を共有することになった．ただし，食事はふたりでとることが多く，さまざまな議論が交わされた．ときおり，意見の相違が見られることもあったが，おおむね二人の関係は良好だったようである（ブラウン，2007, 31）．ダーウィンは刊行されたばかりのライエル『地質学原理』第1巻を持ち込んだが，これはフィッツロイからのプレゼントである．

長期間の航海の準備を終え，いよいよビーグル号がプリマスを出航したのは，1831年12月27日だった．ファルマス（プリマスのさらに南西にある港町）に帰港したのが，1836年10月2日だったから，およそ5年間にわたる遠征となった．一般的にビーグル号航海は世界周航であると言われ，事実そうなのだが，大半の期間は南米で費やされた．また，ダーウィンは遠征期間のうち，半分を超える30ヵ月を陸地で過ごしている（斎藤，2011, 27）．たしかに，Rookmaakerらの調査によると，ダーウィンは全旅程の55％にあたる955泊を南アメリカで過ごしたことになる．また，合計1740日の旅程は，ビーグル号が航海していた580日（33.3％），停泊していた566日（32.6％），そして本人が下船し上陸していた594日（34.1％）に分けられる．ダーウィンは，かなりの期間を地上で過ごしていたのである（Rookmaaker, 2009）．

ビーグル号は，1832年2月28日に奴隷貿易で栄えたバイア（バイーア）に寄航すると，大陸東岸を南下して，4月5日にリオ・デ・ジャネイロに，7月26日にラプラタ川の河口にあるモンテヴィデオに到着した．そこでビーグル号は，その先2年間にわたるラプラタ川以南の測量を開始した．その間にダーウィンは，マルドナドという近郊の街に10週間ほど滞在して鳥や昆虫などの標本を採集するなど，自然史の研究に従事した（Darwin, 1845, 40 [上91]）[4]．陸路でバイア・ブランカやブエノスアイレスも訪れたが，途中で体調を崩すこともあった（ムーアヘッド，1982, 268）．またこの2年の間に，ビーグル号はフエゴ諸島を訪れている（1832年12月-翌年2月）．これにより当初の目的の一つである，3名のフエゴ島民の帰還がかなったが，フィッツロイが期待したような島民たちの「文明化」は起きなかった．ビーグル号が1年後に戻ってくると，かれらはもとの生活に戻ってしまっていた．下船時には，肉付きがよく，清潔な身なりをしていた「なつかしいジェミー」は，「いまは痩せて目だけギラつかせた野蛮人にかわり，髪はもじゃもじゃで長く，腰にまいた毛皮のほかは，裸だった」と，決定版には記されている（Darwin, 1845, 228 [上424]）．ダーウィンにとってフエゴ諸島での体験は，「5年間の航海でいちばん心乱された」（ブラウン，2011, 41）ものであり，その人種観の形成に大きな影響をおよぼしたと言われている（デズモンド＆ムーア，2009, 163）．この指摘については，このあとの量的分析でも再度とりあげたい．

　ビーグル号は，フォークランド諸島を再訪してから，1834年6月にマゼラン海峡を抜けて，翌7月にヴァルパライソに到着した．こうして今度は西海岸の測量が始まり，ダーウィンもアンデスへと調査旅行に向かったが，体調を崩し1ヵ月ほど療養することになった．また，1835年1月，ヴァルパライソの南にあるバルディビアに寄航した際には，そこで大地震を経験した．フィッツロイは同年7月に測量を中止し，太平洋経由で帰途につくことにした（ムーアヘッド，1982, 268）．ビーグル号は，その途中でガラパゴス諸島に寄り，そこでダーウィンは1ヵ月余りを過ごした．その後，タヒチ，ニュージーランド，シドニー，タスマニア，キーリング諸島，モーリシャス島，喜望峰を経て，再びバイアに寄航してからイングランドに帰ってきた．

この航海によって，ダーウィンは『種の起源』の礎となる三つの発見をしたという．バイア・ブランカで発掘したメガテリウム（ナマケモノの近縁属）などの化石，レア（アルゼンチンに生息するダチョウに似た鳥）という新種，そしてガラパゴス諸島の生物の多様性である（ブラウン，2007, 35）．最後の点に関連して，種分化（種が分化して新たな生物種が誕生する進化プロセス）の事例としてよく紹介されるのが，ダーウィンフィンチ（ガラパゴス諸島で適応拡散したと言われるフィンチ類）である．決定版によれば，ダーウィンはここでガラパゴス諸島に固有の13種の「ヒワの仲間」を発見したが，これらは1種を除いて固有の分類グループを構成するとされた．ダーウィンは，種によって異なる嘴の特徴に言及したあと，次のように記している．「これだけ小さくて，深い類縁関係をもつ鳥のあいだで，その体構造が順を追い変化し多様性を示していく事実を前にすると，次のような空想を本気でめぐらしたくなるだろう．つまり，この群島に元来いたごく少ない固有種群から，ある一種が選びだされ，別々の目的にそって変形させられたのでは，と」（Darwin, 1845, 380 ［下243］）．

　かつては，このような記述に基づき，ダーウィンフィンチの発見が，ダーウィンに進化論の着想をもたらしたと考えられてきた．しかし，現在では，この通説は否定されている（Sulloway, 1982, 38）．そもそも，これらが近縁種であると発見したのは，ダーウィンではなく，ダーウィンが持ち帰った標本を調べた鳥類学者のジョン・グールド（John Gould）だった．一方のダーウィンは，現地では島ごとに異なる生物の多様性に気がつかず，たとえばカメの場合も，採集した別の島に生息する二種をひとまとめにしていた（Darwin, 1845, 393-4 ［下263-4］）．したがって，ガラパゴス諸島でダーウィンフィンチの進化のプロセスを目の当たりにして，ダーウィンはダーウィン進化論を着想したのだという，いささかトートロジーのように聞こえる説明は，決定版の「後知恵」（ボウラー，1997, 84）に基づいたものである．実際に，日誌にはダーウィンフィンチに該当する「フィンチ」という言葉は一度しか登場せず，当初はダーウィンがこの鳥にあまり関心を向けていなかったことがうかがえる（Keynes, 1988, 359）．

フィンチの扱いの変化は，日誌と決定版の間に見られる差異のほんの一例に過ぎない．次節では，こうした差異が生まれた背景として，両者のテキストがどのように「生成」されたのかを，歴史学の史料批判の観点から検証する．そのうえで，計量的手法により両者の比較分析を試みよう．

2　『ビーグル号航海記』の成立過程

1831年10月24日，ダーウィンはデヴォンポート（プリマス・ドック）に到着し，この日から日誌をつけ始めた．翻刻したKeynesによると，日誌の大きさは横20cm，縦25cmである．最初の2ページには，フィッツロイとの面談や，父親に乗船を反対されたことなど，航海の背景にあたる部分が簡単にまとめられている．その下に，括弧書きで「12月16日」という日付が入っているため，この最初の2ページは，あとから書き加えられたと考えられる．

ダーウィンは，ノートの中央上部の余白に地名を，左側の余白には日付を書き込んだ．また，自分でページ番号をふっていたが，本来554ページとすべきところを，誤って534ページとしてしまい，その誤りは最後まで訂正されることはなかった．そのため，日誌の最終ページは，本来は779ページなのだが，余白には751ページと書き込まれている．

ダーウィンは内陸部への遠征には，日誌を持参しなかったため，その間の出来事や発見は，あとでまとめて記録することになった．その結果，日誌に記載された日付と，そこに書かれた出来事の実際の日付が一致しないこともある．日誌はインクで書かれたが，ダーウィンは小型のポケットノートも携帯しており，こちらには鉛筆で書き込んだ．この鉛筆書きのノートをもとにインク書きの日誌を書くこともあれば，最初から日誌に記入したこともあったという（Keynes, 1988, xiv–xv）．これらのことをふまえて注意したいのは，日誌だからといって，そこに書かれたものすべてが，ダーウィンの「素の体験」ではないということである．後述する決定版と比較して，日誌は見たこと，感じたことを，ありのままに伝えるというわけではない．ダーウィンは，とくに最初の頃は，事象を忠実に記述することの難しさを感じていた．すべ

てを盛り込もうとするあまり，書くべき話題の量に圧倒されて，「文〔センテンス〕をどうやって始めて，どうやって終わらせたらよいのか，いつも戸惑っています」と，姉のキャロラインへの手紙に書いている（DCP-LETT-164）.

日誌は，もともと家族が読むことを念頭において書かれていた．しかし，イギリス帰国後の1837年春，ダーウィンはフィッツロイに促され，日誌をもとに航海記の執筆を開始した．その際に，個人的な事柄は削除する一方，航海中に日誌とは別につけていた地質学や動物学に関するフィールドノートの記録を取り込んだ．また，時系列に固執するよりも，探検記としての展開と読みやすさを優先した．決定版には，「無益な反復を避けるために，同じ地域に触れている日記の部分は，わたしが訪れた日付の順序を追うことには拘泥せず，ひとまとめに抜粋することにしよう」と明記されている．

1839年6月，ダーウィンの書き上げた航海記は，ヘンリ・コルバーン（Henry Colburn, 1784–1855）という出版者から，*Narrative of the surveying voyages of His Majesty's ships Adventure and Beagle, between the years 1826 and 1836*（全3巻）の第3巻「日誌と注記」として刊行された（Darwin, 1839a）．ところが，他の巻よりも売れ行きがよかったため，9月になって，*Journal of researches into the geology and natural history of the various countries visited by H. M. S. Beagle, under the command of Captain FitzRoy, R.N., 1832 to 1836*という新たなタイトルがつけられ，独立した書籍として出版された（Darwin, 1839b）．同書は，アレクサンダー・フォン・フンボルト（Alexander von Humboldt, 1769–1859）やライエルから好意的に評価され，ダーウィンの名を高めた．この成功により，ダーウィンはジョン・マリー（John Mary, 1808–1892）から第2版刊行のオファーを受けて，1845年8月に*Journal of researches into the natural history and geology of the various countries visited by H. M. S. Beagle, under the command of Captain FitzRoy, R.N., 1832 to 1836*というタイトルの改訂第2版を出版した（Darwin, 1845）．初版と第2版でタイトルが同じように見えるが，「地質学（geology）」と「自然史（natural history）」の順番が逆になっていることに注意したい．初版では地質学が先に置かれていたことは，もともとダーウィンが自分を地質学者とみな

していたものの（実際にダーウィンは1841年までロンドン地質学会の幹事を務めていた），次第に関心が自然史に移っていったことを示唆する．

この改訂第2版で，ダーウィンは語数を26000語近く削減する一方，新たな研究成果や発見を盛り込み，フエゴ人に関する記述を充実させた．ダーウィンは，前年の1844年の時点で，自然選択説の構想を書き留めていたと言われているため，後に出版された『種の起源』との関連からも，この改訂第2版に関心が寄せられるようになり，ビーグル号航海記の決定版として扱われるようになった．1905年には，*The Voyage of the Beagle* というタイトルで出版されたことから，この呼び方が定着することになる．邦題の『ビーグル号航海記』も，この英題に由来する（荒俣，2011，下489–91）．

冒頭で述べたとおり，本章ではこの決定版と，そのもとになった日誌とをセンチメント分析によって比較する．両者とも，Darwin Online（https://darwin-online.org.uk）で公開されているテキストデータを用いる．日誌については現在，新旧の2種類の翻刻テキストがあるが，ここでは，Rookmaaker & van Wyhe の編纂による，新版の翻刻テキストを用いることにした．それでは，計量的手法による両テキストの分析を始めよう．

3　全体の構造とトピックの推移

最初に，日誌と決定版のテキストデータの全体的な特徴を整理しておく．日付などを削除する前処理を施した結果，日誌と決定版の語数は，それぞれ177691語と186963語となった．また，「.」と「;」を一文の区切りとしてカウントすると，それぞれ10431センテンスと8974センテンスとなった．

次に，各テキストを文章の流れに沿って，個々のテキスト量がほぼ均等になるように10個に分割した．そして，TreeTagger（https://www.cis.uni-muenchen.de/~schmid/tools/TreeTagger/）を用いて各テキスト内の単語の基本形（lemma）を抽出し，品詞タグを付与した．その中から名詞を抽出して分析対象とし，構造的トピックモデル（Structural Topic Model, STM）による分析を行なった．STMは，トピック間の相関関係を考慮できる方法であり，時間（文

章の流れ）の経過に伴う各トピックの変化や推移を考察するのに適する．しかし，STMを適用する際にはトピック数を指定する必要があり，最適なトピック数を決定することがモデルの品質や解釈性に大きな影響を与えるとされている．今回は，解釈可能なトピックを得ることを重視し，数回にわたる試行を経て，トピックの解釈のしやすさを基準に最終的にトピック数を3に設定した．その結果を示したのが，図1と図2である．

　日誌の方は，冒頭で支配的なトピック1の特徴語は，「day（日）」，「morning（朝）」，「evening（夕）」である．日誌を記録し始めた頃は，とくに時間の経過に注意を払っていたことのあらわれかもしれない．続いて浮上するトピック3の特徴語は，「country（国・地域）」，「river（川）」，「water（水）」，「weather（天気）」などである．この展開は，南アメリカに上陸したダーウィンが，しばしば長期間にわたり，内陸部の調査をするようになったことと合致する．そして，最後に支配的になるトピック2の特徴語は，「country（国・地域）」，「land（土地）」，「valley（谷）」，「side（側）」である．トピック3に近いが，こちらの方が地形の描写や地質学的な観察を連想させる．

　決定版の方は，冒頭で支配的なトピック2の特徴語は，「horse（馬）」，「animal（動物）」，「river（川）」，「country（国・地域）」といった，内陸部の調査を連想させる語である．次に支配的になるトピック3の特徴語は，「man（人）」，「side（側）」，「line（線）」である．地形・地質だけでなく，人の描写が関連すると思われる．実際に，トピック2の下降線とトピック3の上昇線が交差する前後は，「Fuegian（フエゴ島民）」に関する記述が多く見られる部分である．そして，中盤から終盤にかけて急浮上するトピック1の特徴語は，「island（島）」，「land（土地）」，「archipelago（群島・諸島）」である．これらの語からは，とくに中盤以降，ガラパゴス諸島など島嶼部での調査が増えたことがうかがえる．

　以上のように，日誌と決定版とで分析結果が似ていながら，異なる点もあるのは，先述したとおり，決定版は時間の経過とともに出来事を並べ立てるのではなく，それをテーマごとに再構成したからだろう．そのためか，決定

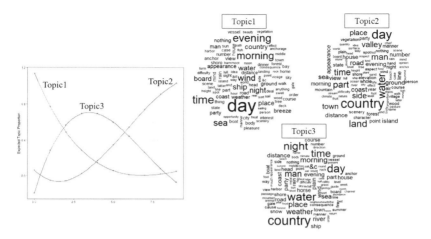

図1 日誌におけるトピックの変遷

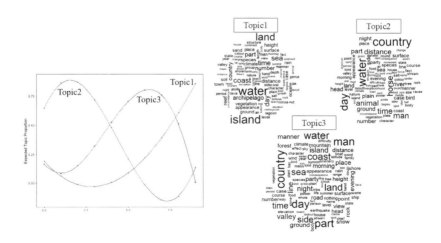

図2 決定版におけるトピックの変遷

第3章 ダーウィン『ビーグル号航海記』のセンチメント分析　　83

版の展開の方が，内容的な観点からの説明が容易であるように思われる．

4　センチメント分析

　センチメント分析に移ろう．センチメント分析には，従来の極性辞書ベースのアプローチと近年急速に発展した大規模言語モデルベースのアプローチがある．これらの詳しい説明は，本書の研究事例4による説明を参照されたい（180–181頁）．本節では，日誌と決定版の両テキストを対象として，これらの二つの方法を試み，それぞれどのような結果が得られるのかを確認しよう．

　まず，極性辞書ベースのアプローチからだが，RライブラリのsentimentrNを使用した．本ライブラリは，辞書ベースの分析ではあるものの，否定語（例: not）や強意語（例: very）などを考慮したセンチメントスコアを算出することができる．正の値であればポジティブ，負の値であればネガティブな感情と判定される．たとえば，(1) 肯定文，(2) 否定文，(3) 準否定語を用いた文，(4) 否定語＋副詞（あまり〜でない）の文は，次のように評価される．

　　（1）I am excited to go on a trip.　　　　　　 0.27
　　（2）I am not excited to go on a trip.　　　　 - 0.25
　　（3）I am hardly excited to go on a trip.　　　 0.05
　　（4）I am not terribly excited to go on a trip.　- 0.08

　（3）は，日本語では否定語を用いて「あまりワクワクしていない」と訳出されることが多いため，ネガティブな印象を伝えるかもしれないが，原文では「少しはワクワクしている」と，わずかにポジティブな感情であると評価される．

　次に，大規模言語モデルベースのアプローチについては，センチメント分析タスクにおいて高い性能を示しているHugging FaceのTransformerライブラリのDistilbert-base-multilingual sentiment model[5]（以下，lxyuan）を使用し

た．lxyuan は多言語対応の感情モデルであり，12言語から構成される計296千文の言語コーパス[6]を学習データにしている．このモデルは，入力されたテキストの感情を「ポジティブ」「ニュートラル」「ネガティブ」の三つのカテゴリに分類し，それぞれの確率を出力する．本章では，sentimentr と lxyuan の判断基準が異なることから，両者で算出した値を比較可能にするために標準化を行なった．

　日誌に出てくる文章が，極性辞書ベースと大規模言語モデルベースのアプローチによって，それぞれどのように評価されるかの例を示しておこう．ダーウィンは，最初はビーグル号に乗船することを父親に反対されたが，家族や親類のサポートにより父親を説得することができた．そのことを説明する日誌の冒頭部分に以下の文章がある．

> I found every member of the family so strongly on my side, that I determined to make another effort.

　この文のセンチメントスコアは，sentimentr 0.39，lxyuan 0.66であり，どちらのアプローチでもポジティブと判断される．なお，スコアの算出方法が異なるため，両者を比較することには意味はない．

5　感情状態の推移

　ビーグル号航海は，ダーウィンにまったく新しい経験をもたらした．そのなかには知的好奇心をかき立て，それを満たすものもあれば，逆に未知への不安や恐怖を煽り，苦痛に感じられる出来事もあった．ガラパゴス諸島での新種の発見が前者にあたるとすれば，病にかかったり，地震に遭遇したり，先述のようにフエゴ島民の生活を目の当たりにして「心乱された」ことは後者にあたる．したがって，ポジティブな感情状態と，ネガティブな感情状態との振幅が激しかったのではないかと推測される．センチメント分析は，文ごとのセンチメントスコアを算出することで，このようなダーウィンの感情

状態の変化を，テキストがどのように可視化するのかを検証することができる．

　図3は，sentimentrによって算出した日誌と決定版のすべての文のセンテンススコアの分布図になる．どちらのテキストも，ニュートラルと判断される文が多くて，中立的（ニュートラル）な値に寄せられる傾向が強いことがわかる．また，ネガティブとポジティブの範囲にも分布があるが，全体的に感情の変化を繊細に捉えるよりも，平均的な傾向を示しているように見える．

　図4は，センチメントスコアの推移を，標準化した累積和の変化によって示す．日誌と決定版では，文の数が異なるため，両者の起点と終点が対応するように調整してある．この図からは，日誌の方が，全体を通して相対的にポジティブであることが読み取れる．推移については，初期に上昇し，中盤から終盤にかけての継続的な下降トレンドの後に，再度ポジティブに転じる．この全体的な動きは，おおむね決定版にもあてはまるが，日誌の方が振幅が激しい．累積和の範囲（最大値と最小値の差）は，日誌が決定版の1.16倍である．

　続いてlxyuanによる分析結果を示す．図5は，図3と比較すると，ニュートラルと判断されるセンテンスが少なくなり，ポジティブかネガティブに明確に判断されるセンテンスが多いことがわかる．とくに「ポジティブ」のスコアと「ネガティブ」のスコアが際立っており，大規模言語モデルの感情分析が文脈情報を捉えることで，感情の強弱をより鋭敏に反映していることが考えられる．

　センチメントスコアの推移を示した図6には，sentimentrに基づく図4と比べて，日誌と決定版との違いがより明確に現れている．日誌のセンチメントスコアは初期に上昇し，中盤から終盤にかけて下降トレンドを継続したあと，最終点に向けて上昇に転じる．この推移は，sentimentrによる分析結果とおおむね一致するが，決定版と比較した振幅（累積和の範囲）は1.96倍となり，sentimentrの分析結果よりも大きい．

　このようにsentimentrとlxyuanの結果が異なるため，両者のポジティブ／ネガティブな文の上位10を抽出して，比較してみることにした（表1，表2）．

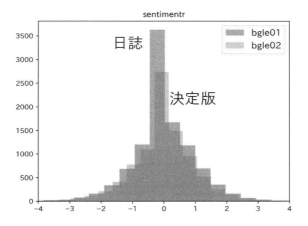

図3　sentimentrによるセンチメントスコアの分布図

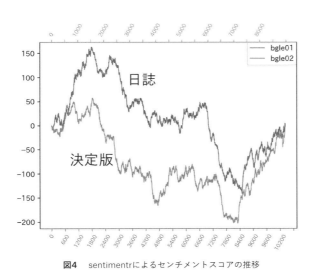

図4　sentimentrによるセンチメントスコアの推移

第3章　ダーウィン『ビーグル号航海記』のセンチメント分析

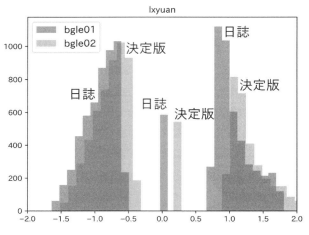

図5 lxyuanによるセンチメントスコアの分布図

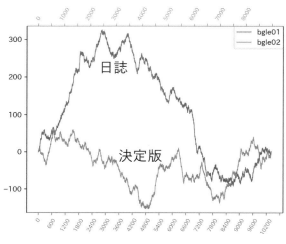

図6 lxyuanによるセンチメントスコアの推移

すると，sentimentrにおいては，日誌と決定版で似たような文が出現するものの，スコアが大幅に変化していることがわかった．以下に，その具体例を示す．下線は筆者らによる．また，［ ］でlxyuanによるスコアの変化を示す．

  日誌 They pulled however very well & cheerfully; (2.24, [0.70])
  決定版 They pulled, however, very well and cheerfully. (1.22, [0.56])

  日誌 My excellent judgment in beauty procured me a most hospitable reception; (1.36, [0.96])
  決定版 My excellent judgment in combs and beauty procured me a most hospitable reception; (1.25, [0.93])

前者は，活字化に際して表記が整えられたための変化を示す．後者は，ダーウィンが文章をわかりやすくするために，前後の文脈に即して「combs（櫛）」という語を補ったための変化である．これらの編集上の介入によってsentimentrで算出したセンチメントスコアがlxyuanと比較して，より大きな倍数で変化した．これは，sentimentrが最終的に単語クラスタの極性スコアを合計し，その値を単語数の平方根で割る仕組みを採用しているため，単語の追加，そして「&」にかえて「and」を使用するといった編集が，単語数を増やし，スコアを変化させたと考えられる．

 lxyuanの例もとりあげよう．活字化に際し，強意語の「very」が削除された例である．また，［ ］でsentimentrのスコアの変化も示す．

  日誌 This gives them a very great facility in movement; ([0.30], 0.98)
  決定版 This gives them a great facility in movement; ([0.18], 0.96)

 これらの文の変化は，出版物に相応しい表記の選択，文章を理解しやすくするための語の追加や削除といった，編集上の理由から生じたものである．これまでダーウィンと同時代の歴史史料を，主に質的分析によって解釈して

表1　sentimentrとlxyuanの比較—日誌

text	sentimentr	text	lxyuan
They pulled however very well & cheerfully;	2.24	Its utility is great;	0.98
We gladly accepted his offer & enjoyed a most delightful ride;	1.79	This is a country dance! "que bonita" how pretty! On the other hand, the good people at Valdivia hearing so much about our making Charts thought everything a map.	0.98
We found Don Pedro most exceedingly hospitable & kind;	1.72	He bears universally a high & respectable character.	0.98
a very merry pleasant party;	1.61	his friends were very good people;	0.98
it is not easy to imagine a more truly good natured & good humoured expression than their faces show: Moreover they are quite willing to work & to make themselves very useful;	1.45	On the road the scenery was very beautiful;	0.98
We got on however pretty well;	1.42	Both of them are very good.	0.98
The morning has been for me very fertile in plans: most probably I shall make an expedition of some miles into the interior, & at Botofogo Earl & myself found a most delightful house which will afford us most excellent lodgings.	1.4	This gives them a very great facility in movement;	0.98
My excellent judgment in beauty procured me a most hospitable reception;	1.36	It is then very good.	0.98
but their riding was most excellent, especially in the quickness & precision with which they turn.	1.35	1st Morgan, an extraordinary powerful man & excellent seaman;	0.97
anyhow to me it was quite new & very interesting.	1.34	A beautiful day giving great hopes of a fair wind.	0.97
…		…	
Rode down to the creek: but there was too much wind for a boat to leave the ship.	-1.19	The river was here very tortuous, & in many parts there were great blocks of Slate & Granite, which in former periods of commotion have come from the Andes: Both these causes sadly interfered with our progress.	-0.96
It is however beyond doubt that much immorality still exists;	-1.21	On arriving at the estate, there was a most violent & disagreeable quarrel between Mr Lennon & his agent, which quite prevented us from wishing to remain there.	-0.96
The weather has been bad, cold, & boisterous (& I proportionally sick & miserable).	-1.21	I soon found this very stupid & began to hunt my own peculiar game.	-0.96
Very foggy.	-1.27	It is a bitter & humiliating thing to see works which have cost men so much trouble & time & labour overthrown in one minute;	-0.97
Can a more miserable & fearful scene be imagined?	-1.27	The weather was very bad: we left Wollaston Island & ran through Goree roads & anchored at the NE end of Navarin Island.	-0.97
I suffered most dreadfully;	-1.35	The worst part of the business is our not exactly knowing our position: it has an awkward sound to hear the officers repeatedly telling the look out man to look well to leeward.	-0.97
Some time ago Mr Busby suffered a far more serious attack;	-1.37	it is however bitter cruelty to call anything glorious that gives my stomach so much uneasiness.	-0.97
but that the whole would be polluted by its part.	-1.46	The main evil under which these islands suffer is the scarcity of water.	-0.97
I was very much afraid we should have had a skirmish;	-1.65	The choice of articles showed the most culpable folly & negligence.	-0.97
They appear to be of a loving disposition & lie huddled together fast asleep like pigs: but even pigs would be ashamed of the dirt & foul smell which surrounded them.	-1.87	"very bad man" & that probably he had stolen something.	-0.98

表2 sentimentrとlxyuanの比較—決定版

text	sentimentr	text	lxyuan
but are generally pretty well roofed.	1.42	his intellect good.	0.98
But we were most fortunate.	1.36	One great cause of its prosperity is the excellent state of the roads.	0.97
On several occasions I enjoyed some short but most pleasant excursions in the neighbouring country.	1.36	This neighbourhood is celebrated for its fruit;	0.97
I found him most hospitable;	1.29	This gives them a great facility of movement;	0.96
My excellent judgment in combs and beauty procured me a most hospitable reception;	1.25	As the general arrangements made by Captain Fitz Roy were very good for facilitating the work of all, and as all had a share in it, I will describe the system.	0.96
They pulled, however, very well and cheerfully.	1.22	There are many very beautiful flowers;	0.96
The day was splendidly clear, and we enjoyed a most extensive view;	1.15	the other is all gaiety and happy life.	0.96
At Sauce we found a very civil old gentleman, superintending a copper-smelting furnace.	1.15	I was gratified in a very extraordinary manner.	0.96
No doubt it is a high satisfaction to behold various countries and the many races of mankind, but the pleasures gained at the time do not counterbalance the evils.	1.15	The day was beautiful, and the number of trees which were in full flower perfumed the air;	0.96
Money was scarcely worth anything, but their eagerness for tobacco was something quite extraordinary.	1.14	These crabs are very good to eat;	0.96
...		...	
The water deserved its name, for besides being saline it was most offensively putrid and bitter;	-1.06	This most cruel step seems to have been quite unavoidable, as the only means of stopping a fearful succession of robberies, burnings, and murders, committed by the blacks;	-0.95
Under the same circumstances, it would have been quite impossible to have deceived a dog.	-1.07	This is a very severe punishment;	-0.95
Shongi, although harbouring such deep feelings of hatred and revenge, is described as having been a goodnatured person.	-1.08	They are very stupid in making any attempt to escape;	-0.95
These were the most abject and miserable creatures I anywhere beheld.	-1.09	A Chilotan Indian would have taken off his hat, and given his "Dios le page!" The travelling was very tedious, both from the badness of the roads, and from the number of great fallen trees, which it was necessary either to leap over or to avoid by making long circuits.	-0.95
They are noisy, uttering several harsh cries;	-1.13	The sensation was as bad as that from a nettle, but more like that caused by the Physalia or Portuguese man-of-war.	-0.95
The inhabitants became dreadfully enraged, and declaring that none but heretics would thus "eat God Almighty," proceeded to torture some Englishmen, with the intention of afterwards shooting them.	-1.22	How thoroughly odious to every feeling, to be waited on by a man who the day before, perhaps, was flogged, from your representation, for some trifling misdemeanour.	-0.95
A Spaniard would have felt ashamed at the very thought of refusing such a request, or of behaving to a stranger with rudeness.	-1.27	The poor flighty gentleman looked quite dolorous, at the very recollection of the staking.	-0.96
The inhabitants, although complaining of poverty, obtain, without much trouble, the means of subsistence.	-1.29	Matthews gave so bad an account of the conduct of the Fuegians, that Captain Fitz Roy determined to take him back to the Beagle;	-0.96
but certainly he bore all delays with admirable resignation.	-1.58	Horrid as such a death by the hands of their friends and relatives must be, the fears of the old women, when hunger begins to press, are more painful to think of;	-0.96
but even pigs would have been ashamed of their dirt, and of the foul smell which came from them.	-1.98	It is a bitter and humiliating thing to see works, which have cost man so much time and labour, overthrown in one minute;	-0.97

きた筆者のひとり（伊東）の経験に基づくと，lxyuanの方が質的分析から得られる直観に近いのではないかと感じた．ちなみに，日誌と決定版の「very」の出現数は，1429と1024である．決定版では，強意語の使用が相対的に控えられたことが，センチメントスコアの増減幅が日誌に比べて小さい理由の一つかもしれない．不必要な強意語を削除することは，文章の推敲や編集の過程で生じる一般的な事象と言えるだろう．これについてはさらなる検証が必要だが，紙幅の関係から，分析を次に進めたい．

6　ChatGPTによる感情分析

最後に，ChatGPT-4oを用いた感情分析を試みる．ここでは，文に現れる感情状態は，「喜び（joy）」，「悲しみ（sadness）」，「怒り（anger）」，「恐怖（fear）」，「驚き（surprise）」，「嫌悪（disgust）」，「信頼（trust）」，「期待（expectation）」という，八つの基本感情によって構成されると仮定し，以下のプロンプトを用いる．たとえば，先に紹介した日誌の冒頭に出てくる文（I found every member ~）について，各感情の強度を0～10の範囲で表わす値をChatGPT-4oに算出させた．ここで，0はその感情がまったくないことを，10は最も強いことを意味する．その結果，「喜び」5，「信頼」9，「恐怖」2，「驚き」3，「悲しみ」1，「嫌悪」1，「怒り」4，「期待」7という値が得られ，「信頼」と「期待」が主要な感情として含まれていることが示された．

あなたは，世界でも有数の精神分析家です．文章から，著者の心理状態を分析することに長けています．次の文章をもとに心理分析してください．
以下の8つの感情を返答してください．必ずすべての感情を返答してください．返答の出力形式は，以下の順番とルールに従うものとします．
joy:0 ～ 10
sadness:0 ～ 10
anger:0 ～ 10
fear:0 ～ 10

```
surprise:0 〜 10
disgust:0 〜 10
trust:0 〜 10
expectation:0 〜 10
```

　このようなアプローチから，日誌と決定版の両テキストに対して感情分析を試みると，図7のグラフと図8のワードクラウドが得られる．ただし，各文に対して八つの感情の割合を可視化すると，重なりが大きく考察が難しくなるため，各文書を10のテキストグループに分割し，グループ単位で可視化したものである．

　図7からは，八つの感情を上位4と下位4の2グループに分けることができる．前者が「信頼」，「驚き」，「恐怖」，「期待」であり，後者が「嫌悪」，「喜び」，「怒り」，「悲しみ」である．テキストのジャンルが航海記であることを，的確に表現していると思われる．もう少し詳しく推移を見ていくと，とくに決定版の終盤手間（90％）で，「怒り」と「嫌悪」が増加していることに気がつく．該当箇所は，第18章「タヒチとニュージーランド」から第19章「オーストラリア」にかけての部分である．ここでダーウィンは，タヒチ，ニュージーランド，オーストラリアの先住民と植民者および流刑囚（イギリスから囚人としてオーストラリアに輸送された人々），そして現地社会の習俗について，さまざまなエピソードを紹介しながら記述している．たとえば，ニュージーランドについては，かつての部族間の戦争や，植民者が先住民から受けた襲撃の話が紹介され，さらに，先住民は「身のまわりも住まいも，薄汚れているうえに，とてもくさい」というダーウィン自身の印象や，「こんなにすさまじい，獰猛な顔をした男を見たこともなかった」（Darwin, 1845, 222［下316-9］）という，ある首長の容貌に対する感想が綴られている．これらのテーマが相対的に多くとりあげられたことで，「怒り」と「嫌悪」の割合が上昇したことがうかがえる．

　図8は，各感情と関連性の高い名詞を抽出したものである．示唆的ではあるが，解釈には注意が必要である．たとえば，決定版の「嫌悪」には，

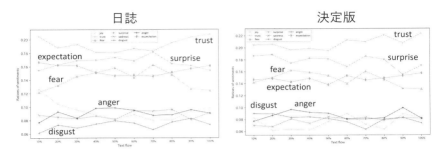

図7　八つの感情の割合の推移

図8　八つの感情のワードクラウド

「slave（奴隷）」が含まれているが，これは奴隷に対するダーウィンの嫌悪を意味するものではない．奴隷制度に対するダーウィンの見解が記された第21章後半部を読むと，嫌悪は奴隷制度やそれが存続するブラジル社会に向けられていたことがわかる（イギリスはビーグル号航海中の1833年に奴隷制度を廃止していた）．ダーウィンははっきりと，「〔1836年〕8月19日，われわれは永久にブラジルの岸を去った．神よ，わたしは二度とこの奴隷の国を訪れやしない」（Darwin, 1845, 499［下456］）と記している．ちなみに，後者の文（「神よ

〜」)の値は,「信頼」8,「嫌悪」9,「怒り」5となる(他はすべて3以下).「嫌悪」と「怒り」が奴隷制度に向けられる一方,再訪はないという強固な意志表明,すなわち自己への「信頼」が表現された文であると解釈できる.

ChatGPTの分析についても,sentimentrとlxyuanと同じように,センチメントスコアによる分析を試みよう.方法としては,八つの感情をポジティブ(「喜び」,「信頼」,「驚き」,「期待」)とネガティブ(「悲しい」,「嫌悪」,「恐怖」,「怒り」)に分け,文ごとにそれぞれの合計値を算出して,ポジティブかネガティブの判断をする.図9は,この方法に基づく標準化したセンチメントスコアの分布図である.日誌と決定版において,共にポジティブなセンテンスが多く含まれていることが確認できる.

センチメントスコアの推移を示した図10に関しては,決定版の方に着目したい.急降下と急上昇による,いくつかの谷が形成されているが,最も著しいものは,図10の①の部分である.この部分は,第10章「フエゴ島」に該当する.先述したとおり,ブラウンが「5年間の航海でいちばん心乱された」と評したフエゴ諸島での期間が,テキストが表現する感情状態の推移においても,最もネガティブな期間となることが示された.歴史的文脈に即し

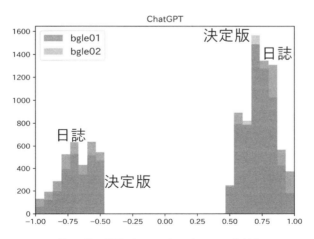

図9　ChatGPTによるセンチメントスコアの分布図

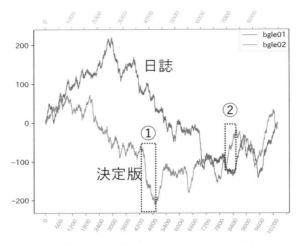

図10 ChatGPTによるセンチメントスコアの推移

た精読と解釈という従来の手法から導かれた知見が，計量的手法によって可視化されたことになる．

　同じことが，ガラパゴス諸島での滞在期間についても言えるかもしれない．そこでのダーウィンの発見や考察は，ビーグル号航海のハイライトの一つとして考えられてきた．つまり，ダーウィンが未知への「期待」や，発見の「驚き」を数多く経験したと考えられる期間である．決定版のテキストでは，②の部分が，該当する第17章「ガラパゴス諸島」にあたり，ここでセンチメントスコアは急上昇している．

　もちろん，こうした考察はまだ表面的なものであり，この先には文ごとのセンチメントスコアを参照しながら，テキストの質的分析を深化させ，両者をリンクさせるという課題が待っている．とはいえ，これらの事例は，センチメント分析がたんなる探索的ツールではなく，従来の分析方法から得られた知見を可視化することで，質的分析のさらなる深化を促すツールになり得ることを示している．

7 おわりに

　歴史研究の基礎にあるのは，一つ一つの史料に丁寧に向き合いながら，それを理解することである．しかし，大部の史料を扱う場合，細部の理解を積み上げて，全体を把握することには限界がある．そこで「木を見て森を見ず」とならないように，刊行物であれば，目次や索引を頼りにしながら，細部と全体の両方から史料にアプローチすることになる．手書き文章であっても，スキャニングやスキミングといった技術を用いて，可能な限り両面から史料にアプローチすることになる．史料のデジタル・アーカイブ化が進む現在では，キーワード検索などの手法も有効である．とはいえ，これらの方法は，一番高い木にのぼって森全体を見渡すというものである．あるいは，塔を建てて，その上から森全体を見下ろすというものである．あまりにも広大な森は，木や塔の頂から見渡してみても，果てしなく広がっていて，自分の現在地も定かではない．構造的トピックモデルやセンチメント分析は，そのようなとき，カメラを載せたドローンを上空に飛ばして，森全体を視野に収める方法である．そうすることで，自分が相対している文章の特徴や位置づけを，史料の構造をふまえたうえで，適切に理解できるようになる．こうして細部も全体も等しく大事に扱うことができ，さらに成果が客観的に可視化され，分野の垣根を越えて広く共有されるようになる．

　これはいわば理想のシナリオであって，量的分析と質的分析の融合には，重要な課題が立ちはだかる．たとえば，本章で試みたChatGPTによる感情分析は，基本感情（情動）説に準拠するが，この説の前提には，言語文化圏や時代の違いをこえて，怒りや悲しみといった感情は不変であるという考え方があり，その部分は歴史学で一般的な文化構築主義とは，少なくとも表面的には相容れないように見える．それは感情史の理論に関する議論のなかで，本質主義と構築主義の対立と言われるものである（プランパー，2020；ローゼンワイン，2021）．

　この理論的整合性の問題は，史料テキストの個々の文をどのように解釈す

るのかという，実践的，技術的な問題と不可分である．本章で扱った『ビーグル号航海記』や，そのもとになった日誌を史料とする場合，感情史はそこに言語化された感情の経験が，作者の文字どおりの感情であるとは考えないものの，そこで表現された感情に対して，それを経験した確固たる主体の存在を想定し，言語化されなかった部分も含めて，経験としての感情の意味を探ろうとする．対照的に，センチメント分析や感情分析では，感情からそれを経験した主体を切り離し，テキストが表現する感情の極性や構成を定量化する．それは事象としての感情の記述であり，スコアの推移が何を意味するのか，そして，その先にどのような解釈が開かれるのかは，質的分析に委ねられる．歴史研究者にとって，それは課題であると同時に，大きな可能性であると言える．そこでこそ，史料と向き合うことで培われてきた，歴史学共同体の実践的，集合的な経験知が活かされるからである．

　たしかに，感情史にセンチメント分析を導入することには，本質主義と構築主義の相克を解消したり，回避したりするような，理論的裏付けをもった説得力のある議論が必要かもしれない．しかし，それは理論だけを探究していては，達成できないことである．それが可能だとしたら，具体的な史料を対象とした試行錯誤を継続し，その結果を理論的枠組みにフィードバックするという方法によるしかない．感情史もまた，ビーグル号のように，史料の世界を周航し，計測する，新たな航海に出ることが求められている．

註

〔1〕　東京外国語大学大学院総合国際学研究院
〔2〕　名古屋大学大学院人文学研究科附属人文知共創センター
〔3〕　ダーウィンの書簡集は，現在，Darwin Correspondence Project（https://www.darwinproject.ac.uk）で公開されている．引用の際には，「DCP」で始まるレファレンス番号を記載する．
〔4〕　『ビーグル号航海記』については，翻訳版のページ番号も［　］で示す．
〔5〕　https://huggingface.co/datasets/tyqiangz/multilingual-sentiments
〔6〕　https://huggingface.co/datasets/tyqiangz/multilingual-sentiments

参考文献

Barlow, Nora, ed. (1958). *The autobiography of Charles Darwin, 1809–1882*. Collins.

Chancellor, Gordon (2021). 'Darwin's voyage of the Beagle: an introduction', Darwin Online, https://darwin-online.org.uk/

Darwin, Chalres (1831–6). *The Beagle diary of Charles Darwin (1831–1836)*. Kees Rookmaaker and John van Wyhe (ed.), EH88202366, *Darwin Online*, http://darwin-online.org.uk/

Darwin, Charles (1839a). *Narrative of the surveying voyages of His Majesty's ships Adventure and Beagle, between the years 1826 and 1836: vol. 3 journal and remarks, 1832–1836*, Henry Colburn.

Darwin, Charles (1839b). *Journal of researches into the geology and natural history of the various countries visited by H. M. S. Beagle, under the command of Captain FitzRoy, R.N., 1832 to 1836*, Henry Colburn.

Darwin, Charles (1845). Journal of researches into the natural history and geology of the various countries visited by H. M. S. Beagle, under the command of Captain FitzRoy, R.N., 1832 to 1836, John Murray.（『ビーグル号航海記』上下，荒俣宏訳，平凡社 2013 年）

Darwin Correspondence Project, https://www.darwinproject.ac.uk

Keynes, Richard Darwin ed. (1988). *Charles Darwin's Beagle diary*. Cambridge UP.

McConnell, Anita (2015). 'FitzRoy [Fitzroy, Fitz-Roy], Robert', Oxford Dictionary of National Biography Online, https://doi.org/10.1093/ref:odnb/9639

Sulloway, Frank J. (1982). 'Darwin and his finches: the evolution of a legend', *Journal of the History of Biology*, 15(1), p. 1–53.

Rookmaaker, Kees (2009). 'Darwin's itinerary on the voyage of the Beagle'. John van Wyhe (ed.), Darwin Online, http://darwin-online.org.uk/

荒俣宏「ダーウィン初期の出版事情」上記（Darwin, 1845）翻訳版，下巻，p. 459–499.

伊東剛史（2021）「進化論の被造物」『現代思想』49（12），p. 60–68.

斎藤成也（2011）『ダーウィン入門——現代進化学への展望』ちくま新書

デズモンド，エイドリアン，ジェイムズ・ムーア，矢野真千子，野下祥子訳（2009）『ダーウィンが信じた道——進化論に隠されたメッセージ』NHK 出版

ブラウン，ジャネット，長谷川眞理子訳（2007）『ダーウィンの『種の誕生』』ポプラ社

プランパー，ヤン，森田直子監訳（2020）『感情史の始まり』みすず書房

ボウラー，ピーター・J，横山光輝雄訳（1997）『チャールズ・ダーウィン——生涯・学説・その影響』朝日選書

ムーアヘッド，アラン，浦本昌紀訳（1982）『ダーウィンとビーグル号』早川書房

ローゼンワイン,バーバラ・H,リッカルド・クリスティアーニ,伊東剛史,森田直子,小田原琳,舘葉月訳(2021)『感情史とは何か』岩波書店

第4章
データサイエンスが紐解く文学空間の軌跡
―― 日本近現代小説の文体変化を手がかりとして

李広微[1]

　言語学では長年にわたり，文献調査に基づく質的分析が言語や文体の変遷を解明するための主要な手法として用いられてきた．これらの分析の目的は，時枝（1949）が強調する「沈潜の深さ，凝視の鋭さ」をもって，一見何でもない言語現象の背後に隠された変化点を探り出すことにある．発見された変化点は連続して線をなし，やがて面を形成する．文献の質的分析はこれらの変化点を明らかにすることで，言語学研究の新たな基盤と方向性を築いてきた．しかしながら，質的なアプローチは研究者の洞察力や感受性に大きく依存しており，扱うことができる文献の量も限られている．膨大な文献の中に隠された無数の変化点を探りあて，その中から特徴的なものを拾い上げるためには，質的なアプローチだけでなく，量的なアプローチもまた不可欠である．

　近年，言語研究にデータ駆動型の手法が導入され，特に大規模な言語データセットを対象とした統計的分析が盛んに行なわれるようになった．これにより，従来の伝統的な研究手法では捉えきれなかった言語現象の変化や流行の波が明らかにされ，それらが時間を経てどのように進化していくかを定量的に評価することが可能となる．客観的かつ再現可能な手法を通じて，言語

現象の中に潜む変化を系統的に探究し，新たな言語動向の発見に繋げることが期待されている．

本章では，近現代日本小説を分析対象とし，文体に関わる言語項目の変化に焦点を当て，コーパスデータを基にモデリング手法による分析を行なう．時代ごとの文体の特徴に関する従来の研究の多くは，明治期の言文一致運動までの期間に注目してきた（山本，1965；乾，2017；宮島，2019）．これに対し，本章では，言文一致運動を経て現代の口語体が成立するまでの約百数十年間に，日本語の書き言葉が辿った文体上の変遷を扱い，その特徴を明らかにすることを目的とする．

1 分析データと研究方法

1.1 コーパス

文体の経時的変化を分析するには，通時的なコーパスが必要である．現在，日本語の小説を広範に収集した電子コーパスとしては，「青空文庫」をはじめ複数のオープンコーパスが存在する．しかし，これらのコーパスは主に著作権が消滅した作品を取り扱うものであり，その背景には，日本の著作権法で著作者の死後70年間が保護期間と定められているため，20世紀後半に発表された作品の多くを許可なしには収録できないという事情がある．その結果，過去百年間の小説を網羅し，かつ一般に公開される通時コーパスは現時点では存在していない．このような背景を踏まえ，本章ではまずコーパスの構築に着手することとした．

山本（1965）では，言文一致運動の流れを文学資料に基づいて，表1のように7区分に分けている．そのうち「第五期（確立期）」に入ると，近代口語文体が大きく転換を経て確立していくとされる．一方，「確立期」に続く「成長・完成期」は，すでに確立された口語文体がさらに発展し，広く普及・成熟する段階である．山本の説を踏まえ，本章で構築したコーパスでは，言文一致の確立期以降に発表された作品を中心に収集した．具体的には，1910年から2014年までに出版された小説を分析対象として選定し，コーパ

表1　山本（1965）による言文一致運動の時期区分

第一期	発生期	慶応2年−明治16年（1866 − 1883）
第二期	第一自覚期	明治17年−明治22年（1884 − 1889）
第三期	停滞期	明治23年−明治27年（1890 − 1894）
第四期	第二自覚期	明治28年−明治32年（1895 − 1899）
第五期	確立期	明治33年−明治42年（1900 − 1909）
第六期	成長・完成前期	明治43年−大正11年（1910 − 1922）
第七期	成長・完成後期	大正12年−昭和21年（1923 − 1946）

スを構築した．

　コーパス構築にあたり，年代の変化に伴う文体変化の大まかな傾向を摑むことを主眼とするため，個々の作品や作家ごとの文体の差は考慮しないこととする．一人の作家につき最大1作品を抽出し，1年ごとに5〜6作品をサンプリングした．作品の選定は，ある時期の代表的な小説として文学選集に収録された作品，または著名な文学賞の受賞作品を中心に行なった．具体的には，『日本短篇文学全集』（筑摩書房），『現代日本文学全集』（筑摩書房），『戦後短篇小説選』（岩波書店）といった叢書や，芥川龍之介文学賞の受賞作品などを参考とした．一方，文学叢書の収録作品または文学賞の受賞作品という二つの指標で5作品が集まらない年に関しては，芥川賞受賞作および候補作の掲載歴が多い文芸誌（『文學界』『群像』『すばる』『新潮』など）から作品を選出した．選定した555編作品のリストはGitHubにて公開している[2]．コーパス内の対象テキストについて，かぎ括弧やダッシュなどの記号で標記された会話文を削除し，地の文のみを分析の対象とした．また，5千字以下の小説は全文を使用し，5千字を超える場合はおよそ5千字を目安に，冒頭から文末で区切りをつけて切り取り，その部分を用いた．

1.2　分析項目

　文はさまざまな言語的要素によって構成されている．本章では，文中および文間で文法的な関係を示す要素に焦点を当て，助詞，文末表現，接続表現の三つを主要な分析項目として設定し，文体の経時的変化を多角的に検討す

る．これらの項目は，文体を特徴づける要素であり，文体の変化を追跡するために有効であるとされている．

助詞は，日本語の構文の特性と密接に関連している．日本語は，叙述すべき事柄を請け負う語彙の一つ一つに助詞を添えて各語彙の役割を明確にしながら文を進めていく表現方式を取っている（森田，2007）．この構文特性を踏まえると，助詞の使用の変遷を通じて文体の変化を探ることが可能である．

明治期の言文一致運動の核心は文末表現の修正にあった．柄谷（2004）は，この時期には「だ」調や「です」調，「であります」調，「である」調など，さまざまな文末表現が模索されていたことを指摘し，文体の変革は「事実上語尾の問題に帰着する」と主張する．また，野口（1994）は，西洋の翻訳小説の影響によりタ形での文末表現が普及したことで，語りの構造に変動が生じ，事物を客観的に描写する三人称的記述法の発展に寄与したと論じている．

接続表現は，隣接する二つの文の論理的つながりを示し，文章全体の流れを導く役割を担っている．本章では，品詞論において取り上げられる「接続詞」だけでなく，文と文を結ぶ接続連語やそれに準ずるものも分析の対象とするため，より広範な「接続表現」という用語を使用する．

1.3　分析項目のデータ抽出

本章では，形態素解析および語彙リストを用いて，分析対象とする項目を抽出した．形態素解析で用いられる辞書には複数の種類が有り，それぞれ異なる特徴や利点を持っているため，分析の各段階において，対象とする項目に応じた適切な辞書を選択した．

助詞データの抽出には，MeCab（IPA辞書）を使用した．この辞書は，「にあたって」や「にしたがって」といった，動詞を含む複合助詞をまとまった形で抽出できるため，多様な形式の助詞データを網羅できる．「格助詞_ヲ」，「格助詞_を」のような異表記を同一項として扱い，合計130項目の助詞を抽出した．

文末表現については，JUMAN辞書を用いて，各文の最後の形態素を抽出した．JUMAN辞書はほかの辞書に比べ，語をより長い単位で分割し，文末

表2　JUMAN辞書とIPA辞書を用いた形態素解析の例

JUMAN 辞書	IPA 辞書
ここ / は / 昔 / 学校 / だった	ここ / は / 昔 / 学校 / だっ / た
景色 / が / きれいだった	景色 / が / きれい / だっ / た
彼 / は / 家 / を / 出た	彼 / は / 家 / を / 出 / た
明日 / は / 雨 / だろう	明日 / は / 雨 / だろ / う

データの詳細な情報を提供する．表2には，JUMAN辞書とIPA辞書を用いた結果の比較例を示す．JUMAN辞書では，判定詞（たとえば「だった」，「であった」など）を品詞の一つとして扱うことで，名詞述語の文が明確に識別可能である．文末データを集計する際には，各文の最後に現れる形態素の品詞タグを項目名として採用した．ただし，動詞，形容詞，接尾辞など活用を持つ品詞については，活用関係情報[3]も考慮し，品詞タグに加えて活用の種類を項目名に含めた．判定詞および助動詞については，直接に形態素原形で表わした．抽出された文末表現は合計168項目である．

接続表現については，文と文をつなぐ「文の連接」に焦点を当て，接続詞およびそれに準ずる表現に限定して抽出した．形態素解析の限界と辞書による認定範囲の違いを考慮し，国立国語研究所の『分類語彙表——増補改訂版——』(2004) に基づき，接続表現を抽出した．文頭で用いられる接続表現を対象とし，同語異表記の項目は一つに統合して，合計131項目の接続表現を抽出した．

1.4 分析手法

本章では，教師なし・教師ありの方法を併用してデータ分析を行なった．教師なしの方法としては系統樹（phylogenetic tree）分析，主成分分析および階層的クラスタリングを用い，教師ありの方法としてはランダムフォレスト（random forest, RF）回帰分析，エラスティックネット（elastic net）回帰分析を使用した．

系統樹とは，言語や生物の集合の要素に対して特徴量のベクトルを抽出し，それを基に関連性を樹木の枝分岐の形式に示したものである．系統樹によって，生物進化の系統関係が視覚化されるのと同様に，言語表現における進化

や変化などの系統関係を捉えることができる．系統樹の生成手法は数多く提案されているが，本章では距離行列（distance matrix）に基づく生成手法の一つである近隣結合法（neighbor joining）を採用した．近隣結合法では，まず個体間の距離を算出し，その距離行列から「近隣」を段階的に統合することで，最終的にすべての要素が連結された系統樹が得られる．距離行列の計算には，ジェンセン・シャノン・ダイバージェンス（Jensen-Shannon Divergence, JSD）の平方根を用いた．

階層的クラスタリングも距離行列を利用して分析対象の類似度や距離を算出し，それに基づいて，類似したもの同士を段階的にまとめる手法である．結果は樹形図として可視化できるため，系統樹分析と共通する点があるが，この分析の特徴は自然に形成されるグループ構造を視覚化することにある．本章で用いる階層的クラスタリングでは，個体間の距離としてJSDの平方根を用い，クラスタリング手法としてWard法を採用した．

主成分分析および回帰分析については，第1章の説明を参照されたい（35–37頁）．回帰分析に関しては，言語の変化は必ずしも線形的であるとは限らず，急激な変化や停滞が生じる場合もある．この点を踏まえ，本章では非線形回帰モデルの一つであるRF回帰を主に使用した．また，結果の比較検証を行なうために，線形回帰モデルの一種であるelastic net回帰も参考として採用した．

RF回帰は，ブートストラップサンプリング（bootstrap sampling, 復元抽出）によって複数のサブデータセットを作成し，それぞれに基づいて未剪定の回帰木を生成し，最終的にこれらの回帰木の結果を統合するアンサンブル学習法である．本章では，500本の回帰木を生成し，その結果の平均を統合の結果とする．一方，elastic net回帰は，変数選択を促進するL1正則化と過学習を抑制するL2正則化を併用し，次元削減と係数の縮小を同時に行なう手法である．elastic net回帰は，以下の式で与えられる（Zou & Hastie, 2005）．

$$L(\beta) = \frac{1}{2} \sum_{i=1}^{n} (y_i - \beta X_i)^2 + \lambda \sum_{j=1}^{p} \{\alpha \beta_j^2 + (1-\alpha) | \beta_j |\} \tag{1}$$

式の中のλは，罰則の強さを調整するパラメータである．λについては，交差検証（10-fold cross-validation）に基づき最適値を推定する．

2　助詞の経時的変化

この節では，まず，系統樹分析を用いて助詞の使用の変化を確認し，次にその主要な変動要因を明らかにするために回帰分析を行なう．

2.1　助詞の系統樹分析

助詞の使用の変化を概観するため，コーパス内の作品を初出年月に従い，一年ごとに対象小説をまとめて分析に用いる．各年の作品における130個の助詞の出現頻度を集計し，相対頻度に変換する．データセットの形式を表3に示す．

助詞の使用率のデータを用いて系統樹分析を行ない，その結果を図1に示す．図1の点線の右側には1960年以前の作品が多く配置されているのに対し，左側にあるのはほとんどが1960年以降の作品である．これにより，助詞の使用状況が年代によって異なることがわかる．

表3　各年の作品における助詞の百分率（%）

年	を / 格助詞	に / 格助詞	の / 連体化助詞	……
1910	12.09	10.29	14.7	……
1911	11.35	11.71	15.4	……
1912	10.92	10.95	17.08	……
……	……	……	……	……
2013	10.36	11.43	14.7	……
2014	9.83	11.54	15.4	……

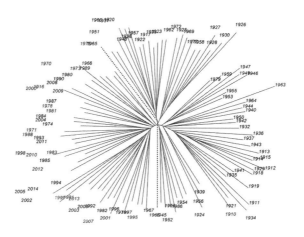

図1 助詞を用いた系統樹分析の結果

2.2 助詞の回帰分析

続いて，時系列情報と助詞使用状況を表現する回帰モデルを構築し，モデリングに寄与する特徴的な助詞を見つけだす．回帰モデルを構築するため，各年の数字列（表3の第一列目）を目的変数とし，130個の助詞を説明変数とする．

まず，RF回帰を用いてモデルを構築する．構築されたRF回帰モデルは，元データの分散を約79%説明できる．モデルの残差（絶対値）の四分位数はそれぞれ1.70（1st quartile），3.20（median），6.30（3rd quartile）であり，最小値は0.10，最大値は14.0，平均値は4.43である．つまり，助詞データを用いて構築したRF回帰モデルによる年の推定値と実際の作品の発表年との差は，最小で0.1年，最大で14年である．コーパスに用いた作品の発表時期の差が最大105年間にわたることを考慮すると，構築したモデルのパフォーマンスは全体的に悪くはないといえる．

回帰モデルの構築には130種類の助詞が使用されたが，すべての助詞は同等に機能しているわけではない．RF回帰では，モデルが予測において各変

数にどれだけ依存するかを，平均減少不純度（mean decrease in impurity）に基づいて計算することができる．具体的には，各決定木において，各変数による分割がどれだけ不純度を減少させるかを評価し，その減少量を全ての決定木にわたって平均することで各変数の重要度を算出する（金，2021）．この方法により，モデル全体における各変数の相対的な貢献度（すなわち重要度）を定量的に把握することができる．重要度が高い変数は，目的変数である「年」とより緊密な関係を持つと見なされ，年代の推移に伴う特徴的な変化を示すと考えられる．言い換えれば，モデルの構築において重要度が高い助詞は，時間経過に伴う顕著な変化を示す要素として注目に値する．

図2に，RF回帰モデルで選択された重要度の高い上位15変数のドットプロットを示す．図から明らかなように，上から10番目（よ_終助詞）以降では変数間の差が非常に小さい．

次に，RF回帰モデルの結果を確認するため，線形回帰elastic netモデルで選択された変数で対照した．elastic net分析を行なったところ，自由度調整済み決定係数が0.97である回帰モデルが得られた．また，その残差（絶対値）の四分位数はそれぞれ1.67（1st quartile），3.20（median），5.16（3rd quartile）で

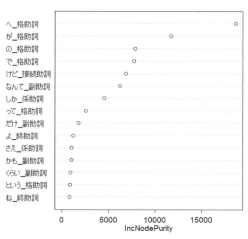

図2 RF回帰モデルによる変数の重要度の測定（助詞）

あり，最小値は0.06，最大値は9.98，平均値は3.54となった．残差の最大値より，推定誤差が最も大きいものは約10年であったことがわかる．

elastic net回帰モデルでは，各説明変数に対して回帰係数が推定される．これらの係数の絶対値の大きさは，その変数がモデルに与える影響の強さを示す．つまり，回帰係数が高いほど，その変数は特徴的であり，構築されたモデルの目的変数である「年」に対する説明力が高いと考えられる．今回の分析では，回帰係数が上位に位置する八つの項目を選定した．これらの八つの説明変数とその係数（絶対値）を図3に示す．図3の横軸は係数の絶対値を表わす．

図3の八つの変数には，七つが図2の上位10に含まれており，残りの「さえ_係助詞」は図2の第11番に位置している．これにより，RFとelastic net回帰モデルで得られた項目は変数の重要度の順番を考慮しないで高い一致度を示していることがわかる．二つの回帰モデルで選ばれた説明変数の共通項目，すなわち図3に含まれる全項目について，それぞれの使用率に回帰折れ線を加えたプロットを図4に示す．

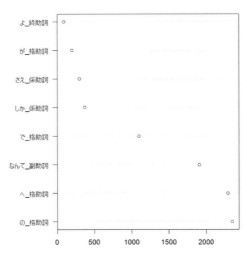

図3 elastic net回帰モデルによる変数の重要度の測定（助詞）

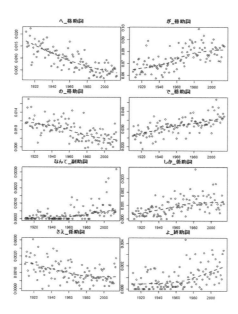

図4 八つの特徴的助詞の使用率の変化

　図4より,「ヘ_格助詞」,「の_格助詞」,「さえ_係助詞」が右肩下がりで減り続けており,「が_格助詞」,「で_格助詞」,「なんて_副助詞」,「しか_係助詞」,「よ_終助詞」が年代の推移に伴い増加の傾向を示すことがわかる.

　次に,回帰モデルで選択された特徴的助詞に関して,その変化は何を意味しているか,或いは文体にどのような影響をもたらしているかについて,助詞ごとの特性に応じて考察する.頻出して語義が豊富な助詞については,前後にある語との関係を手掛かりに,その変化の詳細および文体との関わりを分析することができる.この分析の一方法として,共起ネットワークを用いて,対象の助詞と前後の語との関連性から考察する方法が挙げられる.一方,出現頻度が低い助詞については,それが用いられる各文を直接読んで確認することもできる.

　たとえば,「ヘ」の使用変化を比較検討するために,コーパス内の最初の10年間(1910～1919)および最後の10年間(2005～2014)のデータから,

格助詞「へ」およびそれと共起する語の項目をbigramの形式で集計し，出現頻度が5以下を除外し，「へ」を中心としたネットワークを描いた（図5および図6を参照）．語と語を結ぶ矢印は，関係の方向性を示し，文章内で現れる順序を示す．点線に付与された数字は，共起組合せの出現頻度を示しており，語の結びつきの相対的な強さを示す．両時期の比較分析によれば，図5では「名詞＋へ」と「へ＋動詞」の形式が多く見られる一方，図6ではそれらの形式が明らかに減少している．動詞に着目すると，「落ちる」，「置く」，「出す」，「入れる」，「着く」，「かける」など，〈着点〉を表わす動詞との共起は初期に多く見られるが，後期ではほとんど見られない．一方，「行く」，「戻る」，「入る」，「出る」，「向かう」など，〈方向〉を表わす動詞は，初期・後期を問わず出現している．また，両図の比較結果に基づいてコーパスを再確認した結果，「へ＋．＿句点」という形で終わる句は，1966年以前の作品にはまったく見られず，後半期にのみ現れることが確認された．述語を省略し，助詞で終える表現は，新聞記事の見出しや広告ヘッドラインなどによく使われると指摘されている（李，2002）．今回の分析では，近年では小説にお

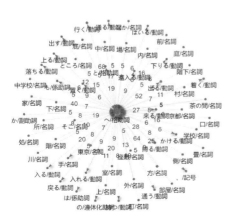

図5　格助詞「へ」のネットワーク図（1910-1919年）　　図6　格助詞「へ」のネットワーク図（2005-2014年）

いてもこのような省略表現が使われるようになったことが明らかになった．

また，終助詞「よ」の使用が年代の推移に伴って増加することが確認された．コーパスクリーニングの際，括弧やダッシュなどの記号で標記された会話文を削除したため，使われたコーパスにおける終助詞は，括弧などの記号が付けられない引用文または独話や心内発話文などに現れることが多い．「よ」を始めとする終助詞の増加は，内的モノローグの叙法やくだけた言葉遣い，喋り口調という特徴を持つ小説の増加を示唆している．

3 文末表現の経時的変化

3.1 文末表現の多様性

現代の日本語における文末形式の使用状況については，複数の見解がある．野村（2015, 23）によれば，「地の文章の文末形式は，ふつうにはシタ〔注：ここでは「た」止めによる過去形・完了形を指す〕が基調になっている」とされる．一方で，橋本（2014, 194）は「ごく最近の小説では，ル形〔注：「る」およびそのほかの現在形および用言の基本形〕を多く使用したり，体言止めを多く使用し

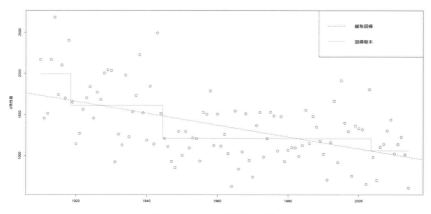

図7 文末表現のK特性値の推移

たりする小説も増えているように思われる」と指摘している．

文末表現の多様性の変化を定量的に検証するため，計量言語学でよく利用される語彙の豊富さの指標であるK特性値を利用して分析を行なう．K特性値が小さいほど，使用される語彙が豊富であると見なされる．各年の文末データから算出されたK特性値のプロットを図7に示す．この図における点線は，年とK特性値の中心的な分布傾向を表わす回帰直線であり，右下がりの傾向が観察された．これは，文末形式が年代とともに増加していることを示唆している．

より詳細な分析のため，K特性値と年との関係を回帰木で推定する．回帰木とは，説明変数のK特性値を分岐基準に基づいて二進分岐させ，木を成長させたものである．回帰木で推定した結果を図7に実線で示し，回帰木の構造を図8に表示する．図8によると，K特性値が1944.5未満／以上で二つの部分に分かれている．次に1944.5未満の個体からなる部分集団は，1918.5未満／以上で二分割され，他方，1944.5以上の個体の部分集団は，2003.5未満／以上で二分割された．また，回帰折れ線の形状からも，1945年頃までの変化が相対的に激しく，その後は比較的穏やかであることがわかる．さらに，前後の二段階はそれぞれ1918.5（すなわち1918年6月），2003.5（すなわち2003年6月）を境界に細かく層別できることが読み取れる．

以上の分析から，文末表現は，年代を経るに従って多様化していること，1945年頃を境界に大きく二つのグループに分類されること，1945年以降の変化が比較的緩やかになったことが明らかになった．

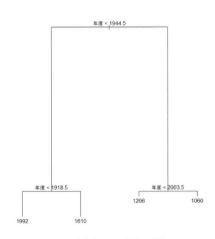

図8　文末表現の回帰木の構造

3.2 文末表現に関するモデリング

　文末表現のデータを用いて同じく系統樹分析を行なった結果，文末表現が年代の推移に伴って変化していることが確認された（紙面制約のため，系統樹分析の結果図を省く）．

　168項目の文末表現における特徴的な変化を特定するため，RFおよびelastic net回帰を利用してモデリングを行なった．構築したRF回帰モデルでは，残差がおおむね正負20の区間内に収まっており，これは推定誤差が約20年であることを示している．すなわち，文末表現データを基に作品の発表年を予測した結果，誤差は20年に収まっている．また，このモデルによって選ばれた変数の重要度の上位20項目を図9に示した．20個の変数で元のデータの約72%の分散を説明できることが確認され，自由度調整済みの決定係数は0.71に達した．これは，20の説明変数を用いたモデルは，データ全体の約72%の変動を説明できるということを意味する．自由度調整済み決定係数は，モデルの適合度を示す指標の一つであるが，適合度には絶対的

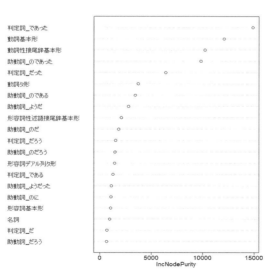

図9　RF回帰モデルによる変数の重要度の測定（文末表現）

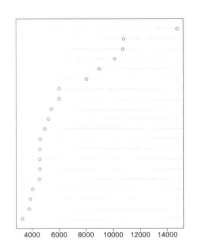

図10 elastic net回帰モデルによる変数の重要度の測定（文末表現）

な標準は存在しない．一般的には0.7以上が望ましい結果とされる．本モデルの自由度調整済み決定係数が0.71であることから，本モデルがデータに適切にフィットしており，予測の信頼性が高いと判断できる．これにより，選出された20項目の分析が有用であることが確認された．

続いて，非線形回帰のRFと対照的に，線形回帰モデルであるelastic netを用いた分析を行なった．elastic netは168個の説明変数から52個を選択し，自由度調整済み決定係数が0.55のモデルを構築した．このモデルで選出された上位20項目の変数は，図10に示した．これらはRF回帰モデルで選ばれた変数とは異なり，出現頻度が低く排他性が強いという特徴を持つ．ロバスト性と安定性を考慮し，非線形回帰モデルであるRFによって選ばれた変数を用いて分析を進めることとした．

RF回帰モデルによって選択された20個の変数は「判定詞_であった」，「動詞基本形」，「動詞性接尾辞基本形」，「助動詞_のであった」，「判定詞_だった」，「動詞タ形」，「助動詞_のである」，「助動詞_ようだ」「形容詞性述語接尾辞基本形」，「助動詞_のだ」，「判定詞_だろう」，「助動詞_のだろう」，「形容詞デアル列タ形」，「判定詞_である」，「助動詞_ようだった」，「助動詞

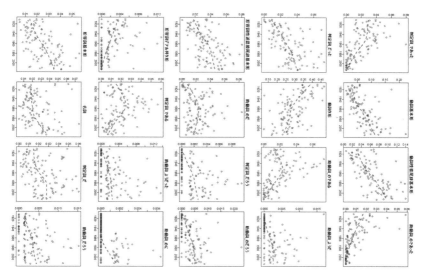

図11 上位20の文末表現の推移

_のに」、「形容詞基本形」、「名詞」、「判定詞_だ」、「助動詞_だろう」である．これらの20項目がどのように変化しているかを見るため，それぞれの比率の推移の散布図を図11に示す．

変数の推移から以下の三つの変化が確認できる．

一つ目は，「である」体と「だ」体の使用頻度の変化である．「である」体に関連する項目は全体的に減少しており，「だ」体に関連する項目は増加している．「である」体と「だ」体は，一般的に常体として扱われ，小説では混用が許されるが，両者の推移は異なる傾向を示している．

二つ目は，文末表現の時制の変化である．上位20項目において，「動詞基本形」，「動詞性接尾辞基本形」，「動詞タ形」，「形容詞性述語接尾辞基本形」，「形容詞基本形」は，動詞または形容詞が述語となる文末項目である．そのなかで，「動詞タ形」のみが過去形であり，これのみが年代を経るごとに減少の傾向を示し，現在形の文末表現は増加の傾向を示している．この結果を踏まえて，文末形式の時制の変化に注目し，時制に関わる全ての文末表現を

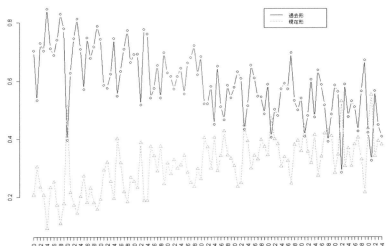

図12 過去形と現在形の文末表現の使用率

過去形と現在形に分けて集計した．それぞれの使用率の推移をプロットした図12からは，過去形の文末表現の出現頻度が年代ごとに低下する傾向が読み取れる．

　三つ目は，「名詞」および「助動詞_のに」の増加である．図11は，「名詞」で文を終わらせる表現が1980年頃以降に増加する傾向を示している．「助動詞_のに」で文を終わらせる表現は，使用される比率は全体として高くないものの，同じく増加の傾向が見られた．

　上位20項目のうち，「助動詞_のだろう」，「判定詞_だろう」および「助動詞_だろう」は推量の意味を含んでおり，これらも増加の傾向を示している．同じく増加の傾向を示した「助動詞_ようだ」，「助動詞_ようだった」は，大まかに推量・推定と比況・比喩という二つの用法に分けられる．コーパス内の使用文をすべて抽出して分類した結果，「助動詞_ようだ」，「助動詞_ようだった」は9割以上が推量・推定で用いられていると判定された．この結果を踏まえて，上位20以外の項目に対しても，活用形のある項目を中心に，推量の意味を含む項目を調べた．その結果，「助動詞_らしい」は

増加しており,「助動詞_らしかった」,「助動詞_みたいだ」,「助動詞_みたいだった」,「動詞推量形」などの項目はやや増加傾向にあることが読み取れた.これにより,推量形式の文末表現の使用が増加しているといえる.

4 接続表現の経時的変化

4.1 接続表現の使用率および多様性の変化

この節では,接続表現について,まず使用率および語彙の豊富さという二つの指標を用いて,その推移を分析する.

各年の作品から得られた接続表現の出現頻度を当該年の作品における文の数で正規化して,その結果を接続表現の使用率とする.各年の接続表現の使用率のプロットを図13に示す.図13からは,1920年代は接続表現の比較的に高い使用率が示されているが,1930年代以降はその使用率が減少し,1980年代以降は比較的安定している.

図13の分析により,接続表現の使用を控える傾向が強まっていることが示されたが,すべての接続表現が一様に減少しているのかどうかは使用率の推移だけでは判断できない.

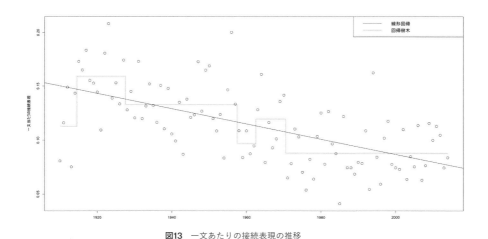

図13 一文あたりの接続表現の推移

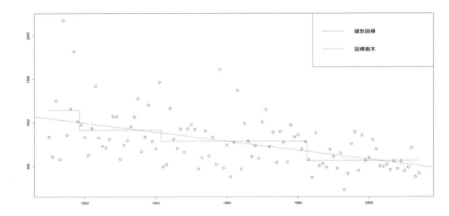

図14 接続表現のK特性値の推移

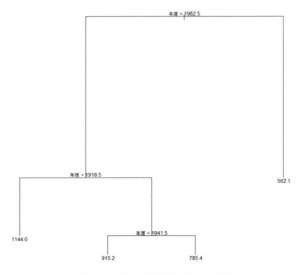

図15 接続表現のK特性値の回帰木の構造

続いて，延べ語数および異なり語数を考慮した語彙の豊富さの指標を用いて，接続表現の多様性の変化を検討する．K特性値の推移を図14に示す．図14から見ると，年代の推移に伴い，接続表現がより多様化していく傾向が見られる．この分析結果により，接続表現の総出現頻度が減少する一方で，異なる接続表現同士の使用割合がより均等化していることが明らかになった．

接続表現の使用の変化をさらに詳しく確認するため，K特性値と年との関係を回帰木で推定した．回帰木で推定した結果を図14に点線で示し，回帰木の構造を図15に表示する．図15では，回帰木は，1982.5未満／以上で二つの部分に分かれている．そして，1982.5未満の部分は，1918.5および1941.5を境界として分割されている．

4.2 接続表現に関するモデリングおよび多変量解析

続いて，コーパス内の作品の初出年を目的変数，131項目の接続表現を説明変数として，RFを利用して，回帰モデルを構築する．RF回帰モデルは，元データの分散を約65％説明している．また，その残差（絶対値）の四分位数は，それぞれ2.40（1st quartile），4.60（median），8.20（3rd quartile）であり，最小値は0.10，最大値は21.90，平均値は5.57である．

回帰木のノードの純度の増分に基づいて計算した変数の重要度の結果を図16に示す．図では「そして」,「すると」,「そうして」,「けれども」,「でも」,「が」,「しかし」,「それから」,「また」,「だから」,「もっとも」,「それでも」,「そこで」,「だが」,「それで」が上位の15項目となっている．

分類語彙表『分類語彙表——増補改訂版——』（2004）では，接続語が累加・展開・反対・換言・補充・転換・理由・選択の八つのカテゴリーに分類されている．カテゴリー別の接続表現の変化を考察するため，抽出した接続表現データをこの八つのカテゴリーに基づいて分類し，主成分分析を行なった．

第1主成分と第2主成分の主成分得点と負荷量の散布図をそれぞれ図17と図18に示す．図17を見ると，第1主成分（横軸）で，左側に1950年代以前の作品が多く集まり，右側に1960年代以降の作品が多く見られる．図18からは，左側の作品群に「累加」の接続表現が多く，右側の作品群に「反対」，

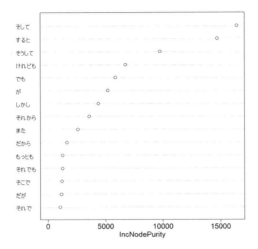

図16　RF回帰モデルによる変数の重要度の測定（接続表現）

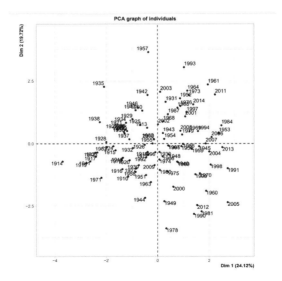

図17　主成分得点の散布図

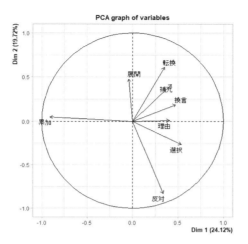

図18 主成分負荷量の散布図

「選択」,「理由」,「換言」,「補充」,「転換」の接続表現が多く使用されていることがわかる.

上述の分析により,「そして」は20世紀前半の小説を最も強く特徴づける項目であり,「そして」を含む累加型の接続表現は,20世紀後半以降の小説においては減少を続けていることがわかった.一方,20世紀後半および21世紀初頭の文章には,「しかし」などの逆接表現のほか,選択型,理由型,換言型,補充型,転換型などの表現が多用されていることがわかる.

5 特徴的項目に基づくクラスタリング

前節までの分析で,助詞,文末表現および接続表現について特徴的な項目が抽出された.この節では,これらの特徴的項目を活用し,作品群に見られるパターンを総合的に捉えるための検討を行なう.

具体的には,図4,図11および図16に示した計43項目(助詞,文末表現,接続表現)のデータを用いて階層的クラスタリングを行ない,その結果をデンドログラム(図19)で可視化した.ここでは,クラスターの形成過程や,

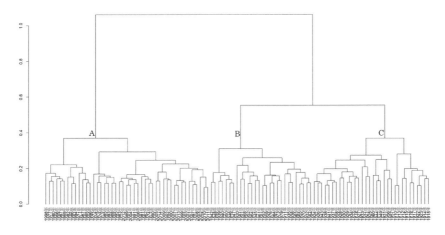

図19 特徴的項目に基づくクラスタリングの結果

そこから示唆される文体変遷の特性を考察する．

　図19のデンドログラムでは，合計で105本の線がそれぞれ各年の作品を表わしている．デンドログラムの縦軸はクラスター間の結合距離を示しており，これを目盛約0.4付近で区切ると大きく三つのクラスターが得られる．便宜上，それらをクラスターA，クラスターB，クラスターCと名付けた．

　クラスターAには45個体が含まれ，1962年から2014年までの作品が多く見られる．クラスターAは三つのクラスターの中で個体数が最も多く，時期の幅が最も広い．1960年代半ば以降の大部分の作品がこのクラスターに集中している一方，1968年，1970年，1973年，1976年，1979年，1984年の作品は隣接するクラスターBに分類されている．このことから，1960年代中期以降の作品は文体面で高い類似性を示しており，「現代的」な文体の類型を形成していたと考えられる．また，1960年代が文体変化の境界となることは，図1（助詞を用いた系統樹分析の結果），図4（八つの特徴的助詞の使用率の変化），図11（上位20の文末表現の推移），図12（過去形と現在形の文末項目の使用率），図17（主成分得点の散布図）などの結果とも概ね対応している．

　クラスターBには28個体からなる．このクラスターに含まれる作品の発

表年は比較的散在しており，1940年代から1960年代に発表された作品が約61％を占めている一方で，1911年，1920年，1932年などの比較的初期の作品や，1979年，1984年といった比較的後期の作品も混在している．そのため，クラスターBは初期においては革新的であった作品と，後期においては古めかしい文体の作品とを含み，後期の作品で構成されるクラスターAと，初期の作品を多く含むクラスターCをつなぐ過渡期に位置付けられると考えられる．

クラスターCには32個体が含まれる．そのうち，1910年代から1930年代の作品が全体の約75％を占めることから，初期の作品の文体的特徴が顕著に反映されたクラスターであるといえる．

以上のように，デンドログラムからは，文体的特徴によって1910年代から1930年代，1940年代から1960年代，そして1960年代後期から21世紀初頭にかけての三つの時期に作品が大まかに分類できることがわかる．この結果を踏まえてさらに，A～Cのクラスターの内部で，43個の助詞や文末表現，接続表現が具体的にどのように使用されているかをさらに調査することで，時代ごとの文体変化の変遷をより詳細に分析することができる．

6　おわりに

本章では，1910年から2014年にかけて出版された近現代小説555編を対象に，文体表現に密接に関わる助詞，文末表現，接続表現の使用状況をモデリングし，特徴的な項目を抽出して，それらが年代とともにどのように変化してきたかを分析した．分析の結果は，小説表現の変遷をより包括的に理解するための有益な手がかりを提供する．

文体の変化は，しばしば社会全体のメンタリティの変化を反映するだけでなく，その動きを予兆することもあり得る．このため，本章の結果を基に，言語学，文体学や社会学などの視点から解釈を進めることで，文体の変化と日本人のメンタリティの変化との関連性を探求することが期待される．

註

〔1〕　（中国）暨南大学外国語学院
〔2〕　選定した555編作品のリストはGitHubにて公開している．https://github.com/mining-jin/Diachronic_corpus
〔3〕　活用関係に関する定義および分類の詳細は，JUMAN Ver.7.0 のマニュアルを参照する．https://nlp.ist.i.kyoto-u.ac.jp/index.php?JUMAN

参考文献

乾善彦（2017）『日本語書記用文体の成立基盤』塙書房.
橋本陽介（2014）『物語における時間と話法の比較詩学』水声社.
柄谷行人（2004）『日本近代文学の起源』岩波書店.
金明哲（2021）『テキストアナリティクスの基礎と実践』岩波書店.
国立国語研究所（2004）『分類語彙表――増補改訂版――』大日本図書.
李欣怡（2002）．格助詞で終わる広告ヘッドラインに隠されたもの：「文の述べ方」という視点から．ことばの科学, 15, 5–22頁.
宮島達夫（2019）『言語史の計量的研究』笠間書院.
森田良行（2007）『助詞・助動詞の辞典』東京堂.
野口武彦（1994）『三人称の発見まで』筑摩書房.
野村剛史（2015）．物語・小説のテンス・アスペクト形式．言語・情報・テクスト, 22, 23–36頁.
時枝誠紀（1949）．国語に於ける変の現象について．国語学, 2, 1–16頁.
山本正秀（1965）『近代文体発生の史的研究』岩波書店.
Zou, H. & Hastie, T. (2005). Regularization and Variable Selection via the Elastic Net. *JR Statist Soc B*, 67(2), p. 301–320.

研究事例1
文体は翻訳できるか
——『雪国』の中国語翻訳を中心に

孫昊[1]

　文体は，文章の表現上の性格を他と対比的にとらえた特殊性である（中村，2007）．近年では，文体研究に計量的方法が導入されるようになり，計量文体論（computational stylistics）が登場し，文体分析の主流としての地位を確立しつつある．本研究では，「文体は翻訳できるか」という問いに答えるために，計量文体論の手法を用いて『雪国』の中国語訳本の文体に対して分析を行なう．

1　文体論と計量研究

　文体論は，大まかに類型的文体論と個人的文体論に分類される（中村，2007）．類型的文体論は，特定のジャンルや形式の文章を一つのカテゴリとして捉える．日本語の和文体や漢文体，小説の文体や論文の文体がその例である．これに対し，個人的文体論は，文章の書き手の個人的特徴に焦点を当て，文体を「その著者に見られる特有な文章表現上の特色」として扱う．森鷗外や川端康成の文体特徴に関する研究に該当する．

　文体論では，研究者の感受性と解釈力を駆使して文体の特性を分析するこ

とが重視される．文体の特性は，語彙，語法，文末表現など文章表現上の特徴を指す．このような特徴は多岐にわたり，研究目的に合わせて選ぶことが多い．たとえば，文体の男女差を分析する場合，人称代名詞の「俺」や「あたし」，終助詞の「かしら」などの出現頻度を分析に用いる．

　近頃，データサイエンスの進展により，文体分析に計量的手法が取り入れられるようになり，文体模倣や文章内容の定量化研究に大いに役立っている．Li et al. (2024) は，1910年から2014年までに出版された555篇の小説を対象としたコーパスを基に，助詞や文末表現を文体特徴データとして使用し，ランダムフォレスト回帰を用いて『明暗』の文体模写について分析を行なった．その結果，水村美苗が夏目漱石の文体を模倣して執筆した『続明暗』が夏目漱石の未完成作品である『明暗』の文体をほぼ完璧に再現していることが示された．中村 (2023) は，1910年に発表されたオーストリアの詩人ライナー・マリア・リルケ (Rainer Maria Rilke, 1875–1926) の小説『マルテの手記 (Die Aufzeichnungen des Malte Laurids Brigge)』における短編小説と評論に対して計量分析を実施した．この研究では，短編小説や評論の文体は現在の思い出か過去の思い出の違いによって左右されず固有の傾向があることを示した．また，短編小説には固有名詞が多く使用され，評論には普通名詞が多く見られることも分かった．

2　文体と翻訳

　文章は「内容」と「文体」によって構成されると主張する研究者がいる．現代日本を代表する作家の一人である村上春樹の作品が英語圏で高い人気を誇る理由について，プリンストン大学の牧野成一先生は以下のように述べている．

>　私は「文体」を「表現者が個人的に特定の言語の中から言語形式を繰り返し選んで表現する様式で，基本的には話し手書き手個人に属する」と定義する．この定義に基づいて，村上春樹という世界的なレベルで未

曾有の活躍をしている作家の文体的特徴を探り，どうして彼の作品が世界の読者を魅了しているのか，作品の内容ではなく，内容を盛る器の特徴を考えていきたいと思う．（牧野, 2013, 1）

牧野氏の見解によれば，「内容」は作品の人物，環境，物語など，文章構成上の要素を指す．「内容を盛る器」は村上春樹の文体を意味すると考えられる．翻訳を通してこの特徴的な文体が世界中の読者に受け入れられ，村上春樹の作品は海外で認められるようになった．一般的には，原文を他の言語に変換する際，文章全体を一貫して扱い，内容と文体を別々にして翻訳するわけではない．内容は具体的であるため，訳文に再現することができると思われるが，文体は抽象的であり，原文と訳文を読み比べても「文体は翻訳されたか」の判断がつかないことが多い．たとえば，文体分析によく用いられる指標の一つは品詞構成比であるが，翻訳を通して，この比率はどう変化するか想像もつかない．

文体の翻訳可能性については，研究者の間で意見が分かれている．文体の翻訳可能性を否定した研究者たちは，原文の文体に対する理解度に課題があると指摘している（Pillière, 2018）．文体を翻訳するためには，原著の文体を完全に理解することが求められるが，訳者が修辞や文体の微細なニュアンスを把握することは容易ではなく，目標言語への翻訳も困難になるという．一方で，文体の翻訳は翻訳の土台であるという意見もある．訳者が理論的な知識や実践的なスキルを有し，原著の雰囲気を忠実に再現し，その芸術性を訳文にも反映できるならば，文体の翻訳も可能だと考えられている（Shiyab & Lynch, 2006）．

2000年代に入ってから，計量文体学の方法が翻訳の文体研究に適用されるようになり，この分野の先駆者としてイギリスの言語学者Mona Bakerが挙げられる．彼は翻訳の文体研究において，主に語彙の多様性や文の複雑度など，翻訳者各々の文体特徴が注目されると述べた（Baker, 2000）．

翻訳においては，原文の完全な再現は難しく，一般的に訳文からは文体情報の一部が失われると認識されている．Richard & Phoenix（2014）は，

Vincent van Goghと弟のTheoがフランス語で書いた手紙262通とその英語訳文に対して計量文体学的分析を実施した．計量分析では，頻出語を文体特徴，k近隣法の正解率などを計量方法として用いた．その結果，手紙とその訳文の間に元々の文体特徴が残っていることが確認された．

このような文体翻訳の研究は，主に英語を対象として行なわれており，「文体は翻訳できるか」という問いに直接的に触れていない．また，東アジア諸言語における翻訳の計量研究もほぼ行なわれていない．本研究では，川端康成の小説『雪国』の中国語翻訳に対して計量分析を行ない，文体の翻訳可能性について探る．

3　川端康成『雪国』の中国語翻訳と文体問題

川端康成（1899-1972）の作品は，英語，中国語，ドイツ語などに翻訳され，海外でも高い評価を得ている．特に中国では，川端康成の作品に対する関心が高まり，2022年には川端康成逝去50周年を迎えたことを契機に「川端文学ブーム」が起こり，大いに盛り上がりを見せた．川端康成の作品の中でも，特に『雪国』が高い人気を誇っている．

『雪国』の初版単行本は1937年に刊行された．この小説は、主人公の島村と温泉町で暮らす女性たちとの関わりを描いた作品であり，川端康成の不朽の名作として評価されている．この作品の中国語翻訳は，何度も再版され，中国における日本文学紹介の先駆的な役割を果たした．『雪国』の名高い中国語訳者としては，日本文学研究者の葉渭渠（1929-2010）氏と高慧勤（1934-2008）氏が知られている．『雪国』の葉渭渠訳は1981年山東人民出版社によって出版され，高慧勤訳は1985年漓江出版社より刊行された．

川端康成の『雪国』の中国語訳において，葉渭渠訳と高慧勤訳の間には違いが見られた．たとえば，『雪国』のはじめの文にある「夜の底が白くなった．」の翻訳において，両者の翻訳には明確な差異が存在する．葉渭渠訳は「夜空（名詞）下（方位詞）一片（副詞）白茫茫（形容詞）」であるのに対して，高慧勤訳は「大地（名詞）赫然（副詞）一片（副詞）莹白（形容詞）」である（品

詞情報は筆者による).訳文の文体を見てわかるように,両者の訳文には言葉だけでなく,品詞にも明らかな違いがある.両者の訳文を比較すると,葉渭渠訳が原文のシンプルさを維持しているのに対し,高慧勤訳はより詳細で視覚的な描写を追加している.

前述の通り,近年翻訳学における注目の話題の一つは「文体の翻訳可能性」である.言うまでもなく,川端康成『雪国』の文体は,著者自身のスタイルを反映している.翻訳過程を経ると,訳者の文体の影響を受けると考えられ,訳文の文体に変化が生じてしまう可能性が十分ある.

4　計量文体学に基づく『雪国』翻訳文体の研究

これまでの計量文体分析はほぼ同じ言語を対象としてきた.本研究も中国語に統一し,『雪国』の中国語翻訳,葉渭渠と高慧勤の自筆作品を分析対象とした.『雪国』訳本の文体が原著者と訳者のどちらに似ているかを明らかにし,文体は翻訳されているかを判断する.具体的な考え方を図1に示す.

まず,図1の点線より左側の部分について説明する.『雪国』の葉渭渠訳と高慧勤訳の文体が異なり,葉渭渠訳の文体が葉渭渠の自筆作品と類似し,高慧勤訳の文体が高慧勤の自筆作品に似ている.この場合,翻訳を通して

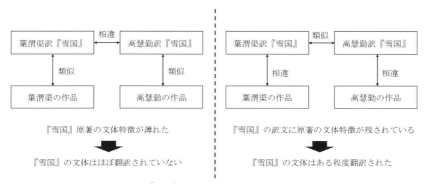

図1　『雪国』文体の翻訳可能性の計量モデル

『雪国』原著の文体特徴が薄れてしまい，文体はほぼ翻訳されていないと解釈できる．次に，図1の点線より右側の部分について説明する．『雪国』の葉渭渠訳と高慧勤訳の文体が似ており，『雪国』の葉渭渠訳の文体が葉渭渠の自筆作品とは異なり，高慧勤訳の文体も高慧勤の自筆作品とも異なる．この場合，原著の影響を受け両訳本に川端康成の文体特徴が残され，『雪国』の文体はある程度翻訳されたといえる．

本研究では，計量文体学の方法を用いて，文体の翻訳可能性について検証する．具体的な手順は，コーパスの作成，文体特徴データの抽出，およびデータ分析である．

4.1 コーパス作成

『雪国』の葉渭渠翻訳，高慧勤翻訳，および葉渭渠と高慧勤それぞれの自筆作品を集めてコーパスを作成した．『雪国』の葉渭渠翻訳と高慧勤翻訳に関する詳細な情報を表1に示す．

葉渭渠の自筆作品として『桜園拾葉』『雪国的誘惑』『周遊織夢』など，高慧勤の自筆作品として『川端賞析』『伝統・創新・別立新宗』『感覚即表現』『美麗与物哀』などを使用した．これらの自筆作品をOCR（optical character recognition）技術を用いて電子化し，文字化けなどのエラーを訂正した．その後，約4,000字ずつのテキスト単位に分割し，葉渭渠と高慧勤のそれぞれから九つずつ，合計18の比較対象テキストを作成した．

4.2 文体特徴データ

計量文体学では，文章に現れる著者の特徴を定量的に表現するためのデータが使用される．このデータは「文体特徴データ」と呼ばれ，これまでに語

表1　『雪国』葉渭渠翻訳と高慧勤翻訳

訳本名	出版社	出版時間	文字数
葉渭渠訳本	訳林出版社	2010年	58,725
高慧勤訳本	人民文学出版社	2004年	56,997

彙論，形態論，構文論の視点に基づいてさまざまな文体特徴データが提案されてきた．英語に関する研究として，Grieve（2007）は39種類の文体特徴データに基づく比較分析を行ない，アルファベットや単語の n-gram が著者識別において有効であることを示した．日本語においては，読点の打ち方，タグ付き形態素，品詞，文節のパターンなどが有効な特徴量として用いられている（金, 2013）．近年では，新たな文体特徴データの提案が進む一方で，単語の長さなど従来の文体特徴データの有効性も見直されている（Zheng & Jin, 2022）．

本研究で扱うテキストの言語は中国語である．英語や日本語と比べ，中国語の文体特徴データに関する研究は比較的少ないが，その中でも，機能語は比較的有効だと提案された（Yu, 2012）．また，どの言語においても，著者の特徴を捉えるためには品詞の情報が有効であるとされている．本研究では，既存研究の成果を踏まえ，品詞の unigram と機能語を文体特徴データとして採用することにした．

品詞とは，文法上の機能に基づいて単語を分類したものであり，主要な品詞は名詞，代名詞，動詞，形容詞，形容動詞，連体詞，副詞，接続詞，感動詞，助動詞，助詞などがある．一般的に，品詞分布に著者の無意識の癖が現れやすい．品詞の unigram とは，各品詞の出現頻度を示すものである．

中国語は日本語と同様に分かち書きがされていないため，品詞の unigram と機能語のデータを正確に集計するには形態素解析が必要である．本研究では，ICTCLAS（institute of computing technology Chinese lexical analysis system）を用いて，中国語文章の形態素解析および品詞タグ付けを実施した．ICTCLAS は中国科学院計算技術研究所のチームによって開発されたソフトウェアであり，中国語や英語に対する形態素解析，品詞タグ付け，固有表現抽出などの機能を備えている．特に，中国語においては，ICTCLAS の分かち書き精度が98.45％であり，精度が最も高い形態素解析ツールとして広く認識されている．

一般的に，語は内容語（content words）と機能語（function words）に分類される．内容語は名詞，動詞，形容詞など，意味を担う語であり，機能語は助

表2　本研究の機能語データ（一部）

		作品名	機能語			
			的	了	…	在
自筆著者	高慧勤	『伝統・創新・別立新宗』	199	19	…	26
	高慧勤	『感覚即表現』	207	23	…	16
	…					
	葉渭渠	『桜園拾葉』	202	40	…	34
	葉渭渠	『雪国的誘惑』	132	34	…	21
	…					
訳者	高慧勤	『雪国』	1,729	804	…	434
	葉渭渠	『雪国』	1,914	1,075	…	529

詞，副詞，接続詞など，文法的な役割を果たす語を指す．計量文体学の分野では，口コミの評価などテキストの内容を分析する際に内容語が用いられることが多いが，著者や訳者の文体特徴を分析する場合には機能語がしばしば利用される．

中国語における機能語には，一般に「副詞」，「側置詞（前置詞と後置詞）」，「接続詞」，「助詞」，「感嘆詞」，「擬音語・擬態語」などが含まれる．これらの機能語は，文章の内容とは無関係に文法的な機能を担っている．以下に，本研究で用いた機能語の一部を表2に示す．表の各行は葉渭渠または高慧勤の作品名を示しており，各列はそれぞれの作品中に出現する機能語の数を示している．

4.3　計量分析の方法

本研究では，次元圧縮の考え方に基づく対応分析（correspondence analysis）と，距離に基づくデータ分類方法である階層的クラスター分析（hierarchical clustering）の二つの方法を使用する．

対応分析は，フランスのJean–Paul Benzécriによって提案された多変量解析の方法である．この方法は，頻度表に基づくカテゴリデータを分析対象とし，データの表頭と表側の項目を低次元空間に射影して可視化し，データ間の関係を示す．対応分析は，計量文体学をはじめとする多くの分野で利用さ

れている．川端康成の長編小説『山の音』は、1954年（昭和29年）筑摩書房より出版されたが，1969年（昭和44年）訂正が加えられ，新潮社より決定版が刊行された．この小説は異常に長く，しかも中断も挟んで5年間をかけて複数の雑誌に発表されたため，三島由紀夫の代筆ではないかと疑われていた．孫（2018）は，タグ付き形態素などの文体特徴データと対応分析を用いて，川端康成の長編小説『山の音』の代筆問題の解明に挑んだ．この研究により，『山の音』の17章の文体は川端康成に近いことがわかり，三島由紀夫の代筆ではないことが示された．

　階層的クラスター分析は，分類の視点に基づいて開発された計量的分析方法であり，似ている個体を一つのクラスターにまとめ，異なる個体を別のクラスターに分類することを目的とする．この方法では，分類の結果をデンドログラム（dendrogram）という樹形図で示し，データ間の関係を可視化する．

　階層的クラスター分析のプロセスには，まずデータ個体間の距離を計算し，その距離の近さに基づいてクラスターを形成していくことが含まれる．距離を計算する方法は多岐にわたるが，最も基本的な方法の一つは，両点間の直線距離，すなわちユークリッド距離（euclidean distance）である．本研究は先行研究の結果を踏まえ，JSダイバージェンス（Jensen–Shannon divergence, JSD）を用いてデータ間の距離を計算することにした．JSDは，Kullback–Leibler divergenceの変種であり，確率分布間の距離測定に有効な方法である．表2の1行目と2行目を行の合計で割り，比率データに変換したうえ，以下の式でJSDを計算できる．$x_i(i=1,2,..,n)$は1行目のデータ，$y_i(i=1,2,..,n)$は2行目のデータを指し，nは変数の数である．

$$\mathrm{JSD} = \sqrt{\frac{1}{2}\sum_{i=1}^{n}\left(x_i\log\frac{2x_i}{x_i+y_i} + y_i\log\frac{2y_i}{x_i+y_i}\right)} \quad (1)$$

　すべてのデータ個体間の距離を計算した後，最も距離の近い二つのデータを結合し，最初のクラスターが形成される．このプロセスでは，結合されたクラスターと他のデータ個体との距離を再計算する必要があり，新たに形成

されたクラスターと既存のクラスター間の距離も計算し続ける必要がある．この距離の計算方法として，本研究はクラスター間の分散が最小になるようにクラスターを結合させるウォード法を採用した．

5　結果と考察

本研究では，対応分析を用いて高次元データを二次元に射影し，散布図を作成して作品間の関係性を考察する．機能語を文体特徴データとして用いた対応分析の結果を図2に示す．高慧勤の自筆作品をgao1からgao9，葉渭渠の自筆作品をye1からye9で表現し，さらに高慧勤訳『雪国』をxueguogao，葉渭渠訳『雪国』をxueguoyeとして示している．

図2に示された散布図に基づくと，高慧勤の自筆作品は左上の領域に集中しており，葉渭渠の自筆作品は高慧勤の作品とほぼ明確に区別されて下部に集まっている．両者の作品は，視覚的に明確に分かれていることが確認できる．一方，xueguogaoおよびxueguoyeは，右上の領域にプロットされている．特に，

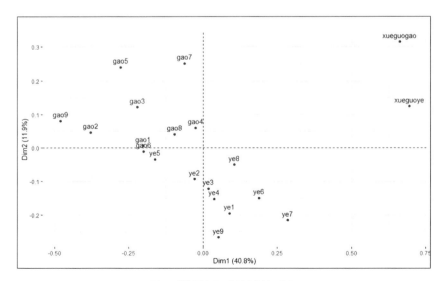

図2　機能語を用いた対応分析の結果

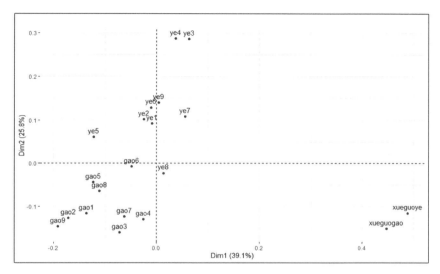

図3　品詞unigramを用いた対応分析の結果

　自筆作品であるgao1からgao9, ye1からye9と比較すると, xueguogaoとxueguoyeの位置はかなり近いことがわかる.

　訳文の品詞unigramを文体特徴データとして対応分析を用いた二次元散布図の結果を図3に示す. 図3においては, 高慧勤の自筆作品（gao1からgao9）は左下の領域に集中しており, 葉渭渠の自筆作品（ye1からye9）の中ではye8のみが点線の交差点よりやや下にプロットされているが, 他の作品は点線の交差点より上部に集まっている. この結果から, 葉渭渠と高慧勤の自筆作品はほぼ明確に分かれていることが確認できる. また, xueguogaoとxueguoyeは右下の領域にプロットされている.

　図3の結果は, 図2とほぼ同様の傾向を示しており, 自筆作品と比較すると, 二人の訳者が翻訳した『雪国』の位置は近接している. これにより, 対応分析の結果から『雪国』の二つの翻訳の文体が類似しており, 葉渭渠および高慧勤の自筆作品とは異なる文体特性を持っていることが明らかになった.

　機能語を用いた階層的クラスター分析の結果を図4に示す. 図4のデンドログラムから, すべての作品が三つのクラスターに分かれていることがわか

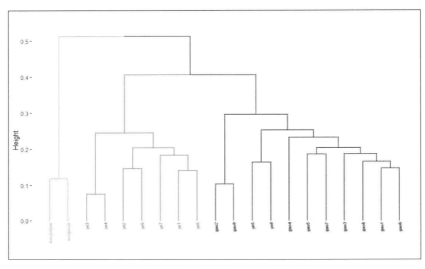

図4 機能語を用いた階層的クラスター分析の結果

る．左側のクラスターには，高慧勤訳『雪国』（xueguogao）と葉渭渠訳『雪国』（xueguoye）が含まれており，この二つの翻訳は比較的近い位置に配置されている．中央のクラスターには，葉渭渠の自筆作品7篇（ye1, ye2, ye3, ye4, ye6, ye8, ye9）がまとめられている．右側のクラスターを詳しく見ると，まず最も下位のレベルで高慧勤の作品gao2とgao3が最初に結合されている．次に，葉渭渠の二つの作品が結合し，高慧勤の他のすべての作品が一つの大きなクラスターを形成する．そして最終的に，葉渭渠の作品ye5およびye8と高慧勤の作品クラスターが統合される．

この階層的クラスター分析の結果から，葉渭渠の作品ye5およびye8は高慧勤文体に近い一方で，その他の葉渭渠の作品は高慧勤の作品から離れたクラスターに配置されている．つまり，葉渭渠の作品の一部は高慧勤の作品と類似する部分も見られるが，全体としては高慧勤の作品とは異なる文体的特徴を示している．

品詞のunigramを用いた階層的クラスター分析の結果を図5に示す．図5から，以下のようなクラスター構成が明らかである．一番左側のクラスター

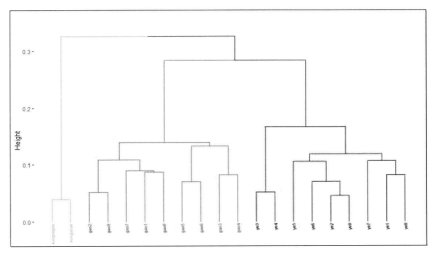

図5 品詞unigramを用いた階層的クラスター分析の結果

には，高慧勤訳『雪国』(xueguogao) と葉渭渠訳『雪国』(xueguoye) のみが含まれている．この二つの翻訳が比較的近い文体特徴を持つことを示している．中央のクラスターには，高慧勤のすべての作品 (gao1 から gao9) が含まれており，これにより高慧勤の作品群が一つのクラスターとしてまとめられている．右側のクラスターには，葉渭渠のすべての作品 (ye1 から ye9) が含まれており，葉渭渠の作品群が一つのクラスターを形成している．

この分析結果から，高慧勤訳と葉渭渠訳の『雪国』が互いに近い文体的特徴を示し，各自の自筆作品はそれぞれの作者によって明確に分かれていることがわかる．

機能語と品詞unigramに関して言うと，対応分析と階層的クラスター分析の結果は，『雪国』の二つの翻訳は互いに類似した文体特徴を持ち，葉渭渠および高慧勤の自筆作品とは異なることを示した．

以上の計量分析の結果から，『雪国』の二つの翻訳は互いに類似した文体特徴を示しており，翻訳者である高慧勤と葉渭渠の自筆作品とは異なる文体傾向が見られた．すなわち，『雪国』中国語訳本の文体は原著の影響を受け

たと思われ，訳者の文体だけではなく，原著の文体も反映させたことが示唆され，『雪国』の文体はある程度翻訳されているといえる．

6 おわりに

「文体は翻訳できるか」という課題は，言語学や文体学の専門家の間で長らく議論され続けてきた問題である．この問いは，日本語に限らず，英語をはじめとするヨーロッパ圏の諸言語においても疑問を呼び起こしている．しかし，これまでの研究は客観的な証拠が不足しているため，現状では明確な結論に至っていない．

本研究は，川端康成の名作『雪国』を研究対象とし，機能語と品詞のunigramを文体特徴データと，対応分析と階層的クラスター分析を用い，高慧勤と葉渭渠による翻訳の文体に対して計量分析を行なった．その結果，二つの翻訳の文体が似ている一方で，翻訳と作家の自筆作品の間には文体の違いがあることが明らかになった．この結果から，翻訳を通して原著『雪国』の日本語の文体が一定程度再現されたことが分かった．つまり，『雪国』の中国語訳の例では，文体はある程度翻訳されていることがわかり，『雪国』の文体は翻訳できるといえる．

翻訳では，原文の内容と文体両方を忠実に再現することが求められる．内容の再現は，原文と訳文を読み比べたら評価できるが，文体の翻訳に関しての研究はほぼ行なわれていない．本研究は，文体の再現性の研究に一石を投じたものである．

本研究は『雪国』の中国語訳本のみを対象としたが，世界にはさまざまな言語があり，この結果だけで文体の翻訳可能性について結論付けられない．「文体は翻訳できるか」という問題を明らかにするために，英語，フランス語，スペイン語，アラビア語など，複数の主要言語に基づく検証を行なう必要がある．今後，他の言語における文体翻訳の実証研究が期待される．

謝辞

本研究は大連外国語大学日本研究院の研究助成金「中国声音海外伝播的中日対照研究」を受けて行なったものである．

註

〔1〕　大連外国語大学日本語学部

参考文献

Baker, M. (2000). Towards a methodology for investigating the style of a literary translator, *Target*, 12(2), p. 241–266.

Grieve, J. (2007). Quantitative authorship attribution: An evaluation of techniques. *Literary and Linguistic Computing*, 22(3), p. 251–270.

Li, GW., Jin, MZ. & Nakamura, Y. (2024). Did the novelist Minae Mizumura achieve her literary goal: A corpus–based stylistic analysis. *Psychologia: an international journal of psychology in the Orient*, 65(2), p. 1–11.

Pillière, L. (2018). Style and Voice: Lost in Translation? Etudes de Stylistique Anglaise, 12, p. 225–252. https://doi.org/10.4000/esa.560.

Richard S. Forsyth, Phoenix W. Y. Lam. (2014). Found in translation: To what extent is authorial discriminability preserved by translators? Literary and *Linguistic Computing*, 29(2), p. 199–217.

Shiyab, S. & Lynch, MS. (2006). Can literary style be translated, *Babel: International Journal of Translation*, 52(3), p. 262–274.

Yu, B. (2012). Function words for Chinese authorship attribution, *In Proceedings of the NAACL–HLT 2012 Workshop on Computational Linguistics for Literature*, Montréal, Canada, jun.3–8, p. 45–53.

Zheng, WW. & Jin, MZ. (2022). Is word length inaccurate for authorship attribution, *Digital Scholarship in the Humanities*, 38(2), p. 875–890.

金明哲（2013）．文節パターンに基づいた文章の書き手の識別，行動計量学，40（1），17–28頁．

金明哲，中村靖子編著（2023）．『文学と言語コーパスのマイニング』．岩波書店，83–109頁．

孫昊（2018）．川端康成の代筆及び文体問題に関する計量的研究．同志社大学博士論文，79–89頁．

牧野成一（2013）．村上春樹の日本語はなぜ面白いのか ── 文体を中心に ──． *In Proceedings of 24th Annual Conference of the Central Association of Teachers of Japanese (CATJ24)*, oct.5–6, p. 1–19.

中村明（2007）『日本語の文体・レトリック辞典』，東京堂出版，365–366頁．

研究事例2
翻訳作品のテキストマイニング
——中国現代SFを題材に

劉雪琴[1]　程星博[2]　盧冬麗[2]

　サイエンス・フィクション（Science Fiction, SF）は，19世紀末から20世紀初頭にかけて，科学ロマンスを基に成立した文学ジャンルである．写実小説が同時代の社会の現実を忠実に描写・記録するのに対し，SFは科学技術の進歩によって生じる空想的な可能性を題材とし，未来社会や宇宙探査，異星人との接触，などをテーマに，「現在」を超えた視点から物語を構築する．この文学形式は，主に欧米を中心に発展し，中国の伝統文学には存在しなかったとされる（韩，2010）．

　中国における最初のSF小説は，1900年にフランス語から翻訳されたジュール・ガブリエル・ヴェルヌ（Jules Gabriel Verne, 1828–1905）の『八十日間世界一周』（*Le Tour Du Monde En Quatre-vingt Jours*, 1873）であるとされる（郭，1998, 168）．その後，多くの西洋SF作品が英語や日本語を介して中国に紹介され，「科学小説」として広まった．初期の西洋SF小説の翻訳は，中国SFという新たな文学ジャンルの誕生を促し，コウコウ・チョウソウ（荒江钓叟，本名・生没年不詳）の『月球殖民地小説』（『月球殖民地小说』，1904）をはじめとする，中国人作家によるSF創作活動の端緒となった．しかし，この時のSF小説は主に社会改良の手段として活用され，その主な目的は科学知識の普及

にとどまっていた（上原，2017）．

　1950年代から1960年代にかけて，中国SFは政治的影響を受け，ソビエト連邦のSF翻訳作品が主な参考源となる時期があった．本格的な発展を遂げたのは，1980年代の改革開放以降，特に1990年代以降である．その背景には，中国における科学技術の急速な発展，都市化の進行，それに伴う社会的変化がある．現代中国SFは，経済成長，都市化，テクノロジーの進化といった社会変化を反映し，未来や科学技術を題材に現代社会の課題を探究する文学ジャンルとしての役割を果たしている．

　現在，中国SF界ではリュウ・ジキン（刘慈欣），オウ・シンコウ（王晋康），カ・セキ（何夕），カン・ショウ（韩松）といったベテラン作家に加え，チン・シュウハン（陈楸帆），コウ・ハ（江波），カク・ケイホウ（郝景芳）などの若手作家が活躍している．その中でも，リュウ・ジキンの長編小説『三体』（『三体』，2008）およびカク・ケイホウの短編『折りたたみ北京』（『北京折叠』，2014）は代表作として挙げられる．両作品はヒューゴー賞を受賞し，中国SFの国際的評価を高める契機となった．

　『三体』は中国系アメリカ人作家ケン・リュウ（Ken Liu・刘宇昆）によって英訳され，2014年に*The Three-Body Problem*として発表された．この作品は，英語以外で書かれた作品として初めてヒューゴー賞（長編小説部門）を受賞した．さらに，2016年には，同じくケン・リュウが英訳したカク・ケイホウの『折りたたみ北京』が，*Folding Beijing*（2015）としてヒューゴー賞の最優秀中編小説賞を受賞した．これらの作品は中国国内のみならず，翻訳を通じて国際的にも広く読まれ，文学的・文化的・社会的に大きな意義を持つ．本章では，『折りたたみ北京』の日本語翻訳テキストにおける言語的特徴に着目し，テキストマイニングの手法を用いて，異なる翻訳作品間の言語的特性を比較分析することを目的とする．

1 『折りたたみ北京』の日本語版と先行研究

1.1 『折りたたみ北京』の日本語版

中国SFの日本語訳は，中国語原典からの直接翻訳と英訳を基にした重訳の二つに大きく分類される．日本では，リュウ・ジキンの『三体』（早川書房，2019）の翻訳が注目を集める以前に，カク・ケイホウの『折りたたみ北京』がすでに出版されていた．この作品は，近未来の北京を舞台に，時間と空間を活用した社会構造を描き，都市化や社会的格差といった現代中国が抱える課題をSFの枠組みの中で巧みに表現しており，短編ながら，精巧な構成と鋭敏な筆致で読者に強い印象を与えている．

『折りたたみ北京』には，英訳を基にした大谷真弓訳の『折りたたみ北京』（早川書房，2018；以下，「大谷訳」）と，中国語原典から直接翻訳された及川茜訳『北京　折りたたみの都市』（白水社，2019；以下，「及川訳」）という二つの日本語版がある．及川茜は，漢文学や中日比較文学，中国SFを専門に研究する学者であり，翻訳者としても注目されている．一方，大谷真弓は，欧米SFを中心に数多くの翻訳を手がけ，高い評価を得ている．特に，大谷訳の『折りたたみ北京』は，日本で第50回星雲賞海外短編部門最優秀を受賞し，その文学的価値が高く評価されている．

1.2 『折りたたみ北京』の先行研究

中国SFが海外の読者からも高い関心を集めていることは，中国国内におけるSF小説の翻訳研究の活性化にもつながっている．

『折りたたみ北京』の英訳 *Folding Beijing* に関する研究としては，英語圏での受容に焦点を当てたものや，訳者であるケン・リュウの翻訳手法やストラテジーを分析したものが挙げられる．たとえば，張（2017）はM・A・K・ハリデー（M. A. K. Halliday, 1925–2018）が提唱した選択体系機能言語学理論（Systemic Functional Linguistics, SFL）に基づき，『折りたたみ北京』の英訳 *Folding Beijing* における異文化間の対人関係的意味（Interpersonal Meaning）の

構築を考察している．SFLは，言語を社会的・文化的文脈や使用場面，語彙文法，表現形式といった多層的な側面から捉え，意味を中心に研究する理論である．この理論に基づき，翻訳を起点言語の意味を目標言語で再構築するプロセスとみなす（佐々木，2016）．张（2017）は，特にムードとモダリティに注目し，ケン・リュウによる英訳が対人関係的意味をどのように構築しているかを分析している．陶（2019）は，1970年代にドイツの言語学者ハンス・ヨーゼフ・フェアメーア（Hans Josef Vermeer, 1930–2010）によって提唱されたスコポス理論（Skopos Theory）に基づき，翻訳行為において翻訳の目的（スコポス）を最も重要な要素と捉える視点から，ケン・リュウの英訳について論じている．陶（2019）は，英語読者に情報を正確に伝えることを最優先の目的とし，柔軟な翻訳ストラテジーを採用していると指摘している．また，何・杨（2020）は，中国系アメリカ人である訳者ケン・リュウが持つ文化的な二重アイデンティティに注目し，その二重性が彼の翻訳ストラテジーの選択に与える影響と，英訳において形成された独自のスタイルについて考察している．

一方で，英訳テキスト *Folding Beijing* をコーパスとして用いた研究は，比較的少ない．Chen & Gong（2022）は，標準型タイプ・トークン比（Standardized Type-Token Ratio, *STTR*），語彙密度（Lexical Density），単語頻度，平均文長，受動態文，叙述時制などの観点から，英訳テキストのスタイルを分析し，ケン・リュウの翻訳が原文に忠実であると同時に，英語表現としての自然さや明確さに配慮した独自のスタイルを構築していることを明らかにした．

日本語訳テキストに関する研究として，孫（2021）がある．カク・ケイホウの2作品（『北京折叠』，2014；『去远方』，2016）とその日本語翻訳（及川茜訳；『遠くへ行くんだ』上原かおり訳，2020）を対象に，日本語訳に見られるオノマトペの使用例を収集し，それに対応する中国語原文および大谷訳『折りたたみ北京』と比較し，日中両言語における擬音語・擬態語表現の相違を分析した．しかし，日本語訳テキストの言語的特徴に関する言及はされていない．本章では，この点に着目し，『折りたたみ北京』の及川訳と大谷訳を対象に，多

言語パラレルコーパスを構築し，定量的および定性的な分析を組み合わせることで，両翻訳テキストの言語的特徴をより客観的に分析することを試みる．

2 分析資料と言語指標

2.1 分析資料

本章では，定量的および定性的分析手法を用いて『折りたたみ北京』の二つの日本語翻訳を比較分析するため，『折りたたみ北京』（大谷訳），『北京折りたたみの都市』（及川訳），中国語原作『北京折叠』，および英訳版 *Folding Beijing*（ケン・リュウ訳）を電子化し，多言語パラレルコーパスを構築した．詳細な情報は表1に示されている．

『折りたたみ北京』の舞台は，人口過剰や失業問題を解決するために建設された折りたたみ式の都市・北京である．この都市は三層に分かれ，24時間ごとに世界が回転し，建物が折りたたまれる仕組みになっている．住民は貧富の差によって三つの階級に分けられ，富裕層は第一空間で24時間を過ごし，その他の住民は第二，三空間で次の24時間を共有する．三層間の行き来は厳格に制限され，各層で異なる生活が営まれる．第三空間でゴミ処理の仕事をする主人公の老刀は，娘の幼稚園費用を捻出するために第一空間への手紙を届ける仕事を引き受け，危険な冒険に挑む．『折りたたみ北京』は，格差が極端に広がる都市での老刀の苦悩を淡々と描き出している物語である．

日本語訳テキストを解析するにあたり，不要な情報を除去した後，MeCab（現代語UniDic辞書unidic-cwj-2023.02）を用いて形態素解析を実施した．

表1　『折りたたみ北京』の各テキストの情報

テキスト	著者/訳者	収録
『北京折叠』	カク・ケイホウ	『孤独深処』（江蘇鳳凰文芸）2016
Folding Beijing	ケン・リュウ	Uncanny Magazine Issue Two 2017
『折りたたみ北京』（英語重訳）	大谷真弓	『折りたたみ北京―現代中国SFアンソロジー』（早川書房）2018
『北京　折りたたみの都市』（直接和訳）	及川茜	『郝景芳短編集』（白水社）2019

さらに，言語的特徴をより正確に捉えるために，解析結果を人手で補正し，必要なデータを抽出して比較分析を行なった．

2.2 言語指標

本章では，異なる経路を経て日本に紹介された『折りたたみ北京』の日本語翻訳における語彙，文法，物語の三つの側面に注目し，それぞれの翻訳テキストにおける言語的特徴を明らかにする．

2.2.1 語彙

両日本語翻訳テキストにおける語彙的特徴の違いを明らかにするため，本章では語種および語彙の多様性を評価し，両翻訳者による語種選択の傾向や語彙の多様性を分析する．語種の判定は，現代語UniDic辞書に基づき，「和語」「漢語」「外来語」「混種語」の分類に従って行なう．また，言語外文化的指示（Extralinguistic Cultural References, ECR）の翻訳方法を検討し，翻訳者が文化的要素にどのように対応したかについても分析を行なう．

語彙の多様性の評価には，タイプ・トークン比（Type-Token Ratio, TTR），$STTR$，およびYuleのK特性値（Yule, 1944）を指標として用いる．TTRと$STTR$の値が高く，K特性値は値が小さいほど，語彙が多様であることを示す．

文化的要素の翻訳において，文化的指示（Cultural References, CR）は，訳文の忠実性やスタイルを評価するための重要な指標の一つである．CRは言語に関連するかどうかによって，言語外文化的指示（Extralinguistic Cultural References, ECR）と，言語内文化的指示（Intralinguistic Cultural References, ICR）に分類される（Pedersen, 2011; 貢, 2018）．Pedersen（2011, 59）は，ECRを言語外の実体やプロセスを指す文化的言語表現と定義し，100本の映画とテレビ番組のスウェーデン語とデンマーク語の字幕で構成されるスカンジナビア字幕コーパス（Scandinavian Subtitles Corpus）のデータを基に，ECRを「度量衡」「固有名詞」「職業名」「料理および飲料」「文学」「政府」「娯楽」「教育」「スポーツ」「通貨」「工芸品」「その他」の12領域に分類した．本研究では，Pedersen（2011）のECR分類に基づき，『折りたたみ北京』の日本語翻訳か

らECRの翻訳例を抽出し，比較検討を行なう．

2.2.2　文法

　文法の側面では，両翻訳テキストの品詞構成比率，文の長さ，フレーズの長さを分析し，品詞レベルおよび文レベルでの特徴を明らかにする．特に，翻訳の過程では，原文を別の言語に翻訳する際，自然で滑らかな表現を実現するために，原文よりも翻訳文章が長くなる傾向があると指摘されている（大羽，2022）．一方で，より理解しやすい訳文を作成するため，長文を複数の短文に分割する工夫が行なわれる場合もある．本章では，『折りたたみ北京』の両翻訳テキストにおいて，長文の分割や短文の結合がどのように行なわれているかを検討する．なお，文の長さや句読点間のフレーズの長さを形態素単位で計測する（Liu & Jin, 2022）．

2.2.3　物語

　物語における登場人物の発話や思考の表現形式には，直接引用として提示される場合と，地の文に自然に埋め込まれる形で描写される場合がある．これらの表現形式や構造の違いは，作品の文体的特性を形成する重要な要素である．特に翻訳作品においては，異なる言語的特徴を持つテキスト内の会話表現を分析することが不可欠であり，このような分析は翻訳作品の叙述スタイルを解明する上で有用な手がかりとなる．本章では，『折りたたみ北京』における登場人物の対話に着目し，精読を通じた詳細なテキスト分析を行なうことで，両日本語訳テキストの特徴を明らかにすることを試みた．

3　語彙的相違

3.1　語種の選択

　語種の分析においては，分析対象として固有名詞，数詞，助詞，助動詞，および記号を除いた部分を集計した．ただし，特に一般概念の翻訳における両訳者の語種選択の傾向を明確にするために，普通名詞に限った語種の集計

も実施した．表2および表3は，両翻訳テキストにおける全体の語種と，普通名詞に限定した語種を比較したものである．比率の差の検定（Z検定）を実施し，統計的に有意な差が認められた項目には，使用率の高い項目の数字に網掛けをして示す．

表2に示された語種構成の分析の結果，英語を経由した大谷訳では外来語の比率が高く，統計的検定によりその差が有意であることが確認された．外来語には，「回鍋肉」「炒麵」「炒飯」などの中国語由来の漢字表記の語や，「サンラービーフン」のようなカタカナ表記の語が含まれるが，その大半は「ウェイター」「ティーンエイジャー」「リネン」「スペース」などの欧米語由来のカタカナ語であった．一方，外来語以外の語種に関しては，統計的に有意な差異は認められなかった．

さらに，表3に示された普通名詞に絞った検定結果によると，及川訳では和語（「香り」「相手」「敷居」など，日本語固有の語彙）と混種語（「干し肉」（和語＋漢語），「職場」（漢語＋和語），「台所」（和語＋漢語）など，和語・漢語・外来語のうち複数の語種の要素を含む語）の比率がやや高い傾向にあった．しかし，

表2　両翻訳テキストの語種構成

語種	及川訳（％）	大谷訳（％）	p値
和語	6,080（65.94）	6,658（65.61）	0.31
漢語	2,555（27.71）	2,763（27.23）	0.23
外来語	405（4.39）	554（5.46）	0.00
混種語	180（1.95）	173（1.70）	0.10

表3　両翻訳テキストにおける普通名詞の語種構成

語種	及川訳（％）	大谷訳（％）	p 値
和語	1,737（40.73）	1,770（38.77）	0.03
漢語	2,038（47.78）	2,176（47.67）	0.46
外来語	402（9.43）	548（12.00）	0.00
混種語	88（2.06）	71（1.56）	0.04

最も顕著な差異として確認されたのは，大谷訳における外来語の多用であった．

3.2 語彙の多様性

語彙の多様性を計算するにあたり，助詞や助動詞などの機能語を除外し，物語の叙述において実質的な内容を担う語彙のうち，名詞，動詞，形容詞，形容動詞，副詞，連体詞など，単独で文節を構成できる自立語のみを分析対象とした．ただし，数詞，指示表現，および現代語UniDic辞書において非自立可能と分類される動詞（例：「する」「くる」）や形容詞（例：「ない」「よい」）はすべて除外した．この基準に基づき，両翻訳テキストの語彙の多様性を統計的に分析し，その結果を表4に示す．

表4によると，同一の物語を日本語に翻訳する際，中国語原典から直接翻訳された及川訳と英訳を経由した大谷訳は，ほぼ同数の実質的な内容を持つ異なる語彙を使用していることが示されている．言語指標の分析では，及川訳のTTRや$STTR$の値がやや高く，K特性値がやや低いものの，顕著な差が見られない．語彙の多様性には目立った違いはないが，具体例に基づく考察では，両訳者の語彙選択に明確な差異が確認された．

例1
原文：

> 街上人很少．八车道的宽阔道路上行驶着零星车辆，快速经过，让人看不清车的细节．偶尔有华服的女人乘坐着双轮小车缓缓飘过他身旁，沿步行街，像一场时装秀，端坐着姿态优美．（『孤独深处』，2016: 019）

表4　両翻訳テキストの語彙の多様性

テキスト	述べ語数	異なり語数	TTR（$STTR$）	K特性値
及川訳	7,255	2,699	0.37（0.38）	20.42
大谷訳	7,695	2,688	0.35（0.36）	23.33

及川訳：
　　通りには人の姿はほとんどなかった．八車線の広い道路には時たま車が通ったが，素早く通りすぎるので車の様子をはっきり見ることができないほどだ．たまに着飾った女が二輪車に乗って歩行者天国の横をゆっくり通ったが，ファッションショーのように，端然と座った姿勢が優雅だった．(『郝景芳短編集』，2019: 029)

英訳：
　　There were very few people in the pedestrian lane, and only scattered cars sped by in a blur on the eight-lane avenue. Occasionally, well-dressed women passed Lao Dao in two-wheeled carts. The passengers adopted such graceful postures that it was as though they were in some fashion show. (*Folding Beijing*, 2017: 240)

大谷訳：
　　歩道に人はほとんどおらず，片側四車線の車道を，まばらな車がぼやけて見えるほど高速で通りすぎていく．ときおり，二輪カートに乗った身なりのいい女たちが老刀の横を通る．とても優雅な姿勢で乗っているので，まるでファッションショーの出演者のように見えた．(『折りたたみ北京』，2018: 249)

（下線は筆者らによる）

　例1の四つの例文では，英訳を基にした大谷訳に比べ，及川訳が原文に非常に忠実であることがわかる．特に，動詞や名詞に付随する修飾語がほとんど漏れなく再現されている．たとえば，「道路」を修飾する形容詞「広い」や，「通る」「座る」（直線の下線部）といった動作の様態を表わす副詞「端然と」「ゆっくり」などが，原文の表現を忠実に反映し，日本語訳でも的確に再現されている．

　さらに，及川訳のもう一つの特徴として，名詞の翻訳において属性を付加して表現する点が挙げられる．たとえば，「人」や「车的细节」（波線の下線部）を訳す際，及川訳では「人の姿」や「車の様子」といった「AのB」の

形で属性を加えているが，大谷訳では英訳のシンプルな表現"people"や"cars"をそのまま踏襲し，「人」や「車」として簡略化している．

3.3 言語外文化的指示（ECR）

『折りたたみ北京』における異文化要素の翻訳に関する分析を行なうにあたり，本研究では両翻訳テキストに含まれる「固有名詞」および「料理・酒類」（表5），さらに「その他」（特に四字熟語が多い）（表6）に属するECRの翻訳例を抽出して分析に用いた．

表5と表6からわかるように，ECRの翻訳においては，両訳者がそれぞれ異なるストラテジーを採用していることは明らかである．及川訳は中国語表現を忠実に再現する傾向が強い一方，大谷訳は日本語の表現習慣に合わせた

表5 両翻訳テキストにおけるECRの翻訳（固有名詞，料理・酒類）

分類	原文	及川訳	大谷訳
固有名詞	吃席	宴席で食事する	宴会を楽しむ
	猫膩	やり口	よくある手に騙される
	怂包	やつ	負け犬
	同情分	同情を得るべき	同情を買える
	黄包车	人力車	人力車
	风火轮	風火輪（神話の哪吒太子の武器．車輪の形をした乗り物）	風火二輪
	高级蓝领	ハイクラスのブルーカラー	優秀な腕を持つ肉体労働者
	条子	警官	出頭通告
	新疆大枣	新疆棗	新疆産のナツメ
料理・酒類	腊肉	干し肉	塩漬肉
	水煮牛肉	水煮牛肉（トウガラシのスープで煮こんだ牛肉）	牛肉の煮込み
	东北拉皮	東北拉皮（澱粉で作った平麺）	中国北東部の拉皮（半透明の平たい麺）
	上海烤麸	上海烤麸（麸を発酵させた食品）	上海のふすま入りパン
	湖南腊肉	湖南臘肉（干し肉）	湖南省の塩漬肉
	酸枣	棗／酸棗	ナツメ
	酸辣米粉	酸辣粉（酸味と辛味のきいたスープで食べるイモの澱粉で作った麺）	酸辣米粉（サンラービーフン）
	回锅肉	回鍋肉	回鍋肉
	炒面	焼きそば	炒麺

表6 両翻訳テキストにおけるECRの翻訳（その他）

分類	原文	及川訳	大谷訳
その他	人声鼎沸	さんざめく	騒々しい
	狼吞虎咽	むさぼり食っている	がつがつと食事を始める
	小心翼翼	慎重	慎重
	不置可否	とりあわない	とくに何も言わない
	饿虎扑食	飢えた虎のようにすすり込み	顔を突っこむようにして夢中で食べている
	斩钉截铁	きっぱりと言う	即座に決断する
	受宠若惊	待遇に驚き	自分の幸運が信じられず
	熙熙攘攘	賑やかに人の行き交う	人通りの多い
	anyway	Anyway	とにかく
	操蛋	どれだけクソ	意味のないつまらんもの
	靠	畜生	げっ

語彙が選択されている．特に，料理や四字熟語の翻訳において，両訳者の訳し方には顕著な違いが見られる．

たとえば，表5の料理・酒類のうち，「东北拉皮（澱粉で作った平麺）」「上海烤麸（麸を発酵させた食品）」「湖南臘肉（干し肉）」などの中国料理に関して，及川訳では中国語の名称をそのまま使用し，注釈を加えて訳している．一方で，大谷訳では「中国北東部の拉皮（半透明の平たい麺）」「上海のふすま入りパン」「湖南省の塩漬肉」のように，読者にとって日常的に馴染みのある食材を用いた表現で訳している．

4 文法上の相違

4.1 品詞の構成率

『折りたたみ北京』の両翻訳テキストにおける文法的特徴を分析するにあたり，まず品詞構成の観点からその違いを考察する．表7には，両テキストの品詞構成率および比率の差に関する統計的検定の結果を示している．

表7によると，代名詞や助動詞，連体詞，および接辞の使用（表中網掛け部分）に関して，及川訳と大谷訳の間には統計的に有意な差が認められた．特に，代名詞の使用において最も顕著な差（$p=6.24E-08$）が確認された．なか

表7 両翻訳テキストの品詞構成率（%）

品詞	及川訳	大谷訳	p 値
代名詞	262（1.46）	424（2.20）	6.24E-08
助動詞	2,265（12.62）	2,133（11.05）	1.38E-06
連体詞	110（0.61）	157（0.81）	0.01
接頭辞	115（0.64）	161（0.83）	0.01
接尾辞	300（1.67）	380（1.97）	0.02
接続詞	28（0.16）	38（0.20）	0.17
副詞	455（2.53）	461（2.39）	0.18
形容詞	341（1.90）	390（2.02）	0.2
助詞	6,059（33.75）	6,555（33.96）	0.34
感動詞	15（0.08）	18（0.09）	0.38
動詞	2,680（14.93）	2,866（14.85）	0.41
形容動詞	253（1.41）	268（1.39）	0.43
名詞	5,067（28.23）	5,452（28.24）	0.49

でも人称代名詞の出現頻度は，及川訳では123回（総単語数の0.69%）であり，大谷訳の約半分にとどまる．この違いについて，コーパスから抽出した具体例を用いて詳細に考察する．

例2
原文：
　　問邻居，邻居说他每天快到关门才回来，具体几点不清楚．（『孤独深处』，2016: 002）
及川訳：
　　隣人に尋ねてみると，外出禁止の刻限が迫る頃に帰ってくるのが常だというが，具体的な時間はわからなかった．（『郝景芳短編集』，2019: 008）
英訳：
　　A neighbor said that Peng usually didn't return until right before market closing time, but she didn't know exactly when．(*Folding Beijing*, 2017: 222)

大谷訳：

　　隣人の話では，<u>彼</u>はたいてい市場が閉まる直前まで帰らないらしい．帰ってくる正確な時間はわからないという．（『折りたたみ北京』，2018：228）

（下線は筆者らによる）

　翻訳においては，言語構造や使用習慣の違いにより，主語の省略や話法の変更が生じると，人称代名詞の省略・追加，あるいは原作とは異なる人称代名詞への置き換えが頻繁に行なわれる．特に，日本語は「場の言語（Situation-oriented Language）」とされ，主語や目的語が文脈上明らかな場合，頻繁に省略される．また，人称代名詞の代わりに，親族関係を示す語や職業名が多く用いられることも指摘されている（鈴木，1973，133）．これにより，人称代名詞の使用には訳者ごとに異なる特徴が見られる．

　例2では，原文の人称代名詞「彼」は，及川訳では省略されている．一方，英訳では人称代名詞が不可欠であるため，ケン・リュウは「彼」に該当する人物の名前「Peng」を用いることで訳文を明確化している．さらに，この英訳を基にした大谷訳では，人称代名詞が省略されず，「彼」として訳出されている．このような処理上の違いが，最終的に代名詞の使用率の差につながると考えられる．

4.2　文の長さ

　大谷訳は，中国語の原文から英語への翻訳を経て日本語に訳されているため，中国語原作から直接翻訳された及川訳と比較して文の長さにどのような違いがあるのかを分析する．文の長さを形態素単位で計測し，その結果を表

表8　両翻訳テキストの平均文長

テキスト	総文数	形態素数	平均文長
及川訳	1,105	20,741	18.77
大谷訳	1,246	22,531	18.08

8に示す.

表8によると，大谷訳は及川訳に比べて文数が多く，文章全体が長くなっているものの，形態素数の増加に伴い平均文長には顕著な差は認められない．原文と英訳の文数はそれぞれ933文および1,156文であり，原文と比較すると及川訳と英訳のいずれも文数が増加している．さらに，大谷訳は英訳よりも文数が多く，文章がさらに長くなっていることがわかる．

次に，この平均文長の差異を踏まえ，両訳文における文の長さの分布状況を観察するため，形態素数を五つ刻みで各区間の文数を集計し，その相対頻度を計算した結果を図1に示す．

図1からわかるように，及川訳は比較的長文を好む傾向があるのに対して，大谷訳は短文を使用する傾向が示唆される．以下では，コーパスから抽出した具体例を用いて説明する．

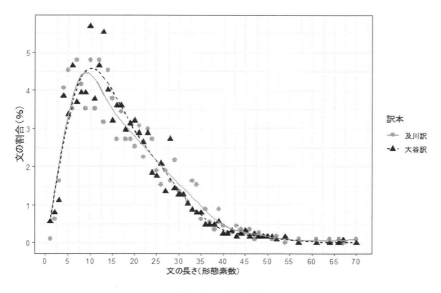

図1　文の長さの分布

例3
原文：
　　　他第一次轻吻她一下，她躲开，他又吻，最后她退无可退，就把眼睛闭上了，像任人宰割的囚犯，引他一阵怜惜．（『孤独深处』，2016: 014）
及川訳：
　　　初めてそっとキスをしたとき，彼女は身体を離したが，もう一度キスをすると，あきらめて目を閉じ，覚悟を決めた囚人のように身を任せたのがとても可憐だった．（『郝景芳短編集』，2019: 022）
英訳：
　　　The first time he tried to kiss her, she had moved her lips away shyly. He had persisted until she gave in, closing her eyes and returning the kiss. (*Folding Beijing*, 2017: 235)
大谷訳：
　　　初めてキスしようとしたとき，彼女は恥ずかしそうに唇をよけた．だが彼は引き下がらなかった．ついには彼女もあきらめ，目を閉じてキスを返してくれた．（『折りたたみ北京』，2018: 243）

　例3に示されるように，及川訳では文の長短にかかわらず，原文の叙述スタイルを忠実に再現しようとする意図が読み取れる．特に，長文であっても途中で区切らず，一貫性と叙述性を維持しながら翻訳している点が特徴的である．一方で，例3の原文が迅速な叙述視点の切り替えを伴う一連の動作を描写している場面では，英訳において文が二つに分割され，視点の切り替えと動作の進行がより自然で分かりやすい流れで読者に伝えられている．この英訳を基にした大谷訳も，シンプルで短い文を用いて物語を展開する傾向が見られる．

4.3　フレーズの長さ

　文の長さの分析結果から，及川訳は比較的長文を好んで使用するのに対し，大谷訳は短文を用いる傾向があることが明らかになった．この結果に続いて

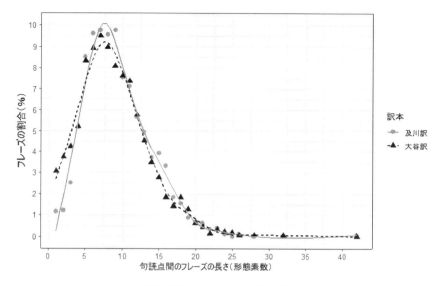

図2 句読点間のフレーズの長さの分布

　句読点が打たれる間隔に注目し，両訳者が翻訳時に好むフレーズの長さを計測する．文の長さと同様に，形態素を単位として計測し，集計結果は図2に示す．

　図2によると，両翻訳テキストにおけるフレーズの長さの分布には違いが見られ，両訳者が異なる長さのフレーズを好んで使用する傾向が示されている．この結果を文の長さの分析と合わせて考えると，大谷訳は及川訳に比べて短い文を好む傾向があり，さらに，文節の境界を明確にするために読点を頻繁に挿入することで，フレーズを短くする傾向があることがわかった．以下に，例4を用いてフレーズの長短の詳細を示す．

例4
原文：
　　　他设想着自己如果被抓住了该说些什么．<u>也许他该交待自己二十八年工作的勤恳诚实，赚一点同情分</u>．他不知道自己会不会被审判．命运在前方

逼人不已．(『孤独深处』, 2016: 037)

及川訳：

　もし捕まったら何と言えばよいだろう．<u>これまで二十八年間実直に働きつづけてきたことを訴えて，同情を得るべきだろうか</u>．裁判にかけられるのだろうか．運命は前方から近づきつつあった．(『郝景芳短編集』, 2019: 051)

英訳：

　He tried to plan for what to say if he was caught. <u>Maybe he should mention how honestly and diligently he had toiled for twenty-eight years and try to buy a bit of sympathy</u>. He didn't know if he would be prosecuted in court. Fate loomed before his eyes. (*Folding Beijing*, 2017: 259)

大谷訳：

　捕まったときの言い訳を考えよう．<u>二十八年間，いかに正直に，勤勉に，こつこつ働いてきたかを訴えれば，少しは同情を買えるかもしれない</u>．裁判にかけられるのだろうか？　運命が老刀の目の前に不気味に迫っていた．(『折りたたみ北京』, 2018: 272)

（下線は筆者らによる）

　例4では，及川訳は原文の風格を忠実に再現し，第一空間に忍び込んだ老刀が万が一捕まった場合に備え，処罰を免れるための言い訳を考える心理を淡々と描写している．一方，大谷訳では，「二十八年間，いかに正直に，勤勉に，こつこつ」という表現に見られるように，読点を頻繁に挿入することで，老刀がこれまでいかに勤勉に働いてきたかを強調し，捕まった後に警察の前で許しを乞う様子までをリアルに描き出している．このような手法によって生み出される臨場感とリズム感は，中国語原文の忠実な再現を重視する及川訳とは異なる特徴を持つ．

　総じて，及川訳は原文の構造を可能な限り保持し，その叙述スタイルを日本語訳においても忠実に再現しようとする工夫が見られる．一方，大谷訳は

英訳を基に，短文を用いて文構造を再構築することで，より読みやすい日本語訳を実現している．

5　登場人物の対話

本節では，『折りたたみ北京』の及川訳と大谷訳における対話の例を取り上げ，原作および仲介となる英訳と比較しつつ，両日本語訳テキストにおける会話の表現形式を考察する．

『折りたたみ北京』における登場人物の対話を分析した結果，原作で間接話法として表現された16箇所のうち，及川訳では15箇所が間接話法のまま翻訳されており，大谷訳では8箇所が間接話法のままで，残りの8箇所は直接話法に変更されていることが判明した．例5ではその一例を示す．

例5
原文：
　　①老刀问他这笔钱是不是攒了很久，看他是学生，如果拮据，少要一点也可以．②秦天说没事，他现在实习，给金融咨询公司打工，一个月十万块差不多．这也就是两个月工资，还出得起．③老刀一个月一万块标准工资，他看到差距，但他没有说．④秦天要老刀务必带回信回来，老刀说试试．（『孤独深处』，2016: 015）

及川訳：
　　①老刀は尋ねた．この金は長いことかかって貯めたものじゃないのか．学生だから苦しければ少しまけてもいいと．②秦天は構わないと言った．インターンで金融コンサルタント会社に勤めており，月に十万元くらいになるから．給料の二ヵ月分なら支払えます．③老刀の月収は一万元で，格差を思い知らされたが何も言わなかった．④秦天は老刀に必ず返事をもらってくるようにと頼んだ．老刀は努力すると答えた．（『郝景芳短編集』，2019: 024）

英訳：

①"Have you been saving up for this for a while?" Lao Dao asked. "You're a student, so money is probably tight. I can accept less if necessary." ② "Don't worry about it. I'm on a paid internship with a financial advisory firm. They pay me around a hundred thousand each month, so the total I'm promising you is about two months of my salary. I can afford it." ③Lao Dao said nothing. He earned the standard salary of ten thousand each month. ④ "Please bring back her answer," Qin Tian said. "I'll do my best." (*Folding Beijing*, 2017: 236)

大谷訳：

①「このために，しばらく金を貯めていたのか？」老刀はたずねた．「君は学生だ，金銭的に苦しいだろう．なんなら，もっと少ない金額でいい．」②「その心配はいりません．ぼくは財務顧問サービスの会社で有給のインターンをやっているんです．毎月，約十万元もらえるので，あなたに約束した合計報酬は，だいたいぼくの給料の二ヵ月分です．そのくらいは払えます．」③老刀は何も言わなかった．彼の普段の給料は，月に一万元だ．④「どうか，彼女の返事をもらってきてください．」秦天は言った．「全力をつくすよ．」（『折りたたみ北京』，2018: 244）

（下線は筆者らによる）

例5では，第二空間に住む学生の秦天が老刀に依頼し，第一空間に住む少女へ手紙を届けるための報酬を交渉する場面が描かれている．中国語の原文①〜④では，作者が間接話法を用いることで，語り手と登場人物の間に一定の距離を置き，観察者の視点から客観的に叙述している．これにより，短い交渉の場面で人称代名詞「他」の指示対象（老刀や秦天）が頻繁に変わっている．この叙述スタイルは，中国語原作に基づく及川訳でも引き継がれているが，及川訳では人称代名詞が使用されず，登場人物の発話や思考がすべて地の文に自然に溶け込んでいる．このため，原文や及川訳では読者と登場人物の心理との間に距離感が生まれ，キャラクターの内面を直接感じ取ることが

表9　両翻訳テキストにおける人称代名詞（％）

テキスト	自称	対称	他称	不定称
及川訳	19.51	4.88	68.29	7.32
大谷訳	22.36	8.54	61.79	7.32

難しくなっている（申，1991）．

　英語では通常，間接話法が客観的な伝達手法として好まれるが，英訳者のケン・リュウは，原作での人称代名詞の指示対象が頻繁に切り替わる複雑さを避けるため，老刀と秦天のやり取りを直接会話形式に変更して物語を展開させた．大谷訳では，英訳本のこうした調整が取り入れられたため，読者に与える文体的印象が及川訳とは異なるものとなる．例5の大谷訳では，直接会話によって老刀と秦天の心理や声がより際立ち，読者にとって具体的で生き生きとした印象が強まっている．この変更は，人称代名詞の自称，対称，他称の使用率にも影響を及んでおり（表9），スタイルの違いが顕著に現れている．

6　おわりに

　本章では，カク・ケイホウの著作『折りたたみ北京』の二つの日本語訳テキスト，すなわち中国語原作を基に翻訳された及川訳と，英訳版を経由して翻訳された大谷訳について，語彙，文法，物語の観点から比較分析を行なった．

　分析の結果，及川訳は中国SF特有の異国情緒を重視し，原作の言語的特徴や叙述スタイルを可能な限り忠実に再現するとともに，中国固有の文化的要素を巧みに日本語訳文に織り込んでいる．このため，中国文化圏に精通した読者には深みのある読書体験を提供する一方で，背景知識を持たない読者には馴染みが薄い概念が多く，読解の難易度が上がる可能性がある．一方，英語訳を基に翻訳された大谷訳は，読者の理解を優先した翻訳ストラテジーを採用していると強く印象づけられる．中国固有の概念は一般化されており，

英語的な言語感覚やボキャブラリーが反映されている点で，及川訳とは明確に異なる特徴を有している．また，文構造を簡潔な短文へと再構築することで物語を展開し，読者にとって読みやすく親しみやすい日本語訳文を実現している．さらに，間接引用を直接会話形式に置き換えることで，物語の臨場感を高め，登場人物の感情が読者により身近に感じられるような工夫も見られる．

これらの相違は，翻訳の過程や経路の違いに起因すると考えられるが，それに加えて，訳者の翻訳に対する考え方の違いも影響していると推察される．ただし，本研究は両日本語訳テキストの比較に焦点を当てており，これらの相違が生じた原因を明確に特定する直接的な証拠を示すには限界がある．したがって，現段階での分析は依然として途上にあり，今後の課題として，両日本語訳テキストを中国語原文および英訳テキストと詳細に比較し，その相違の要因をより精緻に検討することが求められる．また，訳者へのインタビューを通じて，各々の翻訳ストラテジーや解釈の背景を明らかにし，翻訳上の相違が生じた具体的な要因をより深く分析する必要がある．さらに，読者の受容反応を調査し，各翻訳がどのように評価・受容されているのかを明らかにすることも，本章を補完する上で重要な課題となる．

註
〔1〕　下関市立大学研究機構
〔2〕　南京農業大学外国語学部

参考文献

Chen, Y. T. & Gong, W. (2022). A Corpus-Based Study on Liu Yukun's Translation Style as Reflected in *Folding Beijing*. In *Proceedings of the 2022 3rd International Conference on Artificial Intelligence and Education*, Chengdu, China, jun.24–26, p. 178–184.
郭延礼（1998）．中国近代翻译文学概论．武汉 湖北教育出版社．
貢希真（2018）．中国時代劇の日本語字幕における文化的表現の翻訳ストラテジー──『琅琊榜』を例に──．通訳翻訳研究への招待，19，23–38頁．
韩松（2010）．当下中国科幻的现实焦虑．南方文坛，6，28–30頁．

何善秀, 杨曼（2020）．离散情结和文化认同——刘宇昆《北京折叠》英译策略分析．山西能源学院学, 5, 91–93頁.

Liu, X.Q. & Jin, M.Z. (2022). A corpus-based approach to explore the stylistic peculiarity of Koji Uno's postwar works. *Digital Scholarship in the Humanities*, 37, 1, p. 168–184.

大羽良（2022）．日本小説の英訳本における翻訳者の文体的特徴——東野圭吾作品を例に——．人文研紀要, 101, 125–154頁.

Pedersen, J. (2011). *Subtitling Norms for Television: An exploration focusing on extralinguistic cultural references*. Amsterdam: John Benjamins.

孫埼（2021）．小説の翻訳にみる中国語と日本語のオノマトペ——郝景芳の作品から——．教養諸学研究, 150, 1, 93–112頁.

申丹（1991）．小说中人物话语的不同表达方式．外语教学与研究, 1, 13–18頁.

佐々木真（2016）．選択体系機能言語学の翻訳への応用——*The Language of Schooling*の翻訳実践例—．愛知学院大学教養部紀要, 64, 1, 27–45頁.

鈴木孝夫（1973）『ことばと文化』 岩波新書.

陶玥含（2019）．目的论视角下浅析《北京折叠》的英译．文学教育, 7, 132–134頁.

张圣鑫（2017）．刘宇昆英译《北京折叠》中人际意义的双向建构．东方翻译, 6, 27–31頁.

上原かおり（2017）．近現代中国におけるSFおよび科学普及読物の研究——1930年代の「科学小説」「科学小品文」を中心に，首都大学東京博士論文.

Yule, G. U. (1944). *The Statistical Study of Literary Vocabulary*. Cambridge: Cambridge Univ. Press.

研究事例3
『紅いコーリャン』の日中レビュー比較分析
―― 頻出語の差異にみる解釈の多層性

張玉鳳[1]

　本研究の目的は，現代中国映画の代表作『紅いコーリャン』の受容を「日中の専門的な視聴者」および「日中の一般的な視聴者」という対立軸にもとづいて比較することである．『紅いコーリャン』（原題：『紅高粱』，1988）は，1988年に公開された中国映画で，張芸謀（チャン・イーモウ）の監督デビュー作である．この映画については，すでに「送り手」を中心とする多くの先行研究が存在する．しかし，「受け手」についてはまだ十分に論じられていない．

　本研究では，頻出語の分析を行なうことで，『紅いコーリャン』に対する日本と中国の視聴者の解釈の違いを可視化し，その意味を考察する．

1　研究方法

　テキストデータの分析における品詞の選択について，小川（2022: 27）はこれまでのテキストデータの定量的研究を総括した．それによれば，人が行なう対象物に対する評価は，名詞と形容詞に注目することで捉えることができる．この見解を採用して，本研究においても名詞と形容詞を対象に分析を行

なう．

　本研究で使用するテキストデータ量は非常に多いため，目視による確認では各単語の出現頻度や単語相互の関係性を把握することが難しい．そのため，大量のデータを分析できるテキストマイニングツールMTMineRを使用した．

　本研究の目的のためには，高頻度語をもとにデータをクリーニングし，テキストに立ち戻って文脈の分析を行なう必要があるが，MTMineRはそれを可能とする．加えて，MTMineRは複数のファイルを同時にインポートして比較分析を行なうことが可能であり，必要とされる高評価，中低評価レビューに関する比較分析において非常に重要な役割を果たす．さらに，MTMineRは多言語に対応しており，本研究で扱う日本語と中国語のテキストを分析できる点も有用である．

1.1　データの取得と分析方法

　専門的な視聴者[2]によるレビューは主に映画のパンフレットや映画雑誌などから取得する．一般的な視聴者[3]によるレビューは，中国では豆瓣（Douban），日本では主にFilmarks 映画とYahoo! Japanなどの映画サイトからWebスクレイピングによって収集する．データクリーニングを施した上でなお分析に耐えうると見なしたレビューは表1の通りである．

　表1のデータをMTMineRに読み込み，形態素解析器MeCabとJiebaを使用してそれぞれ日本語と中国語の形態素解析を行なう．形態素解析では，テキストを形態素に分割し，それぞれに属性（品詞タグ）を付与し，名詞と形容詞を抽出した．ただし，「映画名」，「国家」，「人名」，「キャラクター名」は頻出することが自明であり，かつ，解釈という点でノイズとなることが判明したため，分析対象から取り除いた．

表1　分析データのカテゴリーと実数

	中国	日本
専門的な視聴者のレビュー	20	19
一般的な視聴者のレビュー	39,579	216

2 分析と解釈

中国における視聴者のワードクラウド分析結果は図1，図2に示す通りである．

専門的な視聴者のレビューに頻出する特徴語からは，文化の発展や美学の

図1 中国の専門的な視聴者によるレビューのワードクラウド
(総語数：55；品詞：名詞，形容詞)

図2 中国の一般的な視聴者によるレビューのワードクラウド
(総語数：58；品詞：名詞，形容詞)

観点から映画が評価されていることが示されている．これを表わすのが，「艺术」（芸術），「空间」（空間），「文明」（文明）などの特徴語（図1）である．一方，一般的な視聴者のレビューにおいては，映画のストーリーに対する反応がより直接的かつ簡明である．例としては，「好」（良い），「红」（赤），「故事」（物語）などの特徴語（図2）が目立つが，これらはストーリーや視覚的な要素に関するものであり，つまり，映画の美学や文明などの抽象的な要素より，「物語」または視覚的なモノに焦点を当てている．

　日本における視聴者のワードクラウド分析結果（図3，図4）を以下に示す．

図3　日本の専門的な視聴者によるレビューのワードクラウド
（総語数：39；品詞：名詞，形容詞）

　図3には「世界」，「空間」といった特徴語が見られる．「世界」とは，物語の中で描かれる舞台となる世界と物語が示す世界観を指す．「空間」とは，物語における世界の具体的な場面の「空間」（コーリャン畑，御輿の内部と外部など）を示す．これらの言葉から，日本の専門的な視聴者は，映画の物語で描かれる世界および世界観に関心があることを示している．さらに，彼らは物語が伝える，あるいは象徴する「エネルギー」，および当時の中国社会の政治と文化に注目する傾向がある．「エネルギー」，「時代」，「文革」などの特徴語（図3）がそれを表わしている．

一般的な視聴者のレビューでは,「赤色」が「紅」と「赤」の二つの形で解釈されている点が明確な特徴（図4）である．これは特別な現象であり，この後の一般的な視聴者の比較分析において具体的に説明する．それ以外は,戦争問題に焦点を当てており,「日本軍」,「戦争」などの特徴語（図4）が頻繁に見られる．

　以上,四つのワードクラウドそれぞれのグループにおけるレビューの特徴をまとめた．四つのワードクラウドを全体的に見ると,日本と中国の視聴者による映画解釈には視覚を通じて直接確認できる内容を多く解釈しているという共通の傾向がある．特に物理的空間（物語が発生する場所）,物（目に見える道具）や登場人物の造形,行動など具体的かつ共通する歴史的背景などの予備知識がなくても理解しやすい内容において解釈の一致が見られる．

図4　日本の一般的な視聴者によるレビューのワードクラウド
(総語数：59；品詞：名詞, 形容詞)

　以上『紅いコーリャン』に対する日本と中国の視聴者の解釈の特徴を明らかにした．次は,解釈に影響する要因について考察する．

2.1　日中の専門的な視聴者のレビューの比較

　中国の専門的な視聴者によるレビューでは,美学,芸術,映画言語といった側面への注目が顕著である．ワードクラウドには「艺术」（芸術）,「造形」

(造形），「镜头」（カメラワーク）といった特徴語（図1）が多く含まれている．

　この傾向は改革開放期の社会的文脈と密接に結びついている．改革開放は，1978年に開催された「十一届三中全会」会議後に正式に実施された中国の国策である．この改革は「内なる改革，外への開放」と集約される．外への開放とともに，西洋の映画技法や映画理論が中国に導入された．1979年以降，中国で映画理論の研究と議論が本格的に始まり，その中で最も影響力を持ったのが張暖忻・李陀が発表した論文「映画言語の近代化に関する議論」[4]である．両者は「中国の文芸創作において，政治だけを重視し，芸術を重視せず，内容だけを重視し，形式を重視しない．芸術家の世界観のみを重視し，芸術的な技術を軽視する」という傾向を批判的に指摘している（張・李，1979: 40–41）．改革開放の気運を背景にして，彼らは映画界に向かって「堂々と映画美学を語り，映画言語を大いに論じよう」と呼びかけたのである（張・李，1979: 41）．

　この論文は，当時の映画関係者の使命感を映し出しており，すぐに映画界において幅広い関心を引き起こした．芸術としての映画の追求，すなわち映画美学，映像技術に関する議論が中心となり，これらはその後も長期的なトレンドとなった．こうした状況を踏まえると，中国の専門的な視聴者における議論傾向は，極めて自然なことである．

　一方，日本の専門的な視聴者は芸術的な美学や映画言語よりも，映画が伝える物語内容そのものや，そこから派生する人間性や中国（人）のエネルギーを重視する傾向がある．「人間」，「エネルギー」，「自然」などの特徴語（図3）がその例である．そして，当時の中国社会の状況を踏まえて，自身の解釈を裏づけようと試みる傾向がある．たとえば映画批評家の鈴木布美子は，張芸謀らの世代の監督との同時代性について以下のように述べている．

　　　過去の一時代を舞台にしながらも，彼らの映画のなかで繰り広げられる世界は，過去の再現というよりはむしろ，悠久の時間の流れのなかで人間と自然が織りなすアニミスム的な感情の交流なのだ．中国映画の〈第5世代〉と呼ばれる彼らが下放を経験していることは，恐らくこの

個性的な世界観と無関係ではあるまい．まるで中国の大地に根を張り，
　　　そこから豊饒な映画的イマジネーションを汲みあげたかに見える彼らの
　　　野心的な映画作法は，貧血化が著しい私たちの映画的風土に，新しい同
　　　時代的領土を切り開いたことは間違いないのだ．（鈴木，1989: 25）

　鈴木は映画における「人間と自然の感情の交流」という視点を基軸に，「中国第五世代の下放」という社会背景に言及することで，自身の解釈の妥当性を強化しようとしている[5]．これは映画と中国社会，さらには日本社会の間に対話の可能性を見出そうと試みでもある．その際，社会背景の分析を通じて，映画にさらなる次元（「新しい同時代的領土を切り開いた」）を与えている点が注目される．

　したがって，日本における専門的な視聴者の批評傾向が現れる要因は，当時の文化的・社会的背景にまで遡ることで理解することができる．

　もともと映画批評は主観的な印象言説という性格が強かった．一例として，津村秀夫が映画批評家を志す人に宛てた一通の手紙を挙げる．手紙の中で津村は，映画批評を書く上で重要なのは自身の生活体験であると述べている（津村，1953: 198）．これは，津村の個人的な経験や感情を重視する姿勢を示している．このような批評スタイルは，後の批評方法にも影響を及ぼしている．たとえば，加藤幹郎は過去20年間にわたり，映画批評がしばしば主観的な印象言説に分類されてきたと述べている（加藤，2007: 第20段落）．

　しかし，自然科学の振興が西側諸国の国策として重点化されるきっかけとなったスプートニクショック（1957）以降，文系の学問にもパラダイム転換が生じ，客観的で実証的な研究が規範となった（佐藤，1992: 22）．これは社会学・人類学において顕著だったが，人文学においても実証主義的傾向が生まれ，「映画学」につながっていく．加藤によれば，「1980年ころまで映画論はまだ小説論の影響を受けており，多かれ少なかれ映画は物語の水準で論じられていた．それが記号論の浸透のおかげで，わたしが映画批評を書きはじめたころには，映画の内的構成要素である映像と音響の水準で映画を論ずることができるようになった」（加藤，2007: 第3段落）．文系の学問にも自然科学

と同様の客観性を規範として求める時代は1960年代末まで続いた．

　1970年代に入ると社会学や人類学の領域でフィールドワーク・ルネサンスと呼ばれる新しい動向が活発化し，定性的な研究の意義が再発見されていく（佐藤, 1992: 24-26）．この再度のパラダイム転換以降，フィールドワーク系の学問では研究者の立場性（社会的スタンスの取り方）(positionality)[6]が重視されるようになった．これは隣接する人文社会系の諸領域にも影響を及ぼした．映画研究も例外ではない．そこでは主観性は，主体やポジショナリティという言葉に言い換えられて，批評の鍵概念として復活する．

　この概念は現在の丹治愛と山田広昭による文学批評に関する論集でも，批評を書く際の主体としての自分へのまなざしとして重視されている．彼らはまず，映画批評を文化批評の一部として位置付け（丹治・山田, 2018: 13），その上で，批評において重要なのは，映画に対する自分の感情や感動を踏まえながら，自分なりの解釈を創り出すことであると述べている（丹・山田, 2018: 19）．

　しかし，映画に対する主観的ならびに客観的な批評アプローチを二項対立的に捉える必要はない．栗原の議論では，「「批評家」は作品のオリジナリティを尊重し，自己を抑制し，［批評家と作品の］機能の違いを守りながら作品との間に一定の距離を保つ」ことが提唱されていた（栗原, 1988: 124）．この議論は二つのアプローチの間に存在する緊張関係を調和しようとしているとも見える．さらに，加藤は「両者の相互規定的関係を方法論的に視野に入れる」（加藤, 2007: 第19段落）ことが求められると主張していた．栗原のやや微温的な議論を，加藤は方法論のレベルまで突き詰めようとしている．このように映画に対する二つのアプローチは相互排他的ではなく，むしろ相乗的な関係にある．

　以上の背景に基づいて，「自分なりの解釈」を持ちながら「客観性」も維持するという日本の専門的な視聴者が重視する評論スタイルが浮かび上がる．人文社会系の諸領域の動向を学説史的に確認することで，1989年ごろの日本の批評家において，このスタイルが主流な傾向であったことが間接的に理解できる．

要するに，同一の社会的・時代的な背景の下で専門的な知的訓練を受けた視聴者たちは，ある程度統一された視点で映画を解釈する傾向がある．この傾向は，当時の専門的な視聴者が属する小さな学術的コミュニティや，社会全体で主流となっていた文化，理論，風潮と密接に関連しているのである．

2.2 日中の一般的な視聴者のレビューの比較

一般的な視聴者によるレビューには多様な解釈が見られる．彼らは映画の内容の「器」であるフォルムないし技法や，複雑な社会・文化的背景に言及することはあまりない．一つには，彼らは制作者の意図を比較的，直接的に受け止めるからである．つまり，映画に込められたメッセージを批判的に読み解くことをしないためである．もう一つの理由は自発的で自然な感情反応をそのまま表現しようとする傾向にあるからである．言い換えれば，彼らは専門的な視聴者のように知識，理論，方法に縛られることはなく，これまでの成長過程での経験を基に，映画に対してよりフランクに感情反応（共感や拒否）を示す．

具体的な例として「紅」と「赤」という特徴語を取り上げる．視覚的に捉えうる「紅」に対して，日本の視聴者間では異なる文字記号，「紅」と「赤」によって同じ色彩を表現しようとする傾向が見られた．この現象について，レビューの分析を用いて詳細に分析する．

図5は，日本における高評価（3星以上）と中低評価（3星，3星以下）を示すワードクラウドである．

特徴語を比較すると，日本の一般的な視聴者は高評価のレビューで「紅」や「紅い」という語彙を多用する．一方で中低評価のレビューでは「赤」や「赤い」という語彙を用いる傾向がある．この結果を踏まえ，日本の一般視聴者が「紅色」と「赤色」をどのように使い分けているのかに注目し，それぞれの言語表現が持つ背景や意味についてさらに詳しく検討する．

日本の文化において，「紅色」は「紅，紅花（末摘花）から得る紅色素で染め，茜のように橙色を含まず，蘇芳のように紫色をも含まず，鮮麗，柔艶な特殊の色調で，濃淡によって名稱も分化している」（前田，1960: 87）という

図5　日本における一般的な視聴者の高評価と中低評価の比較（総語数：86；品詞：名詞，形容詞）

ように表わされる．古代日本ではこの鮮やかな紅色は主に貴族や裕福な階級のみに許された色であり，特に平安時代においては，紅色の衣服や装飾が高貴の象徴とされていた（前田，1960: 316）．そのため，「紅」は深みや華やかさを伴う特別な赤色として多く使われる．

他方，「赤色」は「赤という語は，元來赤系統色の總括名の場合が多いが，或いは特殊な色を指す場合もある」（前田，1960: 85）と言われるように現代になると，血の色や夕日の色，信号の赤色など，日常でよく見られる色として使われている．加えて，「赤」は単なる色彩としての意味だけでなく，共産主義（者），社会主義（者）などを指す俗称としても使用される．この意味は，革命旗が赤色であることに由来している（西尾他編，1986: 6）．こうした赤の多層的な意味は，ロラン・バルト（Roland Barthes, 1915–1980）のメタ・ランガージュ論を通じてより深く説明できる．

バルトによれば，記号には二重性がある．一次的記号システムと二次的記号システムという二重性である（Barthes, 1964=1988: 169–170）．一次的記号システムは「意味するもの（シニフィアン）」と「意味されるもの（シニフィエ）」で構成される記号である（Barthes, 1964=1988: 169）．たとえば，シニフィアン

「赤」とシニフィエ「赤い色（視覚的に）」が結びつくことで，一つの記号を構成している．

二次的記号システム[7]は，一次記号システムを基盤として拡張されたものである（Barthes, 1964=1988: 170）．この「拡張」は，同じ言語文化の構成員が共有する情報に基づいて，さらに新たなシニフィエが付加されたものである．一例を挙げれば，シニフィアン「赤および視覚的な赤い色」[8]とシニフィエ「共産主義」が結びつき，複層的な意味を持つ記号が生まれる．

日常生活においては，私たちは一次的記号システムに焦点を当てることが多い．このとき，記号を共有する文化内部の人間である限り，二次的記号システムは無意識のレベルで作動する．それにより，私たちはこの人工的システムをあたかも「自然なもの」[9]として受け入れる．したがって，共産主義もまた自然に「赤」が代表する意味の一部として受け入れられる．このように「赤」は，視覚的な印象を与えるだけでなく，共産主義や社会主義といった特定の価値観やイデオロギーを象徴する記号としても機能するようになった．この記号的な機能は，映画『紅いコーリャン』において視聴者におけるレビューの解読にも重要な作用を持つ．

日本の一般的な視聴者による映画レビューにおいて，「赤」を使用する視聴者は，映画中の強烈な視覚表現に対して，自発的（または無意識）な反応を示している可能性が高い．このことを深く読むために，以上の議論を踏まえるならば，「赤」が主に中低評価のレビューで多く見られる点から，映画が提示する「共産主義」や「抗日」といった設定に対するネガティブな感情反応が背景にあると推測される．

これら「赤」と「共産主義」や「抗日」を繋ぐ解釈は，実際に日本の一般的な視聴者のレビューにも多く見られた．「反日感情が昂り一斉蜂起となるが，徹底的に潰し［合い，］潰され，生き残るのは父子のみ．彼等を照らす真っ赤に染まった日食は，その後の共産党が勢力を拡大していく様を描いているかのよう」（Mam, 2023: 第4段落），「鮮やかな赤色が印象的な映画だなあと思ったら，日本軍が残虐行為をしだして，実は中国共産党のプロパガンダ映画だってことに気づいた」（大穴王, 2022: 第1段落）などが代表的である．

他方,「紅」という文字記号が主に高評価のレビューで多く使用されていた理由については,以下の二つの可能性を挙げることができる.一つの可能性は,視聴者自身が「紅」という字が示す色彩と映画で描かれる色彩の違いを認識し,この色彩の特別なニュアンスを強調しようとしていることである.一般的な視聴者のレビューを観察すると,紅という文字がカギ括弧(「」)で囲まれて使用されている例が時折見られるのがその傍証となる.もう一つの可能性として,視聴者が意識的に映画に寄り添う表現を選択するか,映画における芸術的な色彩への共感や自身の鑑賞力を強調しようとしたということも考えられる.

　以上の原因に加えて,このような文字表現の違いが生じた理由についてさらに誘導的な要因を探る.それは,映画の二次的なエンコードにおいて,潜在的に視聴者に「紅」と「赤」を区別して解釈させるような要因が含まれていることである.

　映画のタイトル『紅いコーリャン』は原作の『紅高粱』の「紅」に基づいて翻訳されたが,映画内の注釈テキストやセリフでは「赤」として統一されている.例として,「九児の頭に赤い布がかぶせられる」や「赤い刺繡の家建てよう……真赤に燃えるコーリャン酒」などが挙げられる(白井 1989: 32–40).この二次的なエンコードの過程で,制作側は無意識のうちに「紅」色の表現において,「紅」と「赤」という二つの文字的な記号を生産した.それにより,専門的な知識を持たない一般的な視聴者は,自身の文化的背景や理解の深さに応じてそれぞれに解釈することになった.視聴者は,感情的な反応を含め,二つの文字的な記号を映画が伝える色と色が表象する意味に結び付けた.結果として,一つは華やかな「紅」となり,もう一つは共産主義を象徴する「赤」となった.この二つの文字記号は,異なる視聴者の感情反応を引き起こした.すなわち,「紅」はポジティブな印象を与えるのに対し,「赤」はネガティブな印象を抱かせる傾向がある.

　以上,「赤」と「紅」の使用に見られる差異は,視聴者の文化的背景や審美的嗜好,さらには映画に対する注目点の違いを示唆している.この現象は,視聴者が批評の際に用いる言語を通じて,映画に対する評価の傾向や解釈の

違いを分析するために重要な視点を提供している．さらに，このように，異なる言語にまたがる翻訳のプロセスにおいて，二次的なエンコードが元のデータ（原語）の解釈に差異を生じさせる可能性がある．この点は，異言語間作品の視聴者を分析する際に留意すべき重要な考察要素となる．

3　おわりに

　本研究では，『紅いコーリャン』に対する日本と中国における視聴者の解釈の傾向を可視化し，その背景にある要因も探った．さらに，視聴者による映画のレビューをテキストマイニングにより分析することで，集合的かつ定量根拠を持つ分析結果を得ることができた．このような実証を通じて，映画研究においてテキストマイニングを活用し，映画レビューにおける量的・質的分析を行なうことの有効性が明らかになった．同時に，監督の意図や映画の内容だけでなく，それが生産・再生産される背景にある社会的・文化的な諸要因——そこには視聴者も含まれる——もまたレビューに強い影響を与える可能性が前景化した．

註

〔1〕　長崎大学大学院多文化社会学研究科
〔2〕　インターネットまたは書籍類で確認できる批評家，映画監督などであり，映画について一定の知識を持つ者．
〔3〕　インターネットまたは書籍類で映画専門家などであることを確認できない一般的な人々．
〔4〕　中国語では「談电影语言的现代化」と記される．
〔5〕　本研究では「下放」そのものの正当性を論じるものではなく，専門的な視聴者における解釈の一例として扱っている．
〔6〕　樽本英樹は，「立場性」の問題を，「言説的拘束の理論的解明」という視点から論点整理している．本研究の議論に置き直すと，樽本は主観と客観をどのような関係性の中に置くのかを議論していると言える（樽本, 22–23）．
〔7〕　二次的記号システムはメタ・ランガージュ，あるいは上位の言語である．

〔8〕 元のシニフィアン「赤」とシニフィエ「赤い色（視覚的に）」である．
〔9〕 人工的に構築されたものである．

参考文献

Barthes, Roland (1964). *Eléments de sémiologie*, Paris: Editions du Seuil. （李幼蒸訳（1988）『符号学原理』生活・读书・新知三联书店．）
金明哲・鄭彎彎（2020）．テキストコーパスマイニングツール——MTMineR．計量国語学，32，5，265–276頁．
栗原晶江（1988）．否定的・消極的解釈学——ジェフリー・H・ハートマン，『現代の批評理論 第2巻 構造主義とポスト構造主義』岡本靖正・川口喬一・外山滋比古編，研究社，115–135頁．
前田千寸（1960）『日本色彩文化史』岩波書店．
西尾実・岩淵悦太郎・水谷静夫（1986）『岩波国語辞典』岩波書店．
小川哲司（2022）．テキストマイニングとネットワーク分析を用いた映画評価の要因分析．経済経営論集，29，2，26–35頁．
佐藤郁也（1992）『フィールドワーク——書を持って街へ出よう』新曜社．
鈴木布美子（1989）．神話的宇宙としての映画，『紅いコーリャン——红高粱 RED SORGHUN』堀越謙三・春尾由美子編，ユーロスペース，24–25頁．
白井啓介（1989）．採録シナリオ——紅いコーリャン，『紅いコーリャン——红高粱 RED SORGHUN』堀越謙三・春尾由美子編，ユーロスペース，32–40頁．
丹治愛・山田広昭（2018）『文学批評への招待』放送大学教育振興会．
津村秀夫（1953）『映画と批評 日本篇』角川書店．
樽本英樹（2022）．立場性の社会理論は可能か——イスラム過激主義と国際社会学．現代社会学理論研究，16，20–32頁．
張暖忻・李陀（1979）．談电影语言的现代化．电影艺术，3，40–52頁．

URLによる情報源

大穴王（2022）「紅いコーリャン（1987年製作の映画）」，Filmarksホームページ，（2025年1月3日取得，https://filmarks.com/movies/5439/reviews/129147703#goog_rewarded）．
加藤幹郎・大迫優一（対談）（2007）「映画学と映画批評，その歴史的展望——加藤幹郎インタヴュー」，CineMagaziNet!ホームページ，（2024年12月10日取得，http://www.cmn.hs.h.kyoto-u.ac.jp/CMN11/kato-interview.html）．※加藤の言葉のみ引用するため，文献注では「加藤」のみを記す．
Mam（2023）「紅いコーリャン（1987年製作の映画）」，Filmarksホームページ，（2025年1月3日取得，https://filmarks.com/movies/5439/reviews/157350288）．

研究事例4
センチメント分析で分析される「センチメント」とは?
―― 『マルテの手記』翻訳の比較より

中村靖子[1]　鄭弯弯[2]

　　　　おまえの胸に抱きしめたそのむなしさを
　　　　われわれが息づいている空間に投げかかえせ．そのときおそらく鳥たちは
　　　　それだけ広げられた大気を　いっそう心をこめた羽ばたきで感じとることだろう．
　　　　　　　　　　　　　　　　　　　　　　　　　（リルケ『ドゥイノ第一悲歌』）

　デジタル・ヒューマニティーズが謳われて久しいが，近年進化がめざましいものの一つにセンチメント分析がある．数年前までは，個々の単語にポジティブ度，ネガティブ度の感情値を割り振り，単語単位のセンチメントスコアを総合する形でしかなかったが，大規模言語モデル（Large Language Model, LLM）の登場により，一文単位でセンチメントスコアを測定することができるようになった．LLMは膨大なデータで事前学習されており，ある単語に先行する語と後続する語を考慮することで，文脈におけるセンチメントスコアを測定する．そのため，感情のニュアンスと複雑な言い回しをかなり正確に捉えることが可能であると主張される．とはいえ，そのスコアは，ポジティブかネガティブかという二極で測定されるか，あるいはニュートラルを加えた三つの区分で測定されるものであり，このスコアは，確率を示す点に

も注意が必要である．ある文について，ポジティブである確率，ネガティブである確率，ニュートラルも加えるならニュートラルである確率をそれぞれ算出し，3つの数値のうち最も高い数値となった分類が採択される（確率であるため，3つの数値の合計は1となる）．たとえば，ポジティブである確率が最も高ければ，その文はポジティブと判定される．しかし，確率の高さは感情の強さを直接的に反映しているとは限らない．また，ポジティブの確率が最も高いからといって，次点がニュートラルとは限らない．ポジティブかネガティブかの判定は分かれるが，ニュートラルである確率は低い，という判定もありうる．

　本事例では，20世紀初頭にドイツ語で書かれた小説の日本語訳を対象としたセンチメント分析の実践例を紹介する．この分析の試みは二つの批判に直面することになる．一つは，ポジティブかネガティブかという二極で感情を測定することがいったいどの程度妥当といえるのか，という批判である．いうまでもなく文学作品は高度に抽象的で洗練されたテキストであり，感情の複雑さや繊細さを，個々の巧みな文章表現によってのみならず，ストーリーによっても創発する．センチメント分析がいくら文脈を考慮できるとはいえ，作品が呈示する幾層もの複雑な感情表現を考慮できるはずもなく，こうした試みは文学性を損なってしまうのではないか．かてて加えて文学研究では，翻訳には翻訳者の解釈が混じることは避けられず，翻訳だけを読んでも作者の意図を充分に汲みとることはできないという考えが根強い．そのため，翻訳作品を分析することにどんな意味があるのかという批判は当然予想される．一つめの批判に対しては，ドイツ語圏の近代神経科学の文脈をふまえ，そもそも我々は「感情」というものをどう理解するのか，その理解はどのように形成されてきたのかを確認することによって応えようと思う．二つめの批判に対しては，一つの原典に対し，複数の日本語翻訳が存在することに着目し，これらの翻訳を比較することにより，翻訳作品の評価をめぐる考察の一助となることを願う．

1 神経装置とセンチメント

　人間の感情は複雑で繊細であるという感覚は，日常的に経験される実感に基づいている．同時に，喜びや怒りなどの基本的な感情は，文化や言語を超えて普遍的であるように思われる．こうした感情理解を初めて実証的に裏づけたとされるのが基本情動仮説[3]である．しかし近年になり，我々が経験する感情や感覚は，環境や経験に応じて確率的に生成されると主張する心理構成主義の考えが現れ，従来の感情理解が根本から問い直されようとしている．その急先鋒がアメリカのリサ・フェルドマン＝バレット（Lisa Feldman Barrett）である．この理論に応答する形で，アンドレア・スカランティーノ（Andrea Scarantino）はさらに基本情動仮説の更新を試みている．どちらの立場も，人間身体の生理学的基盤，文化や社会に対する考察を踏まえた感情理解であり，このように感情を精緻な科学的知見に基づいて理解しようとする傾向の起源は，18世紀前半にまで遡る．

　近代神経学は18世紀に始まったとされている．そのことを示す代表的な論考の一つに，ドイツの解剖学者アルブレヒト・フォン・ハラー（Albrecht von Haller, 1708-1777）の1752年の論考がある．ハラーは人間の身体を，筋肉系と神経系の二層構造において示し，神経線維が刺激を感受する能力を，「易興奮性（Irritability）」として捉えた．そしてそれが，感覚の起源と考えられたのである（Haller, 1752; Stafford, 1991; 井戸, 2001）．19世紀に入ると，神経は線維ではなく，細胞単位で考えられるようになり，神経細胞には刺激を受容する感覚細胞と，それを記憶し保持する記憶細胞という二種類があるという考えが優勢になっていった．19世紀末に出版されたフロイト最初の単著『失語症の理解にむけて』（1891）は，当時のこうした記憶の捉え方に異を唱え，神経細胞は一種のみであることを主張し，ただ透過性という点でさまざまに度合が異なり，刺激を受けとった後，速やかに興奮を透過させ，次の刺激を受け入れる「透過性」の細胞と，興奮を滞留させ蓄積させる「不透過性」の細胞とがあると主張して，知覚と想起を説明した．

想起痕跡によって備給された不透過性の脳の神経が，その負荷もしくは量を，外部を知覚するために温存されていた透過性の神経へと移し替えることによって，身軽になろうとする．この移し替えの結果，既に記憶されているデータが新たな入力源となってもう一度現れ，心的装置全体が己れ自身をシミュレートするものになる．すなわち幻覚化される．〔……〕フロイトの『心理学草案』と技術メディアの距離は限りなく小さいのだ．（Kittler, 61［上 97］）

　フロイトは神経系を，「量を質に転換する装置」と見た．刺激が惹き起こした興奮の量を神経細胞がどの程度透過させるかは，刺激の強さや神経細胞自体の透過性によって異なる上に，同じ刺激の反復によって，不透過的であった細胞が徐々に透過的になることもある．刺激に対し，ともに賦活する神経細胞の組み合わせによっても，伝播の仕方は変わる．興奮するかしないかの二択なのではなく，その興奮がどのように，どれだけ放出され，あるいは伝播され，蓄積されるかによって，質が表現される．

　情動には，本来的に負のもの（悲しみ，恐怖），本来的に正のもの（喜び），どちらの感情価マーカーももちうるもの（驚き）があるだろう．〔……〕ある種の情動は本来的に正と負の両方の感情価をもっている．ある種の情動は本来的に複雑なのだ．（Prinz, 164［283–4］）

　ジェシー・プリンツ（Prinz, 2004）は感情空間（affective space）を，さまざまな抽象度でカテゴリー分けをする（Prinz, 144［249］）．正と負という対抗的な感情のいずれにもさまざまな強さがあり，抽象度があり，それらが混交して，無数のヴァリエーションを可能にする．個々の人間の生活空間は時間的にも空間的にも極めて限定されているが，我々に経験可能な領域は，こうした生活空間に縛られない．さまざまな物語は我々に，自分の人生には起こりえなさそうな状況に身を置き，そこで創発される感情を経験することを可能にす

る．そのように文学は，人間が経験しうる領域を拡大し，壮大な感情空間を現出させるのに大いに貢献してきた．今日ではその役割の多くを，別のメディア，別の表現形式が担いつつあるとはいえ，感情を創発する装置が変わろうとも，惹起された感情は時に，実生活上で体験された感情以上のリアリティを持ちうる．ある状況において創発される感情は，人によっても文化によっても違い，同じ一人の人であってもその時の社会的状況や生理的状況によっても違いうる．それほどに感情は，個々の人間や個々の状況に固有のものであるのだが，こうした個別性をある程度捨象しなければ，経験された感情は，伝えがたく，共有しがたいままに留まる．複雑性を縮減することは，かつて人類に抱かれた，ありとある感情を湛えた感情空間を歩むための「杖」（「はじめに」11頁）となりうるのではないだろうか．

　「怒り」や「喜び」，「悲しみ」や「嫌悪」といった基本感情があるか否かという問いとは別に，ある出来事に対して，それが実際に起こったかどうかを問うように，ある感情に対して，それが実際に抱かれたかどうかを問うことは可能だろうか．どのように意味づけされ解釈され分類されるにしても，抱かれたという事実があるならば，抱かれた感情の強さは，「感情の絶対値」といってもよいかもしれない．そのように問うならば，歴史学において感情が長らく研究対象から除外されてきたことも，近年になって感情史という考えが優勢になりつつあることも，現代の我々が感情というものを考察することにより，何を追求しようとしているのかを考えるための示唆を与えてくれるだろう．かつてこの地球上において，いつかどこかで経験された感情が，時代の特殊性ゆえに，また風習や文化の特殊性ゆえに，現在の我々には想像しえないものであるとしても，歴史の裡側に，あるいは歴史の外に──ドイツ語で「歴史」を意味する Geschichte はまさに「物語」の意味でもある──，感情空間というものを考えることができるとしたら，そこには，感情を抱いた当人にさえ忘れられた感情や，当人が死んだのちになお消化されずに残る感情が，主(あるじ)の名を無くし匿名となってたゆたっているのかもしれない．それは，意識という舞台には登場せず，量として現象するのではないなにかが滞留する場を提供する〈無意識〉という次元に似ているかもしれない．

センチメント分析は，誰の感情かを問わない．テキストから〈作者性〉が奪われて以来，それが作者の感情であるとは言われえない．強いて言うならそれは，言葉が喚起するセンチメントであり，ストーリーが創発するセンチメントである．そのセンチメントは，テキストを読むという行為によってその都度新たに生み出されるものである．したがって，その種類（喜びか怒りか，楽しさか苦しさかなど）を問おうとするならば，それはせいぜいのところ，正の感情か負の感情か，どの程度の正の感情と負の感情が入り混じっているか，総合的にどの程度強いかなど，そうしたシンプルな指標によってのみ語られうるものでしかない．だからといってセンチメント分析は——まだ発展途上の技術であるとはいえ——感情理解を損なうものだとは言えない．この分析法によって，何が分かり，何が分からないかを知ること自体が，感情というものを考える機会となることは疑いを入れない．

2 『マルテの手記』について

　ここで分析例とするのは，オーストリアの詩人ライナー・マリア・リルケ（1875-1926）の小説『マルテの手記』 *Die Aufzeichnungen des Malte Laurids Brigge* (1910)（以下，『手記』と略記）である[4]．この小説は，さまざまな意味でドイツ語文学史における一つのメルクマールとなっている．『手記』は71の手記から構成されており，一人称形式を貫いているが，ある手記は日記形式，また別の手記は手紙の草稿というふうに叙述スタイルはさまざまであり，極端に短い手記もあれば，数頁にわたって続く長い手記もある．物語の歴史から見るならばそれは，「全知全能の語り手」（シュタンツェル）が不可能となった時代に要請された，新たな叙述形式の試みであったといえる．ユルゲン・H・ペーターゼン（Petersen, 1991）は，この小説は「モンタージュ技法を取り入れた最初の試み」だったと述べ，「ドイツ語文学のモデルネの始まり」と位置づけている．各手記はそれぞれ独立性が高く，マルテという一人の人物が記したということ以外，共通項はなく，また手記を追うごとに何らかのストーリーが展開するとも言いがたい．こうした状況を踏まえ，71のうち，

とくに第18の手記を取り上げ，センチメント分析の事例とする．

　書き手であるマルテは，日中にパリの街中を歩いて見聞きしたことを，夜，アパートで手記に綴る．第18の手記で描かれるのは，マルテが日中に目撃した，壊れた家の壁や，ミルクホールで隣に座っていた男が突然死ぬ様子である．「僕にあの男のことが理解できたのは，僕のなかでも同じことが起こっているからだ」とマルテは綴る．これらすべての事象に関して，いつか「別の解釈の時」が来るだろうが，しかし，自分はもうくずおれてしまって，起き上がれないのだと．モーリス・ブランショ（Maurice Blanchot, 1907–2003）は，まさにここで「マルテの死」が起こったと指摘する（Blanchot, 174）．

　　すべての成り行きは，まるで，リルケが，このような結末のあとでなおも何ごとかが可能であることを，また，この結末は，それから先はもはや言うべき何ものもないような恐ろしい最後の言葉ではないことを，我と我が身に証し立てるために，この書物の結末を最初の部分に埋めかくしでもしたようだ．（Blanchot, 174）

このように，一人称で綴られる手記のなかに隠されている一人称主体の死について，テキストマイニングの手法は何を教えてくれるだろうか．

3　『マルテの手記』の日本語翻訳

　『マルテの手記』について，これまでに複数の日本語翻訳が出版されている．最初の翻訳は望月市恵（初版1946年，改版1973年，岩波文庫）によるものであり，その後，星野慎一（1951，河出書房），大山定一（初版1953年，改版2001年，新潮文庫），芳賀檀（1959，角川書店），杉浦博（初版1964年，改版1994年，中央公論社）が出版された．1970年代には，竹内豊治（1970，三修社），川村二郎（1974，集英社），高安国世（1976，講談社），生野幸吉（1977，筑摩書房）による翻訳が立て続けに出版されている．1990年代には，塚越敏（1990，河出書房新社）の翻訳が登場し，さらに最近では松永美穂（2014，光文社）による新

たな翻訳が刊行された．

4 日本語文書に対応したセンチメント分析手法

センチメント分析には，Pythonのライブラリのasariと Hugging FaceのTransformerライブラリのbert-base-japanese-sentiment-ironyを使用した．asariは日本語の感情辞書を用いてセンチメントスコアを算出する機能を有しており，さらに機械学習を用いてベクトル化された文書全体の感情を学習している．そのため，日本語の文法的特性や文書の文脈情報に一定程度対応可能であるとされている．また，asariはシンプルかつ軽量なライブラリである一方で，深層学習モデルであるBERT（第1章39–41頁参照）を用いた予測と比較しても劣らない性能を示したことが報告されている．一方，bert-base-japanese-sentiment-ironyは，日本語におけるセンチメント分析と皮肉検出に特化したBERTベースのモデルである．このモデルは，文脈を深く理解する能力を備えており，比喩的な表現や皮肉，スラングなど，複雑かつ多様な言語表現に対してより精度の高いセンチメント分析が可能である．また，感情を強調する表現にも高い感度を持ち，微細な感情の変化も捉えることができる．

5 感情モデルによる感情値の判定

5.1 モデルによる判定結果の違い

センチメント分析は，一文単位でセンチメントスコア（ポジティブである確率とネガティブである確率，モデルによってはニュートラルである確率が加わる）を出す．原文と翻訳を比較する場合，問題となるのは，文の数である．ドイツ語の場合，作家によっては関係文や副文を駆使し，時にはコロンやセミコロンも用いて，一つの文が一頁以上にわたることもある．そのため原文では長い一文を，コロンやセミコロンで文を区切ったり，関係文を独立させて一文とするなど，日本語では複数の文に分けることが多い．第18の手記に関して

表1 第18の手記の3つの翻訳の比較

翻訳者	文の数	ポジティブ割合（asari）	ポジティブ割合（BERT）
手塚訳	214	0.7757	0.8178
大山訳	253	0.7510	0.7628
塚越訳	216	0.8089	0.8472

言えば，原文では文の数は146であるが，手塚訳では214，大山訳では253，塚越訳では216となっている．これらにつき，それぞれ文単位でセンチメントスコアを出し，各文につき，ポジティブである確率とネガティブである確率の高い方をとって，それぞれポジティブ，ネガティブと判定し，ポジティブと判定された文の数を，文の総数で割ってポジティブの割合を出したのが表1である．

この結果によれば，ポジティブの割合の高さは，訳者ごとに異なる一方で，モデルによる違いはあまり見られない．それにしても，こうした数字をどう解釈したらよいだろうか．本事例では，これを考察するための補助として，ウォーターフォールという図を採用し，BERTによるセンチメントスコアの可視化を行なうこととする．ウォーターフォールでは，最初のスコアを出発点として，順次各文のセンチメントスコアを足していく．それにより，各文のセンチメントだけでなく，複数文にわたるスコアの合計を見ることができる．

5.2 文の数の統一

5.1で述べたように，第18の手記の文の総数が翻訳ごとに異なることにより，原文の一つのセンチメントスコアに対し，日本語訳では複数のセンチメントスコアが算出されてしまう．この問題を避けるため，文の区切りは原文におけるピリオドを規準とし，第18の手記の最初の文をNo.1とし，以下，順に番号を振った．これに基づき，原文に対応する日本語部分を一つの単位とし，総数を原文と同様146に揃え，それぞれの文に対し，センチメントスコアを算出した．このうち，No. 136からNo.146までは，ボードレールの

言葉がフランス語のまま引用されているため，考察の対象外とした．

5.3 正と負の値を統一的に示す

各文に対しポジティブの確率とネガティブの確率という二つの値があり，これを区別するために，各文につき，高い方の値を採り，ポジティブの確率をそのまま正の値とし，ネガティブの確率の方が高かった場合には，その確率をマイナス値とした．たとえば，ポジティブの確率が0.7の場合は，その文のセンチメントスコアは0.7，ネガティブの確率が0.7である場合には-0.7となる．このようにして，各文の感情センチメントスコアを累加していったのが，図1である．

図1は，8つの翻訳において，センチメントスコアの推移に共通のパターンが見られることを示している．No.1に関してはスコアの差は顕著ではないが，文を重ねるごとにそれぞれの感情値の差が開いていく．この展開は，小さな差が蓄積されて大きくなったことによるものかもしれない．あるいは，各翻訳者の特徴を反映しているのかもしれない．この点を明確にするには，

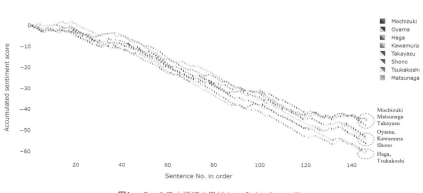

図1 8つの日本語訳の累加センチメントスコア

さらに詳細な検証が必要である．

6　原文と日本語訳とのセンチメントスコアの比較

6.1　センチメントスコア累加による最小スコア文の特定

　図1が示すように，8つの翻訳について，146のセンチメントスコアを分析することは難しい．同じ訳者であっても，のちに改訂版を出していることも多く，初版と改訂版を別個に計上すれば，さらに翻訳テキストの数が増える．各翻訳の特徴として，たとえば一番新しい松永訳は，出版社の方針もあり，現代の口語体に近いと言われているように，それぞれの翻訳の文体は，各時代に固有の文体を表現しているかもしれない（この問題に関しては第4章を参照されたい）．これに関する分析は別の場にゆずり，ここでは望月訳を例に，原文と比較したい．望月訳を選んだ理由は，岩波文庫に収録されていること，版を重ねており，充分普及していると見なしうること，などである．

　日本語テキストにも欧文にも対応した感情モデルを用いて第18の手記の原文と望月訳を分析し，原文のセンチメントスコアを累加したのが図2であり，望月訳の累加を示したのが図3である．

ネガティブの確率が最も高かった文
・原文
　　60. Und manches hatte die schwachen, zahm gewordenen Hauswinde, die immer in derselben Straße bleiben, zugetragen, und es war noch vieles da, wovon man den Ursprung nicht wußte. (-0.91)

・望月訳
　　58. 顧みられなかった嬰児の甘ったるい執拗な臭い，学校へ行く子供の恐怖の臭い，年ごろになった男の子たちのベッドのねばっこい臭いがしみこんでいた．（-0.93）

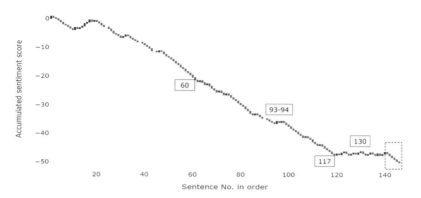

図2 原文の累加センチメントスコア（破線で囲った部分は原文ではフランス語）

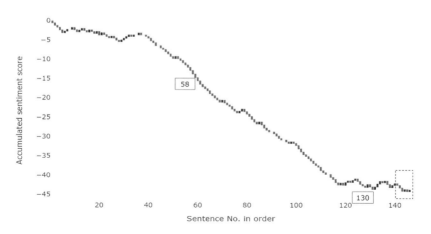

図3 望月訳の累加センチメントスコア（破線で囲った部分は原文ではフランス語）

累積和の最小値を記録した文

・原文（-47.46）

　　117. Wenn meine Furcht nicht so groß wäre, so würde ich mich damit trösten, daß es nicht unmöglich ist, alles anders zu sehen und doch zu leben. (-0.74)

　　130. Aber ich kann diesen Schritt nicht tun, ich bin gefallen und kann mich nicht mehr aufheben, weil ich zerbrochen bin. (-0.74)

・望月訳（-43.05）

　　130．しかし，その一歩が踏み出せないのである．僕は倒れて起き上がれないのだ．くず折れてしまったからである．（-0.64)

　単語ごとにセンチメントスコアを割り振っていた頃のセンチメント分析は，文章が長いほど，ネガティブに判定されやすいといわれたこともあった．望月訳ではNo.58が文単独のネガティブが最も高かったのは，そうした要因もあるかもしれないし，そうとは言えないかもしれない．また，原文と望月訳とでは，最もネガティブの確率が高かった文は異なるが，第18の手記の中で最低値になった個所は概ね一致した．

　ブランショが「マルテの死」と想定した文章，つまりマルテが「打ちのめされた」と述べている箇所は，原文では確かに低いスコアを記録しているが，しかし，最低ではない．一方，望月訳のスコアの推移は，原文と比較すると，下降傾向はいくらか緩やかであり，最低スコアも原文ほど低くはない．しかし，最低スコアはまさに「マルテの死」の隠された個所である．No.131の文のネガティブである確率は0.64であり，この値は第18の手記の中で最もネガティブ度が強いわけではない．しかしNo.131に至るまでの文のセンチメントスコアの累加によって，まさにNo.131の個所で最低値（-43.05）を記録しているのである．こうした傾向は，一文単位で判断していては，見えてこない．グラフ上に現れた折れ線は，もはや正か負かという区別さえ関わりなく，変化を示すだけである．しかしまさにそれゆえにこそ，たとえば「感

情とは〔……〕身体の変状であり，その変状の観念である」というスピノザの言葉を想起させる．もちろんこれだけでは，センチメントスコアの累加が示す折れ線のアップダウンと，読者が受ける印象との相関関係について語ることはできない．

　感情が変化であるというのなら，最も変化が大きかったところはどこかを考察することも示唆的かもしれない．

前後の文でスコアの差が大きかった個所
・原文No.93とNo.94のあいだ
　　93. Sterbende?
　　94. Ich sitze ja jetzt in meiner Stube; ich kann ja versuchen, ruhig über das nachzudenken, was mir begegnet ist.

　原文では，「死にかかった男？」といった後，一呼吸おいて，自分の気持ちを落ち着かせるようにマルテが今では自分は部屋に戻って安全なのだと言い聞かせる個所があり，この二つの文の間の落差が最も大きかった．それに対し，望月訳では落差が最も大きかったのは，別の場面（No.11とNo.12のあいだ）となっている．

　以上のように，センチメント分析では各文にセンチメントスコアを割り振るところから出発するが，決してそれだけで終わるものではない．重要なのは，このように割り振られたセンチメントスコアをどのように分析し，考察を深めていく一助とするかである．スコアが一人歩きして，決定的な意味をもつことはなく，テキスト群と同様，分析者によって解釈されるべきデータであることを忘れてはならない．

7　おわりに

　以上に示したように，センチメント分析により算出された数値に対し，それをどう扱うかによって，分析結果をどう受け止め，どう解釈するかが変

わってくる．一つ一つのセンテンスにセンチメントスコアを割り振るという作業は，それに何の意味があるのかという批判以上に，あまりにも文学の神髄とかけ離れているという嘆きさえ引き起こすかもしれない．文学研究に数値を導入することはしかし，作品を数値化することではまったくない．

　　ところでこの見解〔無意識の中で機知が形成されるという見解〕は，推論の結果得られたものである．そのような推論によって既知の領域にではなく，むしろ未知の，思考にとって新たな種類の領域に到達するのであれば，その推論は「仮説」と呼ばれ，仮説とその仮説を導出したもとの素材との関係を「証明」とは見なさないのが当然である．仮説が「証明された」と見なされるのは，別の道を通ってもその説にたどりつくことができ，その説が他の諸連関も重なり合う結節点になっていると示すことができてこそである．（フロイト，1905, 202-3［210］）

フロイトは『夢解釈』(Traumdeutung, 1900) において「無意識」についての詳細な論述を展開した．「無意識的な心的なもの」を想定することは，多くの批判や反感を，そして激しい無理解を惹き起こした．「無意識的事象」についての知見は1905年の段階でもまだ端緒についたともいいがたいとして，フロイトは『機知』(Der Witz und seine Beziehung zum Unbewußten, 1905) の中で上記のように述べたのだった．ここでフロイトが述べる「仮説」と「証明」に関する言葉は，現在のテキストマイニングを取り囲む状況を考えるのにいくらかの示唆を与えてくれる．もちろん，テキストマイニングが未知の領域を拓くとまでは，まだ言えないだろう．各種の分析法が提供する数値をどのように活かし，どう表現するかは分析者次第であり，やり方次第でその後の展開はいかようにもなる．少なくとも，考察の余地が生まれる．その余地は，精読だけでは得られなかったものかもしれないし，すでに精読によっても予測されていたものかもしれない．精巧な論理を積み重ねた推論は，精読がもたらす考察に匹敵する．文学研究に数値化を導入することは，作品を解釈する際に補助線を引くことに等しい．見通しがたい文学空間を歩くため

にこうした「杖」をどのように使うかは，またもや解釈者次第であり，分析者次第である．時代が提供する新しい分析ツールを用いることは，研究者の主観に左右されがちな研究に客観的な指標を持ち込むなどという通り一遍の謳い文句とはまったく異なる次元の事柄であり，そのような謳い文句は，数値化が文学の神髄を破壊するという嘆きと同様，文学というものの可能性を，その未知の領域を過小に見積もっているように思われる．

註

〔1〕〔2〕名古屋大学大学院人文学研究科附属人文知共創センター

〔3〕Ekman, P. (1992): An argument for basic emotions. Cognition & Emotion, 6, 169–200; Ekman, P. (1999): Basic emotions. In T. Dalgleish & M. J. Power (Eds.), Handbook of cognition and emotion (p. 45–60). 第3章（92–96頁）や第9章（320–324頁）で用いられる感情の分析は，こうした基本情動説の後継と言える．

〔4〕『マルテの手記』を対象としたテキストマイニングによる分析と考察についてはすでにさまざまな形で報告している．『マルテの手記』全体を対象とした分析としては（中村, 2020: 中村, 2021），第19と47の手記のセンチメント分析による比較については（中村, 2023; 中村, 2024）を参照願いたい．

参考文献

Blanchot, M. (1955). *L'espace littéraire*. Paris.（『文学空間』粟津則雄・出口裕之訳，現代思潮社，1988年）

Freud, S. (1891). *Zur Auffassung der Aphasien—Eine Kritische Studie*, Herausgegeben von Paul Vogel, bearbeitet von Ingeborg Meyer-Palmedo, Frankfurt am Main 1992.（『フロイト全集第一巻』中村靖子訳，岩波書店，2009年，1–127頁）

Freud, S. (1895). *Entwurf einer Psychologie* (1950[1895]). *Gesammelte Werke chronologisch geordnet*. Nachtragsband, Fischer Taschenbuch Verlag Frankfurt am Main 1999, S.373–486.（「心理学草案」総田純次訳，『フロイト全集』第3巻，岩波書店，2010年，1–105頁）

Freud, S. (1905). *Der Witz und seine Beziehung zum Unbewußten. Gesammelte Werke, Bd. 6*, Frankfurt am Main (Fischer Taschenbuch Verlang) 1999.（『機知』中岡成文，太寿堂真，多賀健太郎訳，『フロイト全集』第8巻，岩波書店，2008年）

Haller, A. von (1752). *De partibus corporis humani sensibilibus et irritabilibus*.

井戸慶治（2001）．ノヴァーリスの刺激理論受容における生理学用語の使用について──シェリングとの比較において──．言語文化研究，8，77–103 頁．

Kittler, F.A. (1986). *Grammophon, Film, Typewriter*. Berlin: Brinkmann & Bose.（『グラモフォン　フィルム　タイプライター』石光泰夫・石光輝子訳，筑摩書房，1999 年）

Möller, H.J. (1975). Die Begriffe «Reizbarkeit» und «Reiz». Konstanz und Wandel ihres Bedeutungsgehaltes sowie die Problematik ihrer exakten Definition. Gustav Fischer Verlag (Stuttgart).

中村靖子（2020）．『マルテの手記』をテキストマイニングする！ リルケ散文の計量的分析を用いた相補的研究の試み．名古屋大学人文学研究論集，3 巻，39–63 頁．

中村靖子（2021）．リルケでテキストマイニング！．金＆中村（ed.）．文学と言語コーパスのマイニング．岩波書店，83–109 頁．

中村靖子（2023）．感情と言葉，言葉とツール──リルケ『マルテの手記』のセンチメントを考察する．現代思想 特集「感情史」，12，189–200 頁．

中村靖子（2024）．デジタル×文献研究．ドイツ研究，58，16–23 頁．

Petersen, J.H. (1991). *Der Deutsche Roman der Moderne. Grundlegung-Typologie-Entwicklung*, Stuttgart.

Prinz, J.J. (2004). *Gut reactions. A perceptual theory of emotion.* Oxford University Press.

Rilke, R.M. (1910). Die Aufzeichnungen des Malte Laurids Brigge. Werke, Kommentierte Ausgabe in vier Bänden, Bd.3, August Stahl (ed.), 1996.

Rilke, R.M. (1996). Duineser Elegien. Werke, Kommentierte Ausgabe in vier Bänden, Bd.2, Manfred Engel & Ulrich Fülleborn (ed.), Insel Verlag 1996. 199–234, 591–702.（『ドゥイノの悲歌』手塚富雄訳．岩波書店　1980［1957］年）

Spinoza, B. de (1677). *Die Ethik.* Lateinisch/Deutsch, revidierte Übersetzung von Jakob Stern, Philipp Reclam Jun. Stuttgart 1977.（『エチカ（倫理学）』（上・下）畠中尚志訳，岩波文庫，2005［1951］年）

Stafford, B.M. (1991). Body criticism. Imaging the unseen in Enlightenment art and medicine. Cambridge, Mass.: MIT Press, 1993.（『ボディ・クリティシズム──啓蒙時代のアートと医学における見えざるもののイメージ化』高山宏訳，国書刊行会，2006 年）

コラム1
文学研究とテキスト計量分析
——『遠読』再読

平井尚生[1]

　比較文学研究者フランコ・モレッティ（Franco Moretti, 1950–）は，小説の量的分析を開拓し，文学研究にセンセーションを巻き起こした．『遠読』（*Distant Reading*, 2013）の議論の起点となるのは，「精読」（close reading）への批判である．精読とは，少数の「名作」からなる正典(カノン)を細部に至るまで吟味する，北米文学研究の中心手法である．大量の非正典作品を無視する精読では，正典形成の歴史的過程は解明できない．モレッティは「さあ，いかにテクストを読まないか学ぼうではないか」(72)と読者を挑発し，新たな研究手法「遠読」を提唱する．遠読は，原典読解から距離を置き，テクストを俯瞰して，文学史の巨視的パターンを明らかにしようとする．そのために非正典を含む膨大な作品をコーパスとする統計分析が用いられる．本書はデジタル人文学の嚆矢とされ，遠読はいまやコンピュータを駆使した計量分析的文学研究を指す鍵語として流通している．

　とはいえ，モレッティ自身は，遠読の可能性を模索する中で，より多様な手法を実践していた．『遠読』収録の2000年の論文「文学の屠場」は，ダーウィン進化論に着想を得て，無数の作品から正典が選別されていく歴史的過程（非正典を歴史から抹消する「屠場」でもある）を検証する．数ある19世紀探偵小説の中で，なぜシャーロック・ホームズは現代まで生き残ったのか．文学史では，謎解きの手がかりが作品内で効果的に配置され，推理が読者にも解読可能かが，探偵小説の正典を選別した要因だとされてきた．この仮説を検証するため，モレッティは同時期の108編の探偵小説を読んで，その解読可能性を一つ一つ精査し，樹形図やグ

ラフとして提示する．結果，小説ジャンル内には解読可能なものと不可能なものが常に混在し，淘汰の形跡は見られず，文学史的定説に基づく当初の仮説は覆される．作品を数量として扱い，結果をグラフで可視化するアプローチは，文学研究において画期的であった．

　一方で，発展途上の量的アプローチは，かえって「読む」行為を前景化する．「文学の屠場」には，探偵小説を読んで解読可能性を判断するという人間の行為が不可欠である．ある探偵小説が読者から推理可能なのかは主観性を排除し難い判断であり，計量文体的特徴量としての抽出が極めて困難だと予想される．「読む」ことは文学研究の目的から一手段へと転換されたが，依然として解釈の重要な構成要素であり続けている．実際，読む行為への依存は，遠読に不可欠な量的スケールアップを制約した．本論の執筆後，モレッティは同様の手法によって文学史を再検証する課題に取り組むが，膨大な作品の前に撤退を余儀なくされたとのちに述懐している．

　ただし，量的制約には急速に発展する大規模言語モデル（LLM）と生成AIが新たな可能性をもたらすかもしれない．将来，人間には分析不可能な量のテキストをLLMが「読み」，解釈判定を行なうことで，対象テキストの飛躍的な拡大が期待できる．「読む」ことの意味を手探りで問い直したモレッティが生んだ，大胆かつユニークな問題設定は，技術の発展とともに，今なお新たな道を指し示している．

註
〔1〕　京都大学文学研究科

参考文献
フランコ・モレッティ，秋草俊一郎他訳（2016, 新装版2024）『遠読——〈世界文学システム〉への挑戦』みすず書房．

第2部
データ分析から見る〈こころ〉

第5章
フロイトのテキスト分析
—— 言葉をめぐる想念の追跡

中村靖子[1]　鄭弯弯[2]

　現代思想の源流として、ニーチェ（Friedrich Wilhelm Nietzsche, 1844–1900）、マルクス（Karl Marx, 1818–1883）、フロイト（Sigmund Freud, 1856–1939）の名が挙げられるようになったのはいつの頃からだろう．少なくとも1921年、ヴァルター・ベンヤミン（Walter Benjamin, 1892–1940）は「宗教としての資本主義」という論考のなかでこの3人の名前を挙げている．ベンヤミンによれば、「宗教改革時代のキリスト教が資本主義の発生を助長した」というのは正確ではない．むしろ、「宗教改革時代のキリスト教が資本主義へと変貌した」のだ（Benjamin, 102[531]））．資本主義は、罪を清めるよりはむしろ、罪を負わせる礼拝であり、その礼拝は、平日と祝日の区別を無くし、「いかなる夢想も感謝も抱くことなく」、執り行なわれる．ニーチェによる「神は死んだ」という宣言、マルクスによる負債〔ドイツ語のSchuldは罪であると同時に、負債を意味する〕が生み出す利子や複利の社会主義への転化は、いずれもこの礼拝を表わしている．ある出来事が、時間を経るごとに、忘れられるどころか、いっそう大きく作用するようになるというフロイトのテーゼは、このアナロジーで言えば、「抑圧されたものは、無意識という地獄によって利子をつけられる資本である」、ということになる（Benjamin, 101–102[528–529]）．

本章は，19世紀後半から20世紀にかけて生きたフロイトが提起した諸々の理論が，いかに人間理解を変えたか，そしてその人間理解が現代にまで深く影響を残したことに注目し，フロイトの最初期から晩年に至るまでの著作活動を遠望しつつ分析しようとするものである．フロイトは神経病理学者としてキャリアを出発させ，失語研究，ヒステリー研究を経て，精神分析の理論を打ち立てるに至る．さらにその後は，夢分析や発話分析（機知論など）の考察を発信する一方で，さまざまな文化論や宗教論を展開した．その思想の展開を導いたのは何か．終生フロイトの思想の根底にあった関心事は何か．この問いを問うために本章は，最初期のフロイトの論考から晩年に至るまでの著作を対象とし，テキストマイニングの分析法を用いてさまざまな観点から照射する．

1　これまでのフロイトのテキスト分析

　フロイトの著作活動は，神経病理学者としての最初の論考（1886）から，最後の著作『モーセという男と一神教』（Der Mann Moses und die monotheistische Religion, 1939, 以下『モーセ論』）までの53年間に及ぶ．思想史上フロイトが果たした役割に関しては，精神分析の理論にのみ注目されることが多く，フロイトの思想を論じる際には，『ヒステリー研究』から始めることが多かった．少なくとも「心理学草案」（Entwurf einer Psychologie, 1895, 以下，「草案」）がのちに「発見」されるまでは．この「草案」をフロイト自身が公表することはなかったが，1950年にその存在が知られたことをきっかけとして，フロイトの精神分析以前の仕事に関する関心は一気に高まった[3]．

1.1　神経病理学者としてのフロイトと精神分析家としてのフロイト

　精神分析以前のフロイトの代表的な仕事の一つ『失語症の理解にむけて』（Zur Auffassung der Aphasien, Eine Kritische Studie, 1891, 以下，『失語論』）は1953年に英訳されている．訳者であるエルヴィン・シュテンゲル（Erwin Stengel）は前書きの中で，フロイトの神経学的著作は後年の仕事とは無関係と見なされ

てきたが，彼の解剖学的，神経学的，そして精神分析的な仕事は一つの連続体を成しているという見方が徐々に浸透してきたと述べている（Stengel, ix–x）．シュテンゲルによれば，「力動的な過程」に対するフロイトの愛好が『失語論』を貫いており，それは記憶に関した節で最も顕著となり，後の「無意識の発見」に繋がる重要な役割を果たした（Stengel, xiii）．その『失語論』がドイツ語で再版されたのはようやく1992年のことである．その編者の一人ヴォルフガング・ロイシュナー（Wolfgang Leuschner）は，当時の生理学的知見に基づいた『失語論』がのちの精神分析理論の重要な礎となったという見解を前提に，「精神分析は時代遅れの生理学的過程を含んでいるために，新しい生理学的知見に応じて修正されるべきである」という意見を紹介しながらも，『失語論』で展開された概念や構築物は，多かれ少なかれ生理学的なそれから逸脱しており，生理学的知見の残骸であるどころか，むしろ先駆的なものであると評価する（Leuschner, 10; 中村, 2011）．

早くからフロイトの神経学的仕事に注目してきた一人にマーク・ソームズ（Mark Solms）がいる．ソームズは，2010年のロビン・カーハート＝ハリス（Robin Carhart-Harris）とカール・フリストン（Karl John Friston）の共著論文を読んで，「雷に打たれる思いがした」と語っている．フリストンは「予測的符号化」の理論と自由エネルギー原理に関する研究によって，今日もっとも影響力のある神経科学者の一人とされ，カーハート＝ハリスとのこの共著論文は，フロイトの欲動エネルギー（「心的エネルギー」）の概念は，自由エネルギー原理と一致すると論じていた（Carhart-Harris & Friston, 2010）．それが妥当なら，フロイトの「草案」の目論み，すなわち，精神エネルギーを物理法則に載せるという目論みは，自由エネルギー論の応用によって実現するかもしれないとソームズは考えたのである（Solms, 2021, 150–1[196]）．

こうした研究状況を踏まえ，以下では，まず本研究の前段階として，中村（2022）とNakamura（2023）におけるテキストマイニングによる分析結果を紹介する（1.2, 1.3）．その上で，今回新たに追加したデータを元に，「リビード」や「衝動」に着目してフロイトの著作活動における主題の変遷を網羅的に分析する（2節以降）．

1.2　中村 (2022) における分析

中村 (2022) では，フロイトが最後の著作『モーセ論』において，ここで述べていることは25年前に述べたことを繰り返しているにすぎないと何度も主張していることを手がかりに，初期の神経学的著作から『トーテムとタブー』(Totem und Tabu, 1913) を経て，『モーセ論』へと至る思考過程を辿ろうとした．その際特に注目したのは，フロイトの記憶論である．そのため，上記以外の論考については，主に文化論を中心にデータ化した．初期の論考は主にジャーナルなどに発表された短いものが多いため，発表年に応じてまとめた．その際，最初の単著である『失語論』が出版された1891年，ヨゼフ・ブロイアー (Josef Breuer) との共著『ヒステリー研究』(Studien über Hysterie) が出版された1895年——この年は，「草案」が著わされた年でもある——を区切りとした．すなわち，1886年から1891年までの論文，1891年の『失語論』，1891から1895年までの論文，1895から1899年までの論文，1895年の「草案」というように五つの文書にまとめた．対象とした文献は表1の通りである．文書数は11，総語数は363256語となった．これらについて形態素解析器TreeTagger (https://www.cis.uni-muenchen.de/~schmid/tools/TreeTagger/) を用いて品詞タグを付与した上で，一般名詞と一般動詞を原形集計し[4]，すべての文書において出現頻度が20未満の語は対象外とした．これにより抽出された特徴語は1044語である．

分析には，構造的トピックモデル (Structural Topic Model, STM) を用いた．トピックモデルとは生成モデルの一種であり，この分析法では，各テキストは複数のトピックから確率的に生成されると仮定し，それぞれのトピックはさまざまな語句とその出現頻度によって表わされると見なす．ここでいうトピックとは，「テキストの話題，ジャンル，文体，著者など，特徴ごとのカテゴリ」を指す．これらトピックは潜在的「意味」であり，これを，推測アルゴリズムを用いて求める手法をトピックモデルという．この分析法にさらに経時的情報を追加して，トピックの時系列変化を表わすのがSTMである (第1章，36頁参照；金，2021)．

STMを用いるにあたって，適切なトピック数を設定する必要がある．トピック数をいろいろ変えて試した上で，文書数が少ないこともあり，フロイトの思想を大まかに初期，中期，後期の三つに分け，トピックの変遷を分析することとした．その結果が図1である[5]．横軸は表1に示した各文書の「年代」を示し，グラフの線上のドットは，対応する文書である．

　図1は，神経学的著作において優勢だったトピック2が「草案」以後徐々に後退し，入れ替わるようにして前景化してきたトピック3が晩年に向けて，ますます優勢になっていくことを示している．トピック1は中期に盛り上がりを見せているが，表1に示したように，この時期に該当する文書はほとんど取り上げていない．これは，初期に特徴的なトピックと，後期に特徴的なトピックからさし引かれたトピックが，相対的に中期のトピックとして浮上したと考えられる．これら三つのトピックを構成する特徴語をワードクラウドで示したのが図2である．ドイツ語では名詞はイニシャルが大文字書きされるが，原形集計されるため小文字書きとなっている．ワードクラウドでは，頻度の大きさは語の大きさに比例する．但し，図の中で語と語の配置はランダムであり，語と語の距離が類似性を意味するわけではない．

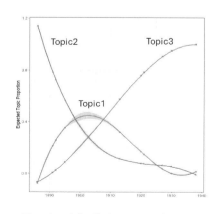

図1　表1の文献に基づくフロイト思想の展開1

表1　中村（2022）で分析対象とした文献

年代	文書名	総語数
1886	1886_1891	28,638
1891	1891_Aphasie	29,141
1892	1892_1894	35,236
1895	1895_1899	52,874
1895	1895a_entwurf	26,941
1913	1913b_totemundtabu	56,277
1920	1920b_jenseitsdeslustprinzips	18,604
1921	1921_massenpsychologie	23,689
1927	1927a_diezukunft.e.lllusion	18,648
1930	1930_unbehagen	27,193
1939	1939_Moses	46,015
	合計	363,256

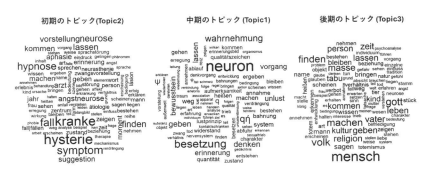

図2　図1で示された各トピックの内容

　図2においてまず注目すべきは，初期のトピックと後期のトピックである．フォントが最も大きく描かれた順に確認すると，初期に目立つのは「ヒステリー（hysterie）」，「患者（kranke）」であり，次いで「症候（symptom）」，「催眠（hypnose）」，「ノイローゼ（neurose）」の語が続く．「失語（aphasie）」は3番目の大きさで現れている．これらは，表1の文献1から5の内容と一致する．それに対し後期のトピックでは「人間（mensch）」が最も大きく，次いで「集団（masse）」，「神（gott）」，「民（volk）」が続き，「宗教（religion）」，「父（vater）」，「タブー（tabu）」が現れている．これらはいずれも，『トーテムとタブー』と『モーセ論』の主題に対応している．

1.3　Nakamura（2023）における分析

　Nakamura（2023）は，フロイトの「草案」の鍵概念を，現代の認知神経科学の知見から照射しようとする試みであると同時に，フロイトの思索の歩みをより精緻に辿ることを目的とした．フロイトの精神分析は『ヒステリー研究』もしくは『夢解釈』でもって確立されたと言われている．それに鑑み，Nakamura（2023）では，この二つの著作をデータ化して[6]，中村（2022）のデータに加え，改めてフロイトの思索の展開を描出した．分析対象とした文書数は17であり，これを，中村（2022）と同様の条件でSTMにより分析し

た．分析対象とした文献の一覧を表2に示す．総語数は886403語である．

　STMの結果，中期のトピックはほぼ「夢（traum）」に集約され，それ以外の語の大きさはほとんど変わらなかった（Nakamura, 2023, Fig.2）．相対頻度を見ても，「夢」という語は『夢解釈』（1900）に集中していたため，「夢」という語を外して再度分析した（Nakamura, 2023, Fig.3, Fig.4）．本章では，統一的な方針の下に改めてデータクリーニングを行なった後，同じく表2の文書を対象とし，「夢」という語を含めてSTMにより分析した．その結果が図3であり，三つの時期におけるトピックのワードクラウドは，図4の通りである．

　分析した文書の総語数が，中村（2022）の約2.4倍であるにもかかわらず，図1と図3で示される三つのトピックの動きはほとんど変わらない．このことは，表1の文書は，初期，中期，後期のそれぞれに特徴的な文献であることを示唆するとともに，STMが，図1における文献の空白時期を高い精度で描出していることを示している．図3において，初期のトピックと中期のトピックが入れ替わるのが1895–1900年のあいだ，中期のトピックと後期のトピックが入れ替わるのが1913年である．このことは，フロイトが『モーセ論』で，自分がここで述べることは25年前に述べたことを繰り返しているにすぎないと何度も強調していることと合致する．『モーセ論』より25年前の1913年は，『トーテムとタブー』が出版された年であり，図2において後期のトピックは両者の内容を強く反映していたこととも合致する．

　その上で，図2と図4から一見して分かるのは，いずれにおいても，初期のトピックを最も特徴づけるのは「患者」であり，後期は「人間」であることである．この点からも，フロイトは人間の病理を観察し考察することを通じて，人間というものに対する考察を深めていったのだということが，改めて分かる．そしてその橋渡しをしたのが，夢の分析だった．人間を表わす語として初期では「患者」が目立ったが，中期では「夢見る人」が現れていることも，このことに合致する．これらはいずれも，中期を特徴づけるのが「夢」という一語に尽きることから説明される．

表2 Nakamura (2023) で分析対象とした文献

年代	文書名	総語数
1886	1886_1891	27,802
1891	1891_Aphasie	28,262
1892	1892_1894	34,265
1895	1895_1899	51,304
1895	1895a_entwurf	25,868
1895	1895b_ueberhysterie	71,905
1900	1900_Traumdeutung	207,507
1901	1901_alltagsleben	94,514
1913	1913b_totemundtabu	54,427
1916	1916c_vorlesungen1.2	80,214
1917	1917a_vorlesungen3	78,646
1920	1920b_jenseitsdeslustprinzips	18,230
1921	1921_massenpsychologie	23,002
1925	1925a_Wunderblock	1,759
1927	1927a_diezukunft.e.lllusion	17,959
1930	1930_unbehagen	26,366
1939	1939_Moses	44,373
	合計	886,403

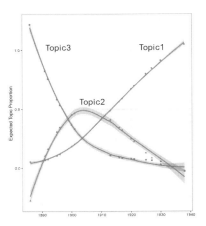

図3 表2の文献に基づくフロイト思想の展開2

図4 図3に示された各トピックの内容

2 拡張したコーパスを用いたフロイトのテキスト分析

　本章では，フロイト全集のテキストのうち，書評や書簡など，非常に短い文書を除いてほぼ網羅的に文書を追加した．最初期の文書と同様，比較的短いものは発表年ごとにまとめたため，文書数は57，総語数は1624164語となった（表3）．これは，中村（2022）の約4.5倍，Nakamura（2023）の約1.8倍に相当する[8]．このようなデータ量の違いにより，分析結果にどのような違いが生じるだろうか．この点にも注目しつつ，以下に分析結果を説明する．

2.1　STMによる分析

　中村（2022）やNakamura（2023）に比べて，本章の対象とするデータ量が圧倒的に多いため，すべての文書における出現頻度を30以上，また一般名詞のみを対象とした．それにより，抽出された特徴語は1436語である．このデータに対し，これまでと同様，トピック数を3にしてSTMを行なった結果は図5，それぞれのトピックを構成する特徴語をワードクラウドで示したのが図6である．文書数が増えたため，信頼区間を付けて示している．

　三つのトピックの動きは図5においても図1や図3とほぼ変わらないが，詳しく見るならば，『夢解釈』の1900年をもって初期のトピックと中期のトピックが入れ替わるのに対し，中期と後期のトピックが入れ替わる時期が1913年より早まっていることが分かる．各トピックの内容をワードクラウドで表わした図6を図4と比べると，初期と中期の特徴語はほとんど変わらない．これは初期については文献が追加されていないため，もっともな結果であるが，逆に中期の文書量は格段に増えたにもかかわらず，依然として「夢」が圧倒的な位置を占めており，それ以外の語が目立たない．ここから，『夢解釈』がいかに中期の中心的な位置を占めているかがあらためて分かる．同じく目を引くのは，後期のトピックに「機知（witz）」が入っている点である．フロイトの『機知とその無意識との関係』（Der Witz und seine Beziehung zum Unbewußten, 1905, 以下，『機知』）は『夢解釈』のわずか5年後であり，

表3 本章で分析対象とした文献

年代	文書名	出典	総語数
1886	1886_1891	Freud (1886–1891): Gesammelte Werke, Nachtragsband, Texte aus den Jahren 1885–1938, Fischer Taschenbuch Verlag 1999, 34–44, 45–49, 52–53, 57–64, 65–66, 67–68, 72–90, 91–92, 103–104, 105–106, 109–120, 125–139, 141–150, 313–315,	28,638
1891	1891_Aphasie	Freud, Sigmund (1891): Zur Auffassung der Aphasien. Eine Kritische Studie. Herausgegeben von Paul Vogel, bearbeitet von Ingeborg Meyer-Palmedo, Einleitung von Wolfgang Leuschner, 1992.	29,141
1892	1892_1894	Freud (1892–1894): Gesammelte Werke, Bd.1, 3–17, 21–35, 59–74, 315–342, Nachtragsband, Texte aus den Jahren 1885–1938, 1999, 153–157, 158–164, 166–178, 183–195, 217–218, 219–220, 316–319, 321, 489–490	35,236
1895	1895_1899	"Freud (1895–1899): Gesammelte Werke, Bd.1, 357–376, 379–403, 425–459, 491–516, 519–527, 531–554. Gesammelte Werke, Nachtragsband, Texte aus den Jahren 1885–1938, 1999, 121–122, 328–341, 342–351, 354–359, 364–369, 478– 480"	52,874
1895	1895a_entwurf	Freud (1895): Entwurf einer Psychologie. In: Gesammelte Werke, Nachtragsband, Texte aus den Jahren 1885–1938, 1999, 387–486.	26,941
1895	1895b_ueberhysterie	"Freud (1895): Gesammelte Werke, Bd.1, 81–98, 99–312 Gesammelte Werke, Nachtragsband, Texte aus den Jahren 1885–1938, 1999, 219–220 "	71,626
1900	1900_Traumdeutung	Freud (1900): Traumdeutung. In: Gesammelte Werke, Bd. 2/3.	207,094
1904	1904_alltagsleben[7]	Freud (1904[1901]): Zur Psychopathologie des Alltagsleben. In: Gesammelte Werke, Bd. 4, 1999.	94,315
1905	1905a_zurSexualtheorie	Freud (1905): Drei Abhandlungen zur Sexualtheorie. In: Gesammelte Werke, Bd. 5, 1999, 27–145	37,775
1905	1905b_Bruechstueck.d.Hysterie	Freud (1905): Brüchstück einer Histerie-Analyse. In: Gesammelte Werke, Bd. 5,　1999, 161–286	38,132
1905	1905c_derWitz	Freud (1905): Der Witz und seine Beziehung zum Unbewußten. In: Gesammelte Werke, Bd. 6, 1999	80,532
1907	1907_Gradiva	Freud (1907): Der Wahn und die Traum in W. Jansens "Gradiva". In: Gesammelte Werke, Bd. 7, 1999, 29–125	29,668
1908	1908a_Sexualmoral	Freud (1908): Die "kulturelle" Sexualmoral und die moderne Nervosität. In: Gesammelte Werke, Bd. 7, 1999, 143–167	7,374
1908	1908b_Dichter.u.Phantasieren	Freud (1908): Der Dichter und das Phantasieren. In: Gesammelte Werke, Bd. 7, 1999, 211–223	3,588
1909	1909a_Familienroman	Freud (1909): Der Familienroman der Neurotiker. In: Gesammelte Werke, Bd. 7, 1999, 225–231	1,383
1909	1909b_derkleineHans	Freud (1909): Analyse der Phobie eines fünfjährigen Knaben.In: Gesammelte Werke, Bd. 7, 1999, 241–377	44,640
1909	1909c_derRattenmann	Freud (1909): Bemerkungen über einen Fall von Zwangsneurose. In: Gesammelte Werke, Bd. 7, 1999, 379–463	25,206
1910	1910a_ueberPsychoanalyse	Freud (1910): Über Psychoanalyse. In: Gesammelte Werke, Bd. 8, 1999, 1–60	17,007
1910	1910b_Objektwahl	Freud (1910): Über einen besonderen Tyups der Objektwahl beim Manne. In: Gesammelte Werke, Bd. 8, 1999, 65–77	3,427
1910	1910c_daVinci	Freud (1910): Eine Kindheitserinnerung des Leonarodo da Vinchi. In: Gesammelte Werke, Bd. 8, 1999, 127–211	22,820
1911	1911a_zweiPrinzipien	Freud (1911): Formulierungen über zwei Prinzipien des psychischen Geschehens. In: Gesammelte Werke, Bd. 8, 1999, 229–238	2,353
1911	1911b_Schreber	Freud (1911): Pscychoanalytische Bemerkungen über einen autobiographisch beschriebenen Fall von Paranoia. In: Gesammelte Werke, Bd. 8, 1999, 239–320	22,397
1912	1912a_Erniedrigung	Freud (1912): Über die allgemeinste Erniedrigung des Liebeslebens. In: Gesammelte Werke, Bd. 8, 1999, 78–92	4,091
1912	1912b_Dynamik.Uebertragungs	Freud (1912): Zur Dynamik der Übertragung. In: Gesammelte Werke, Bd. 8, 1999, 263–374	2,940

1913	1913a_fuenfAbhandlungen	Freud (1913): Das Interesse an der Psychoanalyse; Zwei Kinderlügen; Einige Bemerkungen über den Begriff des Unbewussten in der Psychoanalyse; Die Dispotision zur Zwangsneurose; Zur Einleitung der Behandlung.Pscychoanalytische Bemerkungen über einen autobiographisch beschriebenen Fall von Paranoia. In: Gesammelte Werke, Bd. 8, 1999, 389–420, 421–427, 429–439, 441–452, 453–478	23,588
1913	1913b_totemundtabu	Freud (1913): Totem und Tabu. In: Gesammelte Werke, Bd. 9, 1999	56,277
1913	1913c_Kaestchenwahl.u.a.	Freud (1913): Märchenstoffe in Träumen; Ein Traum als Beweismittel; Das Motiv der 'Uastchenwahl; Erfahrungen und Beispiele aus der analytiscyen Praxis. In: Gesammelte Werke, Bd. 10, 1999, 1–9, 11–22, 23–37, 39–42.	10,533
1914	1914a_erinnern.moses.u.a.	Freud (1914): Erinnern, Wiederholen und Durcharbeiten; Der Moses des Michelangelo; Zur Psychologie des Gymnasiasten. In: Gesammelte Werke, Bd. 12, 1999, 125–136, 171–201, 203–207.	14,336
1914	1914b_derWolfsmann	Freud (1914): Aus der Geschichte einer infantilen Neurose. In: Gesammelte Werke, Bd. 12, Fischer Taschenbuch Verlang 1999, 27–157	37,708
1914	1914c_Narzissmus	Freud (1914): Zur Einfühlung des Narzißmus. In: Gesammelte Werke, Bd. 10, 1999, 137–170	9,045
1915	1915a_Triebe.u.Triebschicksale	Freud (1915): Triebe und Triebschicksale. In: Gesammelte Werke, Bd. 10, 1999, 209–232.	7,025
1915	1915b_dieVerdraengung	Freud (1915): Die Verdrängung. In: Gesammelte Werke, Bd. 10, 1999, 247–261.	3,956
1915	1915c_dasUnbewusste	Freud (1915): Das Unbewußte. In: Gesammelte Werke, Bd. 10, 1999, 263–303.	12,011
1915	1915d_uebertragungsliebe.u.a.	Freud (1915): Mitteilung eines der psychoanalytischen Theorie widersprechenden Falles von Paranoia; Bemerkungen über die Übertragungsliebe; Zeitgemäßes über Krieg und Tod; Vergänglichkeit; Einige Charaktertypen aus der psychoanalytischen Arbeit. In: Gesammelte Werke, Bd. 10, 1999, 233–246, 305–321, 323–355, 357–361, 363–391.	28,565
1916	1916a_metapsychologische.u.a.	Freud (1916): Eine Beziehung zwischen einem Symbol und einem Symptom; Mythologische Parallele zu einer plastischen Zwangsvorstellung; Über Triebumsetzungen, insbesondere der Analerotik; Metapsychologische Ergänzung zur Tarumlehre. In: Gesammelte Werke, Bd. 10, 1999, 393–395, 397–400, 401–410, 411–426.	7,494
1916	1916b_trauer.melancholie	Freud (1916): Trauer und Melancholie. In: Gesammelte Werke, Bd. 10, 1999, 427–446.	5,869
1916	1916c_vorlesungen1.2	Freud (1916): Vorlesungen zur Einführung in die Psychoanalyse, Erster Teil und Zweiter Teil. In: Gesammelte Werke, Bd. 11, 1999, 3–246	80,074
1917	1917a_vorlesungen3	Freud (1917): Vorlesungen zur Einführung in die Psychoanalyse.III. In: Gesammelte Werke, Bd. 11, 1999, 247–482	78,591
1917	1917b_schwierigkeit.u.a.	Freud (1917): Eine Schwierigkeit der Psychoanalyse; Eine Kindheitserinnerung aus "Dichtung und Wahrheit. In: Gesammelte Werke, Bd. 12, 1999, 1–12, 13–26.	6,722
1918	1918_virginitaet.u.a.	Freud (1918): Das Tabu der Virginität; Wege der psychoanalytischen Therapie. In: Gesammelte Werke, Bd. 12, 1999, 159–180, 181–194.	9,203
1919	1919a_dasUnheimliche	Freud (1919): Das Unheimliche. In: Gesammelte Werke, Bd. 12, 1999, 227–268.	12,682
1919	1919b_kindgeschlagen.u.a.	Freud (1919): Ein Kind geschlagen; Einleitung tu " Zur Psychoanalyse der Kriegsneurosen"; Vorrede zu " Probleme der Religionspsychologie" von Dr. Theodor Reik; Psychoanalytischer Verlag und Preiszuteilungen für psychoanalytische Arbeiten. In: Gesammelte Werke, Bd. 12, 1999, 195–226, 321–324, 325–329, 331–336.	13,068
1920	1920a_weiblicherhomo.u.a.	Freud (1920): Über die Psychologenese eines Falles von weiblicher Homosexualität; Gedankenassoziation eines vierjährigen Kindes; Zur Vorgeschichte der analytischen Techniker. In: Gesammelte Werke, Bd. 12, 1999, 269–302, 303–306, 307–312.	11,156
1920	1920b_jenseitsdeslustprinzips	Freud (1920): Jenseits des Lustprinzips. In: Gesammelte Werke, Bd. 13, 1999, 1–69.	18,604

1921	1921_massenpsychologie	Freud (1921): Massenpsychologie und Ich-Analyse. In: Gesammelte Werke, Bd. 13, 1999, 71–161.	23,689
1923	1923a_Ich.u.Es	Freud (1923): Das Ich und das Es. In: Gesammelte Werke, Bd. 13, 1999, 235–290.	14,363
1923	1923b_Haitzmann(Teufelsneurose)	Freud (1923): Eine Teufelsneurose im siebzehnten Jahrhundert. In: Gesammelte Werke, Bd. 13, 1999, 315–353.	11,117
1924	1924_Untergang.d.Oedipus	Freud (1924): Der Untergang des Ödipuskomplexes. In: Gesammelte Werke, Bd. 13, 1999, 393–402.	2,212
1925	1925a_Wunderblock	Freud (1925): Notiz über den "Wunderblock". In: Gesammelte Werke, Bd. 14, 1999, 3–8.	1,759
1925	1925b_Selbstdarstellung	Freud (1925): Selbstdarstellung. In: Gesammelte Werke, Bd. 14, 1999, 31–96.	20,812
1926	1926a_Hemmung.Symptom.Angst	Freud (1929): Hemmung, Symptom und Angst. In: Gesammelte Werke, Bd. 14, 1999, 111–205.	27,678
1926	1926b_Laienanalyse	Freud (1926): Die Frage der Laienanalyse. In: Gesammelte Werke, Bd. 14, 1999, 207–296	29,306
1927	1927a_Zukunft.e.Illusion	Freud (1927): Die Zukunft einer Illusion. In: Gesammelte Werke, Bd. 14, 1999, 323–380.	18,648
1927	1927b_Humor	Freud (1927): Der Humor. In: Gesammelte Werke, Bd. 14, 1999, 381–389.	2,163
1930	1930_unbehagen	Freud (1930): Das Unbehagen in der Kultur. In: Gesammelte Werke, Bd. 14, 1999, 419–506.	27,193
1933	1933_neueFolgederVorlesungen	Freud (1933): Neue Folge der Vorlesungen . In: Gesammelte Werke, Bd. 15, 1999	63,504
1939	1939_Moses	Freud (1939): Der Mann Moses und die monotheistische Religion. In: Gesammelte Werke, Bd. 16, 1999, 101–246.	46,015
		合計	1,624,164

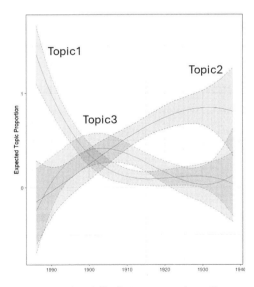

図5　表3の文献に基づくフロイト思想の展開3

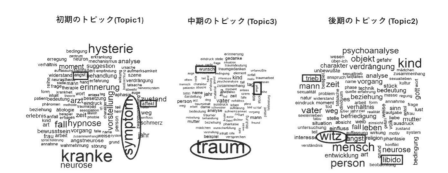

図6　図5に示された各トピックの内容

『トーテムとタブー』よりも時期的には『夢解釈』に近い．先に述べたように，中期と後期のトピックが入れ替わるのは，図4では1913年であり，この区分から考えても，『機知』は『夢解釈』と並んで中期を特徴づけるはずである．

『機知』以外にも，1900年から1913年のあいだに発表された多くの文献が今回付け加えられており，「機知」という語が後期に位置づけられたことは，『機知』という文献だけの問題ではないかもしれない．後期のトピックに組み入れられた「機知」に牽引されるようにして，中期と後期のトピックが入れ替わる時期が早まったとも考えられる．この問題は後で改めて取り上げることとする．

図2や図4でそうであったように，図6からも，関心事の中心は初期には患者であったが，後期には人間へと移っていったことが分かる．あるいは，初期には「症候」がもっぱらの主題であったが，中期には「夢」となり，後期には「機知」へと推移した，とも言える．「心的エネルギー」という点から見るならば，初期においては「情動（affekt）」があり，後期には「リビード（libido）」や「衝動（trieb）」がある．これらに該当する語を中期に探すならば，「願望（wunsch）」となるだろうか．一方，「不安（angst）」は三つの時

第5章　フロイトのテキスト分析　　213

期に共通して現れるが，初期には「不安神経症（angstneurose）」の語もあることを思えば，「不安」が後期において最も大きく描出されるのはやや意外でもある．中期に該当する文献を追加したことにより，かえって「中期」という区分が狭まっていったことからは，後期に展開するフロイトの思索が「機知」論の頃にはすでに胚胎されていたと言えるかもしれない．

2.2 k 平均法によるクラスタリングの結果

これまで見てきたように，フロイトの思索における初期と中期の区分は『夢解釈』の直前に想定される．では中期と後期との分岐点はどこだろうか．この点について考察するために，これまでと同様，原形集計をし，すべての文書で出現頻度が30以上の一般名詞を対象とした上で，今回は相対頻度に換算した．特徴語の数は1434である．その後，k 平均法（k-means method）を用いて，類似性により各文書をクラスターに分けした．k 平均法については，金（2021）を参照されたい．結果は表4に示す通り，第1グループは1886年から1901年の『日常生活の精神病理学』（Zur Psychopathologie des Alltagslebens）まで，第2グループは1905年から1919年まで，第3グループは1919年から1939年までとなり，ほぼ年代順に分かれた．この区分は，STMによる初期，中期，後期という区分とほぼ重なるが，区分の基準が違うため，STMによる区分とは区別して，k 平均法による区分は，便宜的に第1期，第2期，第3期と呼ぶ．三つの時期の特徴語を比較ワードクラウドにより示したのが図7である．

表4が示すように，三つの時期のうち，第2期は圧倒的に語数が多い．にもかかわらず，図7が示すように，第2期を特徴づける語は，他の二つの時期に比べて非常に少ない．比較ワードクラウドは各文書に特徴的な語を示すものであり，他の文書にも出現する語は相殺される．第2期の特徴語が少ないことは，第2期に属す文書がほとんどない図1や，非常に少なかった図3，そして第2期の文書量が圧倒的に増えた図5において中期のトピックの動きがほとんど変わらなかったこととも合致するように思われる．

k 平均法では『夢解釈』と『日常生活の精神病理学』が第1期に分類され

表4　k-meansによるクラスタリングの結果

グループ	文書数	総語数	文書名
第1期	8	545,865	1886_1891, 1891_Aphasie, 1892_1894, 1895_1899, 1895a_entwurf, 1895b_ueberhysterie, 1900_Traumdeutung, 1904_alltagsleben
第2期	33	747,398	1905a_ZurSexualtheorie, 1905b_Bruechstueck.d.Hysterie, 1905c_derWitz, 1907_Gradiva, 1908a_sexualmoral, 1908b_Dichter.u.Phantasieren, 1909a_Familienroman, 1909b_derkleineHans, 1909c_derRattenmann, 1910a_ueberPsychoanalyse, 1910b_Objektwahl, 1910c_daVinci, 1911a_zweiPrinzipien, 1911b_Schreber, 1912a_Erniedrigung, 1912b_Dynamik.Uebertragungs, 1913a_fuenf.Abhandlungen, 1913b_totemundtabu, 1913c_vier.Abhandlungen, 1914a_erinnern.moses.u.a, 1914b_derWolfsmann, 1914c_Narzissmus, 1915a_Triebe.u.Triebschicksale, 1915b_dieVerdraengung, 1915c_dasUnbewusste, 1915d_uebertragungsliebe.u.a, 1916a_metapsychologische.u.a, 1916b_trauerundmelancholie, 1916c_vorlesungen1.2, 1917a_vorlesungen3, 1917b_schwierigkeit.u.a., 1918_virginitaet.u.a., 1919b_kindgeschlagen.u.a.
第3期	16	330,901	1919a_dasUnheimliche, 1920a_weiblicherhomo.u.a., 1920b_jenseitsdeslustprinzips, 1921_massenpsychologie, 1923a_Ich.u.Es, 1923b_Haitzmann, 1924_Untergang.d.Oedipus, 1925a_Wunderblock, 1925b_Selbstdarstellung, 1926a_Hemmung.Symptom.Angst, 1926b_Laienanalyse, 1927a_diezukunft.e.Illusion, 1927b_Humor, 1930_unbehagen, 1933_Neuefolgeder Vorlesungen, 1939_Moses

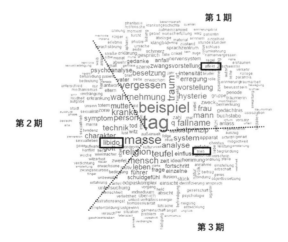

図7　k-meansによる三つの時期の特徴語の比較（相対頻度による）

たことにより，STMでは中期を特徴づけていた語（「日中（tag）」，「夢」，「例（beispiel）」など）が図7では第1期を特徴づける語として現れている．同様に，第2期と第3期の区分が1919年に後退したことにより，1913年から1919年までの文書が第2期に入ったため，後期を特徴づけていた語の幾つか（「神

(gott)」,「人物 (person)」,「精神分析 (psychoanalyse)」など) が第 2 期に現れている．それに代わるようにして，本章の最初に紹介したベンヤミンの言葉にある「罪悪感 (schuldgefühl)」と「抑圧されたもの (verdrängte)」が，「潜伏期 (latenzzeit)」と共に第 3 期に現れている（但し，「無意識 (unbewußte)」は第 2 期に現れている）．この三つの語は図 6 ではどの時期にも現れなかったものである．一方で，STM では初期を特徴づけていた語 (「症候」や「患者」など) が，逆に第 2 期の特徴語として現れている場合も散見し，このことは，上記のことからは説明できない．

2.3 共起ネットワーク分析

STM 分析では「リビード」と「衝動」が後期のトピックに入ったが，k 平均法では第 1 期に「情動」，第 2 期に「リビード」，第 3 期に「衝動」が入った．この三つの語の使用頻度の推移は図 8 の通りである．

図 8 からは，「情動」はほぼ第 1 期の神経学的研究に集中し，「リビード」は特に『精神分析入門　第三部』(Vorlesungen zur Einführung in die Psychoanalyse III, 1917)[9] に集中している一方，「衝動」は，増減を繰り返しつつコンスタントに使用されていることが分かる．ではこれらの語は，どのように使用されているだろうか．それを確認するため，これらの語の共起を時期ごとに調べた．これまでと同様，形態素解析を施し，原形集計した一般名詞のみを対象とし，それぞれの時期内ですべての文書における出現頻度が 15 未満の語は対象外とした．共起として，同じ文の中にあるすべての単語ペアを抽出した．第 1 期，第 2 期と第 3 期の文書から抽出された共起語の数はそれぞれ 9698，34944，11548 である．共起の頻度データを用いた「情動」「リビード」「衝動」を中心とするネットワーク図は，図 9 のとおりである．

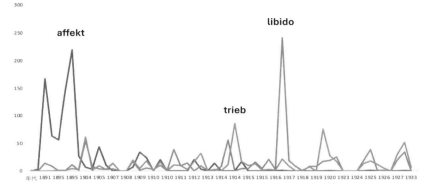

図8 「情動」「リビード」「衝動」の出現（頻度）

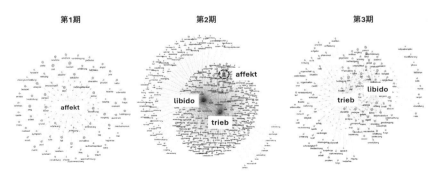

図9 affekt, libido, triebを中心とするネットワーク図（頻度による）

第5章　フロイトのテキスト分析

2.3.1　三つの時期の特徴

　図9の左のネットワーク図が示すように，第1期では「情動」を中心としたネットワークのみが描出され，「リビード」や「衝動」を中心としたネットワークは形成されなかった．これは図8が示すように，「情動」の使用はほぼ初期に集中していることと一致する．第1期においても「リビード」の使用がないわけではないが，「リビード」と共起する語とのペアはいずれも頻度が低かったため，描出されなかったと見られる．第2期では三つの語を中心とするネットワークが描出されたが，第3期では「衝動」と「リビード」を中心とするネットワークのみが描出され，「情動」を中心とするネットワークは描出されなかった．以上から，第2期は，第1期と第3期との時期的な中間に位置するのみならず，三つの語の使用という観点からも両時期の中間に位置するといえる．

　さらに，第2期では「リビード」とのみ共起する語が圧倒的に多いのに対し，第3期では逆転して，「衝動」とのみ共起する語が格段に多くなっていることからは，フロイトの語りは，この三つの用語に限るならば，「情動」から「リビード」へ，そして「衝動」へと比重が移っていったことが分かる．

2.3.2　第1期に「情動」と共起した語のゆくえ

　総語数が多ければ，語と語が共起する可能性は自ずと高くなる．そもそも第2期は他の二つの時期に比べて総語数が多いため，抽出される共起語のペアも多い．第2期と第3期のネットワーク図では，「リビード」と「衝動」のいずれとも共起する語は二つの中心の近縁に描出され，どちらか一方とのみ共起する語は周縁に描出されている．「情動」は，第1期では唯一ネットワークの中心を形成したが，第2期で「情動」と共起する語は「リビード」とも「衝動」とも共起し（エッジに埋もれているため，「情動」を点線の丸で囲んで示した），第3期では「情動」はもはや描出されなくなっている．以上からは，第1期に「情動」をめぐって述べられたことは「リビード」や「衝動」についても言われうるようになり，次第に「情動」という語の必要性が減じていった，と考えることができる．第1期で「情動」と共起した語のうち，第

表5　第1期に「情動」と共起した語の行方（頻度の高い順に記載）

	第2期	第3期
「リビード」とのみ共起	「夢」「記憶（erinnerung）」「体験（erlebnis）」「説明（erklärung）」「反応（reaction）」「知覚（wahrnehmung）」「グループ（gruppe）」「位置（stelle）」「恐怖症（phobie）」「注意（aufmerksamkeit）」	「不安」「症例」
「衝動」とのみ共起	該当なし	「仕事（arbeit）」「語（wort）」「役割（rolle）」「説明」「源泉（quelle）」「知覚」「反応（reaction）」

　2期と第3期では「リビード」か「衝動」のいずれかとのみ共起している語を比較することによって，「情動」から受け継がれたものが「リビード」と「衝動」へどのように分化していったかが分かる（表5）．

　表5で目を引くのは，第1期で「情動」と共起した語のうち，第2期で「衝動」とのみ共起する語がないという点である．つまり当初「情動」をめぐって語られた言葉のうち，より多くを引き継いだのが「リビード」だったことが分かる．

　上記の結果から，フロイトがより豊富な語彙を用いて語った語は，「情動」，「リビード」，「衝動」へと移り変わったことが確認でき，このことは，図7でこれらの言葉がそれぞれの時期に現れたことを，別の形で示しているといえる．第2期では「衝動」とのみ共起する語のなかに「昇華（sublimierung）」があることは殊更に目を引くが，それを論じるには別の根拠が必要となる．

3　考察

　これまでSTM，k平均法，共起ネットワークにより，フロイトの生涯にわたる著作を巨視的に見わたしてきた．そのなかでSTMによる三つのトピックの変遷からは，「症候」，「夢」，「機知」という展開が浮かびあがった（図6）．k平均法によるクラスタリングは，執筆された年代順の分類と一致したが，各時期の区切りは，STMでトピックが入れ替わる時期とは異なった．この二つの方法により，フロイトの執筆期間を初期（第1期），中期（第2期），後

期（第3期）という三つの区分で考察することの妥当性が示された．一方で，フロイトの神経学的著作とそれ以降の精神分析関連の著作との連続性という観点から〈心的エネルギー〉に相当する語に注目すると，「情動」，「リビード」，「衝動」が各時期を特徴づける語として浮かびあがった（図7）．以下では，「情動」から「リビード」や「衝動」への遷移，そして「症候」，「夢」，「機知」の遷移，という2点について，フロイトのテキストに立ち返って考察する．

3.1 情動のゆくえ

フロイトは神経系を，「量を質に変換する装置」とみた．「草案」はその働きを，慣性の法則という物理法則によって説明する．量は，有機体外部からも，身体内部からも「刺激」として受容される（「草案」では外的量がQとして表わされ，これとは区別してQŋという記号が用いられている．このQŋは，「神経系内部のエネルギー」，「ニューロンを備給する量あるいはニューロン間を流れる量」であり，「心的量」と見なされている[10]．刺激により生じた興奮（「心的量」もしくは「心的エネルギー」）は速やかに放出されなくてはならない．それは，神経細胞の負荷を除去するためであり，また次の新しい刺激を受けとるためでもある．こうして神経細胞は，刺激を受容する以前の状態を復原しようとする．それが，心的装置のメカニズムを説明するための慣性の法則の応用である．最良であるのは，刺激からの逃避であるが，しかし内因性の刺激から逃れることはできない．一方，過ぎ去った興奮は痕跡を残す．それがのちの想起／記憶（erinnerung）の可能性となり，心的要素の萌芽となる．この想起の可能性は，体験の再生を可能とする．外的量を伴わないで体験が再生された状態をフロイトは「情動」と呼び，内因性刺激によって生み出される状態を「願望状態（Wunschzustände)」と呼んだ（Freud, 1895, 413[32]）．このように叙述される一連の事象は，我々が日常において自覚的に抱く願望や感情とは区別されるべき生理学的な現象であり，身体内部で意識下に起こる無数の工程の一部である．このような身体内の現象をどのように思い浮かべたらよいだろうか．

身体内からの刺激について，近年，内受容感覚という考えが注目されてい

る．この考えによれば，脳は，各臓器，血管，血液中の成分など，さまざまな身体状態について常にモニタリングし，予測し，最適な状態を維持すべく内的モデルを構築し，予測的に制御している．こうした制御は，ほとんどは自動的かつ意識下で行なわれるが，何らかの不具合により，制御がうまく実行されないとき，その身体状態は，漠とした体調などとして経験される．心理構成主義（研究事例4，182頁参照）の観点から言うならば，それは核心感情（コア・アフェクト）の基盤となる身体状態である（Barrett, 2017 & 2020; 大平, 2022）．

　本書第10章の高橋・竹内によれば，脳内の世界は，個人によって形態もモダリティもさまざまで，言語的には表象されない場合や視覚的に表象されない場合もあるという．ましてや身体内部（脳以外）はどうか．意識下で遂行される工程は，生命維持のために不可欠なものであり，大きく逸脱すれば忽ち生命を危険にさらすことになる．逆に言えば，生命維持のために許容された範囲内である限り，受けとった刺激はポジティブともネガティブとも判別しがたいものかもしれない．何となれば，体内はあまりにも複雑なサブシステムを抱えており，「単純」な刺激というもの自体が「抽象概念」に過ぎないからである（Buzsáki, 2006, 26[30]）．

3.2　夢から機知へ，そしてフモール

　『機知』は1905年に書かれながら，「機知」という語は，STMによっては後期に位置づけられた．「機知」という語の使用は，今回分析対象とした文書のうち，『機知』が92%を占め，次いで『精神分析入門　第三部』（1916）が2%を占める．3番目に多く使用されている文書でも「機知」の使用は全体の1%以下であり，STMの分類によっても，またk平均法の分類によっても，「中期」「第2期」に属すはずである．このことをどう考えたらよいだろうか．

　フロイトは機知を「滑稽なもの」と区別する．曰く，機知は作られるものだが，滑稽は見いだされるものであると．滑稽なものの多くは外部に，そして他者に見いだされるのに対し，機知が生み出す快は「自分自身の思考過程

に隠されている」(Freud,1905, 206[213])．そしてその快は，比較によって生み出される．

> いつしかわれわれは，他者と自我の比較を捨象し，感情移入からであれ，自我における諸過程からであれ，そのいずれか片方の側からのみ快をもたらす差分を引き出すようになっており，このことから優越感が滑稽の快と本質的な関係は持たないことが証明されている．(Freud, 1905, 232[224])

　比較は差分をもたらす．その差分が，快を生み出す．比較の対象は，他者ばかりとは限らない．現在の自分と未来の自分でもよい．異なる状態にある自分，たとえば激しく怒っている自分と冷静な自分でもよい．他者同士を比べるのでもよい．その比較により，怒っている他者や自分，無知でいる他者や自分，動揺している他者や自分が滑稽に思われれば，快が生じる．こうした対比もまた，量的に説明される．緊張したり注意を張り詰めたり，期待以外の印象を抑止するために支出される「期待消費（Erwartungsaufwand）」，「表象の擬態（Vorstellungsmimik）」のための消費，「抽象化の消費（Abstraktionsaufwand）」，などである（Freud, 1905, 225–226 [234–5]）．機知の効用を説明するために用いられるこれらの語彙からは，心的装置を物理法則に基づいて説明しようとする試みは依然として保持されていることが分かる．

　のちにフロイトは「フモール」(Der Humor, 1927)と題した短い論考を発表しており，そこで夢の形成と機知の効用を比較しつつ，その両者とも区別する形で，フモールの役割を論じている．それはまるで，『モーセ論』にとって『トーテムとタブー』が有する意味を，「フモール」に対して『夢解釈』と『機知』が有するかの如くである．夢も機知もフモールも明瞭な発話行為であり，現実世界の苦境にあって効力を発揮する．夢は，現実世界では叶わなかった願望を充足させるが，しかし解き明かされることを拒み，本人にさえ意味が分からないことがしばしばある．それに対し，機知とフモールは，その意味するところを強調し，理解されることによって快を生み出す．機知

もフモールも明瞭な発話行為であり，よしんば自分一人だけで享受される場合であってもきわめて社会的な行為であり，この点において夜眠りの中で見られる夢とははっきりと区別される．さらに，機知はただ単に快の獲得に役立つだけだが，フモールは苦悩の拒否であり，自我が現実に打ち負かされることはないことを強調し，それにより快原理を守り抜く態度を示している．

　比較による差分，ならびに快の源泉は自分自身の思考過程の中にあるという原理は，フモールの効用の分析にも導入される．その前提となるのが，自我の中核にはある特別な審級，すなわち超自我があるという自我の構造である．

> 自我は時にはこの超自我と溶け合っているため，その二つを区別できないこともあるが，状況が変わると，はっきりと区別できるようになる．超自我は発生論的には両親の審級の相続人であり，それは自我をしばしば厳格な依存状態に置き，かつて幼年期に両親――もしくは父親――が子供にしたような扱いを実際に今でも自我に対して行う．フモールの態度とは，フモール作家の人格が心的なアクセントをその自我に置くのを止めて，それを超自我に移したということだと仮定すれば，それを力動論的に説明したことになる．（Freud, 1927, 386–7[271]）

　状況の変化は自我の構造に変化をもたらす．心的装置を構成する一つの審級から別の審級へと心的なアクセントが移り，それまで未分化であった自我が差異化され，それにより自我は，自我から分離した超自我の視点から己を観察することが可能となる．留意すべきは，超自我は，厳格な父の役割ばかりではなく，優しく元気づけるという両親の態度をとりうるということである．その態度を引き受けたのがフモールであり，フモールと機知との違いもそこにある．

　超自我に対するこうした見解は，なぜSTMでは後期のトピックに「機知」が入ったのかを納得させてくれる．しかしながら，『機知』には「超自我」という語は登場しない．この語が初めて用いられるのは「自我とエス」（Das

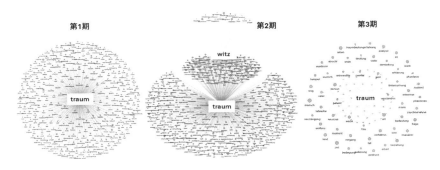

図10　traum, witzを中心とする共起ネットワーク図（頻度による）

Ich und das Es, 1923）であり，「機知」という語もまた第3期には登場しない．この点について考えるために，第1期，第2期，第3期それぞれにおいて，「夢」と「機知」を中心としたネットワーク図を描出した（図10）．集計方法は図9と同様であり，文書を時期ごとにまとめ，原形集計した一般名詞のうち，それぞれの文書すべてにおいて15回以上共起するペアを抽出した．分析に用いたのは共起の頻度データである．

　図10からは，第1期にも第3期にも，「機知」と共起する語の出現頻度は極めて低く，「機知」を中心とするネットワークを描出するに至らなかったことが分かる．その第1期と第3期で，「夢」を中心とするネットワークを比較するならば，第3期では「夢」と共起する語が格段に減少していることが分かる．第2期では，「夢」と「機知」を中心とするネットワークが描かれたが，一方で，「機知」とのみ共起する語も確認された．フロイトが「夢」をめぐって語ろうとしたことは，第2期で頂点に達し，同時に「機知」や，おそらくは他の語とも共有され，必ずしも「夢」についてではない形で語ることが可能になったのかもしれない．図10は，第1期においてフロイトが「夢」をめぐって語ろうとした情熱をそのまま示しているように見える．その情熱は，語の豊富さとして示されつつ，しかしそれを語るための語が徐々に他の用語（「機知」や「超自我」）と共有され，それらの語に遷移し，やがて「夢」を主題としなくとも，語ることができるようになっていった，と考え

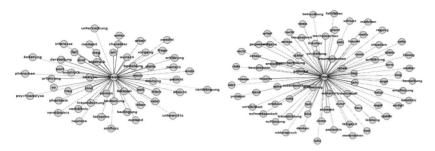

A 第3期にもtraumと共起した語（共起数：53）　　B 第3期にはtraumと共起しなかった語（共起数：78）

図11　第1期にtraumと共起した語のゆくえ

ることもできそうである．それを確認するために，「夢」と共起した語を，第1期と第3期とで比較したのが図11である．

　図11は，図10の第1期で「夢」を含む共起のうち，Aは，第3期でも出現した共起（共起数は53），Bは第3期では出現しなかった共起（共起数は78）を用いたネットワーク図である．つまりAは，図10の第1期と第3期のネットワーク図の共通集合であり，Bは第1期のネットワーク図から第3期のネットワーク図を差し引いたものである．Aの上位語には，「分析（analyse）」，「願望」，「関係（beziehung）」，「解釈」，「意味（bedeutung）」「意味（sinn）」「個所／位置（stelle）」といった特徴語が並ぶ．それに対しBの上位語には，「記憶」，「考え（gedanke）」，「表象（vorstellung）」「願望充足（wunscherfüllung）」，「夢の仕事（traumarbeit）」「検閲（zensur）」といった特徴語が並ぶ．Aは，フロイトが「夢」を論じる際に一貫して抱き続けた想念を表わし，Bは，初期のフロイトが「夢」に託して語ったことが，後年には別の主題に託して語るようになっていった想念を表わしているといえるかもしれない．たとえば「夢の仕事」に代わるものとしてすでに第2期には「機知の仕事」があり，また，Bのうち，第2期では「夢」と「機知」の双方と共起している語も多くある．このようなことからも，各時期の特徴語と共起する語を比較することにより，遠心分離機にかけるように，フロイトが各語に託す特性が振り分けられてもくるのである．

4　おわりに

　これまでフロイトが書いたテキストを網羅的に分析することを通して，時代を画し，一時代を代表した一人の思索家の思考の歩みを辿ってきた．それにしても，こうしたテキスト分析は一体何なのだろうか？　どの言葉がどんな言葉とともに使われ，それが次第に変わっていくことを「量的に」確認することは，テキストを読むという行為に，どんな変化をもたらしうるだろうか．「夢の仕事」と「機知の仕事」の違いは，フロイト自身が明示的に語っており，フロイトのテキストを丹念に読めば自ずと分かる．それを，こうしたデータ分析によって改めて分析することは，単に確認するという以上の意義をもたらすだろうか．この問いに対しては，研究事例4で紹介したフロイトの言葉をもう一度再録しよう，すなわち，「仮説が「証明された」と見なされるのは，別の道を通ってもその説にたどりつくことができ，その説が他の諸連関も重なり合う結節点になっていると示すことができてこそである」（フロイト，1905，202-3 [210]）と．これを別の形で問うならば，結局のところ私たちがテキストを読み，言葉を通して何かを〈理解する〉ということは，こうした言葉の分析を積み重ね推論を積み重ねることなのではないだろうか．それはまた，コラム2で述べられているように，機械がテキストを〈読む〉とはどういうことかという問いにも重なる．〈読む〉という行為を担保するのが，テキストを〈理解する〉ということであるならば，その理解は，自ら語ることができるということによって担保されるのではないだろうか．このように考えるならば，フロイトの思索が，精神病理の観察に基づいて患者たちが形成する症候の分析に始まり，現実逃避（刺激逃避）の一環として夜一人で見る夢の分析を経て，機知の分析に展開していったことは，改めて示唆的である．症候は言語的表象でさえなく，夢は，理解されることを拒んだ．しかし機知は言葉を操り他人に向けて発信し，たとえ対象が自分自身であったとしても，そして自分が陥っている苦境を少しも改善しないのだとしても，笑いをもたらしさえするのだから．

本章は，フロイトのテキストを何段階かに分けて分析してきた．文書量の追加により分析結果がどう変わり，それらの比較から何が見えてくるかも考察してきた．これを示したのは，一つには，人文学でデータ分析が進まない理由の一つに，データクリーニングに時間がかかりすぎることが言われ続けてきたからである．もちろん，量的分析には，汎用的な結果を得るためデータ量が多い方が望ましい．しかし，どれだけのデータ量を集めたら，分析にとりかかってもよいのかという問題に対して明確な答えはない．また，必要とされるデータの量は，使用するデータの代表性にも影響される．どんな場合にもデータは，分析してみなければ分からない．データ量が十分でなくても，ある段階でデータ分析をしてみることにより，データクリーニングをどう進めたらよいか，どのデータを優先して追加すべきかが分かってくる．データ量が変われば，追加したデータに応じてデータ分析をやり直す，それを繰り返すうちに，いろいろ分析法を試したくなる．あれこれと試した挙げ句に，「使えない」結果も多く得られる．今回紹介した分析法は，数知れない試行錯誤の一部にすぎない．そうはいっても，これらの試行錯誤が無駄だったわけでは決してなく，それらは最終的に選んだ分析法に対する信頼感を与えてくれる．データ量が増えたことによって，トピックの動きはほとんど変わらなくても，得られた結果の正確性は信頼区間によって示すことができる．このような「再現性」は学術研究にとって極めて重要である．しかし，そもそも文献を読むということ自体がそうではなかっただろうか．ある文献を読んでも期待した程ではなかった，という経験を何度も繰り返すことで，感やセンスが養われていくこともあるだろう．そしてまさにそうした「感」や「センス」こそ，決して定量化できないものなのだ．「量を質に変える」装置を終生考え続けたフロイトの情熱はそんなところにあったかもしれない．

註

〔1〕〔2〕　名古屋大学大学院人文学研究科附属人文知共創センター

〔3〕　1950年,『ジークムント・フロイト,精神分析の起源——1887年から1902年までのフリース宛書簡,論文および覚え書き』が出版された.これにより,フロイトがフリースに宛てて書いた書簡に含まれていた草稿「草案」の存在が知られることとなった.さらに未公開分を加えて英訳され,『フロイト,フリースへの手紙1887–1904』と題されて出版されたのが1985年である.

〔4〕　ドイツ語では名詞には四つの格があり,原形集計をしないと,同じ語であっても変化形に応じて別個に集計される.文体を分析する場合には原形集計をしない場合が多いが,語彙を分析するためには,変化形を原形に戻して集計する方法が適している.

〔5〕　対象とした文献は,中村（2022）のSTMと同様であるが,今回新たにデータクリーニングをした上で,STMをした.データが少ないため,信頼区間をつけていない.

〔6〕　「ヒステリー研究」はブロイアーとの共著であるが,フロイトの執筆部分のみを対象とした.

〔7〕　『日常生活の精神病理学』は1901年に雑誌に掲載され,1904年に本として出版された.

〔8〕　今回文献を追加するにあたり,中村（2022）やNakamura（2023）で用いた文献を,統一した方針の下にデータクリーニングを行なった.そのため,集計結果に若干の相違が生まれた.なお,中村（2022）,Nakamura（2023）と同様,今回も,分析対象としたのは本文のみであり,注は対象外とした.

〔9〕　『精神分析入門』は,三部構成となっており,長篇であるため,第1部と第2部（1916年）と第3部（1917年）とで分けた（表3参照）.

〔10〕　岩波全集における「草案」の編注による.

参考文献

Barrett, L.F. (2017). *How emotions are made: The secret life of the brain*. New York: Houghton Mifflin Harcourt.（『情動はこうしてつくられる——脳の隠れた働きと構成主義的情動理論』高橋洋訳,紀伊國屋書店,2019年）

Benjamin, W. (1921). Kapitalismus als Religion. *Gesammelte Schriften*, Bd. VI, Suhrkamp Verlag 1985, p. 100–108.（「宗教としての資本主義」,内村博信訳,浅井健二郎編訳『ベンヤミン・コレクション7　〈私〉記から超〈私〉記へ』ちくま学芸文庫2014年,526–532頁）

Buzsáki, G. (2006). *Rhythms of the Brain*. New York: Oxford University Press.（『脳のリズ

ム』渡部喬光監訳，高垣暁美訳，みすず書房，2019年）

Carhart-Harris, R.& Friston, K. (2010). The default-mode, egofunctions and free-energy: a neurobiological account of Freudian ideas. *Brain*, 133, p. 1265–83.

Freud, S. (1891). *Zur Auffassung der Aphasien, Eine Kritische Studie*, Herausgegeben von Paul Vogel, bearbeitet von Ingeborg Meyer-Palmedo, Einleitung von Wolfgang Leuschner, Frankfurt am Main 1992.（『失語症の理解にむけて』中村靖子訳，兼本浩祐・中村靖子編『フロイト全集第一巻　1886–94年　失語症』　岩波書店，2009年）

Freud, S. (1895). Entwurf einer Psychologie. In: *Gesammelte Werke, Nachtragsband, Texte aus den Jahren 1885–1938*, Frankfurt am Main (Fischer Taschenbuch Verlang) 1999, S.375–486.（「心理学草案」総田純次訳，『フロイト全集』第3巻，2010年，1–105頁）

Freud, S. (1905). *Der Witz und seine Beziehung zum Unbewußten. Gesammelte Werke*, Bd. 6, Frankfurt am Main（Fischer Taschenbuch Verlang）1999.（『機知』中岡成文，太寿堂真，多賀健太郎訳，『フロイト全集』第8巻，岩波書店，2008年）

Freud, S. (1927). Der Humor. In: Gesammelte Werke, Bd. 14, Frankfurt am Main (Fischer Taschenbuch Verlang) 1999, p. 381–389.（「フモール」石田雄一訳，『フロイト全集』第19巻，岩波書店，2008年267–274頁）

金明哲（2018）．『テキストアナリティクス』共立出版株式会社.

Leuschner, W. *Einleitung*. In: Freud: *Zur Auffassung der Aphasien*, Frankfurt am Main 1992, S.7–31.

中村靖子（2011）『フロイトという症例』松籟社．

中村靖子（2022）．記憶が出現するとき――フロイト「心理学草案」の今日――．中村靖子（編集）『予測と創発――理知と感情の人文学』春風社，19–79頁.

Nakamura, Y. (2023). Delay and lag in Freud's thought: from project for a scientific psychology to moses and monotheism". *Psychologia*, 65 (2), 2023, p. 311–334.

大平英樹（2022）「予測により創発される心性」，『予測と創発――理知と感情の人文学』中村靖子（編集），春風社，389–441頁.

Solms, M. (2021). *The Hidden Spring. A Journey to the Source of Consciousness*. W.W. Norton.（『意識はどこから生まれてくるのか』岸本寛史／佐渡忠洋訳（2021）青土社）

Stengel, E. (1993). *Introduction*. In: Freud: *On Aphasia*. 1953, S. ix–xv.

第6章
私たちの心が癒されるプロセスの可視化
―― VRセルフカウンセリング研究におけるテキストマイニングの応用可能性

山下裕子[1][2]　山本哲也[3]

　人々が抱える悩みやストレス，それらによって引き起こされる症状は多種多様であり，こうした心の問題に対する万能な治療法は現時点で存在しない．そのため，臨床心理学領域の研究においては，心の問題を改善するためのさまざまな心理療法の効果の検証が行なわれてきた．

　近年においては，テクノロジーを活用したメンタルヘルスケアが注目されている（山本他，2024）．特に，バーチャルリアリティ（Virtual Reality: VR）技術を活用したセラピー（VRセラピー）は大きな発展を遂げており，メンタルヘルスへの有効性に関する研究知見が蓄積されている（山本・山下，2023）．VRとは，コンピュータによって作り出された人工環境を現実のように知覚させる技術であり（大城，2016），「仮想現実」とも呼ばれている．このVR技術を活用することで，後述のような従来の治療法における限界点を克服可能であると考えられる利点から，VRセラピーへの期待が高まっている．

　本章では，このVRセラピーのうち，今後の発展が期待されるアプローチの一つであるVRセルフカウンセリング（Yamashita & Yamamoto, 2024）に焦点を当てる．そして，体験者の語りや言葉に対してテキストマイニングを行なうことで，VRセルフカウンセリングによる介入によって心が癒されるプロ

セスを可視化していく．

1　VRセルフカウンセリング

1.1　VRを活用したメンタルヘルスケア

　VRセラピーに関する研究は，1990年代から行なわれており，当初は特定の恐怖症，パニック障害，心的外傷後ストレス障害などの精神疾患の治療に使用されてきた（Li Pira et al., 2023）．特に，VRエクスポージャー療法（VR空間で不安を喚起する刺激に曝露することで不安症状を和らげる治療法）の有効性は，これまで多くの研究において実証されており，メタ分析の結果，従来の治療法と同等の効果を有することが報告されている（Powers & Emmelkamp, 2008）．現在では，うつ病，摂食障害，統合失調症，物質関連障害，発達障害，認知症など，幅広い疾患に対するVRセラピーの研究知見が蓄積されてきている（Bell et al., 2024; Freeman et al., 2017; Li Pira et al., 2023; Wiebe et al., 2022）．

　VRをメンタルヘルスケアに活用することの利点として，従来の治療法における限界点を克服することが可能である点が挙げられる（Yamashita & Yamamoto, 2024）．たとえば，従来の治療法においては，スティグマ（精神疾患を患う人に対する偏見），経済的・時間的負担，交通手段の問題といった障壁によって，心の問題に悩む人々が治療につながりにくいことが指摘されていた（Andrade et al., 2014; Gulliver et al., 2010; Mohr et al., 2006; Schnyder et al., 2017）．実際，日本においても，WHO統合国際診断面接（精神疾患の診断のための情報を包括的に収集できる精神保健疫学調査用の構造化面接）において精神疾患の診断基準を満たした人のうちの65％以上が，精神科医や心理士などによって提供されるメンタルヘルスサービスを利用していないことが明らかとなっており（Nishi et al., 2019），必要な支援を受けられずにメンタルヘルス不調に陥る人々が多く存在している．しかし，VR技術の活用によって，時間や場所，周囲の目を気にせずに，専門家が立ち会わずとも個人で治療を行なうことが可能となる．さらに，近年ではVR機器を比較的安価に利用できるようになったため，コスト面の懸念も緩和されつつある．このように，これまで治

療につながりにくかった人々においても利用しやすい点が，VRセラピーの大きな利点である．その他にも，没入的・インタラクティブで豊かな仮想環境を実現できる点や現実世界では実現不可能な状況を体験できる点（Wiebe et al., 2022），一人一人の問題に合わせた仮想環境を構築することができ，適切な効果が得られるまで繰り返し体験できる点（Freeman et al., 2017）など，VRの活用にはさまざまな利点が挙げられる．

以上のように，VRセラピーは大きな可能性を秘めており，メンタルヘルス領域に革命を起こす可能性についても指摘されている（Freeman et al., 2017）．次項では，このVRセラピーのうち，近年エビデンスが蓄積されつつあるVRセルフカウンセリングの効果について紹介していく．

1.2　VRセルフカウンセリング研究について

VRセルフカウンセリングとは，体験者が，VR空間で自分自身のアバター（仮想の身体）と相談相手のアバターの身体とを入れ替わりながら，自らの悩みについて話し合う方法である（山本・山下，2023; 図1）．VRセルフカウンセリングはOsimo et al. (2015)の研究に端を発し，複数の研究において知見が蓄積されつつある．

最初の研究であるOsimo et al. (2015)では，VRセルフカウンセリングにおける相談相手のアバターとして，自分自身（参加者自身）に似た外見のアバターを用いる条件と心理学者のジークムント・フロイトに似た外見のアバターを用いる条件の間で介入効果の比較が行なわれた．その結果，自分自身よりも，フロイトを相談相手のアバターとした条件の方が，介入後に参加者の気分状態が改善し，幸福感が増大したことが報告されている．その後のSlater et al. (2019)では，VRセルフカウンセリングにおける二つのアバターの身体（視点）を入れ替わるプロセスが，参加者の悩みの改善や思考・感情の変化に寄与することが明らかになった．また，VRセルフカウンセリングにおける自己対話技術を，悩みへの対処以外に活用した研究もある．たとえば，van Gelder et al. (2022)は有罪判決を受けた参加者が，VRで未来の自分の外見をしたアバターと対話を行なうことで，飲酒や浪費といった自己破

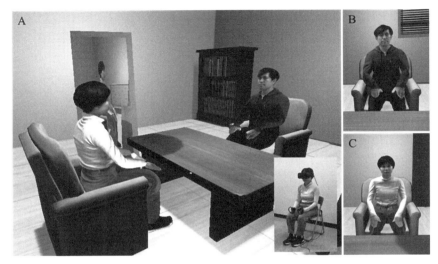

図1 VRセルフカウンセリング（山本・山下（2023）の図を引用）AはVRセルフカウンセリングを行なうVR空間の俯瞰図と，実際にVRセルフカウンセリングを体験している体験者の様子である．Bは体験者が自分自身のアバターの身体を体験している時の視点であり，Cは体験者が相談相手（ここでは親密他者）のアバターの身体を体験している時の視点である．体験者は，これら二つの視点を交替しながらVR内でセルフカウンセリングを行なう．

壊的行動の減少が生じることを示している．さらに，Anastasiadou et al.（2023）は，健康的な生活を望む参加者が，動機づけ面接（特定の目標に向けた個人の動機づけを引き出し，行動の変化を促すためのコミュニケーション方法）のトレーニングを受けた後にVRでの自己対話を行なうことで，より健康的な生活習慣に対する変化への動機づけを高めることができたと示唆している．

　VRセルフカウンセリングは比較的新しい研究領域ではあるものの，上記のように徐々に研究知見が蓄積されており，その有効性や応用可能性は確かなものになりつつある．次節では，筆者らが行なったVRセルフカウンセリング研究について紹介する．

2　親密他者とのVRセルフカウンセリング

2.1　親密他者とのVRセルフカウンセリングの有効性

　VRでは，多感覚の刺激の統合および一人称視点でアバターを見ることによって，アバターの身体をまるで自分の身体のように感じる身体所有感の錯覚が引き起こされる．そして，これまで多くの研究が，VRで体験するアバターの違いによって，人々に異なる効果が生じることを実証している（Slater & Sanchez-Vives, 2014）．たとえば，明るい肌の参加者がVRで黒い肌を持つアバターを体験することで，潜在的な人種差別の意識が軽減することが示されている（Peck et al., 2013）．また，他の研究では，子どものアバターを体験することで物体のサイズを大きく知覚しやすくなることが報告されている（Banakou et al., 2013）．さらに，物理学者のアルバート・アインシュタインのアバターを体験することで，認知課題の成績が向上することを示した研究もある（Banakou et al., 2018）．このように，VR内で体験するアバターの外見やタイプが，人々の認知や行動に大きな影響を与えることが明らかにされている（Slater & Sanchez-Vives, 2014）．

　そして，VRセルフカウンセリングにおいても，上述のOsimo et al.（2015）の研究にあるように，相談相手のアバターが持つ特徴（外見やタイプ）の違いによって異なる効果が示されている．一方で，VR内での悩みの相談における相談相手のアバターに関して，先行研究で検証されているのは，自分自身およびフロイトの外見をしたアバターによる効果のみであり，その他の人物を相談相手のアバターとした場合の効果は不明確であった．すでに述べた通り，VRは他者の身体や視点を体験することを可能とするため，この特徴を考慮すると，家族や友人，恋人など，自分のことを大切に思ってくれている人物（以下，親密他者）を相談相手としてVRセルフカウンセリングを行なうことも効果的であると推測された．これと一致して，認知行動療法（エビデンスが集積している心理療法の一つ）では，患者が自身の不適応的な思考を検討する際に，家族や友人などの視点を用いることが推奨されている

（Greenberger & Padesky, 2015）．また，その他にも，心の問題を癒すアプローチとして，思いやりのある人物を思い浮かべ，その人の視点から自分自身にあたたかい手紙を書く方法が行なわれている（Neff, 2011 石村他訳 2021）．これらのことから，参加者がVRで親密他者の視点を取得することで，客観的に悩みについて検討できることに加えて，あたたかい態度で自らの悩みの相談に乗ることができると推測され，メンタルヘルスへの効果が期待された．そこで，筆者らは，親密他者を相談相手のアバターとしたVRセルフカウンセリングの効果を検証した（Yamashita & Yamamoto, 2024）．

　実験では，大学生・大学院生の参加者60名を，親密他者とVRセルフカウンセリングを行なう群，フロイトとVRセルフカウンセリングを行なう群，VRセルフカウンセリングの介入を行なわずに10分間の安静期間を過ごす統制群に分類し，介入効果の比較を行なった．なお，実験の参加条件は，しばらく持続すると感じている悩みを有していること，そしてその悩みの苦痛度（0：安心，平穏～10：耐えられない）が2以上であることとした．参加者には，初回セッション，介入セッション，フォローアップセッションの計3回（各セッションの間隔は1週間）実験室に来室してもらい，ベースライン時（研究開始時），介入前・介入後，フォローアップ時の計4時点で効果指標を測定した．なお，フロイトとVRセルフカウンセリングを行なう参加者に対しては，介入前にフロイトが精神分析の創始者であることなどを伝えた上で，「フロイトが心の問題の専門家であること」を参加者が認識できるように強調して説明を行なった．また，VRセルフカウンセリングを行なう2群の参加者に対しては，介入前に，相談相手のアバターに入った時にはその人物の視点を意識しながら応答するように教示した．主な効果指標として，参加者が抱える悩みの苦痛度について，11件法（0：安心，平穏～10：耐えられない）で評定を求めた．また，Generalized Anxiety Disorder-7（GAD-7; 村松，2014; Spitzer et al., 2006）を用いて不安症状を測定した他，Slater et al.（2019）で使用された尺度をもとに，介入や安静期間による悩みの変化について尋ねた．さらに，自由記述形式で，介入によって生じた悩みの変化の内容や，悩みの変化が生じた理由，介入方法の感想について回答を求めた．

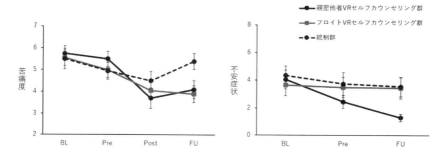

図2 VRセルフカウンセリングの効果（山本・山下（2023）の図を引用）各測定時点における悩みの苦痛度および不安症状（GAD-7得点）の変化を表わしている．

　その結果，親密他者およびフロイトとのVRセルフカウンセリングは，ともに悩みの苦痛度の軽減に効果的であった（図2）．注目すべき結果として，親密他者とのVRセルフカウンセリングは，不安症状の改善に最も効果的であることが示された（図2）．さらに，親密他者とVRセルフカウンセリングを行なった群のみ，参加者20名全員が介入後に悩み事の改善を報告した．悩みの変化が生じた理由として，同群の参加者は，「相談相手の視点を意識することで，自分で自分を安心させるような対話になったから」「自分以外の人からも『それでいいよ』と後押ししてもらえた感覚があったから」などと回答していた．したがって，上記のような親密他者とのVRセルフカウンセリングに特有の効果は，参加者が，自分のことを大切に思ってくれている人物の視点から自分を受容・肯定し，あたたかい態度で自らの相談者となることによって生じたと考察した．

2.2　VRセルフカウンセリング研究におけるテキストマイニングの活用

　前項では，親密他者とのVRセルフカウンセリング研究における量的データの分析結果について示した．本項では，親密他者とのVRセルフカウンセリングの効果に関する考察をさらに深めるために，介入を体験した参加者か

ら得られた質的データ（VRセルフカウンセリング中の自己対話内容のデータや自由記述式の回答データ）に対し，テキストマイニングの手法を活用した筆者らの研究について紹介していく．

　テキストマイニングについての説明は本書第1章を参照されたい（21頁）．この手法を用いて，VRセルフカウンセリングを体験した参加者から得られたテキストデータを分析することによって，介入を通して心が癒されるプロセスを具体的に検討することが可能になる．

　たとえば，山下・山本（2024a）では，VRセルフカウンセリングによる効果を最大化するための検討を行なっている．この研究では，Yamashita & Yamamoto（2024）における親密他者とVRセルフカウンセリングを行なった参加者から得られた自己対話内容のデータを用いて，不安症状の改善に効果的な介入手続きや対話方法を考察した．具体的な方法として，20名の参加者を，介入後に不安症状が改善した群（以下，不安症状改善群：11名）と不変であった群（以下，不安症状不変群：9名）に分類した．そして，自己対話内容の特徴を視覚化するために，親密他者（相談される側）のアバターでの発言，および自分自身（相談する側）のアバターでの発言の逐語録に対し，群ごとにワードクラウド（テキストデータ中の単語を，出現頻度に合わせて文字の大きさを変えて視覚化する方法）と共起ネットワーク（テキストデータ中の単語のつながりをネットワーク図として視覚化する方法）による分析を行なった．なお，共起ネットワットワークでは，共起関係の強さを表わす指標としてJaccard係数を使用した．

　その結果，不安症状不変群では，親密他者と自分自身のいずれのアバターの発言においても，悩みの内容に関連した単語が多く見られた（図3〜図6）．一方で，不安症状改善群では，親密他者のアバターでの発言において，返答に悩む「うーん」という単語や，「なるほど」と理解を示す単語を多く発していたことが示された（図3）．このことから，不安症状改善群の方が，悩みを話してくれた相手にどのような言葉をかけるべきか悩んでいたことや，相手の気持ちに理解を示そうとしていたことがうかがえ，より親身な態度で相談に乗っていたと考察した．また，不安症状改善群では，悩みを話してくれ

図3　親密他者のアバターでの発言内容のワードクラウド（山下・山本（2024a）の図を引用）

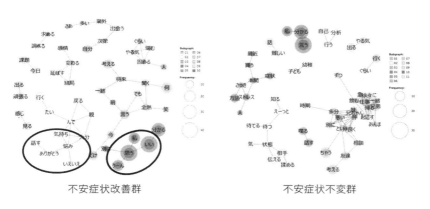

図4　親密他者のアバターでの発言内容の共起ネットワーク（山下・山本（2024a）の図を一部改変）

たことへの感謝である「ありがとう」や相談に乗ったことへのお礼に対する返事である「いえいえ」など，相談してくれた相手に対して感謝や気遣いを伝える単語が多く見られた（図3，図4）．加えて，ワードクラウドの結果から，両群とも「いい」という単語が多く見られていたが（図3），共起ネットワークを確認すると，不安症状改善群では「いい」と「思う」の間につながりが見られ（図4），実際の対話においては，「いいと思う」などの相手の発言を

第6章　私たちの心が癒されるプロセスの可視化　　239

肯定するような応答が多くなされていた．一方，不安症状不変群は「〜の方が『いい』」などのさまざまな文脈で「いい」という単語が使用されることが多かったため，共起ネットワークに「いい」という単語が出現しなかったと考えられる．これらのことから，不安症状改善群の参加者は，より受容・肯定的なあたたかい態度で自らの悩みの相談に乗ることができていたことが示唆された．

また，自分自身のアバターでの発言において，不安症状改善群では，「〜たい」という単語が多く見られたことに加えて（図5），「自分」「たい」「思う」の単語間のつながりが示された（図6）．そのため，不安症状改善群では，上述のように親密他者のアバターからあたたかい態度で自らの悩みの相談に乗ることができていたために，悩みを話す自分自身のアバターの視点から，自分の意思や希望，考えを多く話し，整理することができたと考察した．

このように，不安症状改善群と不安症状不変群の間では，親密他者および自分自身のアバターの双方において，自己対話内容の特徴が異なることが示された．これらの結果から，介入前に参加者に対して，傾聴のトレーニングやコンパッション（思いやり）に関する心理教育を行なうなどの手続きを加えること，相談相手の視点ではあたたかい態度で相談に乗ることを意識してもらい自己対話を行なうように教示することなどが有用であると考えられた．このように手続きを工夫することによって，参加者がさらにあたたかい態度で自分自身の相談に乗れるようになり，不安症状の改善効果を増強できる可能性が示された．

以上のように，テキストマイニングの活用により，VRセルフカウンセリングによる介入効果を最大化するための介入手続きや自己対話の方法について考察することができる．また，今回の研究では不安症状の改善に焦点を当てたが，同様にテキストマイニングを用いることで，うつ症状の改善やウェルビーイングの向上など，その他の変数における効果的な手続きの検討も可能である．こうした知見を蓄積することで，体験者一人一人の精神状態に最適化した形で介入を行なえるようになり，メンタルヘルスの向上に寄与することが期待される．

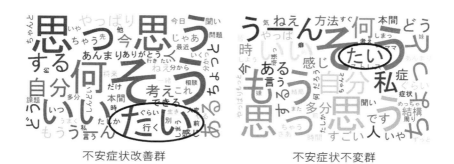

図5　自分自身のアバターでの発言内容のワードクラウド（山下・山本（2024a）の図を一部改変）

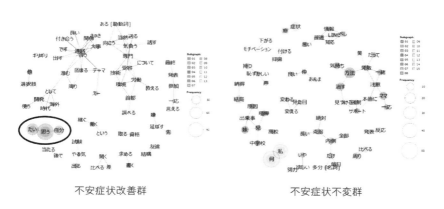

図6　自分自身のアバターでの発言内容の共起ネットワーク（山下・山本（2024a）の図を一部改変）

　また，山下・山本（2024b）では，VRセルフカウンセリングにおける効果のメカニズムの検証，およびユーザビリティの評価にテキストマイニングを活用している．この研究では，Yamashita & Yamamoto（2024）における親密他者およびフロイトとのVRセルフカウンセリングを体験した参加者から得られたテキストデータが分析対象とされた．介入によって生じた悩みの変化の内容，悩みの変化が生じた理由，そして介入方法の感想について尋ねた

際の参加者の自由記述データに対し，群ごとにJaccard係数による共起ネットワーク分析を行なった．

その結果，親密他者とVRセルフカウンセリングを行なった群では，介入後に，悩みの原因・対処法を発見できた，悩みの対処法に対して自信を持てるようになった，悩みを解決できると思えるようになったなどの変化が生じており，1週間後のフォローアップ時点では，悩みの解決に向けた行動が生じたり，行動への動機づけが高まったりしていた（図7）．こうした悩みの変化が生じた理由として，同群では，相談相手（親密他者）の視点を取得して客観視できたこと，親密他者の視点を借りることで納得した対処法を得られたこと，悩みを理解できたことなどが挙げられていた（図8）．一方で，フロイトとVRセルフカウンセリングを行なった群では，介入後に問題や解決方法の具体化や自らの考え方への気づきなどが生じており，フォローアップ時点では悩みの解決のための行動を具体化できた，といった変化が生じていた（図9）．こうした変化が生じた理由としては，フロイト（心の問題の専門家）の視点に立てて客観視できたこと，自問自答ができたことなどが挙げられていた（図10）．また，介入方法の感想については，両群とも介入方法が面白かった，楽しかったといった肯定的な感想が得られた（図11，図12）．他方で，親密他者とVRセルフカウンセリングを行なった群においては，相談相手（親密他者）のアバターの声が自分の声で再生されることへの違和感が指摘された（図11）．また，フロイトとVRセルフカウンセリングを行なった群においては，フロイトの視点で相談に乗ることの難しさが指摘された（図12）．上記結果に関する参加者の実際の回答内容を表1に示す．

これらの結果から，相談相手のアバターの属性や体験者との関係性の違いによって，VRセルフカウンセリングの介入後に生じる悩みの変化の内容や，悩みの変化が生じる要因が異なることが示された．こうした効果の違いから，体験者が介入に求める効果や目的に合わせて相談相手のアバターを使い分けることで，VRセルフカウンセリングをさらに効果的に活用できることが示唆された．

また，介入方法における限界点や改善すべき点も明らかとなった．相談相

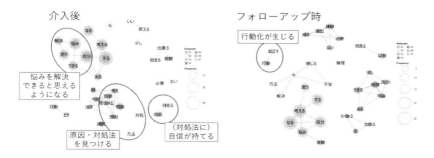

図7 親密他者とのVRセルフカウンセリングによって生じた悩みの変化の内容に関する共起ネットワーク
（山下・山本（2024b）の図を一部改変）

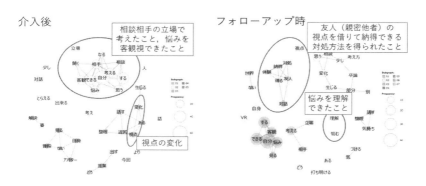

図8 親密他者とのVRセルフカウンセリングによって悩みの変化が生じた理由に関する共起ネットワーク
（山下・山本（2024b）の図を一部改変）

手のアバターの声の再生方法については，ボイスチェンジャー等の技術を活用して，相談相手で発した声を調整し，自分とは異なる声で再生できるように工夫することなどが有用と考えられる．フロイトの視点取得の困難さが生じたことは，普段会話を交わしている親密他者とは異なり，セルフカウンセリングの中でフロイトがどのような応答を行なうか想像しにくかったためと考察した．また，この視点取得の難しさが，同群の悩みの変化が生じた理由

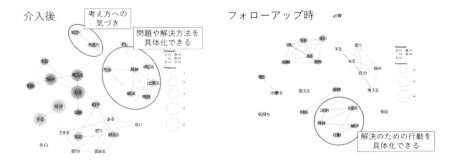

図9 フロイトとのVRセルフカウンセリングによって生じた悩みの変化の内容に関する共起ネットワーク
(山下・山本（2024b）の図を一部改変)

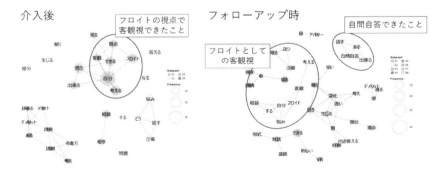

図10 フロイトとのVRセルフカウンセリングによって悩みの変化が生じた理由に関する共起ネットワーク
(山下・山本（2024b）の図を一部改変)

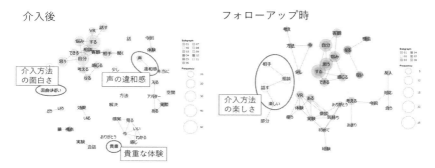

図11 親密他者とのVRセルフカウンセリングの介入方法の感想に関する共起ネットワーク
（山下・山本（2024b）の図を一部改変）

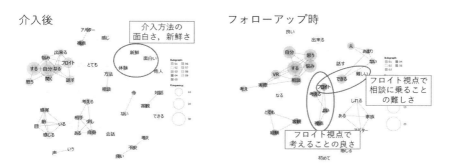

図12 フロイトとのVRセルフカウンセリングの介入方法の感想に関する共起ネットワーク
（山下・山本（2024b）の図を一部改変）

表1 各項目に対する参加者の実際の回答（山下・山本（2024b）の表を一部改変）

		親密他者群	フロイト群
悩みの変化の内容	【介入後】	・悩みの原因を見つけた ・悩みの対処法のアイデアがまとまり、そのアイデアにある程度自信を持てるようになった	・具体的に何が根本的な問題なのかを感じることができた ・具体的な解決方法を考えることができた
	【フォローアップ時】	・悩みが解決に向かうために行動を起こすようになった ・悩みの改善に向けて、自分が行動を起こそうと思うきっかけになった	・問題解決のために具体的な目標と行動を自分で考えて実行できるようになった
悩みの変化が生じた理由	【介入後】	・相手の立場に立って自分の悩みを捉えるので客観的に自分の悩みを見つめ直すことができた	・フロイトの視点（客観的な視点）から自分に問いかけることができたから
	【フォローアップ時】	・自分で納得できる悩みへの対処法を得られたから。これは、安心して話せる友人の視点を借りて自己対話を行なったことによる変化だと思う	・対話形式による自問自答によって自身が考えていることを言語化できたから
介入方法の感想	【介入後】	・VR体験は面白かった ・相談相手の発言内容を聞く時に自分の声で再生されるので少し違和感を感じた	・とても新鮮な感じで面白かった
	【フォローアップ時】	・VRを使っていたこともあり、思っていたより気軽に相談できて楽しかった	・フロイトの気持ちで答えたのが良かったのかもしれない ・フロイトとして話を聞いたり話しかけたりするのは難しかった

における自問自答の感覚，つまり自分と自分が対話している感覚につながったとも推測される．

このように，テキストマイニングは，介入効果のメカニズムの理解に役立てることができ，そしてそこから介入方法をより効果的に適用するための工夫についても考察することを可能にする．さらに，介入方法の特長や限界点についても，体験者の生の声を大切にしながら発見できることが分かった．

3　おわりに

前節で紹介した筆者らの研究のように，テキストマイニングは，VRセルフカウンセリングの介入効果を最大化するための手続きの工夫の探索，効果メカニズムの検討，介入方法の特長や限界点の理解など，さまざまな目的で活用できる分析手法である．そして，このようにテキストマイニングを活用することで，介入によって私たちの心が癒されるプロセスを可視化すること

ができる．

　一方で，筆者らのテキストマイニングの研究では，いくつかの限界点が見られた．まず，山下・山本（2024a）の自己対話内容の分析において，不安症状改善群と不安症状不変群のそれぞれの発言内容の特徴が示されたが，こうした特徴は，各群のうちの少数の参加者において頻繁になされていた発言が反映された結果である可能性がある．その場合，結果の一般化には限界があるため，今後は分析対象者を増やした上で自己対話の内容を分析するなどして，より頑健で一般化可能な結果を示すことが望まれる．次に，山下・山本（2024b）において，悩みの変化が生じた理由として，親密他者またはフロイトの視点を取得できたことが挙げられたが，具体的に各視点の何が良かったかという点は明確でない．こうした不明確な点については，自由記述回答後に参加者へのインタビューを設けて具体化し，その際に得られたテキストデータを分析することで明らかになると考えられる．以上のような限界点や今後の課題が示されたものの，テキストマイニングを用いることで，心理尺度で得られる量的データのみからではとらえきれない参加者の生の声や実態を，さらに精密に理解することができた点は意義深い．

　本章で挙げたテキストマイニングの活用例はごく一部であり，アイデア次第で無限に応用することができる．たとえば，上述の筆者らの研究は各群の複数の参加者のデータをもとに効果的なVRセルフカウンセリングの実施方法について検討したが，これを個人に特化した形で応用することも可能である．具体的には，個人の毎回の自己対話のテキストデータおよび介入前後の効果指標のデータを収集し，テキストマイニングを行なうことで，その人に特化した効果的な言葉がけの方法や悩みとの向き合い方を見出せるだろう．また，個人が悩みを抱えた際に生じやすい不適応的な思考パターンの発見につながる可能性もあり，反対に気持ちが楽になるための適応的な思考パターンを発見することもできるかもしれない．その他，自己対話の内容における感情語に焦点を当ててテキストマイニングを行なうことで，感情状態のモニタリングや自己理解の促進に役立てることができると考えられる．また，感情語の出現数自体を介入の効果指標として用いることで，VRセルフカウン

セリングの効果を幅広く評価することもできるだろう．

　すでに述べた通り，VRセルフカウンセリングはメンタルヘルスへの有効性が期待されるアプローチといえる．今後，本章で紹介したテキストマイニングを活用した研究などのように，多角的な側面からの研究を蓄積していくことで，VRセルフカウンセリングが発展し，一人でも多くの人の心の癒しにつながることを願っている．

註
〔1〕　徳島大学大学院創成科学研究科
〔2〕　日本学術振興会特別研究員
〔3〕　徳島大学大学院社会産業理工学研究部

参考文献

Anastasiadou, D. et al. (2023). Virtual self-conversation using motivational interviewing techniques to promote healthy eating and physical activity: A usability study. *Frontiers in Psychiatry*, 14, 999656.

Andrade, L.H. et al. (2014). Barriers to mental health treatment: Results from the WHO World Mental Health surveys. *Psychological Medicine*, 44(6), p. 1303–1317.

Banakou, D., Groten, R., & Slater, M. (2013). Illusory ownership of a virtual child body causes overestimation of object sizes and implicit attitude changes. *Proceedings of the National Academy of Sciences of the United States of America*, 110(31), p. 12846–12851.

Banakou, D., Kishore, S., & Slater, M. (2018). Virtually being Einstein results in an improvement in cognitive task performance and a decrease in age bias. *Frontiers in Psychology*, 9, 917.

Bell, I.H. et al. (2024). Advances in the use of virtual reality to treat mental health conditions. *Nature Reviews Psychology*, p. 1–16.

Freeman, D. et al. (2017). Virtual reality in the assessment, understanding, and treatment of mental health disorders. *Psychological Medicine*, 47(14), p. 2393–2400.

Greenberger, D. & Padesky, C.A. (2015) *Mind over mood: Change how you feel by changing the way you think*. Guilford Publications.

Gulliver, A., Griffiths, K.M., & Christensen, H. (2010). Perceived barriers and facilitators to mental health help-seeking in young people: A systematic review. *BMC Psychiatry*, 10.

Li Pira, G., Aquilini, B., Davoli, A., Silvana, G., & Ruini, C. (2023). The use of virtual reality Interventions to promote positive mental health: Systematic literature review. *JMIR Mental Health*, 10(1).

Mohr, D.C. et al. (2006). Barriers to psychotherapy among depressed and nondepressed primary Care Patients. *Annals of Behavioral Medicine*, 32(3), p. 254–258.

村松久美子（2014）．Patient Health Questionnaire (PHQ-9, PHQ-15) 日本語版およびGeneralized Anxiety Disorder-7 日本語版 − up to date −．新潟青陵大学大学院臨床心理学研究，7，35–39頁．

Neff, K.D. (2011). *Self-compassion: The proven power of being kind to yourself*. William Morrow.（ネフ K. D. 石村 郁夫・樫村 正美・岸本 早苗（監訳）浅田 仁子（訳）（2021）．セルフ・コンパッション［新訳版］金剛出版）

Nishi, D., Ishikawa, H., & Kawakami, N. (2019). Prevalence of mental disorders and mental health service use in Japan. *Psychiatry and Clinical Neurosciences*, 73(8), p. 458–465.

大城幸雄（2016）．VR・AR・シミュレーション．日本コンピュータ外科学会誌，18（3），145–147頁．

Osimo, S.A., Pizarro, R., Spanlang, B., & Slater, M. (2015). Conversations between self and self as Sigmund Freud - A virtual body ownership paradigm for self counselling. *Scientific Reports*, 5(1), 13899.

Peck, T.C., Seinfeld, S., Aglioti, S.M., & Slater, M. (2013). Putting yourself in the skin of a black avatar reduces implicit racial bias. *Consciousness and Cognition*, 22(3), p. 779–787.

Powers, M.B., & Emmelkamp, P.M. (2008). Virtual reality exposure therapy for anxiety disorders: A meta-analysis. *Journal of Anxiety Disorders*, 22(3), p. 561–569.

Schnyder, N., Panczak, R., Groth, N., & Schultze-Lutter, F. (2017). Association between mental health-related stigma and active help-seeking: Systematic review and meta-analysis. *The British Journal of Psychiatry*, 210(4), p. 261–268.

Slater, M. et al. (2019). An experimental study of a virtual reality counselling paradigm using embodied self-dialogue. *Scientific Reports*, 9(1), 10903.

Slater, M., & Sanchez-Vives, M.V. (2014). Transcending the self in immersive virtual reality. *Computer*, 47(7), p. 24–30.

Spitzer, R. L., Kroenke, K., Williams, J. B., & Löwe, B. (2006). A brief measure for assessing generalized anxiety disorder: the GAD-7. *Archives of Internal Medicine,* 166(10), p. 1092–1097.

van Gelder, J.L., Cornet, L.J.M., Zwalua, N.P., Mertens, E.C. A., & van der Schalk, J.

(2022). Interaction with the future self in virtual reality reduces self-defeating behavior in a sample of convicted offenders. *Scientific Reports*, 12(1), 2254.

Wiebe, A. et al. (2022). Virtual reality in the diagnostic and therapy for mental disorders: A systematic review. *Clinical Psychology Review*, 98, 102213.

山本哲也・山下裕子（2023）．バーチャルリアリティの臨床応用：仮想現実とアバターを活用したメンタルヘルスケア．産業ストレス研究，30（2），207–213頁．

山本哲也・山下裕子・金井嘉宏（2024）．AIとVRが拓くメンタルヘルスケアの新時代．行動科学，62（2），59–65頁．

Yamashita, Y., & Yamamoto, T. (2024). Effect of virtual reality self-counseling with the intimate other avatar. *Scientific Reports*, 14(1), 15417.

山下裕子・山本哲也（2024a）．VRセルフカウンセリングにおける自己対話内容のテキスト分析——不安症状の改善に効果的な介入手続きの考察——．行動科学，62（2），81–88頁．

山下裕子・山本哲也（2024b）．VRセルフカウンセリングにおける介入効果のメカニズムおよびユーザビリティの検討．日本心理学会第88回大会発表論文集，1A-003.

第7章
ひとりひとりの宇宙
―― オンライン調査からみえてくる頭の中の世界の多様性と意志の所在

高橋英之[1][2]　竹内英梨香[2]

　宮崎駿監督の代表作の一つであるアニメ映画「魔女の宅急便」において，主人公の少女キキが魔女修行に旅立つ際，キキの母が巣立つ娘に贈った言葉が印象的である．

　　「そんなに形にこだわらないの．大切なのは心よ．そしていつも笑顔を忘れずにね．」

ここで言う，「形」というのは，外見や具体的な言葉，金銭や社会的ステータスといった，表面で容易に観測可能な目に見える（観測できる）モノやコトの状態を指す．キキの母はこのような「形」があるものの対極にある，目に見えない大切なものとして「心」を挙げている．
　「心」が大切というフレーズは，日常生活，たとえばJ-POPの歌詞ではしばしば聞かれる．一例として，amazarashiという日本のロックバンドの楽曲「古いSF映画」の中に下記のような歌詞がある．

　　人が人である理由が人の中にしかないのなら 明け渡してはいけない場

所それを心と呼ぶんでしょ

しかし面白いことに，これだけ重要なものとして広く扱われている言葉にもかかわらず，「心」とは具体的に何なのか，という点について，日常感覚においても，学術的にも統一見解はほぼ存在していない．多くの人たちが考える「心」というものはある個体の内部において，外部の状況を認知したり意識するプロセスのことであったり，状況に応じて個体内に生じるさまざまな感情や価値判断，意思決定などのプロセスのことだったりする．「心」というものが，自分自身がこの世に存在する上で中核となる現象であることは間違いないが，日常生活の中で，「心」とは何か，自分の「心（私）」とはどのようなものなのかを突き詰めて考える機会はほとんど無い．
　宮沢賢治は著書「春と修羅」の中で，

　わたくしといふ現象は
　仮定された有機交流電燈の
　ひとつの青い照明です
　　（あらゆる透明な幽霊の複合体）

と書いている．ここでいう「わたくしといふ現象」は，まさに「心」のような内的な現象を指すが，それ自身が揺らめく有機交流電燈のように儚く，曖昧なものであることをこの文章は詩的に表現している．それだけ自分自身の「心」というものは我々にとって曖昧で漠然としている現象なのである．

1　心理学における「心」

　「心」を扱う代表的な学問分野である心理学においてもその定義や扱い方は多種多様である．基本的に「心」というあいまいな概念を，直接測定したり，操作したりすることは難しい為，実験心理学的な方法論においては，直接観測可能な行動や生理指標の計測や操作によって研究が行なわれるケース

が大半であり,「心」という抽象的なものを直接扱った心理学研究は(少なくとも筆者らが知る限り)存在していない.

近代的な実験心理学においては,(それを自認しているかどうかは別として)方法論的行動主義の立場に立った研究実践が行なわれている.方法論的行動主義的アプローチでは,観測可能なデータのみを計測や解析の対象にする一方,それらの観測データの背後に仮説構成概念として「心」に相当する機能,たとえば「感情」や「ワーキングメモリー」などを想定した理論を構築していく.心理学研究における理論の多くは,方法論的行動主義のアプローチに立って構築され,発展してきたといえる.

方法論的行動主義的アプローチは,観測される行動データから高い自由度でさまざまな理論を構築することが可能である.一方,観測したデータから理論を構築する際,どうしても恣意的な解釈がのってしまいがちであり,構築された理論はあくまでも数多くの選択肢の中の一つの可能性に留まってしまう.また心理学は,認知心理学や社会心理学といったように,研究領域が多数に細分化されているが,同じような「心」に関する事象であっても,研究領域が少し変わるだけで,まったく異なる用語で定義されていたり,まったく違う理論体系が構築されていたり,ということが多く,なかなか統一的な視点で「心」とは何なのかを議論することができない.

このような方法論的行動主義の限界に対して,バラス・スキナー(Burrhus Skinner)が構築した徹底的行動主義的アプローチはよりラディカルに「心」を扱う.徹底的行動主義においては,そもそも方法論的行動主義で採用されてきた仮説構成概念を行動の説明に一切用いない.徹底的行動主義的アプローチにおいては,さまざまな観測可能な変数を操作することで,個体の行動がどのように変化するかのみに注目する.すなわち個体に対する環境からの刺激とそれに対する個体の行動の間にある因果関係を丁寧に記述,分析していくことで,高い精度での行動の予測と制御を行なうことを徹底的行動主義は目指している(図1).

行動の予測と制御に注目する徹底的行動主義の立場は,多くの心理学の研究がこれまで用いてきた仮説構成概念の意味や価値について一石を投じるも

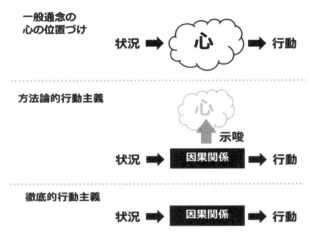

図1 一般通念と行動主義それぞれにおける心の位置づけ

のである．どのように趣味で抽象的な美しい概念をつくりだしても，それが個体の行動の予測や制御に使えないなら，そのような構成概念にどれだけ科学的な価値があるのかという疑問が湧いてくる．一方，徹底的行動主義的アプローチを突き詰め過ぎてしまうと，もともと我々が「心」という言葉に込めていたロマンが希釈されるように感じる人もいるかもしれない．個体の行動が，観測可能な外界の刺激によってすべて予測と制御できてしまうのであれば，我々の「心」の実体はどこにも存在せず，人間が外部から自由に行動の予測やコントロールできてしまうロボットのような存在として軽んじられている気がするかもしれない．たとえば，有名な行動主義心理学の祖であるジョン・B・ワトソン（John Broadus Watson）が，「一ダースの健康な子どもを自分に与え，環境を自由にコントロールすることを許してくれるなら，子どもを医師にでも，弁護士にでも，泥棒にでも育ててみせる」とかなり過激なことを述べたという逸話がある．このワトソンの発言は，行動主義の研究者がかなり極端な考え方をもっている例としてしばしば取り上げられるが，実際には人種などの生得的条件で人間の価値が決まってしまうという「優生学」の主張に対する皮肉が効いた反論という文脈で述べられたものであり，

ワトソン自身，この言説はかなり極端なものであるとは十分に認識していたようである．しかし（多分に誤解があるとはいえ）このワトソンの言葉が批判的に後世に紹介されることから分かるように，行動主義に対するナイーブな懐疑心というものは，自分自身の自由や意志が外部からコントロールされてしまうことに対する恐怖というものが根っこにあるように思う．

以上，方法論的行動主義のように抽象的な仮説構成概念をつくりだして議論することは，さまざまな魅力的な「心」についての仮説を提示してくれる一方，どこまでいってもフワフワした議論にとどまってしまう印象がある．一方抽象性を極限まで排した徹底的行動主義的アプローチは，「心」について曖昧性が無い厳密な議論ができる点が魅力であるが，「心」の奥深さや神秘性が軽んじて扱われているような印象を抱く人たちが一定数いる．では，人間の心の奥深さや多様性を実感できる，なおかつ仮説構成概念をこねくり回した抽象的な議論に留まらない心理学的アプローチというものはありえないであろうか．

2　頭の中の世界の多様性に迫る

筆者らは，このような問題意識から，一人一人の頭の中の世界の多様性に注目した．ここでいう頭の中の世界というものは，我々が日常的に行なっている能動的な思考，もしくは頭の中で生じているさまざまな受動的な内的現象のことを指す．たとえば，漫画などにおいて人々の思考を表現する雲のような吹き出しがしばしば使われる（図2）．このような吹き出しの表現は，実際に言葉が発せられた「外言」とは区別された「内言」として漫画の中では描かれる．漫画におけるこのような内言の吹き出しは頭の中の内的現象の表現の一種と言えるであろう．

多くの場合，漫画における内言は外言と同じように言語で表現される．しかし実際の人間の内言は，外言のような言語をベースとしたものだけではない．たとえば，言語だけではなく頭の中に映像のイメージを浮かべてものごとを考える人も多くいる．

図2　漫画における外言と内言の例

人気バンドのYOASOBIの人気曲「ハルカ」に下記のような歌詞がある．

思い出すのは 出会った日のこと 誰の元にも帰れないボクを 見つけ出してくれた 救い出してくれた 忘れることない君の笑顔

この歌詞にある「忘れることのない君の笑顔」というフレーズは，頭の中に大切な人の笑顔が映像イメージとして浮かんでいることを描いている．しかし，興味深いことに，すべての人が頭の中に映像イメージを浮かべられるわけではない．たとえば，今この文章を読んでいるあなたは，直接現物を見なくても頭の中に柴犬の視覚的イメージを浮かべることはできるであろうか？近年，アファンタジアと呼ばれる特性に注目が集まっている（髙橋・行場，2021）．アファンタジアの特性をもつ人たちは，頭の中に視覚的なイメージが一切存在しないと言われている．一方，無内言症と呼ばれる，頭の中に言語的な思考が存在しない特性をもった人々の存在も知られている（Nedergaard & Lupyan, 2024）．これらの特性の話は，我々の頭の中の世界は画一的なものではなく，そこに大きな多様性が存在していることを示唆している．

頭の中の世界の多様性については，かなり古くからさまざまな人々によって言及されている．たとえば，ノーベル物理学賞を受賞したリチャード・ファインマン（Richard Feynman）はその著書「困ります，ファインマンさん」の中で，人間の中には「言語」を用いて物事を考えるタイプと，「映像」を用いて物事を考えるタイプがいることに気づいたこと，さらに物理学者らしく，このようなタイプの違いを数字の数え上げ課題により実験的に実証しようとしたことについてユーモアを交えて紹介している．また関東大震災と同じ年である1923年に日本心理学雑誌の創刊号に掲載された今井恵先生の論文「思考作用と言語表象との關係」において，思考の形式（頭の中の世界）は多様であること，行動主義的なアプローチとは別に思考の働きについて考察を深めることの大切さなどが論じられている（今田，1923）．

　このように人々の頭の中の世界には，豊かな多様性が存在していることがさまざまな事例から示唆されている．しかし頭の中の世界は完全に個人に閉じた現象であり，直接それを観察することができないため，未知な点が多い．

　上記のような問題意識から，筆者らは頭の中の世界の多様性を調べるオンライン調査を実施した（竹内・高橋，2022）．オンライン調査を行なうにあたって，まず何かを考えるときにどのように頭の中で考えているのか，身近な人たちを対象にしたインタビューを行なった．その結果，頭の中で何か物事を考える際に，音声言語で思考している人，映像で思考している人，文字で思考している人，頭の中にフローチャートを浮かべて思考している人など，さまざまな形式があることが示唆された．また興味深い点として，たとえば同じ音声言語であっても，自分自身の声で思考している人と，他者の声で思考している人，頭の中で架空の他者と対話する形式で思考している人などがいることが分かった．

　このようなインタビューの結果を受けて，頭の中の思考を表現する線画のアニメーション動画を制作した（図3）．具体的には，動画で扱う場面として，「車を買う」，「財布を探す」，「昼ご飯を食べるお店を考える」の計3種類のシーンを用意した．そしてそれぞれのシーンごとに，「自分自身の音声言語

図3　思考を表現するアニメーション動画の例

(独白)で思考」,「他者の音声言語で思考」,「音声言語による対話形式で思考」,「映像で思考」,「文字(文章)で思考」,「文字(単語)で思考」,「フローチャートで思考」,の計7種類の思考の形式を表現する動画を制作した.

　調査はGoogle社が提供するアンケート作成サービス (Google form) を用いて行なった．調査においては，3種類のシーンごとに，それぞれの思考の形式の動画を調査の参加者に視聴してもらい，それぞれの動画が自分の思考の形式にどれだけ合致しているのか7件法で評価をしてもらった (評定値の値が大きいほど動画に近い思考をしている)．またそれぞれの参加者の頭の中にある感覚モダリティの種類を調べるために,「視覚」,「聴覚」,「嗅覚」,「味覚」,「触覚」がそれぞれどれだけ思考の中にあるのかについても7件法で参加者に評定してもらった．さらに,「どれだけ自分の思考が自分の意志で生み出されていると感じますか？」という質問も7件法 (評定値の値が大きいほど質問内容が強く当てはまっている) で参加者に回答してもらった．そして最後に頭の中でどのような思考をしているのか，具体的に追加で述べたいことがある参加者がいれば，任意に文章で記述してもらった．

調査参加者の募集はTwitter（現X）やFacebook（現Meta）といったソーシャルメディアを通じて行なった．調査には幅広い年齢の4,376人の日本語話者が参加した．本調査は，大阪大学大学院基礎工学研究科の研究倫理委員会で承認されたプロトコルに従って実施され，研究目的で使用されることに同意した協力者のみを対象に調査を行なった．以下，今回の調査結果について概説する．

　まず動画を用いた思考の形式の調査結果について述べる．事前に身近な人たちを対象に行なったインタビューから，多くの人が場面に応じて，思考のやりかた（どのような感覚を用いるかなど）を変えていることが示唆された．そこで，思考形式ごとに，3種類のシーンの中で最も高い評定値を，その参加者がその思考形式をどれだけ用いることができるのか，の指標として用いた．

　図4は音声言語（独白）と映像それぞれの思考形式の評定値の組み合わせの分布を示した図である（数値は人数）．この図から，多くの人が映像と音声

音声（独白）＼映像	1	2	3	4	5	6	7
1	18		3	2	10	19	209
2	2	4	2	3	9	12	71
3	1	1	3	5	11	26	101
4	3	3	1	6	17	31	125
5	4	2	1	10	39	90	306
6	12	12	22	19	86	235	479
7	77	32	60	85	270	390	1447

図4　音声言語（独白）と映像それぞれの思考形式の評定値の組み合わせの分布

言語を両方用いて思考しているが，音声を用いずに映像だけで思考している人たちや，逆に映像をまったく用いずに音声言語だけで思考している人たちがいることが示唆された．また18人は音声言語も映像もまったく用いずに思考している点も興味深い．

図5は映像とフローチャートそれぞれの思考形式の評定値の組み合わせの分布を示した図である（数値は人数）．この図から，フローチャートで思考している人はほとんど，映像の思考形式の評定値も高いこと，その一方，映像で思考している人の中でも，フローチャートで思考している評定値の大きさにはばらつきがあることが分かった．これらの結果から，フローチャートのようなものを頭の中に浮かべながら思考している人たちが一定数いることが分かる．

上記の調査結果は思考についての動画を用いた調査結果のあくまでもほんの一部であるが，これらの結果だけでも，頭の中の世界には大きな多様性があることが分かる．さらに事前のインタビューから，頭の中にどのような感

フローチャート 1 → 7

映像 1 → 7

85	10	3	7	1	3	8
24	13	8	3	4	2	0
39	18	9	9	10	3	4
56	19	10	18	13	11	3
169	63	65	49	43	37	16
212	124	124	71	127	118	27
1001	332	267	228	359	295	256

図5　映像とフローチャートそれぞれの思考形式の評定値の組み合わせの分布

覚モダリティが存在しているのかについても大きな個人差があることが示唆された．そこで頭の中にあるそれぞれの感覚の強さに関するリッカート尺度のスコアを5次元のベクトルで表現し，全参加者に対してこのベクトルのクラスター分析を行なった．その結果，頭の中にある感覚モダリティのベクトルを全部で6種類のクラスター（Cluster1 ～ Cluster6）に分類することができた（表1）．このクラスター分析の結果から，多くの人々の頭の中の世界には「視覚」は存在しているが，一部（Cluster6）の人々ではその傾向が弱いこと，「聴覚」や「味覚」は頭の中に存在している人と存在していない人で二分されること，それに対して頭の中に「嗅覚」や「触覚」が存在している人たちは比較的少数派であることなどが分かった．用いる感覚モダリティのレベルで，頭の中の世界には大きな多様性がある，というのは非常に興味深い事実である．

以上，頭の中の思考の形式や用いている感覚モダリティの多様性について，筆者らが行なった調査結果の一端を紹介してきた．これらの結果に加えて，興味深いことに，頭の中の世界の多様性を形作るさまざまな要因が他にも存在していることがインタビュー調査から示唆されてきた．たとえば，どれだけ自らの意志で思考しているのか，という点について大きな個人差があることも分かってきた．すなわち，参加者の中には，自分で思考をコントロールしている感覚が強い人たちと，頭の中を受動的に言葉や映像などが流れていくと報告する人たちがいた．さらに，単に受動的に思考しているだけではな

表1　第18の手記の3つの翻訳の比較思考に用いる感覚モダリティの種類に対するクラスター分析の結果
（数値はそのクラスターの参加者の評定平均値）

クラスター名	データ数	視覚	聴覚	嗅覚	味覚	触覚
Clus1	857人	6.11	6.25	1.60	1.78	1.99
Clus2	511人	6.16	2.57	3.28	5.29	4.11
Clus3	1,054人	6.12	5.96	2.74	4.54	2.95
Clus4	792人	5.59	2.39	1.54	2.06	1.88
Clus5	705人	6.44	6.13	5.02	5.75	5.52
Clus6	457人	2.82	6.39	1.50	2.04	1.79

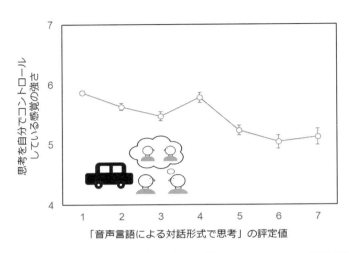

図6 「対話形式で思考する度合」に応じた「思考を自分でコントロールしている感覚の強さ」

く，頭の中に自分以外の他者（知り合い，もう一人の自分など）がおり，その他者が自分の思考に働きかけてくると報告する人たちもかなりの割合でいた．

　頭の中の他者の存在が思考に与える影響を調べるために，「音声言語による対話形式で思考」の評定値（1〜7）ごとに，「思考を自分でコントロールしている感覚の強さ」の評定値（1〜7）の平均を計算した（図6）．その結果，他者との対話形式で思考している傾向が強い人ほど，自分で思考をコントロールしている感覚が弱いという結果が得られた．これは，頭の中にどのような他者が存在しているのか（もしくは存在していないのか）という要因も，思考の多様性を考える上で重要な要素であることを意味する．

3　大規模言語モデルを用いた頭の中の世界の多様性の抽出

　以上，筆者らが行なった調査により，人間はそれぞれが独自の頭の中の世界をもっていることが分かってきた．これまで述べてきた調査結果は，事前に行なったインタビューに従ってある程度見込みを立て，それに応じてオンライン調査で得られたデータに対して定量的な解析を行なうというやり方に

よるものであった．しかし，このようなアプローチだけでは，頭の中の豊かな世界やその多様性について解像度高く捉え切れていないのではないか，そう筆者らは考え，オンライン調査における自由記述のテキストの解析を行なうことにした．

今回，雑多な思考にかんして自由記述されたテキストの解析を行なうにあたって，大規模言語モデルを用いることにした．大規模言語モデルは文章の特徴から，その内容を要約したり，整理したりすることに秀でている．具体的にはOpenAI社の大規模言語モデルo1を用いて，解析を行なった．解析を行なうに当たっては，オンライン調査で集まった自由記述のテキストデータすべてをプロンプトに組み込んだうえで，「下記，頭の中での思考について多くの人たちが自由に書いた文章です．どのようなタイプ（モダリティ，思考の仕方など）の思考形式が存在しているのか，詳細に分析して，整理して記述してください」とプロンプトで指示をした．

下記，自由記述のテキスト内容を大規模言語モデルが整理した結果の抜粋（ゴシックの文章）である．この整理された結果から，自由記述の中には，さまざまな人々の非常に豊かで多様な思考の形式が書かれていることが分かる．なお，大規模言語モデルの出力をそのまま掲載しているため，多少表現に不備がある点もあるが，資料として出力をそのまま掲載している．

＋＋＋＋＋＋＋＋＋＋＋＋＋＋＋＋＋＋＋＋＋＋＋＋＋＋＋＋＋＋

1. 「声」の有無・種類による分類

1-1. 自分の声での内言
- 自分が思う「自分の声」で考えている（実際に録音した自分の声とは違うと感じることが多い）．
- 普段の口調・方言が反映されるケースもあれば，少し違う口調になっている場合もある．
- 声の速さは実際に声を出すよりも速い場合と，ほぼ同じペースの場合がある．

- ひとりで意思決定をするときによく使われる．

1-2. 他者の声（キャラ・知人・イメージ上の人物など）の内言
- 他人の声や，有名キャラクターの声，実在する知人の声などで脳内再生される．
- 「もう一人の自分」として自分の声色が変化している場合と，本当に他者として登場する場合がある．
- 精神的に負荷がかかったときや，感情が乱れているときに，意図せず他者の声が大きくなるという報告もある．

1-3. 複数人・複数人格のような対話形式
- 自分の中に複数の"役"が存在し，それぞれが別々の声・性格で議論する．
- 2人だけでなく，3人以上の会議のような形をとる人もいる．
- 「イマジナリーフレンド」的存在と会話しながら結論を出すケースも報告ある．
- 現実の会話にかなり近い形で頭の中が進行する．

1-4. ほぼ声がない／漠然とした言語感覚
- 音として認識していないが，「言葉のような何か」で考えているという報告も多い．
- 「声」の再生はなく，頭の中に"文"が浮かんでいる感触で考えている（ただし文字としては見えていない）という例．
- 自覚しようとすると逆に逃げてしまい，内言をはっきり掴めない．

2.「文字・文章」での思考

2-1. 内言が"文字列"として浮かぶ
- 脳内に字幕のように文字が浮かび，それを自分で読んでいるという報告．
- 英語など第二言語で考えるときは，文字が先に出てくるが母語で考えるときは音声メイン，など言語ごとで変わる人もいる．

- メールや文を書く場面 では，脳内に文章がまとまっているケースが多い．

2-2. 箇条書き・フローチャート化して考える
- 図式的・論理的に「選択肢A/B」を並べて脳内に可視化しながら考える．
- 仕事や勉強など，ある程度論理構造を要する場面（車の購入・リスク評価など）で多い．
- 「頭の中にフローチャートを描いて手順やメリット・デメリットを整理している」という人もいる．

2-3. 漫画のコマやSNS画面，タイプライター入力のような形式
- セリフが吹き出しで思い浮かぶ／Twitterの投稿のように内言が出てくる，など特殊な"文字イメージ"．
- 昔小説を書いていた，日記を書いていた，SNSを多用している，といった習慣の影響 で思考形式が変わる人もいる．

3.「イメージ・映像」での思考

3-1. 静止画・スライドショー形式
- 過去の記憶を思い出すときに，主観視点の写真のようなイメージが浮かぶ．
- 食べ物や場所を思い浮かべる場合など，具体的なモノのイメージに強い人が多い．

3-2. 動画（連続した映像）が流れる
- 自分自身が登場し，第三者視点から場面を眺めているような映像が脳内に再生される．
- たとえば「車を買ったらこう乗っている」「スーパーで食材を見ているシーン」など，リアルに想像してから意思決定する．

3-3. 抽象的な空間・概念操作
- 「3D空間の中で物理的に概念を動かすように考える」「複数のバケ

ツのような塊で並行して考える」など，言語や具体イメージ以前の抽象的なイメージ操作をする人もいる．
- 数学やプログラミングで「図形（あるいはネットワーク図のようなもの）を脳内で回転・操作している」という報告がある．

3-4. 夢や白昼夢に近いイメージ
- ぼんやりと映像が浮かんできて，それを追ううちに意図しない方向に進むことがある．
- 集中して考えていないときの"ながら思考"で出てきやすいという声がある．

4. 五感（聴覚・視覚以外）の伴い方

4-1. 味覚・嗅覚・触覚の思い浮かべ
- 食事を決める際，「実際に口にしたときの味や食感を再生している」という報告がある．
- 昔の嫌な匂いを思い出して思考がストップする，など嗅覚を伴う場合も稀にある．

4-2. 痛覚や身体感覚が思考に影響する
- 強いストレスや疲労時に身体の奥で感じるフィーリングが，思考内容を左右する．
- 「痛みやコリを意識すると内言が中断される」「気分や体調で，イメージが歪む」など．

4-3. 音楽・BGM
- 常に脳内で曲が流れている（いわゆるイヤーワーム）的な人も多い．
- 考えながら自然に歌詞が流れる，メロディーに乗せて考えるという特殊例もある．

5. 意思決定や思考速度との関連

5-1. 内言が意思決定に大きく寄与
- 「頭の中で議論して結論を出す」「声に出して考えると決めやすい」など，論理的思考に内言が必須という人が多い．
- 「映像」から大まかな直感を得たあと，音声言語（内言）でメリット・デメリットを整理するケースがある．

5-2. 瞬発的に答えが出るタイプ（非言語的・直感優位）
- 一瞬で結論が出て，あまり内言を自覚していない．
- 「自分でもどうやって結論に至ったのか説明しづらい」「脳が先に答えを出してしまう」などの声がある．

5-3. 思考速度・集中と内言の相互作用
- 考えが加速すると「内言がスキップされる」「いちいち声で思わない」．
- 一方，意図的にゆっくり内言を言語化すると，思考を整理・客観視しやすいという人もいる．

6. 精神的状態・特性（ADHD，ASD，解離など）との関係
〔筆者ら注：ADHD ⇒ 注意欠陥多動性障害，ASD ⇒ 自閉症スペクトラム障害〕

6-1. ADHD/ASDとの関連
- ADHDで常に頭に音楽やイメージが流れているため，内言が多くて疲れやすい，という事例．
- 薬（コンサータやストラテラ）を飲むと頭の中が静かになった／内言の感じ方が変わったという報告．
- ASDの人が映像思考・パターン思考の傾向を感じている，という書き込みもある．

6-2. 解離・離人症など
- 「別の人格の声が聞こえる」「頭の中がガヤガヤして制御しにくい」

- という報告．
  - 体調が悪化すると内言やイメージが暴走しやすい／幻聴に近いものが増える場合がある．

6-3. メンタルの状態・ストレスとの関連
  - ストレスが溜まると内言が止まらなくなり"うるさく"感じる．
  - 「内言を止めるために本を読む」「紙に書き出す」といったコーピングを利用する人が多い．

7. その他の興味深いトピック

7-1. 内言と独り言の境界
  - 内言がそのまま口に出てしまい，周囲に「独り言が多いね」と言われる人が一定数いる．
  - 一人のときは頭の声を全部口にしてしまう，というケースも．

7-2. 外部環境や作業との関係
  - 家事や散歩など単純作業をしているときに勝手に内言や他者との会話形式が始まりやすい．
  - 特定の作業（小説執筆・絵を描くなど）に深く没頭する間は逆に内言が消える・もしくは映像だけになる等，人によってまちまち．

7-3. バイリンガル・トリリンガルの内言
  - 場面や相手を想定して言語が切り替わる．
  - 英語学習中などに「頭が文字モードになる」「読み方を日本語に翻訳しない」など．

7-4. イマジナリードラマ・コント的発想
  - 頭の中で自分が監督・脚本家のように登場人物を動かしている，漫画コマや映像ドラマの形で楽しんでいる．

- その会話やストーリーを通じて悩みの結論を出す場合がある．

7-5. "他者との会話"シチュエーションとの違い
- 実際に他人と会話しているときは，頭の中の内言がほぼ出てこないor非常に薄いという人が多い．
- 一方，会議や打ち合わせで「相手の言葉を文字変換しながら聞いている」タイプもいる．

+++++++++++++++++++++++++++++++

　今回のオンライン調査はあくまでも参加者が主観的に回答するものであり，参加者の頭の中に本当にそのような世界が実際に広がっているのか，その確証はない．しかし定量的なデータの集計や，大規模言語モデルを用いたテキスト解析により，単に言語と映像，どちらで思考しているか，というレベルを超えて，非常に豊かで独自の世界が個々人の頭の中に広がっており，またそのありようが非常に多様であることが強く示唆された．

　非常にメタ的な話になるが，筆者らが今回の調査で一番感銘を受けた点は，今回の調査それ自体にある．今回のオンライン調査は，すべての回答をするのに約20分程度かかるそこそこ面倒な内容であり，参加者に特に謝礼も支払わなかった．それにもかかわらず，SNSにおける口コミも相まって5,000人近い参加者が協力してくれた．参加者のコメントやSNSでの反応をみると，「これまで自分がどのように思考しているのか意識したことがまったく無かった（思考の存在に気づいていなかった）」，「今回の調査に参加して初めて自分の思考の存在に気付いた」などといった肯定的なコメントが多数みられ，参加者の多くがこの謝礼が無いオンライン調査に参加することで，自分自身についての理解が深まったことにとても満足しているのが印象的であった．

4　頭の中の世界を生かした環境構築

　我々の日常生活の中で，「よく考えて行動してください」，「一晩じっくり

考えてみます」，といった言葉は溢れかえっている．しかしいざ一人一人の思考というものをオンライン調査で掘り下げていくと，自分がどのような思考をしているのかそもそも分かっていない人も多数存在しており，さらに思考するという営み自体，個人間でまったく異なる現象が頭の中で生じていることが分かってきた．筆者らが受け持っている大学の授業において，学生に今回の調査結果を紹介した上で，自分の思考がどのようなものかプレゼンをしてもらったところ，授業に参加している18人全員がまったく異なる自らの思考の形式についてプレゼンを行ない，非常に興味深かった．前述の思考の特徴を表現した「アファンタジア」や「無内言症」という言葉は，ある特性をもった思考のスタイルに対して，あたかもそれが平均から逸脱して特異的な形式であるかのようなラベルをつけているようにも感じられる．しかし，今回の調査の結果は，そもそも我々の頭の中の形式には標準的な当たり前というものは存在せず，実はとても豊かで多様な一人一人の世界がそこに広がっていると確信させてくれるものであった．

　なぜ我々の頭の中の世界はこれだけ多様で豊かなのに，日常生活の中でそれを意識する機会が少ないのであろうか？一つの理由として，我々の暮らしている現代社会において，コミュニケーションに用いる代表的なチャネルが「言語」であるからではないかと筆者らは考えている．社会の中で生きるということは，基本的に他者とのコミュニケーションにより成立している．したがって，一人一人がどのような思考をしているのかという点よりも，個人間でどのような言語的なコミュニケーションが行なわれているのか，という点が，社会における価値判断や意思決定において重要になる．そのような言語コミュニケーションを基盤とする社会の中では，基本的なコミュニケーションにおける通信プロトコルである言語（さらには映像）が一人一人の頭の中に一律で存在している，と見做した方が，コミュニケーションがよりスムーズにいく．つまり，今の社会における我々の頭の中の世界の通念的なイメージは，実際の頭の中の現象がどのようなものであるか，という科学的観点よりも，そのように見做しておくと物事がうまく回るのだ，という運用的な観点から社会的に構築されたものなのかもしれない．

図7　思考形式に応じて行動に影響を与えることを狙った壁面プロジェクション映像

　しかし実際には一人一人の頭の中の世界は多様であり，この見えない世界をきちんと見つめ，それを生かした個人に合った環境構築を行なうことで，より個人個人が生きやすい世界を実現できるかもしれない．今回行なった調査はあくまでもオンライン調査による間接的な示唆に留まるものであったが，主観的に報告される思考の形式に応じて，環境が行動に与える影響が実際に変化するのであれば，それは頭の中の世界の多様性の実在の証拠になる．さらに思考形式に応じた行動への影響まで定量的に示すことができたら，個人個人の能力が発揮されやすい環境構築など，頭の中の世界の多様性を現実社会の暮らしに生かすための突破口をつくりだすことが可能になるかもしれない．このような問題意識から，屋内空間の壁面に思考形式に合わせたさまざまな映像を提示することで，部屋の中にいる人間の行動がどのように変化するかを調べる検討も筆者らは行なっている（図7）．

5　筆者らが考える「心」観

　本章では，まず心理学における行動主義の立場について紹介し，そのようなアプローチに敬意を払いつつ，直接観測できない頭の中の世界の多様性について筆者らが行なってきた調査結果について報告をした．正直，現状ではこのような思考の形式の多様性がどのように個々人の行動に影響を与えているのか未知な点が多い．驚くべきことに，今回のオンライン調査に参加するまで，自らの思考の存在に気付かなかった，という参加者も多数存在した．

また思考というものは，自ら能動的に行なうものではなく，頭の中の他者が勝手に行なっているものである，といったように報告した方々も一定数いた．もしかしたら，少なくとも現代社会の中で暮らしている限り，思考を一切用いなくても，ハビトゥス（習慣）に従って我々は自動人形のようにそれらしい行動ができてしまうのかもしれない．

　現代社会における通念として，我々は思考して，それにもとづいて行動をしている，というものがある．しかし実はこのような強い自由意志を仮定した「心」観というものは比較的近代に生まれたものである可能性がある．たとえば，心理学者のジュリアン・ジェインズ（Julian Jaynes）の著作『神々の沈黙』においては，古代ギリシア人は頭の中には，「人間に指示を出す神」と「自分自身」という二つの分離した「心」が存在していたのではないか，という大胆な仮説が提唱されている（ジェインズ，2005）．この仮説の真偽の判断は難しいが，「心」とは何なのかについて自由で大胆な仮説を立てることは，非常にチャレンジングであり刺激的である．

　今回の思考に関するオンライン調査は，我々の「心」というものが，現代社会を生きる我々が漠然と信じているものとはまったく違う様相をしている可能性を感じさせるものであった．最後に，筆者らが考える「心」とはどのようなものなのかを簡単に述べたい．

　まず今回紹介した我々の思考の形式の多様性は，価値観と深く結びついているのではないかと筆者らは考えている．たとえば，思考に用いるモダリティの中に「味覚」が含まれているかどうかは，食事に対して思考をするときに大きな影響を与えると思われる．思考の中に「味覚」が存在している人は，食べたい料理を考える際に味に意識が向きそうであるが，「味覚」が存在していない人は，価格や手軽さといった別の要素に意識が向くかもしれない．また言語を用いて思考をする人はロジックに意識が向くが，映像を用いて思考をする人はより感性的な部分に意識が向く可能性もある．さらに思考を自分でコントロールしている感覚が強い人は，頭の中の他者が思考していると報告している人よりも，自らの責任に強く意識が向く可能性がある．このように頭の中の世界の多様性というものは，もしかしたら価値観の形成に

大きな影響を与えているのかもしれない．もちろんこれらの話は現状では筆者らの単なる妄想に過ぎない．しかし思考の役割を，「行動を決めるもの」という通念的な捉え方ではなく，「価値観を形作るもの」と捉えなおすことで，従来とはまったく異なる「心」観がみえてくるかもしれない．

　本章では意識して，「心」と「頭の中の世界」という言葉を分けて使用してきた．筆者らは，「頭の中の世界（思考）」と「行動を行なう主体」の相互作用こそが「心」であると考えている．前述のように，我々の行動を行なう主体は徹底的行動主義的な枠組みで一切の仮説構成概念抜きで記述できるかもしれない．「行動を行なう主体」そのものはハビトゥスに従って，意識のようなものを用いずに精度高く記述していける可能性がある．ではそれに対して「思考」はどのように機能しているのであろうか？「思考」は，行動の因果としては直接的には機能しておらず，あくまでも「行動を行なう主体」の観察を行なっている，というのが筆者らの考えである．そしてこの観察を通じて，その個体固有の「価値観」や「規範」を発生させることで，間接的に「行動を行なう主体」に長期的な影響を与えている，というのが「思考」の位置づけではないであろうか？（図8）

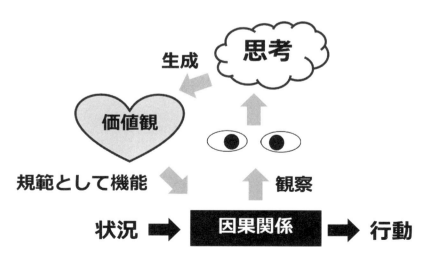

図8　筆者らが考える「心」の捉え方

このような視点に立つと，「思考」に注意を向けなくても，さまざまな外的な規範やルールによって個人が護られている現代社会においては，それっぽい行動を取り続けることは可能なのかもしれない．しかし個人が観察者としての「思考」に注意を向けないと，その個人固有の「価値観」というものが発生せず，個人はハビトゥスに従った，類型的な行動を取り続けることになるかもしれない．もし一人一人の個人が，自らの「思考」により意識を向けることができたら，一人一人の「価値観」が多様化していき，いまよりもハビトゥスから解き放たれたカラフルな社会が生まれる可能性がある．

　現代社会における「心」や「意志」を捉える視座というものは，あまりにも行動の因果的側面に囚われ過ぎた旧時代的なものではないであろうか？むしろ「自由に踊る主体」としての自己をただ観察することで，思考を通じて自分固有の価値観を育んでいき，長期的に自己の行動を変容させていく，そのような「己を思考で観察する営み」こそが，これからの時代における「心」や「意志」の姿になると筆者らは考えている（図8）．このような「心」の捉え方の変革のためには，頭の中の世界の多様性というものに対して，すべての人が今より自覚的になるような枠組みの構築が必須であろう．

註
〔1〕　　追手門学院大学理工学部
〔2〕　　大阪大学基礎工学部

参考文献

髙橋純一・行場次朗（2021）．アファンタジア（aphantasia）に関する研究の動向．*心理学評論*，64（2），161–174．

Nedergaard, J. S., & Lupyan, G. (2024). Not Everybody Has an Inner Voice: Behavioral Consequences of Anendophasia. *Psychological Science*, 09567976241243004.

今田恵（1923）．思考作用と言語表象との關係．*日本心理学雑誌*，1（1），34–95．

竹内英梨香・高橋英之（2022）．心の世界の多様性を映像を用いて表現する．*研究報告ヒューマンコンピュータインタラクション（HCI）*，2022（20），1–4．

ジュリアン・ジェインズ（2005）．神々の沈黙――意識の誕生と文明の興亡（柴田裕之訳）．紀伊國屋書店．（原著：Jaynes, J. (1976). *The Origin of Consciousness in the Breakdown of the Bicameral Mind*）

コラム2
機械はテキストを「読む」のか？

宮澤和貴[1]

　私たちの周りにあるテキストの多くは，人間が読むことを前提に書かれている．新聞記事は情報を伝え，SNSの投稿は他者との交流を促し，小説は読者の想像力を喚起する．しかし今日では，これらのテキストは人間だけでなく，機械によっても「読まれる」時代となっている．

　テキストアナリティクスはテキストを，統計的手法を用いて分析することで価値のある情報を得ようとしている．文脈や意図の理解を伴う人の質的な「読み」と数値データから一般的な傾向を導き出す機械の量的な「分析」を組み合わせることで，新たな知見の発見や，データに基づいた客観的な理解や説明ができる．

　しかし，この人が「読む」主体で機械が「分析」を担うという役割分担は，ChatGPTに代表される大規模言語モデル（Large Language Models, LLM）の登場により曖昧になってきている．LLMは従来のテキストアナリティクスと異なり，文章の文脈に応じた処理を行ない，さらに新たな文章を生成することができる．LLMの内部ではテキストは数値ベクトルとして機械的に扱われるが，その振る舞いは人間の質的な「読み」に近づいているように見える．同時に，テキストアナリティクスとLLMがまったく異なるアプローチというわけでもない．テキストアナリティクスが統計的処理やモデリングを用いるように，LLMも単語の関係を統計的にモデリングすることで文章を解釈し生成を行なう．

　このように人間と機械の振る舞いが交差し，人間と機械がともにテキストに向き合う時代において，テキストアナリティクスによる「分析」やLLMによる「読

み」を通して,テキストを「読む」という行為の本質を改めて問い直す必要があるだろう.

註
〔1〕　大阪大学大学院基礎工学研究科

コラム3
言葉の進化生態モデル

鈴木麗璽[1]　有田隆也[1]

　第10章では，話し言葉を用いて雑談するエージェント（計算機上の仮想的な主体）の集団を表現するために大規模言語モデル（Large Language Model, LLM）が用いられた．これは，さまざまな人間の行動を疑似的に表現するものとしてLLMを利用した事例であった．一方，LLMはインターネットなどの言語資源をもとに創られた我々の世界に関する記述の縮図であり，無数に存在する要素間の関係を推論し取り出すことができる．人工生命研究は，生命的な振る舞いを計算機で創り出すことでその本質を理解する分野であり，その中では新しい特性が次々と生み出され続けるオープンエンド性を持つシステムの理解と構築が重要な論点である．そこで，LLMが持つ多様な言語表現の生成能力と言語表現間の関係を推論する能力を用いて，言葉で表現されたエージェント集団が生存競争を繰り広げて進化する，言葉の進化生態モデルを構築・試行中である（Suzuki & Arita, in press）．これは現実の生態を模擬するのが目的ではなく，言葉の多様で複雑な関係とLLMの創造性を活用して，仮想の言葉の生態系からオープンエンド性を含む多様な進化のシナリオを生み出せるかを検討するものである．

　図1は，「存在する動物種」を表わす言葉を持つエージェントの集団において，「強い」言葉を持つエージェントが勝利する条件の例である．計算機上の2次元フィールド上（a）のエージェントが単語やフレーズなどの言語表現を持ち（b），ランダムに移動（c）しつつ，近傍の他者と対戦する（d）．勝敗をLLMによって判断し勝者の言葉が敗者のそれに置き換わると同時に，突然変異による言葉の変

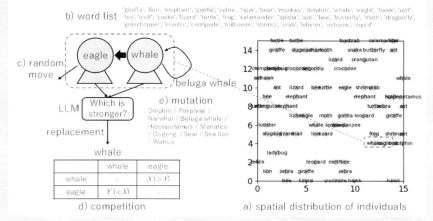

図1 言葉の進化生態モデル．生物種名を持つエージェント集団において，「強い生物種」が勝利する場合．

化（e）もLLMを用いて行なう．これらが繰り返されることで，潜在的には無限の多様性をもって記述されうる言語表現が生存競争を繰り広げながら進化することが期待できる．なお，図1（d）のように，クジラとワシの強さの比較など，実生態では出会わない種間の競合も許し，どちらが強いかの判断はLLMの創造的な推論に任せる仕組みとした．

この条件での小規模な実験では，よく知られた動物種の集団から，実際の生態系でみられるような被食・捕食種関係に基づく循環的な個体数増減や，変化と停滞が繰り返される断続平衡的な進化の過程が生じた．そして最終的にはシャチなどの海洋生物やアムールトラなどの陸生の大型の頂点捕食者，絶滅した恐竜など，多様な時代と生態環境に適応した種が試行ごとに集団を占めた．また，より大規模・長期間の実験では，毒ガエルや毒ヘビ，病原菌や極限環境耐性を持つ細菌類などが順に進化・共存する場合もあり，さまざまな観点における「強さ」が進化を複雑に駆動しうることが示唆された．

本コラムでは，より自由度の高い抽象的な対象，また，文学的な表現の例として，単純なフレーズを持つエージェント集団から，より「ウィットに富んだ」（機知に富んだ，おもしろみのある）ものが勝利する条件で生じた進化の過程を紹介する．図2

（左）はGoogle社のオープンソース版小規模LLM（大規模言語モデルの小型版）であるgemma-2-it-9Bの量子化版を用い，80個体の集団において300ステップの実験を5試行行なった際の，フレーズの意味を表わす2次元空間（意味の類似性を2次元の距離で表現した空間）における初期ステップからの集団の変遷を示したものである．図2（右）は，各試行での初期・最終ステップでの最も多く出現したフレーズを示している．同図から，一般的な表現からなる初期集団はどの試行でも近い位置に存在する一方，試行ごとに独自の異なる方向に向かって離れ，時間経過に伴いフレーズの表現が大きく変化したことがわかる．

しかし，この様子だけを観察しても実際にウィットに富んだフレーズに進化したかどうかは自明でない．そこで，LLMを用いた対話型AIアシスタントサービスであるClaudeを用いて，各試行での初期・最終ステップでの最も多く出現したフレーズについて，「ウィットに富んだフレーズ」の観点から100点満点で評価しつつ（図2（右）），理由も説明させた．その結果，初期ステップのフレーズの平均は55点，最終ステップでは90点となり大きく増加した．評価の理由として，抽象的，比喩的な表現が増え，感覚的なイメージを巧みに組み合わせることでウィットに富んだ表現になっており，特に聴覚的要素を視覚的イメージと融合させる傾向があることが指摘された．多様な意味を持ちつつも，ウィットさにつながる特性を

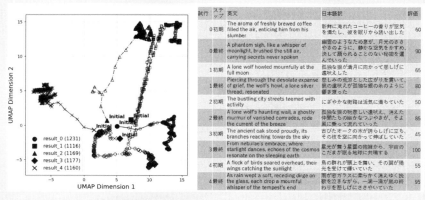

図2 「ウィットに富んでいる」フレーズが勝利する条件での（左）フレーズの意味の空間上の集団の進化，（右）各試行における初期・最終ステップでの最頻フレーズと，Claudeによる評価値．

共通して持つ表現に進化する過程が示されたといえると同時に，LLMを言語表現の進化過程の分析に利用することの利点も示された．

以上のように，LLMをこれまでにない主体と関係を生み出す生成エンジンとして活用できることが示された．一方，現在の基本的なモデルでは，最終的には極限環境に適応した近縁種や，類似の言語表現に集団が収束しがちであることも判明している．今後の発展として言葉の交叉（掛け合わせ）や，多数の個体間での競合，また，局所的な環境条件を言語で表現することや，生物が環境を改変するニッチ構築の導入など，よりオープンエンドな進化に向けた拡張が考えられる．

LLMを用いた無数の主体間の相互作用関係が絶えず生じ続ける系の構築と理解は，終わりのない進化の理解への新たな方法論になると考えている．

謝辞

本研究の一部は，JSPS課題設定による先導的人文・社会科学研究推進事業JPJS00122674991，JSPS科研費JP21K12058，JP24K15103，Google Gemma 2 Academic Programの支援を受けた．

註

〔1〕　名古屋大学大学院情報学研究科

参考文献

Suzuki, R., & Arita, T. (in press). Evolutionary ecology of words. Proceedings of The IEEE SSCI symposium on Artificial Life and Cooperative Intelligent Systems (IEEE ALIFE-CIS 2025).

第 3 部
社会感情，もしくはことばの
データ分析

第8章
感情分析
—— 人間と言語モデルによる感情判断の比較

鄭弯弯[1]

　機械学習では，正解ラベルとデータをペアとして学習を行ない，それによって正解ラベルのパターンや規則性を見つけ出す．一般的に，正解ラベルは人によるラベリングによって得られる．機械学習における感情分析の難しさは，感情そのものに絶対的な正解が存在しない点に起因する．また，人間による評価には心理的バイアスや一貫性の欠如が内在していると考えられるため，人によるラベリングのみに依拠することは適切ではない．本研究では，景気センチメントを対象とし，感情判断が，人間による場合と言語モデルによる場合での相違を比較する．こうした比較分析により，社会感情を考察する．

　景気現状と先行きを正しく把握・予測することは，政府が経済運営を適切に進めていく上で重要な課題である（竹内，1999）．したがって，個人消費，企業収益，雇用情勢，住宅など多くの経済指標が存在し，景気は経済の多岐にわたる側面から量化されている．また，経済全体を包括的に計測する指標として，国内総生産GDP（Gross Domestic Product），景気動向指数CI（Composite Index）などが挙げられる．しかし，これらの指標は数量的な集計のため，データの集計，計算を経て公開までに時間がかかる．また，経済は日々の活

動の結果として生まれるものであり，経済の主体である人々の日常生活における心理や感情を理解することは，景気の現状や先行きを適切に判断する上で不可欠である．自然言語処理技術の発展により，景気センチメントに関する研究は盛んに行なわれている．

1　景況を数値化する景気ウォッチャー調査

　感情を考慮した景気指数がいくつか存在している．たとえば，ニュース記事を基に開発された景気指数 S-APIR（関他，2020）や，経済記事の感情と各国の経済指標を組み合わせた NNA 景気指数などがある．さらに，人々が感じている景況を数値化する指標として，内閣府によって 2000 年 1 月に開始された景気ウォッチャー調査の現状・先行き判断 DI（以下，「景気ウォッチャー DI」と呼ぶ）も挙げられる．景気ウォッチャー調査は，家計動向や企業動向，雇用などに関して景気の動向を敏感に観察できる業種から選ばれた人を対象に行なわれ，身の回りの景気状況を尋ねるものである．このように，人々の景気に関する実感を捉えることから，「街角景気」として報道されている．

　景気ウォッチャー調査は，公的機関によって長年にわたり調査され，膨大なデータが蓄積されていることと，景気に関する感情ラベルとその判断理由テキストが含まれることが特徴である．このようなデータは世界的にも稀少であり，多くの研究で景気感情の算出に使用されている．山本ら（2016, 2022）は，景気ウォッチャー調査の景気判断理由のテキストを用いて，景気のポジティブ／ネガティブ度合を判断する景気感情判別機を構築し，政府の月例経済報告と日銀の金融経済月報を指数化した．その結果，得られた感情指数は，日銀短観と景気ウォッチャー DI と高い相関を示した．一方，青嶋・中川（2019）は，Wikipedia 日本語版データを使用して大規模言語モデル BERT（第 1 章 39–41 頁参照）を学習し，その事前モデルを用いて景気ウォッチャー指標を学習した感情分析を行なった．図 1 は，2023 年 6 月と 2024 年 6 月の日本全国各地域の DI のヒートマップ図を示している．

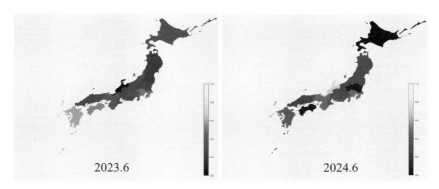

図1 2023年6月と2024年6月の日本全国各地域のDIのヒートマップ図

　しかし，景気ウォッチャーDIの算出は，調査対象の景気判断に基づいて行なわれるため，曖昧性がある．具体的には，景気の現状・先行きに対して，「良くなっている」，「やや良くなっている」，「変わらない」，「やや悪くなっている」，「悪くなっている」といった5段階の回答区分を設け，それぞれ1，0.75，0.50，0.25，0のように点数化する．さらに各回答区分の構成比に乗じて，DIを算出する．この方法では，人々の考え方や感じ方によるバイアスが生じる可能性が考えられる．たとえば，調査対象者が同じ経済状況を異なる視点で評価する可能性があり，ある人にとってはポジティブに見える要素が，別の人にはネガティブに映ることがある．また，「良くなっている」と「やや良くなっている」，「やや悪くなっている」と「悪くなっている」の判断は明確な基準が存在せず，DIの算出に個人差が反映されている可能性がある．

　また，表1に示しているように，各景気判断理由には，複数の文が含まれており，ネガティブ，ポジティブ，ニュートラルな感情が混在するケースは多い．この場合，景気感情に影響を与える要因の解明には以下のような問題点が生じる可能性がある．

・感情の混在による情報の歪み

　　調査対象者が「良くなっている」や「悪くなっている」と評価する際，

表1 景気判断理由の例

景気の現状判断	業種・職種	追加説明および具体的状況の説明
良くなっている	旅行代理店(従業員)	国内航空需要はビジネス会議のWeb移行などに伴う減少分を埋められないといわれており，コロナ禍前と比べると5%前後減少している．一方，観光需要は，初夏を迎えて北海道を訪れる観光客が増加しており，ほぼ回復したとみられる．ただ，宿泊，飲食，販売などの受入れ側の人手不足が課題となっている．
やや良くなっている	百貨店(マネージャー)	来客数はコロナ禍前の水準までには回復していないが，ファッション部門を中心に買上客数，客単価，販売量のいずれも2けた増で推移していることから，景気はよくなっている．
変わらない	広告業協会(役員)	街中や観光地の人出は順調に回復し，イベントも通常開催され，景気は上向いている．しかし，エネルギー価格を含め，各種値上げが足かせとなって広告出稿を控える企業も多く，広告業界全体としては上向きとはいえない．
やや悪くなっている	通信会社(企画担当)	通信機器の販売から，附帯するキャッシュレスサービスにシフトしつつあることもあって，一定の販売量減少を見込んでいたものの，想定の7割程度の販売量まで落ち込んでいる．特に専門店での落ち込みが大きく，数店舗の閉鎖を検討せざるを得ない状況にある．
悪くなっている	家電量販店(営業担当)	直近の来客数は前年比90%である．この数ヵ月は同様の流れが続いている．全体的な値上げによる買い控え，また前年に大きく伸びた季節商材の反動減，この2点が大きな要因とみられる．

その判断の背後にある理由にはポジティブな側面とネガティブな側面が混在していることがある．たとえば，「売上は増加しているが，人手不足が深刻化している」といった判断では，全体として「やや良くなっている」と判断されるが，実際の感情は複雑である．この場合，点数化された評価がポジティブな要素を過度に反映したり，ネガティブな要素を過小評価する可能性がある．

・点数化の限界

各景気判断を1，0.75，0.50，0.25，0の点数で数値化するアプローチでは，混在する感情のニュアンスが失われがちである．特に，調査対象者が中立的な立場を取った場合，その理由の中にポジティブやネガティブな意見が含まれていても，それがスコアに反映されにくい．

・異なる感情が混在する理由の分類の難しさ

景気判断理由が複数の感情にまたがる場合，それをどのように分類・解釈するかが課題となる．複数の文に一つの感情値を付与すると，感情分析が困難になる．

本研究では，大規模言語モデルを用いた感情分析を行ない，DIの実質値

と比較し，人間と言語モデルによる感情判断の差が明確であることを示す．また，年月，DIおよび言語モデルによる感情指数の変動に対してキーワードを特定し，景気を解釈し，言語モデルによる景気判断の有用性を示す．

2 日本語の感情分析

2.1 極性辞書アプローチ

極性辞書は，さまざまな単語とその感情スコアの組より構成されている．日本語の感情極性辞書としては，「単語感情極性対応表」[2] (Takamura et al., 2005)，「日本語評価極性辞書」[3] (小林他, 2005)，金融分野に特化した「金融専門極性辞書」(Ito et al., 2018) などがある．従来の感情分析では，関心のある事象に直結するキーワードをあらかじめ選択する必要がある．その後，単純に文書内の単語の感情スコアを合計したり，またはポジティブな単語とネガティブな単語の出現率の差を求めるアプローチを取っている．しかし，内容に関する感情評価は，辞書の作成に使用したデータベースに依存するという問題がある．たとえば，Loughran & McDonald (2011) と Shapiro et al. (2022) はそれぞれ有価証券報告書と新聞の経済関連記事を用いて辞書を構築した．報告書と新聞記事の内容が違うため，その内容に基づいて計算された感情値が異なる可能性がある．

また，極性辞書アプローチでは，「景気が良いと思わない」のような否定表現を捉え，語順や文脈を十分に考慮するため，厳密なルール設定が不可欠である．しかし，「景気が良いと思わない」と「景気が良いと言われているが，実際はそうではない」のように，どちらも否定を含んでいるが，その構造や意味が異なる場合がある．単純なルールでは，こうした文脈の複雑さを捉えきれないことがある．また，「あまり良いとは言えない」「それほど悪くない」などの曖昧な表現に，単純なルールでは対応できない．さらに，否定表現や文脈をすべて取り込もうとすると，ルールが過剰に複雑化し，適用範囲が狭くなる．一方，多種多様な内容に対応できる柔軟性を持たせようとすると，ルールが曖昧になり過ぎて正確性が失われることがあり，両者のバラ

ンスを取るのは難しい.

　極性辞書を使用する際のもう一つの注意点は，ネガティブなスコアを持つ登録単語数は，ポジティブな単語数より多く，辞書がネガティブに偏向する傾向があること（石島・籔見，2018）．辞書ベースの日本語の感情分析のライブラリOseiti[4]は前述の「日本語評価極性辞書」を利用し，さらに文末の否定表現を考慮している．これにより，ポジティブ・ネガティブの判別精度は高くなったが，辞書に含まれていない単語に関しては判別できない欠点が残されている．

2.2　機械学習アプローチ

　機械学習の手法が感情分析に広く採用されている．主に，テキストの特徴量と極性ラベルの関係を学習し，学習モデルを使って新しいテキストの感情スコアを予測するという流れで行なわれる．たとえば，asari[5]はLinearSVCを使用している．Rambaccussing & Kwiatkowski（2020）は英国の1568の新聞記事に人力でポジティブ／ネガティブの極性値を付与した学習データを，ナイーブベイズ，サポートベクターマシン，ニューラルネットワークで学習し，GDP，インフレ率，失業に関する指数を構築している．その他，深層ニューラルネットワークベースのRNN（Recurrent Neural Network）とLSTM（Long Short Term Memory）も多用されている（五島他，2019）．

　機械学習アプローチを用いるメリットは，テキストデータの場合は，説明変数の数が非常に大きくなりやすいため，過剰適合を抑制しながら予測モデルを構築できる点にある．また，教師あり学習はポジティブ／ネガティブのような離散値を予測する分類問題だけでなく，感情値のような連続値の回帰問題への応用も可能である．

2.3　事前学習済みモデルアプローチ

　Transformer（第1章39–41頁参照）の登場により，事前学習済みモデルがさまざまな研究分野のタスクに有効であることが確認されている．ここで，日本語の感情分析に使用されている事前学習済みモデルとして，Jarvisx[6]，

Luke[7]，Bert[8]といった三つを挙げる．その内，JarvisxとBertの出力はポジティブとネガティブであるが，Lukeの出力は，喜び，信頼，恐れ，驚き，悲しみ，嫌悪，怒り，期待といった八つの基本感情になっている．

事前学習済みモデルは，膨大な量のテキストデータで学習されており，文脈を深く理解できるため，感情分析において非常に高い精度を発揮できると言われている．また，複雑な文脈や否定表現，婉曲表現も正確に捉えることが可能であり，感情の微妙な違いを検出できる．本研究では，JarvisxとLukeを用いて文単位で感情スコアを算出する．

3 データ

利用したデータは，2000年1月から2024年6月までの景気ウォッチャー調査の現状判断理由である．一つの感情ラベルには，複数の判断理由が付いていることがあるが，本研究では，一文を一つの判断理由として数えた．最終的に計493460文を収集した．

感情ラベルごとの回答文数を表2に示す．中央の「変わらない」が全体の42%を占め，最も多かった．その次に，「やや悪くなっている」，「やや良くなっている」，「悪くなっている」と続いた．一方，「良くなっている」は最も少なく，わずか2%となった．

さらに，回答文の数と景気ウォッチャーDIを経時的な対応関係を図2に示す．景気ウォッチャーDIが低下している時期に，回答文の数が増える傾向を読み取れた．このことから，景気が悪化する（景気ウォッチャーDIが低下する）ほど，人々が景気に対してより関心を持ち，将来に対する不安や不確実性が増すことを示唆され，景気に対するより多くの詳細な意見，理由やコメントを書くようになると考えられる．

さらに，スピアマン順位相関係数と最大情報係数（Maximal Information Coefficient, MIC）を用いて，回答文の数と景気ウォッチャーDIの相関を計算した（表3）．全体的には，相関が小さかったが，景気判断カテゴリによる層化した後，特に景気が「良くなっている」と「悪くなっている」時，回答が

表2 景気ウォッチャー調査の回答文数
（2000年1月-2024年6月まで）

	回答文数	割合
良くなっている	10,462	0.02
やや良くなっている	101,884	0.20
変わらない	209,859	0.42
やや悪くなっている	121,603	0.25
悪くなっている	49,652	0.10
合計	493,460	1.00

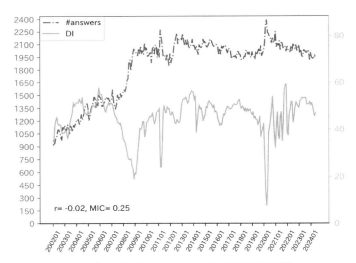

図2 回答文の数と景気ウォッチャーDIの経時的な対応関係

表3 景気判断カテゴリ別における回答文の数とDIの相関

	スピアマン順位相関係数	最大情報係数
良くなっている	0.74	0.51
やや良くなっている	0.82	0.61
変わらない	0.36	0.39
やや悪くなっている	-0.65	0.48
悪くなっている	-0.82	0.57

多くなることがわかった．

　調査対象者が景気の変化に対して反応し，景気ウォッチャー調査における回答文の数が単に数的に増加／減少するだけでなく，回答文の内容自体が景気に対する感情や感情の変化を反映している可能性があると考えられる．この場合，回答文は政策立案者にとって重要な情報になる．政府や経済政策担当者が，社会の中における景気に対する関心や不安の要因を捉えれば，迅速に対応できる．

4　分析

4.1　景気ウォッチャー DI と Jarvisx の比較

　景気ウォッチャー DI は月ごとになっているため，対応する Jarvisx の感情スコアを得られるように，月ごとの判断理由を「良くなっている」，「やや良くなっている」，「変わらない」，「やや悪くなっている」，「悪くなっている」の五つに分け，各部分の感情スコアの平均値を求めた．さらに，景気ウォッチャー DI の大きさを小さい順でソートし，その結果を図 3 に示した．

　「良くなっている（DI=1）」と「やや良くなっている（DI=0.75）」，「悪くなっている（DI=0）」と「やや悪くなっている（DI=0.25）」の Jarvisx による感情スコアは，重なっている部分が多かった．たとえば，「やや良くなっている」の判断理由には，「猛暑のため，夏物衣料の購買意欲が一気に高まっている」，「梅雨明け以来気温が上昇し猛暑のため，景気は良くなっている」，「来客数が増加している」のような「良くなっている」の判断理由になり得る文が存在する．「悪くなっている」と「やや悪くなっている」についても同様である．これは，行動経済学の理論に示されている通り，人間は一貫性を持たず，常に合理的な判断ができないことを反映している．人々の価値観や考え方，注目点が異なり，また思考は不十分な知識，処理能力に左右されるため，意思決定には不確実性を伴っている．

　DI の算出では，「変わらない」の回答に 0.5 を付けているが，Jarvisx による感情スコアは常に 0.5 より小さくなっていることから，ネガティブな偏向

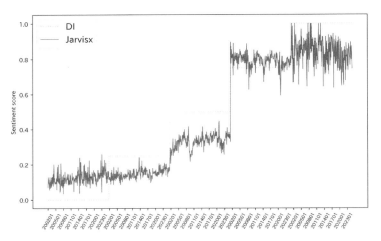

図3 景気ウォッチャーDIとJarvisxによる感情スコアの比較

が見受けられた．たとえば，「販売量の変化がみられない」，「客単価はほぼ変わらない」といった中間的な表現以外に，「月初めに連日大雪が降り，春物衣料・靴などが不振であった」，「春休み中の観光客の入込を期待したが，入込は極端に悪く，前年比では2割の減少となっている」といったネガティブ表現が多く見られた．

「やや悪くなっている」と「悪くなっている」の感情スコアは，確かにネガティブな傾向を示していたが，感情スコアは緩やかにポジティブになっている傾向があった．わずかであるが，景気は対照的に良くなっている可能性が考えられる．

4.2 景気ウォッチャーDIとLukeの比較

上記と同じやり方で，月ごとの判断理由を「良くなっている」，「やや良くなっている」，「変わらない」，「やや悪くなっている」，「悪くなっている」の五つに分け，各部分におけるLukeによる八つの感情のそれぞれの割合を求めた．さらに，景気ウォッチャーDIの大きさを小さい順でソートし，その結果を図4に示した．

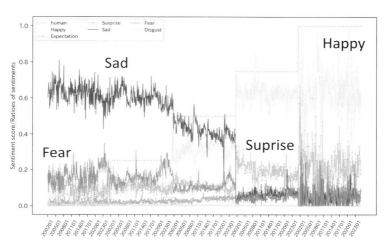

図4 景気ウォッチャー DIとLukeによる感情スコアの比較

「悪くなっている」と「やや悪くなっている」の人々の判断理由において，「Sad（悲しい）」の感情がメインであり，一方で「良くなっている」と「やや良くなっている」の判断理由において，「Happy（うれしい）」の感情がメインであることがわかった．「Surprise（驚き）」の感情は，「良くなっている」と「やや良くなっている」の判断理由の中で急激に増加していることが確認された．これは，景気の予想外の良い方向への動きが人々の驚きを引き起こしやすい可能性がある一方で，景気が悪化するとき，「Fear（恐怖）」の感情がより生み出されやすいことを示す．

一方で，「Disgust（嫌悪）」と「Expectation（期待）」の感情はほとんどの期間を通じて低水準にあり，これらの感情は景気に対する主な感情ではないことが示された．特に，「Disgust（嫌悪）」の感情はほとんど現れないことから，景気に対して強烈な嫌悪感を感じる人が少なかったことが示唆されている．ちなみに，「Trust（信頼）」と「Anger（怒り）」の感情が代表する判断理由がなかった．

以上の結果から，特定の経済状況に対して，人々の感情構成が変わることがわかった．以下に，「Trust（信頼）」と「Anger（怒り）」以外の六つの感情

第8章 感情分析

の判断理由文を示す.

Happy（うれしい）：
- 他店と差別化を図った結果，来客数，客単価ともに，前年比で2割以上伸びている．
- 3月末入居物件の売出しが続き，来場者数，販売量ともに増加している．
- 大型店舗が出店し競争は激しいが，その状況下でも来客数は増加している．

Expectation（期待）：
- 客がいくらか元気になっているので，景気は上向いている．
- 派遣業界の求人数は増加中で，大手を中心に今後も求人数が増加しそうである．
- 新デザインの商品が好評なため9月も前年以上の売上が期待できる．

Surprise（驚き）：
- リードフレム関連の大手半導体メーカーの動きが，非常に活発になってきている．
- 有料施設を含め，来客数は前年同月比で20%以上の増加と予想を超えている．
- 求人数の増加と求職者数の減少で有効求人倍率は1.97と前月を大きく上回っている．

Sad（悲しい）：
- イラク問題，SARSの影響も6月で落ち着き，宿泊の稼働率や朝食収入などは元の状態に戻っているが，冷夏のため，ビヤホールやプールの収入は伸びない．
- 下請企業や孫請企業が，十分な技能を持った人手を確保できていないと嘆くほどである．
- 現在，大学生の新卒採用をしているが，応募者総数が前年の約半分，一前年との対比では40%と，相当減少している．

Fear（恐怖）：
- リストラなどの影響により，国内全体の生産量が低下している中で，対

応力に企業格差が生じている．
- 景気は回復しつつあるが，客単価はいまだに低く，ガラスのように割れやすい不安定な状況である．
- タイの洪水復興需要で近隣の取引先からの受注が相次ぎ，パンク状態である．

Disgust（嫌悪）：
- 商圏内に大型スーパー2店が開店したことで競争が激化し，週末の新聞の折込チラシの枚数がうんざりするほどある．
- 受注量自体は増えているが，それに見合った利益が出ているかという部分が不満な部分である．
- 新型コロナウイルスの対応も国民からは支持されていない，国民に依頼しておいて，政治家や公務員が反した行動をしているとは，信じられないし呆れている．

以上のように，示されている感情ごとのテキストデータがあれば，それに基づいて，どのようなテーマやトピックが景気に対するそのような感情と強く結びついているかを分析することが可能である．たとえば，悲しい感情に関連するテーマとして「失業」「物価上昇」などが浮かび上がるかもしれない．このようにして，特定の感情に関連する具体的な問題を明らかにすることを通じて，景気に対する深い理解を得ることができるから，経済政策や戦略を立てる際に参考データになる．

4.3 景気変動のキーワード

景気変動に関して，年月，景気ウォッチャー DI と Jarvisx の感情スコアの三つの側面からキーワードを明らかにするため，名詞の文節を抽出し，さらに TF-IDF（第1章47頁参照）行列を作成した．Jarvisx の場合，ポジティブ，ネガティブとニュートラルな感情をそれぞれ正値，負値，0にして，月ごとの感情スコアが得られるが，Luke の場合月ごとの感情スコアを計算できないため，景気変動のキーワードとして検討しなかった．

分析として，作成したデータに対して，まず目的変数を月単位の日付，景

気ウォッチャーDIとJarvisxの感情スコア（センチメント指数と呼ぶ）とし，機械学習コンペティションで高い成績を収めているLightGBMを使って学習モデルを構築した．全データのうち，ランダムに70%を学習データ，30%をテストデータ，さらに学習データの中から20%をランダムに抽出し，検証データとした．テストデータに対する精度を表4にまとめた．全ての決定係数は0.90を上回り，当てはまりがよい学習モデルが構築された．

次に，学習モデルを解釈する方法SHAP（Shapley Additive exPlanations）を用いて，予測の理由を探索した（図5，上位20語）．横軸は各変数のSHAP値を示し，正の値は目的変数を正に押し上げることになる．また，値が大きいほど影響度が高いことを意味する．

さらに，図5に示している三つのキーワードランキングに対して，Jaccardを用いて一致度を算出した．その結果，日付と景気ウォッチャーDI，日付とJarvisxの感情スコアの一致度はそれぞれ0.29，0.33となり，Jarvisxの感情スコアがより景気変動のキーワードを適切に捉えた（図6）．

続いて，1位のキーワードである「当地」，「インバウンド需要」，「足元」を含む文を抽出し，詳しく考察した．

最終的に，抽出された文の数について「当地」には1998文，「インバウンド需要」には289文，「足元」には458文を抽出した．月単位で該当する回答文数，Jarvisxの感情スコア，およびJarvisxの感情スコア0.75以上，0.25以上0.75以下，0.25以下の回答文のワードクラウドを図7，図8と図9に示した．0.75以上，0.25以上0.75以下，0.25以下の3段階分けは図3を参照したものである．ここでは，月ごと回答文数が異なるため，感情指数を平均化した．

「当地」において，2010年以降回答文数が増加する傾向が見られた．また，センチメント指数によると，わずかであるが，ポジティブな表現が続いていた．ワードクラウドによると，ポジティブのキーワードは，観光客増加，イベント・キャンペーン開催，売上増加であった．さらに，ゴールデンウイーク，連休，ホテル，宿泊，販売量といった関連キーワードも表れた．観光やイベント・キャンペーン，祝日などが地域の経済成長を促進し，特に近年に

表4 LightGBMによる学習モデルの精度

	Y=日付	Y=DI	Y=センチメント指数
RMSE	147.71	154.03	207.34
R^2	0.95	0.95	0.91

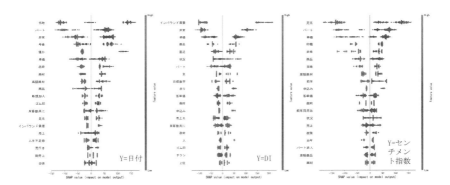

図5 SHAPによる予測キーワード

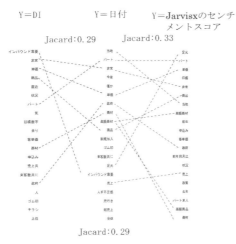

図6 目的変数を日付，景気ウォッチャーDIとJarvisxの感情スコアにしたときのキーワードランキングの一致度

第8章 感情分析

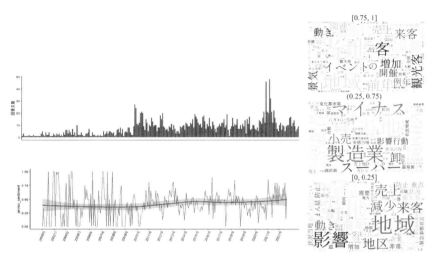

図7　1位キーワード「当地」に対しての月単位での該当回答文数，Jarvisxの感情スコア，およびJarvisxの感情スコア0.75以上，0.25以上0.75以下，0.25以下の回答文のワードクラウド

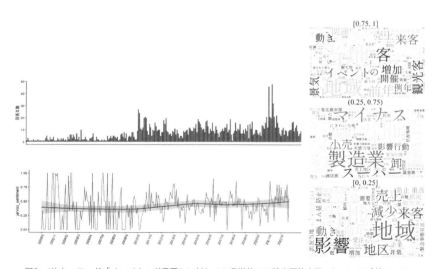

図8　1位キーワード「インバウンド需要」に対しての月単位での該当回答文数，Jarvisxの感情スコア，およびJarvisxの感情スコア0.75以上，0.25以上0.75以下，0.25以下の回答文のワードクラウド

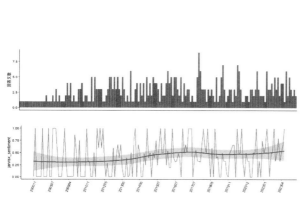

図9 1位キーワード「足元」に対しての月単位での該当回答文数,Jarvisxの感情スコア,およびJarvisxの感情スコア0.75以上,0.25以上0.75以下,0.25以下の回答文のワードクラウド

おいてその影響が大きくなっていることが示唆されている.

一方,中間的な感情のキーワードは,小売,製造業,基幹産業,スーパー,商店街,温泉街などであった.これらの状態は変わっておらず,何らかの対策が必要であることを示唆している.

ネガティブのキーワードとしては,来客,売上減少が目を引いた.これは,緊急事態宣言,まん延防止,新型コロナウイルスの影響と関連している.

「インバウンド需要」において,2020年から2021年の間に回答文数が最も少なく,また感情指数は0に近かった.しかし,新型コロナウイルスの終息に伴い,インバウンドの重要さは再び高まっていた.ワードクラウドからは,化粧品,商材,雑貨,宝飾,宿泊,食品,観光,衣料品など,多岐にわたる領域でインバウンド需要が関わっていることがわかった.インバウンド消費の促進がDIに正の影響を与え,景気の回復に良い影響を及ぼすことを示唆している.

一方,中間的な感情のキーワードは少なく,主に売上が目立った.また牽引の要望が見られた.

第8章 感情分析

ネガティブのキーワードには，円高や人手不足などの問題が浮かび上がった．また，サービス業，小売業，観光に注目すべきものとして示されている．

「足元」において，回答文数と感情指数の両方が増加する傾向が見られた．足元の状況に関しては，来客，受注，販売，仕事量などは好調であった．

一方，寒波，雪，環境などは，成り行きを見守るような感情の影響要因となっていた．

ネガティブのキーワードは，ポジティブとほぼ同様であり，受注，来客，仕事量などになっていた．

5　おわりに

本研究では，日本の景気ウォッチャー調査に基づき，調査対象者の景気判断理由テキストを用いた感情分析を行ない，人間による景気指標である景気ウォッチャーDIと大規模言語モデル（JarvisxとLuke）による感情スコアの比較を行なった．景況に関連するテキストを用いて感情を分析し，社会感情の変化が大規模言語モデルで捉えられることが示された．

・分析結果

結果として，景気ウォッチャーDIが低下している時期に，回答文の数が増加する傾向が見られ，景気悪化時には人々がより多くの詳細な意見やコメントを提供することが示された．しかし，人間による感情判断は統一性と安定性に欠けている．また，景気の良し悪しに応じて感情の構成が大きく変わり，景気が改善すると「Happy（うれしい）」や「Surprise（驚き）」が増加し，悪化すると「Sad（悲しい）」や「Fear（恐怖）」が増加することが確認された．特に「Surprise」は予想外の景気改善時に顕著に増える傾向があり，一方で「Disgust（嫌悪）」や「Expectation（期待）」は全体を通して低い水準を維持しており，日本の景況に主要な感情でないことを確認できた．

・意義

　本研究の意義は，従来の数値ベースの景気指標だけではなく，人々の感情に基づく景気の判断を定量化し，景気動向に対するより直感的かつ深い理解を得られる点にある．景気ウォッチャーDIは調査対象者の回答に基づいて景気を数値化しているが，感情の混在による情報の歪み，点数化の限界，異なる感情が混在する理由の分類の難しさなどの問題点があるため，大規模言語モデルによる感情分析が有用である．大規模言語モデルは，膨大な量のテキストデータで学習されているため，より大きな母集団の感情を捉えるとともに，文脈を深く理解できるため，感情分析において非常に高い精度を発揮できる．さらに，複雑な文脈や否定表現，婉曲表現も正確に捉えることが可能であるため，感情の微妙な違いを検出する可能性が分析結果の中に示された．

　また，事前学習済みモデルであるJarvisxやLukeを用いることで，単純な感情の分類にとどまらず，感情の細かいニュアンスまで捉えられるようになるため，特定の感情に紐づいたテキストデータを解析することで，感情に関連するテーマやトピックを特定し，感情分析を使った政府と社会のコミュニケーション改善につなぐことができる．たとえば，景気が悪化するときに社会不安を引き起こす要因がわかれば，それに焦点にあてた安心させるメッセージを世の中に発信することで，消費者や企業の心理と行動をポジティブな方向に促すことができるかもしれない．

・未来の展望

　今後の研究では，多様な感情や複雑な感情の混在をより高い精度でとらえる言語モデルを構築することと，景気に対する個別の感情と実際の経済活動との関連をより詳細に解明することが課題となる．たとえば，感情分析を利用して，政策の効果や経済の不安定要素を早期に検知し，景気回復のための迅速な対策を講じることができる可能性があると考えている．

　さらに，地域ごとや業種ごとの感情の違いを詳細に分析し，個別のセグメ

ントに合わせた経済政策や支援策を立案することも有益であると考えている．感情データを活用することで，景気変動に対する人々の心理的影響をより的確に捉え，消費や投資行動の変化を予測するモデルの構築も期待されている．

・結論

本研究は，人間の判断に基づいて計算された景気ウォッチャーDIに基づく景気の数値的評価と，大規模言語モデルによる景気判断を比較することにより，景気ウォッチャーDIの問題点を明確にし，景気動向をより包括的に理解するための新たな視点を提供した．感情分析を経済指標に取り入れることで，より柔軟かつ精度の高い景気予測が可能となり，今後の政策立案や市場戦略に寄与することが期待されている．

謝辞

本研究は，JSPS課題設定による先導的人文学・社会科学研究推進事業JPJS00122674991，公益財団法人大林財団2023年度研究助成の支援を受けた．

註

〔1〕 名古屋大学大学院人文学研究科附属人文知共創センター
〔2〕 http://www.lr.pi.titech.ac.jp/~takamura/pndic_en.html
〔3〕 https://www.cl.ecei.tohoku.ac.jp/Open_Resources-Japanese_Sentiment_Polarity_Dictionary.html
〔4〕 https://github.com/ikegami-yukino/oseti
〔5〕 https://github.com/Hironsan/asari
〔6〕 https://huggingface.co/jarvisx17/japanese-sentiment-analysis
〔7〕 https://huggingface.co/Mizuiro-sakura/luke-japanese-large-sentiment-analysis-wrime
〔8〕 https://huggingface.co/minutillamolinara/bert-japanese_finetuned-sentiment-analysis

参考文献

青嶋智久, 中川慧（2019）．日本語BERTモデルを用いた経済テキストデータのセンチメント分析．第33回人工知能学会全国大会，4Rin1-27．

石島博，數見拓朗（2018）．人々の心理が株価を動かす〜センチメント分析のパーソナルファイナンスへの応用．ファイナンシャル・プランニング研究，17，6–22頁．

五島圭一・高橋大志・山田哲也（2019）「自然言語処理による景況感ニュース指数の構築とボラティリティ予測への応用」，『金融研究』，第38巻，第3号，1–41頁．

Ito, T., Sakaji, H., Tsubouchi, K., Izumi, K., & and Yamashita, T. (2018). Text-visualizing neural network model: understanding online financial textual data (Advances in Knowledge Discovery and Data Mining), ed. Phung, D., Tseng, V., Webb, G., Ho, B., Ganji, M., Rashidi, L., PAKDD 2018. Lecture Notes in Computer Science, Springer, 10939, p. 247–259, 2018.

関和広，生田祐介，松林洋一（2020）．ニュース記事に基づく景気指標S-APIRの開発．第24回人工知能学会金融情報学研究会，SIG-FIN-024．

小林のぞみ，乾健太郎，松本裕治，立石健二，福島俊一（2005）．意見抽出のための評価表現の収集．自然言語処理，12，3，203–222頁．

Loughran, T. & McDonald, B. (2011) . When Is a Liability Not a Liability? Textual Analysis, Dictionaries, and 10-Ks. Journal of Finance, 66(1), p. 35–65.

Shapiro, A.H., Moritz S., & Daniel J. W. (2022) . Measuring News Sentiment, Journal of Econometrics, 228, p. 221–243.

Rambaccussing, D. & Andrzej K. (2020). Forecasting with News Sentiment: Evidence with UK Newspapers. International Journal of Forecasting, 36, p. 1501–1516.

竹内啓（1999）．景気動向の早期把握等に関する今後の課題——動向把握早期化委員会報告書——．https://www5.cao.go.jp/keizai3/1999/19990524doukou/menu.html．

Takamura, H., Inui, T., & Okumura, M. (2005). Extracting semantic orientations of words using spin model. Proceedings of the 43rd Annual Meeting of the Association for Computational Linguistics, p. 133–140, 2005.

山本裕樹，松尾豊（2016）．景気ウォッチャー調査の深層学習を用いた金融レポートの指数化．第30回人工知能学会全国大会，3L3–OS16a-2．

山本裕樹，落合桂一，鈴木雅大，松尾豊（2022）．LSTMモデルによる金融経済レポートの指数化．情報処理学会論文誌デジタルプラクティス（TDP），3，2，93–103頁．

第9章
国境侵犯の危機と政治家の演説
──スイス大統領エッターとヒトラーの比較

葉柳和則[1]　鄭弯弯[2]

　本研究は，ナチス・ドイツによる国境侵犯の危機に際して，スイスの内務大臣・大統領，フィリップ・エッター（Philipp Etter, 1891-1977）が国民統合のためにどのような語彙とレトリックを用いたかを明らかにする．主たるデータは，エッターが1930年代に行なった演説である．比較の対象として，アドルフ・ヒトラー（Adolf Hitler, 1889-1945）による同時期の帝国議会演説も取り上げる．分析手法は，「語彙の豊富さ（lexical richness）」と言語モデルを使用した「センチメント分析（sentiment analysis）」（肯定／否定の判定，および八つの感情要素の抽出）である．エッターとヒトラーの演説が，聴衆の感情に訴える際の語彙とレトリックの特徴を，定量的に分析することで，二人の演説の語彙レベル，文レベル，シークエンス・レベルでの共通点と相違点を明示する．この研究が意図するのは，国境の彼岸でナチスが政権を握っていた時代，エッターがスイスを「全体主義に抗する全体主義」（葉柳 2022a, 31）とも評しうる国家へと作り変えようとした，という歴史学者による批判の妥当性の検証である．さらに本研究を通して，戦争勃発という最大の国家的リスクに直面した政治家が，国民を精神的に統合するための言説戦略を分析するためのモデルを提示することも視野に入れる．

1　なぜエッターの演説なのか

　エッターは，カトリック保守党（Die Katholisch-Konservativen）を選出母体として，1934年から1959年までスイスの内務大臣の座にあった．その間，4度にわたって大統領を務めた．第二次世界大戦の勃発した1939年は彼の最初の大統領任期に当たる[3]．エッターは，ツーク州議会議員時代からすでに，演説によって市民に語りかけることに長けていた（Boumberger, 26）．同時代の政治家であるヒトラーも演説の名手であり，直接聴衆に訴えただけではなく，ラジオ中継を活用した（高田, 135–138; Takada, 129–135）．

　たとえば，1939年8月28日，ナチス・ドイツによるポーランド国境の侵犯を不可避と見た大統領エッターは，ラジオを通してスイス国民に国境防衛のための総動員令を布告した．文書の配布と掲示よりも先に，ラジオにより国民に総動員令が布告されたのはスイス史上初めてのことである．ヒトラーと同様，エッターもラジオという新しいメディアを使った演説によって，より広汎な聴衆に自身の声を届けようとしたのである．

　第二次世界大戦中，スイスが中立と独立を守り抜いたことを踏まえると，閣僚および大統領としてこの時代の国家運営に当たったエッターは，政治家として肯定的に評価されてよいはずである．実際，1970年頃までの歴史学では，ナチス・ドイツへの文化的抵抗を主導した政治家として彼を評価する傾向が強かった（Bonjour, 31–40; Zaugg, 2020, 19–20）．この時期の研究のなかで，ナチズムへの順応者だと見なされた政治家や知識人は少なくないが，そこにエッターは組み入れられてはいなかった（Independent Commission of Experts, 40）．

　エッターが亡くなった1977年頃から，68年世代がスイスの歴史学で中心的な役割を果たすようになる．これと並行して，第二次世界大戦期の「スイスの克服されざる過去（Unbewältigte schweizerische Vergangenheit）」（Frisch, 370）をタブーなしに解明しようとする研究が活発になり，いきおい，エッターに批判的なスタンスを取る研究が増えていった．それらの研究においては，

エッターが国策として主導した愛国的文化運動「精神的国土防衛（Geistige Landesverteidigung）」は，「スイス的全体主義」（Jost, 761）ないし「民主主義的全体主義」（Linsmayer, 463）の文化装置だとみなされた．彼らと同世代のドラマトゥルク，ウルス・ビルヒャー（Urs Bircher）は，1930年代から1945年までのスイスについて，「自由主義的な民主主義をファシズム的全体主義から守るために，スイスは次第に自らを全体主義的な性格を持った体制へと歪めていった」と述べている（Bircher, 79）．

エッターに対する否定的な評価は，21世紀に入っても続いた（Amrein, 111–122）．これに一石を投じたのが，1985年生まれの歴史学者，トーマス・ツァウグ（Thomas Zaugg）である．ツァウグはエッターが目指していた国家のあり方は，コーポラティズムだったと主張する（Zaugg, 2020, 105）．コーポラティズムは必ずしも全体主義と結びつくものではなく，戦後のオランダや北欧諸国のネオ・コーポラティズムのように民主的なあり方も可能である（水島, 41–63）．ツァウグによれば，エッターは，全体主義的な政治家ではなく，穏健な連邦主義者であり，多元的な集団や党派の利害を調整する「媒介者としての役割（die Rolle eines Vermittlers）」の遂行者だった（Zaugg, 2020, 595）．

このような歴史学者たちの論争に，一気に決着を付けることは難しい．しかし，現代の自然言語解析の手法を用いて，実証史学とは異なる方法で，かつ思想的対立から相対的に自由な立場から，国民に向けたエッターの演説を，語彙と文のレベルで，全体主義者の演説と比較することは可能である．

この試みの一環として，筆者のひとり（葉柳，以下同様）は2023年に，構造的トピックモデル（structural topic model: STM）を使って本研究と同一のテキストデータを分析することで，エッターの演説に含まれるテーマの時系列変化を確認した．それにより明らかになったのは，少なくとも演説に焦点をしぼるなら，エッターが権威主義的な政治思想を表明していたのは，1933年8月から1934年3月に限定されていること，同月末に内務大臣に選任されて以降は，諸党派・諸団体の代表の協議に基づく合意民主主義の枠内でスイスの国民統合を目指していたことであった（Hayanagi, 308）．

1933年から1934年の演説に見られる権威主義的傾向にしても，一義的に

全体主義と結びつくものではない．1933年1月にドイツでナチスが政権を奪取して以降，スイスでも「戦線派（Die Fronten）」と呼称される右派政党が叢生した．この時期エッターは演説を通して，スイスの直接民主主義の原型であるランツゲマインデ（青空議会）の基底を成すカトリックの権威への回帰を聴衆に訴えていたのであって，むしろナチズムに対する疑念，あるいは少なくとも留保が，彼の演説の動機となっていた．1933年の演説でエッターがナチスの「強制的画一化（Gleichschaltung）」を強く批判していることも，その一例である（Etter, 1933, 15）．

ただし，当時のカトリック教会はローマ教皇の方針に基づき，社会主義と自由主義の双方を批判することで自らを思想的に位置づけており，エッターの発言もその路線に沿ったものといえる（Etter, 1933, 25 & 28）．しかしこうした言説戦略はファシズムのそれと同型であるため，エッターの思想が，同時代のイタリアやオーストリアのような全体主義型のコーポラティズムを潜在的に志向していたと解釈される余地はあった[4]．

冒頭で述べたように，本研究は，ヒトラーの演説との比較によって，エッターの演説における聴衆への「呼びかけ構造（Appellstruktur）」を解明することで，歴史学者の論争に一定の方向性もたらすことを目指す．「呼びかけ構造」とは演説が聴衆の感情に訴える際の言語的特徴の謂であり，本来は読者反応批評を提唱したヴォルフガング・イーザー（Wolfgang Iser, 5–38）の用語である．イーザーは小説のテキスト内の「不確定箇所（Unbestimmtheit）」が読者を意味の探索へと誘うという理路のなかで「呼びかけ」という語を使っている．しかし，読者に意味の探索を開始させるには，まずは語り手による読者の感情への「呼びかけ」が必須である．政治家の演説を，聴衆に向けてメッセージを説得的に発信することを目的としたテキストと捉えるなら，イーザーの概念を拡張し，演説の分析に応用することで，聴衆への「呼びかけ構造」について議論することは可能である．

本研究が比較対象としてヒトラーの演説を取り上げたのは，もちろん一つにはエッターの評価をめぐる歴史学的論争の解決の糸口を見出すためである．しかのみならず，すでに『わが闘争（Mein Kampf）』第1巻（1925）のなかで，

「国民の圧倒的大多数は，その気質と思考が女性的であり，理性的な熟慮よりも，感情的な知覚によって自身の思考と行動を決定するほどだ」と述べていることからも分かるように（Hitler, [1925] 2016, 507），ヒトラーは演説によって聴衆の感情に訴えることの有効性を明確に認識していたからでもある．

2 分析対象

スイス国立図書館に所蔵されているエッターの演説および演説に基づく政治的小冊子は15件（1933–1939）である（末尾の参考文献を参照）．そのうち本研究で中心的に扱うのは表1に示す2件である．他の演説は次節の「語彙の豊富さ」の分析でのみ取り上げる．

表1 中心的に扱うエッターの演説[5]

時期	原題	和訳
1934年2月頃	Die schweizerische Demokratie	スイスの民主主義
1939年8月28日	Eidgenossen, schirmt das Haus!	盟約者たち，家郷を防衛せよ！

エッターの演説は参考文献に挙げたものがすべてではない．未公刊の演説原稿や，カトリック保守党系の新聞に掲載された演説は，スイス国立図書館には所蔵されておらず，エッターの出身地であるツーク州アーカイブでのみ閲覧可能である．1999年にエッターの遺族によって彼の遺稿が同アーカイブに寄贈されたが，その存在が公表されたのは2014年，部外者の閲覧が認められたのは2020年2月のことである（Zaugg, 2018, 80; 葉柳, 2021, 30）．筆者のひとりは2022年9月に同アーカイブでエッターの演説の悉皆調査を試み，手稿，新聞や雑誌への転載などを合わせて，454件の演説を収集した．しかし，エッターの手稿の解読やかすれたフラクトゥーア書体（ヒゲ文字）で印刷された約90年前の新聞記事のテキスト化に時間を要しているため，本研究では，書籍・小冊子の形で公刊された演説に限定せざるをえない．言い換えると，本研究が取り上げたのは，エッターが書籍や小冊子として世に問おうとした演説のみである．『スイスの民主主義』は，1933年後半から1934

年2月頃まで，つまりエッターが閣僚に選任される直前の時期の本格的な演説（Rede）や短いスピーチ（Anrede）を一つのテキストとしてまとめ直した政治的小冊子であるが[6]，演説に準じるものとして扱い，以下では表記上も演説と区別しない．

『スイスの民主主義』の刊行は，ナチスによる独裁化の進展と時期的に重なっており，この出来事がスイス社会に与える影響とそれに対するエッターの立場表明が議論の根幹を成す．したがって，初期のエッターの思想とナチズムを対比する際の有力な手がかりである．

ナチスによる政権奪取の影響という点では，1933年の演説を分析する方が望ましいという考え方もありえる．しかし，この演説は聴衆がカトリックの若者に限定されており（Etter, 1933, 45），広く国民に語りかけたものではない．スイスでは，宗教改革の後，プロテスタントがマジョリティとなった．宗教戦争としての性格の強かった1847年の分離同盟戦争（Sonderbundskrieg）におけるカトリック系諸州の敗北の後，人口の約30％を占めるカトリック教徒は，数の上だけではなく，政治的にもマイノリティに転落した．内務大臣に選任される前のエッターは，このカトリック・マイノリティを代表する議員だった．これに対して，1934年の大臣選任以降，エッターの演説の宛先はスイス国民全体となる．スイスの内閣は，諸党派の代表による全員一致の合議制を取っているため，閣僚には自身の選出母体の立場よりも，スイス全体の視点から発言し，政策立案することが求められる（葉柳，2021, 35）．したがって，1933年の演説と1934年の演説では，想定される聴衆の範囲が大きく異なっており，前者の解釈には種々の留保と注釈が必要となる．したがって，本研究の目的に照らして，センチメント分析の対象としては1934年の演説の方が適合的である．

上述のように，1939年8月28日のエッター演説は，ドイツによるポーランド侵攻が不可避という見通しとなった時点でなされた．スイス政府は，ドイツ軍の侵攻が実際に始まった場合，フランスやイギリスがドイツに宣戦布告し，枢軸国のイタリアも参戦すると予想していた．1907年に改訂されたハーグ陸戦条約（Haager Landkriegsordnung）に基づき，中立国には，戦争当事

国の軍隊や輸送部隊による領土通過を,武力を用いてでも阻止する義務がある(伊津野, 24).そしてそれ以上に,1938年のドイツによるオーストリア合邦(Anschluss)以降,ドイツ語圏とイタリア語圏を抱えるスイスの政府は,枢軸国による「合邦」のリスクを強く認識しており(葉柳, 2022a, 37),ドイツおよびイタリアとの国境を防衛するために,枢軸国による第三国への侵攻開始と同時に総動員令を発出することを決定していたのである.このように極度の非常事態でなされたエッターの演説は,わずか51秒の短いものである.しかし,戦間期から大戦期への転換点における小国の大統領の演説として分析に値する.

エッターの演説と詳細に比較するのは,ヒトラーの二つの演説である(表2).ヒトラーの演説はテキストが確認されるものに限定しても,663件にのぼる(Takada, 337–362).本研究では次節での分析のために,ヒトラーの演説のうち,エッターの演説と時期が近いもの14件(1933–1942)を選定した[7].

表2 中心的に扱うヒトラーの演説

時期	原題	和訳
1933年3月21日	＊ Rede bei der Eröffnung des neu einberufenen Reichstags	新たに招集された帝国議会の開会式での演説
1939年9月1日	＊ Erklärung der Reichsregierung vor dem Deutschen Reichstag	帝国議会における帝国政府の宣言

3 演説者としての能力

政治家の演説者としての能力を測る指標は,論点の配列,修辞法,語彙,声音(こわね),表情,身振りなど多岐にわたる.メディア利用の巧みさも,広義の演説能力とみなしうる.さらに,演説とは聴衆への働きかけを主目的とする言説である以上,実際に聴衆に及ぼす影響こそが,演説の優劣を判断する重要な指標の一つである.ヒトラーの演説を網羅的に収集し,定量的な分析を行なった高田博行は,修辞法から,身振り,メディア利用まで,その演説が「理論値としては最大になった」とき,「演説の威力は下降線を描いていっ

た」と述べる（高田, 261; Takada. 333）．このように，演説者としての能力を，その演説が実際に持った効力をも含めて評価しようとするならば，演説のテキスト内在的分析だけでは十全ではない．

とはいえ，演説文が修辞的に巧みであること，すなわち，演説者の言語使用（語の選択，文の組み立て，ロジックなど）が優れたものであることは，それが聴衆によって受容されるための前提である．高田の研究の基盤となる語彙の出現頻度は，頻出語の数を集計するにとどまるため，演説の巧拙を直接に表わす指標ではない．そのため，ヒトラー演説の巧みさの分析に際しては，主として修辞法と身振りの定性的分析が用いられている（高田, 77–94 and 141–150; Takada, 72–88 & 183–198）[8]．

これに対して本研究では，「語彙の豊富さ」を指標として，エッターとヒトラーの演説テキストの特徴を捉えるところから分析を始める．語彙が豊富であることは，ニュアンスに富んだ表現や説得的な論理を可能にするが，同時に文章の複雑さや難解さにもつながる．しかし，そもそも人は，少なくとも意識のレベルにおいて，自身の持つ語彙の組み合わせの範囲を超えて，思考し，表現することはできない．筆者のひとりはこれまでエッターの演説や彼の手になる公文書を主として定性的に読み解き，その社会・文化的意味を検討してきた（葉柳, 2018, 2021, 2022a, 2022b）．上述のように，演説の名手として知られたエッターであるが，定性的な読みに基づくと，彼の演説における語彙の使い方には，反復が多く，かなり冗長である．もちろん，この冗長性は修辞法に基づいており，聴衆にとっては耳に心地よいものであったり，説得的だったりする可能性も否定できない．

語彙の豊富さを算出するための指標は数多く提案されている．広く使われているのはTTR（Type Token Ratio）であるが，テキストが長くなるとともにTTRの値が低くなるという問題がある．特に本研究の場合，比較する演説テキストの長さに違いがあるため，TTRは適さない．したがって，テキストの長さに影響されにくい指標の一つであり，すでに1940年代から有効性が確認されてきたYule'Kを採用する．

図1は，Yule'Kによって，エッターとヒトラーの演説を比較したものであ

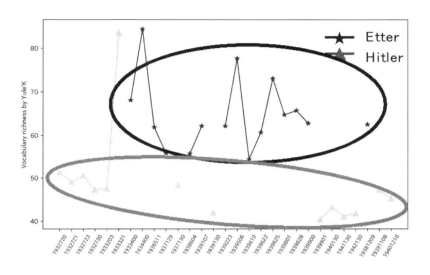

図1　エッターとヒトラーの演説における語彙の豊富さ

る．Yule'Kの場合，値が小さいほど，語彙が豊富であることを意味する．つまり，ヒトラーの方がエッターより豊かな語彙を使用していることになる．高田は「ヒトラーの演説と言えば，声を大きく張り上げるヒステリックな姿が思い浮かぶ」と述べた上で，「イメージが一人歩きして行った先から，ヒトラー演説を一度連れ戻す」必要性を強調する（高田, i; Takada, 1）．高田の分析によれば，ヒトラーの演説はすでに1925年には「弁論術的完成」(rethorische Perfektion) 達していた（高田, 77; Takada, 78）．つまり，エッターに比べてヒトラーの方が多様な語彙を駆使して聴衆に語りかけていたのである．

これはヒトラーの演説とウィンストン・チャーチル（Winston Churchill, 1874–1965）の演説を比較した中村靖子（2024）の知見とも一致する．中村は1940年のチャーチルの対独抵抗演説[9]と同時期のヒトラーの帝国議会演説を，Yule'Kを用いて比較し，ヒトラーの方が豊富な語彙を使用しており，他方チャーチルの演説には同じ語の繰り返しが多いことを明らかにしている（中村, 17）[10]．

4　感情のうねり

　アリストテレスの修辞学（rhetoric）の鍵語，ロゴス（logos），エトス（ethos），パトス（pathos）は聴衆を説得するための三つの様式である（Corbett & Connors, 31–32）．ロゴスは論理・論証，エトスは信頼と信念，パトスは感情と共感の領域に対応する．修辞学とは三つの様式の選択と構成によって説得的な言説を編成するための技法である（Corbett & Connors, 20–21）．
　オーラリティの言語学を専門とするタマル・ムシュヴェニエラゼ（Tamar Mshvenieradze）は，フランスの大統領候補ジャック・シラクとニコラ・サルコジの演説を——基本的には定性的にだが，人称代名詞に関しては単純集計も用いて——分析した．ムシュヴェニエラゼは，現代の政治的言説においてもアリストテレスの三様式は有効に機能していることを確認し，2002年にシラクが，2007年にサルコジが勝利した背景には明確な修辞学的戦略があったと述べている（Mshvenieradze, 1944–1945）．社会言語学者の韓娥凜（Han Ahreum）は，言語を用いた「正当化」や「理由づけ」に関する先行研究を踏まえて，ロゴス，エトス，パトスを，「リポート（report, 証言，歴史，規則，データ等に基づく言説）による権威付け」（タイプA），「二分化による対立のフレーム作り」（タイプB），「ラポート（rapport, 語り手と聞き手の内的結びつき）による一体化」（タイプC）として捉え直し，安倍晋三と朴槿恵が2012年に行なった演説を定性的に分析した（韓, 52–54）．その結果，両政治家はともに論理に訴えるタイプAよりも，聴衆の感情に訴えるタイプBとタイプCのストラテジーが頻繁に使用したこと，ただしこの傾向は朴の方が強いことが確認された（韓, 68–69）．このように，アリストテレスのロゴス，エトス，パトスの概念は，時代や地域を超えた普遍性を有しており，現代の政治家の政治的言説の分析においても，大枠としては有効である[11]．
　本節ではセンチメント分析を手法として，表1と表2に示すエッターとヒトラーの演説に含まれるパトスへの訴えかけに焦点を当てる．具体的には，まず，言語モデルとしてHugging FaceのTransformerライブラリである

ssary[12]，およびlxyuan[13]に加え，ChatGPT-4oを用い，文ごとのセンチメントスコアを算出する．センチメントスコアは-1から1の範囲に統一され，負の値が否定的感情，正の値は肯定的感情を表わす．各値の意味は本書の研究事例4における説明を参照されたい（180–181頁）．その後，二人の演説における肯定的感情と否定的感情を時系列に分析し，それを「ウオーターフォール・プロット」として描出する．センチメント分析におけるウォーターフォールは，直近の数値よりも肯定的感情要素を含む文が増加した場合には，直近値に正の値を加えて描画する．否定的感情要素を含む文が増加した場合は，直近値に負の値を加える．これによって，演説の始まりから終わりまでの発話において，どのような感情が聴衆に向かって投げかけられたのか，すなわち正負の感情のうねりを確認することができる．

　まず，エッターによる1934年の演説を分析する．ドイツでは1933年の12月に「党と国家の統一を保障するための法律（Gesetz zur Sicherung der Einheit von Partei und Staat)」が，翌1934年の1月には「ドイツ国再建に関する法」（Gesetz über den Neuaufbau des Reichs）が公布された．後者はドイツ帝国内の各州の主権を廃止し，州を帝国政府の直接的な管轄下に置くことを規定した法律であり，神聖ローマ帝国に端を発する伝統的な地方分権構造を解体するものであった．スイス連邦は，主権国家に準じる権限を有する独立性の高い州（Kanton）のゆるやかな連合体（Bund）を成しており，地域政治から国政まで分権型の直接民主主義を採用している．州とそれを構成する基礎自治体（Gemeide）から国政レベルまで，国民のイニシアチブ（国民発議）とレファレンダム（国民投票）による意思決定が議会や政府に優越する．それゆえ，全体主義思想に好意的態度を示す戦線派の叢生は，スイスの国家のあり方に対する根本的挑戦であると見なされたのである．

　図2に見られるように，1934年のエッターの演説は三つの局面に区分できる．最初の局面では肯定的な感情のスコアが高いが，続く局面では否定的感情のスコアが増加し，第三の局面では再び肯定的感情のスコアが増加する．

　内容に目を向けると，第一の局面（No. 1–No. 238; Etter, 1934, 4–17）では，スイスという国の成立と「ランツゲマインデ－民主主義」（Etter, 1934, 11）の

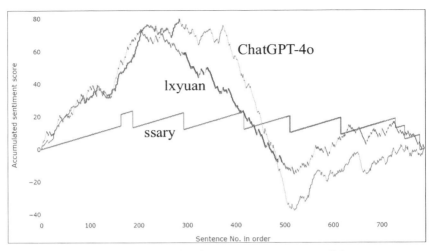

図2 エッターの演説（1934）におけるセンチメントスコアの推移

伝統が肯定的に確認されている．第二の局面（No. 239–No. 507; Etter, 1934, 17–31）では，1848年に，フランス革命の影響の色濃い自由主義的な憲法を発布し，近代国家として出発してからのスイス政治の問題点が指摘される．この局面では最初に，自由主義的な民主主義が批判される．「民主主義と自由主義は同じ概念ではない」（Etter, 1934, 18），続いて，社会主義が批判される（Etter, 1934, 26–27）．その上でエッターは，ファシズムがこれらの近代思想を克服するものであり，スイスの国家思想たりえるかを問い，否と答える．「イタリアのファシズムも，ドイツのナチズムも，明確に人種を強調しており，中央集権的である」（Etter, 1934, 29）．したがって，第二の局面では否定的な語彙が多用される．

そして，第三の局面（No. 507–No. 761; Etter, 1934, 31–44）においてエッターは，フランス革命期以前の伝統的な直接民主主義と職能団体秩序（berufsständische Ordnung）に基づく，キリスト教民主主義の再建こそが，世界恐慌以後の経済的，政治的，思想的混乱に対する解決をもたらす，と主張する（Etter, 1934, 38）．したがって，この局面では肯定的な語を含む表現が増加している．

ヒトラーに関しては，1933年3月21日，ナチスとドイツ国家人民党の連

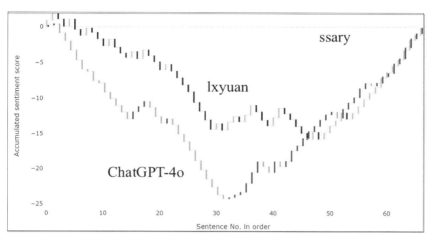

図3 ヒトラーの演説（1933）におけるセンチメントスコアの推移

立政権下で最初に開催された帝国議会での演説を取り上げる．同日，ナチスと国家人民党は，いわゆる全権委任法案を共同で提出し，2日後には可決に持ち込んだ．これは内閣に絶対的権限を付与する法律であり，これによって戦間期ドイツの議会制民主主義は終焉を迎えた．

　図3が示しているように，ヒトラー政権最初の国会演説は，二つの局面から成る．第一局面（No. 1–No. 29; Hitler, 1933, para. 1–14）でヒトラーは，ビスマルクが主導したドイツ帝国成立（1871）以後の歴史，とりわけ第一次世界大戦における敗北とベルサイユ条約体制から世界恐慌に至る経緯を，ドイツの民族共同体（Volksgemeinschaft）の分裂と凋落の歴史として捉えている．しかし，「賠償金という狂気」と「世界経済のカタストローフ」に強い言葉で言及した直後，この分裂と凋落のただなかで，「新しい〔民族〕共同体」を作り出そうという動きが生じたと述べる（Hitler, 1933, para. 15）．これが転換点となって，第二局面（No. 30–No. 69; Hitler, 1933, para. 15–38）が開始され，「ドイツ国民の精神と意志の統一」に基づく，「真の共同体」に向けたアピールがひたすら続く（Hitler, 1933, para. 22 & 31）．

　このように，政権奪取直後のヒトラーの演説は，前半ではひたすら否定的

な感情に訴え続けた後，後半で畳みかけるように肯定的な感情に訴えている．1933年2月6日にヒトラーが，国防軍の将校に向けて行なった演説も，全体として否定的感情が続くシークエンスと後半の肯定的感情のシークエンスという二局面から成っている．テキストの成立過程や分量が異なっているため，あくまでも今回取り上げた事例に議論を限定するなら，ヒトラーが否定と肯定の二項対立構造という理解しやすい感情のうねりを作り出しているのに対して，エッターは二項対立の先に第三の道を肯定的に示すという弁証法型の構成で話していたと言える．

5　累積する感情

　本節では，肯定的感情／否定的感情という単一のスケールではなく，感情の内容を細分化し，二人の演説の呼びかけ構造の基調となる感情要素を明確にする．具体的には，ChatGPT-4oを利用し，発話における感情は，「喜び (joy)」，「悲しみ (sadness)」，「怒り (anger)」，「恐怖 (fear)」，「驚き (surprise)」，「嫌悪 (disgust)」，「信頼 (trust)」，「期待 (expectation)」という八つの下位カテゴリーから成るという仮定のもと，それぞれの強度を0から10までの値として出力して，その累積和を感情の累積としてグラフ化した．プロンプトについては，本書第3章を参照されたい（92–93頁）．

　本研究の趣旨に照らして，八つの感情のなかで特に注目すべきなのは，「信頼」と「期待」である．というのも，これら二つは，先に触れたアリストテレスの修辞学における説得の三様式に照らすと，パトスだけではなく，エトスにも関わっているからである．演説に含まれるロゴスを解明するには，個別のテキスト内の理路を定性的に辿ることが必要であるが[14]，エトスに関しては定量的手法によって文の内容レベルでの説明が可能となる．

　取り上げるのは前節と同様，エッターの政治的小冊子『スイスの民主主義』（1934）とヒトラーの国会演説（1933）である．

　図4は，エッターの1934年の演説では，「信頼」が一貫して八つの感情の累積和の最上位に位置し，「期待」がそれに次ぐことを示している．続いて，

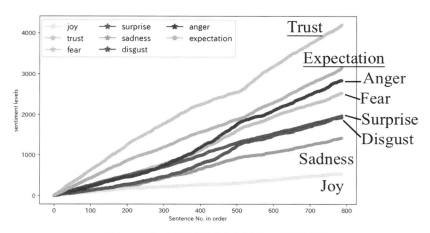

図4　エッターの演説（1934）における八つの感情の累積

「怒り」と「恐怖」という感情カテゴリーがそれぞれ3位と4位に位置する．つまり，エッターの演説は，否定的なパトスである「怒り」や「恐怖」に言及しつつも，最終的には国民と連邦への「信頼」と「期待」というエトスによって議論を枠付けようとしている．図4のスコアの変化をテキストに対応させれば，国境の彼岸でのナチスによる権力掌握は，「とりわけスイスの若者たちを熱狂的な不安と動揺に陥れた」が（Etter, 1934, 25），全体主義とは異なる，分権型のシステムを維持しつつ，世界恐慌がもたらした社会的混乱を克服しうるとエッターは主張する．すなわち，「スイスの民主主義の連邦主義的土台はコーポラティズム的な社会秩序と完全に両立できるのです」（Etter, 1934, 38）．このように，「信頼」と「期待」の累積和が上位になっているのは，ナチスによる政権掌握がもたらす「不安と動揺」を，これまで継承されてきた民主主義と地方分権に基底に据えたコーポラティズムによって乗り越えるという議論の基本構造があるからである．

　図5が示すように，ヒトラーによる1933年3月の演説では，後半になって，「信頼」の累積和が最上位になり，「期待」も後半になって累積和を上昇させるが，全体の3分の2までは「怒り」と「不安」が1位，2位を占める．こ

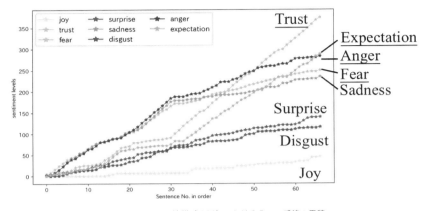

図5 ヒトラーの演説（1933）における八つの感情の累積

れは前節で見出した演説のシークエンスにおける肯定的局面と否定的局面の二項対立構造とも符合する．この演説の後半でヒトラーは，第一次世界大戦の英雄で，ヒトラーを首相に任命したパウル・フォン・ヒンデンブルク大統領（1847–1934）にことよせて，「帝国の栄光」を取り戻すための「ドイツ民族の不滅の活力」への信頼を繰り返し強調している（Hitler, 1933, para. 34–36）．

次に，エトスへの訴えかけに着目し，ヒトラーとエッターが第二次世界大戦勃発時に行なった演説の分析を通して，戦間期から大戦期にかけて「呼びかけ構造」に変化があったか否かを確認する．上述のように，取り上げるのは戦争勃発が不可避であることをエッターが認識した1939年8月29日の演説と，ポーランド軍の攻撃に対する反撃の不可避性をヒトラーが説いた同年9月1日の国会演説である．二つの演説はともにラジオ中継によって国民に向けて発信されているという点でも共通性を持つ．

図6にあるように，第二次世界大戦勃発前夜のエッターの演説においても「信頼」と「期待」が高い累積和を示しており，「怒り」と「不安」は相対的に低い値をとなっている．ここからは，演説を「信頼」と「期待」によって枠づける意図を読み取ることができる．対応するテキストにおいて，エッ

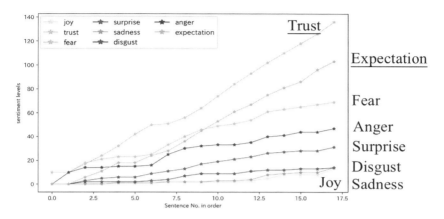

図6　エッターの演説（1939）における八つの感情の累積

ターは「現今，ヨーロッパの諸国民にのしかかっている緊張状態」のなかで，「近隣諸国では戦争への動員が大規模に始まっている」と状況認識を語ったうえで，「国境警備軍のすべてを動員することを決定した」と宣言した（Etter, 1939, 87）．このように国境侵犯の危機と総動員の必然性を確認した後，エッターは次のように演説を締めくくる．

> 　我々の軍隊には，〔……〕国を守る任務を担う軍人たちと同じ冷静さ，同じ勇気，同じ規律に基づく精神に満たされた，団結し，結束力のある国民によって支えられていることを知って欲しいと願います．
> 　男女を問わず，私たち一人ひとりが，それぞれの場所で義務を果たしましょう！この容易ならざる時にふさわしい行動を取りうることを証しましょう．私たちは，軍，国民，そして全能の神を信頼しています．
> （Etter, 1939, 89, 強調はエッターによる）

ここでエッターは，軍隊，国民，そして神への「信頼」と「期待」に溢れた言葉で，とはつまり「怒り」や「不安」に結びつく言葉を慎重に避けつつ，

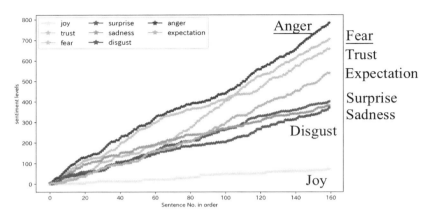

図7 ヒトラーの演説 (1939) における八つの感情の累積

国民に総動員態勢の必然性を説得しようとしている．このように，図6の定量的分析結果を踏まえて，個別のテキストに立ち戻ることで，エッターの演説における言説の配置の持つ意味がいっそう深く理解できる．

これに対して，ポーランド侵攻を宣言する1939年9月1日の演説でヒトラーは，まずヴェルサイユ条約がドイツにもたらした「苦しみ」(Qual) について触れた後,「〔ドイツの飛び地〕ダンツィヒは私たちから切り離され，〔ダンツィヒとドイツ本国をつなぐ〕回廊がポーランドによって併合されてしまった」と述べる (Hitler, 1939, para. 1, 強調は引用者による). このように，1933年と同様の認識のもと,「怒り」と「不安」の感情を煽り立てるところから，ヒトラーの演説は始まる．

演説の後半では，ヒトラーはエッターと同様，国民の「義務」に言及する.「諸君が，自分たちに割り当てられた，持ち場のすべてで，今やその義務を果たすことを，〔……〕私は期待する」(Hitler, 1939, para. 68). このようにヒトラーは国民に対する「期待」を口にする．しかし,「この責任から逃れる権利は誰も持っていない」(Hitler, 1939, para. 68), と述べ,「義務」を「私たちに求められている犠牲」と結びつける (Hitler, 1939, para. 68).「犠牲」は演説

の後半で7回使用される．このように，国民に対する「期待」を口にしながらも，その直後に「犠牲」という言葉を畳みかけるがゆえに，ヒトラーの演説においては，累積する「不安」の絶対量が「信頼」を上回るのである．

6　おわりに

　エッターは語彙の豊富さという点では，ヒトラーに見劣りする演説者であった．しかし，演説における感情の否定／肯定の時系列的な配列と，それに基づく論理の構成は，ヒトラーよりも複雑で，否定と肯定の先を目指す弁証法的な性格を有している．その試みの基調となる感情こそが，国民に対する「信頼」と「期待」だった．高田はヒトラー演説の構文には，「AではなくてB」，「AしかしB」という「対比法（antithetische Formlierung）」が顕著であり，それによって「白か黒かを明確にしている」と述べる（高田, 23; Takada, 11）．この対比法的構成は，本研究で分析したヒトラーの演説のマクロな構成にも見出された．

　感情スコアの累積という観点から見ると，エッターの演説の場合，いずれの時期においても「信頼」と「期待」の累積が，「怒り」と「不安」を上回っている．ヒトラーの演説の場合は，「怒り」と「不安」の感情が強調され，累積されていく．両者の演説はともに，総動員の義務について国民を納得させるためになされている．しかし，エッターは「信頼」と「期待」に基づく国民統合をより強く志向しているのに対し，ヒトラーは「信頼」や「期待」を調達しようとする場合にも「怒り」や「不安」の感情と結びつける傾向がある．これをひとまずは，「エトスによる動員」と「パトスによる動員」と呼ぶことができる．二つの動員様式は相互排他的なものではないが，どちらが前景化するかは，演説者によって異なる．

　それゆえ，典型的な全体主義者であるヒトラーの演説と，「ランツゲマインデ－民主主義」を理想とするエッターの演説の言語的特徴には明確な違いがあると結論できる．とはいえ，本研究で扱った演説は，時代の転換点における最重要なものに限定されており，個別の演説における両者の「呼びかけ

構造」の差異が解明されたに過ぎず，今後は事例を増やした分析が必要となる．しかも，「弁証法と対比法」，「エトスとパトス」といった演説の性格づけが持つ意味は，ムッソリーニ，オーストリア・ファシズムの主導者，クルト・シュシュニック（Kurt Schuschnigg, 1987–1977），さらにはチャーチルの演説との比較によってはじめて明らかになる．

その意味で，本研究は戦争の危機に直面した政治家の演説を定量的に解明するための，一つの枠組を示したにとどまる．しかし，それが一定の有効性を持つことは，エッターとヒトラーの演説における語彙とレトリックの明確な違いによって示しえたのではなかろうか．

註

〔1〕　長崎大学多文化社会学部
〔2〕　名古屋大学大学院人文学研究科附属人文知共創センター
〔3〕　スイスの大統領は閣僚による1年ごとの持ち回り制である．エッターは，1939年，1942年，1947年，1953年に大統領を兼任している．なお，スイスでは文化政策を管轄するのは内務省である．
〔4〕　エッターの提唱するコーポラティズムは，ローマ教皇ピウス11世（PiusXI, 1857–1939）が発出した社会回勅『クアドラゼジモ・アンノ（Quadragesimo anno）』（1931）の強い影響下にあった．ピウス11世は，世界恐慌の現状分析に基づき，自由主義と社会主義に対するオルタナティブなモデルとして労使協調政策を提案した（Pius 11, 41 and 118）．本文中の引用箇所で，エッターは自身のコーポラティズム的社会モデルは分権的なものであることを強調している．しかし，ピウス11世が，1933年にヒトラー政権と政教条約（Konkordat）を結んだこともあり，1930年代から1945年頃までのカトリック系の政治家の思想については，今日なお「反カトリックのステレオタイプ」から自由ではない（Zaugg, 2022, 32–33）．
〔5〕　スイスの正式名称はドイツ語で表わすと，Schweizerische Eidgenossenschaft（スイス盟約者同盟）である．「盟約」という言葉は，ハプスブルク家が現在のスイスの中部から東部を直轄地にしようとしたことに抗して，神聖ローマ帝国が承認していた自治権を維持するために，三つの地域（原初三州）の代表が1291年に盟約を結んだことに起源を持つ．広く知られているウイリアム・テルの伝説はこの出来事を背景としている．つまり，エッターは非歴史的な「スイス国民」（Schweizer Volk）ではなく，あえて，外部からの侵犯者に対する祖先による抵抗の誓いを引き合いに

出している．さらに，「国土（Land）」ではなく，「家（郷）（Haus）」というキリスト教が多用する「家族」のメタファーにも訴えている．

〔6〕 エッターは1912年にチューリヒ大学に入学し，1917年に修了，翌年ツーク州議会議員，1930年に全州議会（Ständerat，上院）議員に選ばれた．大学入学時から一貫してカトリック系の新聞『ツーク・ニュース（Zuger Nachrichten）』の編集長を務め，1934年3月末に内務大臣に選任されるまで，この仕事を続けていた．

〔7〕 高田／Takadaの2冊の著作（2014; 2024）は同じ章立てを与えられているが，後者は文字通りの翻訳ではない．高田が10年間に入手したヒトラーの演説が補完され，演説数が558件から663件に増加している．分析方法に関しても，頻度だけではなく，ワードクラウドや共起ネットワークも採用されており，全体の記述は3割程度増えている．それらをテキスト化し定性的に分析すれば，高田と同じ確度での議論が可能になる．しかし，これについては他日を期すより他ない．

〔8〕 一般にヒトラーの演説にはタイトルが付されていない．本研究では，依拠した文献の編者が暫定的に付したタイトルであることを星印（＊）によって示す．

〔9〕 チャーチルは1940年6月4日，パリ陥落の10日前に，ナチス・ドイツに対するイギリスの徹底抗戦の意思を宣言した．これは同月18日，ロンドンに亡命したシャルル・ド・ゴール将軍（Charles de Gaulle, 1890–1970）による対独抵抗演説と並び称されている．

〔10〕 中村はTTRを用いた比較分析も行なっているが，この指標では，チャーチルとヒトラーの語彙数に大きな違いが見られなかった（中村, 17）．

〔11〕 小松原哲太は，政治的演説のみならず，ビジネス報告書，教室内の相互行為といった領域におけるレトリックの言説分析においても，「古代修辞学の概念」が有効であることを先行研究の検討によって確認している（小松原, 1）．

〔12〕 https://huggingface.co/ssary/XLM-RoBERTa-German-sentiment

〔13〕 https://huggingface.co/lxyuan/distilbert-base-multilingual-cased-sentiments-student

〔14〕 wenn（もし〜なら），weil（〜であるから）といった論理を示す接続詞の使用頻度を指標として，演説のロゴスの一端を明らかにすることは可能かもしれない．しかし，ヒトラーの演説におけるwennの使用頻度に関する高田の検討結果に鑑みると（高田, 23; Takada, 11），仮定を事実へとすり替えていく論理の詐術という問題を避けることができないため，接続詞という指標は演説のロゴスの表層を捉えうるにすぎない．

参考文献

〈一次文献〉

Bundesrat der Schweizerischen Eidgenossenschaft (1938). Botschaft des Bundesrates an die Bundesversammlung über die Organisation und die Aufgaben der schweizerischen Kulturwahrung und Kulturwerbung vom 9. Dezember 1938, *Bundesblatt*, 50(2), p. 985–1035. ※実質的な執筆者はエッターであるため（Zaugg, 2020, 366–401）、エッターによる政治的小冊子として扱う．

Etter, P. (1933). *Die vaterländische Erneuerung und wir*. W. Zürcher.

Etter, P. (1934). *Die schweizerische Demokratie*. Otto Walter.

Etter, P. (1936). *Sinn der Landesverteidigung*. Sauerländer & Co.

Etter, P. (1937). *Geistige landesverteidigung*. Calendaria A. G.

Etter, P. (1939). *Reden an das Schweizer Volk, gehalten im Jahre 1939*. Atlantis. ※本書には10件の演説が収録されている．1939年2月23日の演説 Die Jugend im Dienste des Landes はスイス・ドイツ語でなされているが、本研究の筆者の責任において標準ドイツ語に翻訳した．

Hitler, A. ([1925] 2016). *Mein Kampf*. Eine kritische Edition. Bd. 1. Hrsg. v. Christian Hartmann, Thomas Vordermayer, Othmar Plöckinger, Roman Töppel. Instituts für Zeitgeschichte.

Hitler, A. (1933). ＊Rede bei der Eröffnung des neu einberufenen Reichstags.（https://www.1000dokumente.de/index.html?c=dokument_de&dokument=0005_tag&object=translation&l=de, abgerufen am 02.02.2025）

Hitler, A. (1939). ＊Erklärung der Reichsregierung vor dem Deutschen Reichstag.（https://www.1000dokumente.de/index.html?c=dokument_de&dokument=0209_pol&object=translation&l=de, abgerufen am 02.02.2025）

※煩を避けるためヒトラーによる他の12件の演説に関しては，年月日のみを記す．
1932年7月20日，1932年7月21日，1932年7月23日，1932年7月30日，1933年2月3日，1937年1月30日，1939年1月30日，1939年11月8日，1940年1月30日，1940年12月10日，1941年1月30日，1942年1月30日．

※web資料からの引用に際しては，頁ではなく段落をpara.によって示す．

〈二次文献〉

Amrein, U. (2004). *„Los von Berlin!": Die Literatur- und Theaterpolitik der Schweiz und das „Dritte Reich"*. Chronos.

Bircher, U. (1997). *Vom langsamen Wachsen eines Zorns. Max Frisch 1911–1955*. Limmat.

Bonjour, E. (1970). *Geschichte der schweizerischen Neutralität: Vier Jahrhunderte Eidgenossischer Aussenpolitik*, Vol. 4–6. Helbing & Lichtenhahn.

Buomberger, T. (2017). Die Schweiz im Kalten Krieg 1945–1990. Hier + Jetzt Verlag.

Corbett, E. P. J. & Connors, R. J. (1999). *Classical Rhetoric for the Modern Student*. 4th ed, Oxford University Press.

Frisch, M. ([1965] 1986). Unbewältigte schweizerische Vergangenheit. Hrsg. v. Hans Mayer, *Gesammelte Werke in zeitlicher Folge*, Bd. 5, Suhrkamp, p. 370–373.

韓娥凜（2018）．日韓政治ディスコースにおける正当化ストラテジー——批判的談話分析による異文化間対照の試み．阪大日本語研究，30，41–69頁．

葉柳和則（2018）．テクストとしての「文化教書」(1938)——ナチス時代のスイスにおける「精神的国土防衛」運動の理路．インターカルチュラル，16，99–114頁．

葉柳和則（2021）．カトリック保守主義と精神的国土防衛——スイスの親ナチ運動へのフィリップ・エッターの対応を軸に．独文学報，36/37，27–49頁．

葉柳和則（2022a）．全体主義に抗する全体主義——オーストリア合邦前夜におけるフィリップ・エッターの社会-文化構想．独文学報，38，29–50頁．

葉柳和則（2022b）．ファシズムとは違うかたちで——教皇の社会教説とフィリップ・エッターの思想．多文化社会研究，8，183–204頁．

Hayanagi, K. (2023). Bordering on totalitarianism: Philipp Etter's discursive space, Psychologia, 65(2), p. 296–310.

Imhof, K. & Jost, H. U. (1998). Geistige Landesverteidigung: Helvetischer Totalitarismus oder antitotalitären Basiskompromiss?: Ein Streitgespräch. Hrsg. v. Schweizerisches Landesmuseum Zürich. *Die Erfindung der Schweiz 1848–1998: Bildentwürfe einer Nation*. Chronos, p. 364–379. ※本文献は対談であるため，引用に際しては発話者の姓のみを挙示する．

Iser, W. (1970). *Die Appellstruktur der Texte. Unbestimmtheit als Wirkungsbedingung literarischer Prosa*. Universitätsverlag Konstanz.（轡田収訳（1972）．作品の呼びかけ構造——文学的散文の作用条件としての不確定性．思想，579，109–136頁．）

伊津野重満（1993）．中立国の法的義務に関する考察．立教大学国際学部紀要，3，19–30頁．

Jost, H. U. ([1983] 2006). Bedrohung und Enge (1914–1945). Hrsg. v. Comité pour une Nouvelle Histoire de la Suisse. *Geschichte der Schweiz und der Schweizer*. Studienausgabe in einem Band. Schwabe, p. 731–819.

Linsmayer, C. (1990). Die Krise der Demokratie als Krise ihrer Literatur. Hrsg. v. Linsmayer, A. & C. Frühling der Gegenwart. Der Schweizer Roman 1890–1950. Bd. 3. Suhrkamp, S. 436–493.

小松原哲太（2023）．エトス・パトス・ロゴスが織りなす談話のレトリックの構造分析と可視化．国際文化学研究．59，1–34頁．

水島治郎（2001）.『戦後オランダの政治構造――ネオ・コーポラティズムと所得政策』東京大学出版会.

Mshvenieradze, T. (2013) Logos Ethos and Pathos in Political Discourse, *Theory and Practice in Language Studies*, 3(11), p. 1939–1945.

Pius XI (1931). *Quadragesimo anno, Acta Apostolicae Sedis*, 23, p. 179–231. Hrsg. v. Bundesverband der Katholischen Arbeitnehmer-Bewegung Deutschlands (1977). *Texte zur katholischen Soziallehre: Die sozialen Rundschreiben der Päpste und andere kirchliche Dokumente*, Bercker Graphischer Betrieb, p. 91–150. ※引用に際しては，カトリック神学の慣例に従って断章番号を記す.

中村靖子（2024）. デジタル×文献研究. ドイツ学研究，58，16-23頁.

高田博行（2014）.『ヒトラー演説――熱狂の真実』中央公論社.

Takada, H. (2024). *Hitlers Reden 1919–1945: Eine sprachwissenschaftliche Analyse*. J. B. Metzler. 2024.

Zaugg, T. (2018). Der Privatnachlass von Bundesrat Philipp Etter (1891–1977): Bestandesgeschichte, Inhaltsbeschreibung, Forschungsperspektiven, *Tugium*, 34, p. 79–89.

Zaugg, T. (2020). *Bundesrat Philipp Etter (1891–1977)*. Basel.

Zaugg, T. (2022). The *Rerum Novarum* Terrace Restaurant: New Questions About Corporatism, Democracy,and Milieu Catholicism in Switzerland Between 1891 and the 1950s, *Swiss Journal for Religious and Cultural History*, 116, p. 31–61.

第10章
人工テキストのマイニング
—— 雑談する大規模言語モデル集団が創る社会構造と文化進化

鈴木麗璽[1] 浅野誉子[2] 有田隆也[3]

　進化生物学者リチャード・ドーキンス（Richard Dawkins, 1941–）は，1976年に「ミーム（meme）」という概念を提唱した．これは，模倣を意味するギリシャ語「mimeme」と遺伝子「gene」を組み合わせた造語であり（Dawkins, 1976），文化伝達の概念的情報単位を表わす自己複製子である．現在ではインターネット上で模倣により急速に変化・拡散する言葉やコンテンツを指す「インターネットミーム」としても広く認知されている．
　SNSにおける情報拡散は，個々のユーザ間のつながりから創発的に生じる現象である．X（旧Twitter）を例にとると，フォロー・フォロワー関係を基盤として，ユーザによる投稿のリポストが行なわれ，それが新たなユーザ間の関係構築を促進する．この連鎖的な相互作用が土台となり，時にミームの急速な拡散などの大規模現象を生み出す．このような，集団内の主体間のミクロな相互作用から生じる集団全体のマクロな挙動やそれらの動的な関係を理解する方法に，エージェントベースモデルがある．これは，「エージェント」と呼ばれる多数の主体とそれらの相互作用のルールを設計し，計算機上で動かすことで集団全体に生じる創発現象を実際に生み出し，その本質を理解するものである．Epstein & Axtell（1996）のsugerscapeモデルにおける資

源獲得戦略の進化や，Axelrod（1997）の文化伝播モデルにおける文化的多様性の創発をはじめ，エージェントベースモデルの手法で，社会集団内で伝播する情報としての文化やミームの進化過程を理解しようとする試みが長くなされてきた．同時に，遺伝子と文化の共進化，社会学習，世代間の文化伝達を模倣する繰り返し学習などに基づく文化進化の理解が，理論・実験の両面で進展してきた（Creanza et al., 2017）．最近では，世代を超えて知識や技術が蓄積され，より複雑なものへ発展する過程は人間の文化に特徴的であり，これは累積的進化（Mesoudi & Thornton, 2018）と呼ばれて議論されている．たとえば，抽象化された文化特性の累積的進化モデルを用いた実験では，文化進化と相互作用ネットワークの共進化の重要性が指摘されており（Smolla & Akçay, 2019），文化進化の場としての社会的なつながりの重要さが示されている．

　一方，数理・計算論的モデルの場合，実世界の文化特性が持つ複雑さや文化的要素間の関係，言語的な特徴や構造などを直接表現することが容易でない面もあり，人間の参加者を対象とした実験的アプローチも盛んである．たとえば，多数の構成要素をうまく組み合わせることが必要な道具や薬品のデザイン課題において，情報伝播のネットワーク構造の多様さがより複雑な累積的文化進化を促進しうること（Derex & Boyd, 2016）が示されている．また，参加者が三角形の形状に対して任意の言葉を名付けて次世代に伝達する繰り返し学習（Kirby, 2008）に基づく実験において，言葉が世代を経るにつれて体系的な構造を持つようになり，カテゴリー化や音象徴性などの言語特徴が自然に創発することを示している（Carr et al., 2017）．

　そのような中，近年発展が著しいChatGPTのような大規模言語モデル（Large Language Model, LLM）に基づくシステムを自律的な対話エージェントとみなし，複数の対話エージェントからなる集団において言語に基づく相互作用を繰り返すことで，リアルで複雑な社会の創発過程を分析したり，集合的な問題解決などに応用する取り組みが注目されている（Gao et al., 2024）．LLMに与える入力文であるプロンプトに，エージェントの持つ特徴や置かれた状況，相手との対話内容を盛り込んだ上で将来の対話内容や行動を問う

ことで，エージェントの自律的な振る舞いを模擬することができる．たとえば，Parkら（2023）が発表した対話型生成エージェント間相互作用環境では，ロールプレイングゲームの街のような二次元仮想環境でエージェントたちが自律的にパーティへの招待を広めたり，適切な時間にパーティに参集したりなど創発的な情報伝播や集団行動を生み出すことが示され，大きな注目を浴びた．現在，LLMマルチエージェント研究は，社会学，心理学，経済学，政治学，医学などの広い学術領域，あるいは，ソフトウェア開発，仮想世界で実体化されたエージェントの設計，商品などの推薦システム，科学議論，ゲームへの応用など，多様な問題意識のもとに学際的な研究が急速に展開されている（Guo et al., 2023）．

LLMエージェント集団は文化進化の持つさまざまな特徴やそれをもたらす要因の理解にも活用されつつある．たとえばPerezら（2024）は，LLMエージェント間の言語に基づく相互作用で文化進化過程を表現する枠組みを提案している．各エージェントがネットワーク上の近傍に存在する他のエージェントが生成する物語文を参照しつつ自身の物語文を生成する際，ネットワークの構造，入力情報の参照方法，エージェントの性格特性などが，集団中を伝播する文化としての物語文の多様化や安定化などに影響しうることを示している．また，意見の相互調整に関するネットワーク構造が集団の問題解決能力に重要な影響を与えることが示されている．Reganら（2024）は，エージェント間の言語的な相互作用を通じた意見の伝播過程において，ネットワーク構造が集団としての問題解決能力を左右することを示した．さらには，モノ同士を組み合わせて新奇なモノを生み出すゲーム（Little Alchemy 2）を題材にし，文化的な知識や創造性がLLM集団内でどのように伝播し進化するかを検討する取り組みもある．Nisiotiら（2024a）は，このゲームを行なうLLMエージェント集団において，他者の振る舞いを参照するネットワーク構造が動的に変化する場合に，より多くの革新的な組み合わせが生まれ，文化的な創造性が促進されることを示している．また，Katoら（2025）は，社会学習に基づく文化進化の理論（Rendell et al., 2011）を踏まえ，LLM集団を用いた，新しい特性が次々と生み出され続けるオープンエンドな文化

進化プラットフォームの構築を進めている（加藤他,(印刷中)）．SFプロットの進化を題材として，格子空間上のLLM集団が自身によるプロットの改変（個体学習）と近隣からの模倣（社会学習）を繰り返すことで，著名な文学作品に類するものを含む多様なプロットが創出される可能性を示している．

人工生命研究は，生命・社会現象を人工メディア上に創ることにより，その本質を理解しようとしている．この研究アプローチの中で，前述の文化進化の理解への取り組みも含めてさまざまな形でLLMの活用が始まっている．たとえば，オープンエンド性をはじめ，自律性，身体性，進化などの重要概念がLLM研究にどう関係づけられるかが検討されたり，LLMのツールとしての活用などが論じられている（Nisioti et al., 2024b）．一例として，囚人のジレンマを行なうLLMエージェント集団の進化において言語で記述された多様な性格特性が創発することが示されている（Suzuki & Arita, 2024）．

LLMの代名詞であるChatGPTが世に出されたのはまだ数年前のことであるが，LLMの頻繁な利活用はすでに実際の人間の文化的活動に大きな影響を与えつつある．たとえば，医学系論文においてChatGPTの公開以後に特定の英語表現が増加しており，論文執筆でのLLMの活用の影響であるという報告がある（Matsui, 2024）．また，言語モデルの生成物を言語モデルが学習することが繰り返されるとモデルの性能が低下するモデル崩壊や自食障害（Alemohammad et al., 2023）など，社会に生成モデルのコンテンツが浸透することの課題も挙げられている．これらの点からも，人間の文化的・社会的活動の抽象としてのエージェントモデルとその理解に限らず，生成AI集団が実際に作り出す文化進化の実例としてのLLMからなる集団の進化ダイナミクスの理解は重要であると考えられる．

鈴木ら（2024）は，エージェントベースモデルにおける主体の特徴を種々の生成AIを用いて表現し拡張することに取り組んでいる．前述のようにLLMに基づくエージェント集団は従来モデルに比べて圧倒的に自然で多様な言語的相互作用を容易に可能にする一方，あまりにリッチ・膨大であるため，分析や従来知見との比較が容易でなかったり，知見がぼやける場合もありうる．そこで，本章では，従来のエージェントベースモデルのシンプルさ

を活かしつつも，LLMによる言語表現に基づくリアルで複雑な相互作用や，言語的な特徴が集団の文化進化ダイナミクスに与える影響を検討するためのミニマルなモデルとして，雑談するエージェント集団における会話トピック選好性の文化進化モデル（Hirata et al., 2022; 浅野他, 2023; 鈴木他, 2024）を紹介する．

具体的には，社会的な近さを表現する仮想の空間上に存在する複数のエージェントが，遺伝的特性や個性として持つ会話トピックの選好性に基づきLLMを用いて発話する．発話内容の類似性に基づいて接近離反を繰り返したり，相手から新たなトピックを受け取ったりする．この過程において，各エージェントが持つトピックの選好性の極性がどのような会話グループの形成に影響するか，さらには，トピックの文化進化はどのような特徴を持ちうるかを分析する．

ここで，従来のエージェントベースモデルと異なる重要な点として，各エージェントの特徴や行動が自然言語で表現されうるため，その変化や進化の過程は，テキストそのものであることを強調しておく．本書の中心テーマであり，テキストデータから有用な情報やパターンを抽出・分析する手法であるテキストマイニング（金, 2009; 金・中村, 2021）は，近年のAIと人文学研究の融合や多分野におけるナラティブ研究への注目の高まりに応じて重要さを増しており，本モデル内で生じるテキストの分析にも活用できる．言い換えれば，文学作品やSNS等の実社会におけるテキストに限らず，人工社会の中で生じるテキストを対象とした分析が必要な状況になったといえる．そこで，基礎的なテキストマイニングの手法を用いて本モデルで生じる文化進化のダイナミクスを理解する試みを概観し，その意義を議論する．

1　モデル

人間社会において繰り広げられる雑談やSNS上での議論，また，LLMエージェント同士の対話において，トピックに関する遺伝的選好性（もしくは個性やあらかじめ形成された習慣等）が相互作用にもたらす影響と，トピック

の伝播に基づく文化進化の過程を理解するため，LLMを発話の生成に用いることで多様な発話と文化形質が創発しうるモデルを次のように構築した．

1.1 会話空間とエージェント

集団における各エージェント（以下個体）間の社会的な近さを表現したW×Wのトーラス状2次元空間（上と下，左と右の端がそれぞれつながったドーナツ状の平面）上にN体の個体が存在するとする．図1は空間上の3体のエージェントに注目した例である．この空間は，たとえば懇親会場などの物理空間や，さまざまなSNS等の社会ネットワークがつくる関係の構造を簡略化・抽象化して表現したものと解釈できる．各個体は実験中に変化しない遺伝形質として，会話トピックの選好性を表わす単語を持つ．これは，各個体が生得的に持つ会話内容への興味や，あらかじめ獲得された思考に関する習慣など，実験が想定する時間スケールでは変化しない会話に関する興味であると考える．加えて，より短い時間スケールにおける個体間の文化的な情報伝播を想定し，後述する他者から受け取る複数の文化形質も持つ．

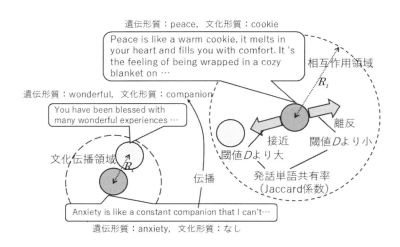

図1　モデルの概要

1.2 発話に基づく相互作用と文化進化

各個体は，自身の持つ遺伝・文化形質に関連する英語の発話文をLLMに指示することで生成する．具体的には，

「You are a sincere, well-spoken person capable of a wide range of emotions. Write your own personal story within 100 words on the subject of + [genetic trait] + . And please include the words + [cultural traits] + in your text.」

というプロンプトをLLMに与え，返答を発話文とする．LLMとして，AIモデルを公開するプラットフォームであるHugging Face上で公開されているLLMの一つであるLlama-2（Meta社）の量子化版（https://huggingface.co/TheBloke/Llama-2-13B-chat-GPTQ）を採用した．[genetic trait]は遺伝形質であり，[cultural traits]は複数の文化形質をカンマで区切って列挙したものである．このプロンプトは，LLMに対して，遺伝形質に関する個人的な話題を英文100ワード程度で文化形質を含めながら作成するように指示するものであり，遺伝形質に関する内容について文化形質をちりばめながら伝える会話文を生成する．また，文化形質を持たない場合はプロンプト中の最後の文は省略する．

図2上は，遺伝形質をpeace，文化形質をcookieとした場合の発話文の例であり，平和を，温かいクッキーがもたらす心地よさなどになぞらえている．なお，各個体の発話文は，各ステップにおいて確率prで再生成し更新される．

各ステップにおいて，各個体は会話内容の類似性に基づいて接近したり離反したりする．半径Ri以内の他個体に対して，自身と相手の発話文の単語集合間のJaccard係数（両単語集合の和集合に対する共通部分の割合）を計算し，閾値Dを超えた場合に個体間の距離に反比例した引力が発生し，D以下の場合は逆に斥力が発生するすべての他個体からの力の合力方向に一定距離Vだけ進む．これは，現在の自身の発話内容と類似した内容を話している他者に興味を持ち，より親密に，積極的に会話や議論に参加する振る舞いを表現

> "Peace is like a warm cookie , it melts in your heart and fills you with comfort . It 's the feeling of being wrapped in a cozy blanket on a chilly day , knowing that everything will be okay . When I think of peace , I imagine a world where everyone comes together , shares their cookies , and listens to each other 's stories . In this world , we find strength in our differences and celebrate our unique perspectives . We understand that we are all human , deserving of love and respect , no matter our background or beliefs . And just as a delicious cookie can bring us joy and satisfaction , peace can bring us hope and unity .
>
> 「平和は温かいクッキーのようなもので、あなたの心を溶かし、心地よさで満たしてくれる。肌寒い日に、肌触りの良い毛布に包まれているような感覚だ。平和について考えるとき、私はみんなが集まり、クッキーを分け合い、お互いの話に耳を傾ける世界を想像する。この世界では、私たちはお互いの違いに強さを見出し、それぞれのユニークな視点を祝福します。私たちは皆人間であり、どのような背景や信条を持っていても、愛と尊敬に値することを理解しています。そして、おいしいクッキーが私たちに喜びと満足をもたらすように、平和は私たちに希望と団結をもたらすのです。」

発話文の例（遺伝形質：peace 文化形質：cookies）

> [Peace] is like a warm cookie , it melts in your heart and fills you with comfort . It 's the feeling of being wrapped in a cozy blanket on a chilly day , knowing that everything will be okay . When I think of [peace] , I imagine a world where everyone comes together , shares their cookies , and listens to each other 's stories . In this world , we find strength in our differences and celebrate our unique perspectives . We understand that we are all human , deserving of love and respect , no matter our background or beliefs . And just as a delicious cookie can bring us joy and satisfaction , [peace] can bring us hope and unity .

1. peace   0.0931228514680363
2. warm cookie 0.0687263740885132
3. world   0.0602628813953922244

キーフレーズ抽出の例

図2 （上）発話文とその日本語訳の例（遺伝形質：peace，文化形質：cookies）．（下）pkeによって抽出された上位のキーフレーズの例．最上位のpeaceを選択．

している．ただし，他個体が存在しない場合はランダムな方向に進む．

さらに，各個体は，ごく近い半径 Rt（$<Ri$）以内に存在する各他個体の発話文からキーフレーズを抽出し，自分自身の文化形質のリストに加える．具体的には，確率 pt でキーフレーズ抽出処理ライブラリであるpkeを用い，文章内の近傍単語間の共起やその頻度に基づくネットワーク構造から重要度を計算する教師なしアルゴリズムであるMultipartiteRank（Boudin, 2018）を利用し，名詞，固有名詞，形容詞，数詞を候補として最も重要度の高いフレーズを取り出す．このキーフレーズは必ずしも単一の単語ではなく，複数の単語からなる場合がある．図2下は文章からのキーフレーズの抽出例であり，この場合重要度が最大のpeaceが選択される．文化形質を保持する最大数Lを超える場合は最も古いものを破棄する．ただし重複するフレーズはリストには加えない．その上で，現在の遺伝・文化形質を用いて発話文を再生成し更新する．これは，親密な会話によって他者の発話から新たなトピックに興味を持ち，それを含めながら話し出す様子を表現している．以上のステップが T 回繰り返される．

以上のモデルを用いて，個々の遺伝形質が集団形成にどのような影響を与

えるか，また，それが文化形質の進化にどのように影響するかを検討する．

1.3 遺伝形質

本研究では，会話の選好性が集団形成に与える影響を明確に議論するために，図3に示すように，遺伝形質としてポジティブ，もしくは，ネガティブな感情極性を持つ単語リストを用意した．すべての個体が重複なくポジティブな単語を遺伝形質として持つ場合（AP），全個体がネガティブな単語を持つ場合（AN），半数のエージェントがAPからランダムに選んだポジティブな単語を持ち，残りの半数がANからネガティブな単語をランダムに選んで持つ場合（PN）の3種である．なお，各極性の単語の選定については，先行研究の日本語を題材にしたモデルにおいて，東北大学 乾・岡崎研究室の日本語評価極性辞書（名詞編）を用いてポジティブ・ネガティブと判定される単語や，ChatGPTとのやり取りで抽出したものを英訳した．これらの単語については，準備として，Hugging Faceが公開するPythonのパッケージであるSentence Transformers（stsb-xlm-r-multilingual）を用いてベクトル化した後に，次元圧縮法であるUMAP（Uniform Manifold Approximation and Projection,

AP(すべてポジティブな単語)

Happiness 幸せ/Love 愛/Courage 勇気/Hope 希望/Smile 笑顔/Success 成功/Peace 平和/Light 光/Joy 喜び/Wonderful 素晴らしい/Kindness 優しさ/Health 健康/Admiration 賞賛/Stability 安定/Gratitude 感謝/Delight 楽しみ/Prosperity 繁栄/Encouragement 励まし/Good fortune 幸運/Healing 癒し/Goodwill 善意/Harmony 調和/Radiance 輝き/Optimism 希望/Greatness 偉大/Confidence 自信/Inspiration 感動/Bliss 幸福/Truth 真実/Abundance 豊かさ

PN (ポジティブな単語・ネガティブな単語半数ずつ)

Happiness 幸せ/Love 愛/Courage 勇気/Hope 希望/Smile 笑顔/Success 成功/Peace 平和/Light 光/Joy 喜び/Wonderful 素晴らしい/Kindness 優しさ/Health 健康/Admiration 賞賛/Stability 安定/Gratitude 感謝/ Sadness 悲しみ/Anger 怒り/Jealousy 嫉妬/Suffering 苦しみ/Despair 絶望/Fear 恐怖/Anxiety 不安/Regret 悔しさ/Loneliness 孤独/Guilt 罪悪感/Pain 痛み/Helplessness 無力感/Hatred 憎しみ/Disappointment 残念/Exhaustion 疲れ

AN (すべてネガティブな単語)

Sadness 悲しみ/Anger 怒り/Jealousy 嫉妬/Suffering 苦しみ/Despair 絶望/Fear 恐怖/Anxiety 不安/Regret 悔しさ/Loneliness 孤独/Guilt 罪悪感/Pain 痛み/Helplessness 無力感/Hatred 憎しみ/Disappointment 残念/Exhaustion 疲れ/Disillusionment 失望/Panic 恐慌/Pessimism 悲観/Dissatisfaction 不満/Weakness 弱さ/Apathy 無力感/Alienation 疎外感/Disgust 嫌悪感/Depression 憂鬱/Discouragement 落胆/Burden 負担/Agony 苦悩/Dire straits 窮地/Abuse 虐待/Isolation 隔離

図3　3種の遺伝形質リストとその日本語訳

McInnes, et al., 2018) を用いて2次元に圧縮して可視化した．これにより，単語の意味そのものには大きな違いがある一方で，感情極性の観点において共通する特徴のために極性を反映してよく分化することを確認している．

これらの極性の異なる3集団を，選好性の特徴の異なる典型的状況の一例とみなして議論する．

2 実験

2.1 遺伝形質の極性が個体・集団行動に与える影響

基本的な実験設定として，$W=100$，$N=30$，$V=5$，$D=0.12$，$Ri=20$，$Rt=5$，$L=5$，$T=200$ を採用した．

まず，遺伝形質の極性が個体および集団の行動に与える基本的な影響を調べるため，PNの設定で，文化形質の伝播なし（$pt=0.0$），再生成なし（$pr=0.0$）の条件で実験した．図4は，142ステップ目の空間上の個体の分布である．丸で表わされた個体がポジティブな形質を持つもの（以下ポジティブ個体）で

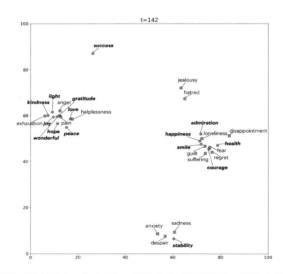

図4　PN（ポジティブ・ネガティブ半数ずつ）・遺伝形質のみの設定における
142ステップ目の個体の分布

あり，その形質が太字の斜体でそばに書かれている．一方，四角で表わされた個体はネガティブな形質を持つもの（以下ネガティブ個体）である．実験では，同図のように大小複数のグループが形成されつつ個体が時折入れ替わる様子が観察され，動的な相互作用が生じることがわかった．この設定では，発話内容は初期に生成したものから変化が一切ない．それにもかかわらず，会話のトピックとなる単語の繊細な違いが発話の傾向に影響し，複雑なグループ形成過程をもたらした点は興味深いといえる．

特に注目すべきは，ポジティブ個体がより集団内に存在しがちである一方，ネガティブ個体は集団を離れて離散しがちな点である．極性ごとのグループ形成の程度や構成を定量的に把握するために，各個体から見て半径10以内にある近傍個体を「近接個体」とみなし，ポジティブ・ネガティブ個体ごとに，実験を通した各ステップでの近接個体数の平均と，そのうちの極性が同じ個体の割合を図5に示す．同図から，ポジティブ個体の方がより多くの，また，同じ極性の個体とより近接しがちであり，同種同士の会話がより頻繁であることを示している．これらの結果に類する傾向は，異なるポジティブ・ネガティブ単語のリストを用いた実験や，日本語の単語を用いた場合でも生じた．詳細は割愛するが，各発話間の類似度をすべて算出し，グループ形成に寄与しうる偏りがあるかなど種々の分析を行なったが，明瞭な傾向は観察されなかった．また，AP，ANの各設定においても複数のグループ形成

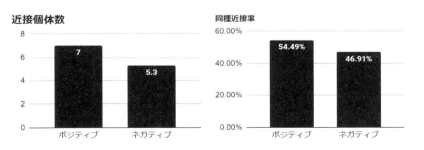

図5　PN（ポジティブ・ネガティブ半数ずつ）・遺伝形質のみの設定における
（左）平均近接個体数，（右）同種近接率

の様子が観察され，APの設定ではより近接し，ANの設定では離れがちであった．これらは，グループ形成の過程が空間的な相互作用と類似性が相互に影響し合った結果であると推測される．

以上の知見は，ポジティブ・ネガティブという極端な事例であるが，個人の持つ会話内容の固有の選好性が，社会全体の構造やその中での個人の位置付けに影響しうることを示唆していると考えられる．

2.2 会話トピック選好性の文化進化

以上の基本的な傾向を踏まえ，発話の再生成と文化形質の伝播を有効（$pr=0.3$, $pt=0.4$）にし，長期間（$T=1000$）実験を行なった．文化進化の影響を分析するためにAP，PN，ANのそれぞれの設定で行なった．

図6は，3種の設定において，各ステップでの全個体の発話文をまとめて前述のSentence Transformersで高次元ベクトル化した後，UMAPで2次元ベクトルに圧縮し，その平均の10ステップごとの推移を示したものである．

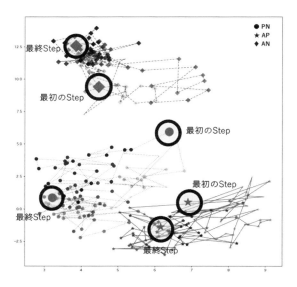

図6 AP（すべてポジティブ），PN（ポジティブ・ネガティブ半数ずつ），AN（すべてネガティブ）の各設定での10ステップごとの全個体の発話文のベクトル平均の推移

言い換えれば，各ステップにおける発話文の特徴を位置で表現した地図をつくり，その上で集団の動きを可視化したということである．同図から，3種の設定で異なる発話文が生じ，ステップを経るに従い異なる方向に進化する様子がわかる．

まず，各設定では異なる初期位置から開始しており，PNはAPとANの中間に位置している．これは，PN集団において，APとANに含まれるポジティブ・ネガティブそれぞれの遺伝形質を持つ個体が半数ずつ存在するため，ベクトルを平均すると中間に位置するためであるといえる．それぞれの遷移に注目すると，徐々に平均が遷移し，APは右下方向，ANは左上方向に位置した．一方，PNは初期位置からAP寄りの位置を往復するが徐々に，AP・ANの中心方向を離れ左下方向の独自の方面に進化したことがわかる．これは，前節で示したポジティブ個体ほど集団を形成しやすいことが，ポジティブな文化形質の進化を促進し，よりポジティブ寄りの発話集団を生み出したことを示唆すると考えられる．

次に，具体的にどのような文化進化が生じたかを把握するため，各設定で生じたすべての文化形質をワードクラウドを用いて可視化したのが図7であり，各図中の文字の大きさが頻度に対応している．同図から，APとPNについてはnewが付いた単語が複数大きく示されており，頻繁に集団中に伝播したことが示唆され，特にAPの設定で顕著であることもわかる．newという単語自体は遺伝形質には含まれないが，"new 〜"の形で多様な言葉と結合して主要なフレーズとなり，頻繁に伝播の対象となったと推測される．逆に，ANの設定では目立って頻繁に出現する文化形質が存在せず，より多種多様な文化形質が共存したことも見て取れる．これらの影響が中程度であることが，PNの設定における独自の会話集団の進化を生み出した要因となったことが示唆される．

このときのPNの設定における平均近接個体数と同種近接率を示したのが図8である．文化進化のない図5の場合と比較し，文化進化がある場合にはポジティブ・ネガティブ個体ともに近接個体数が1.5倍程度になった一方，同種近接率は両種ともに微減した．これは，newのついた文化形質をトピッ

図7 AP（すべてポジティブ），PN（ポジティブ・ネガティブ半数ずつ），AN（すべてネガティブ）の各設定における文化形質のワードクラウド

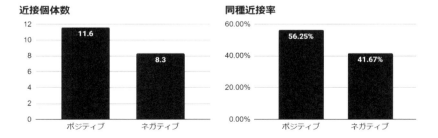

図8 PN（ポジティブ・ネガティブ半数ずつ）・文化進化ありの設定における（左）平均近接個体数，（右）同種近接率．

クの極性に関わらず共有することで発話が類似し，ネガティブ個体も含めてより多くの個体とより親密な相互作用が生じたことを示すといえる．

さらに，より詳しくこの会話集団の進化過程を把握するため，まずPNの設定に注目してLDA（Latent Dirichlet Allocation）に基づくトピックモデル（第1章を参照）を用いて発話トピックと文化形質の推移を可視化した．今回は，全体から10%の発話文をランダムに取り出したデータセットに対して3種のトピックを仮定して推定し，各データに関するトピック構成比を100ステップごとに平均した値に注目した．

図9右はPNの設定における発話文に関する3種の各トピックを構成する単語，左は100世代ごとのデータに関するトピックの構成比を表わしている．初期集団から200ステップまでで大半を占めたトピック0には，下線で示されたポジティブ個体が持つ遺伝形質（love, joy, happiness）がいくつか含まれており，遺伝形質を直接含む会話文がよく発話されたことを示している．その後，200ステップ付近にかけてトピック0はトピック1と2にとって代わられた．両トピックにはnewやlife，feltなど遺伝形質に含まれない文化形質が共通して含まれており，これらの単語は集団全体で共有された発話内容であるといえる．一方，トピック1のold，job，feeling，トピック2のsense，home，dayなど，各トピックに独自の単語も一部存在する．これらの単語の出現傾向と，実験後期において生じた二つの会話クラスタ内での発話傾向

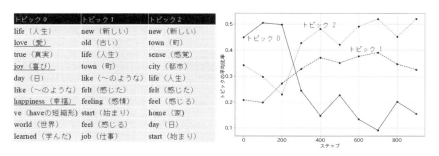

図9 PN（ポジティブ・ネガティブ半数ずつ）・文化進化ありの設定での発話文に関するトピック分析．左）3種のトピックを構成する単語．右）100ステップごとの発話文のトピック構成比．

は類似しており，明瞭ではないもののクラスタごとに異なる発話の特徴を持った集団が生じたことが推測される．

図10は，同様にして文化形質についてトピックの推移を分析したものである．遺伝形質であるlightとpeaceを含むトピック2が初期集団の3割程度から減少傾向を示した．いずれのトピックにもnewやnewが付く単語が複数含まれるが，トピック0の3個，トピック1の5個と比べ，newが付く単語が2個と比較的少ないため，全体としてはnewを中心としてそこから派生して発話されたnewのつく文化形質が多様化しつつ広まり維持されたことを示していると考えられる．なお，すべての個体がポジティブな単語を持つAPの設定では，上記のようなnewが付く単語が共有される傾向がより顕著であった．

一方，すべての個体がネガティブな単語を持つANの設定では，図7のように主要な文化形質が生じなかった．図11は，この設定で図9と同様の方法でANの設定での発話文におけるトピックの推移を示したものである．PNの設定と大きく異なるのは，初期段階で主要となったトピック2には遺伝形質は含まれない一方，newなどのPNの設定で最終的に支配的になった単語が含まれたことである．その後，300ステップ付近でトピック0と1にとって代わられるが，これらの中にはfearやguiltなどのネガティブな遺伝

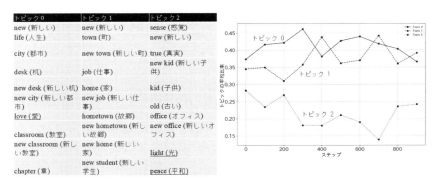

図10 PN（ポジティブ・ネガティブ半数ずつ）・文化進化ありの設定での文化形質に関するトピック分析．左）3種のトピックを構成する単語．右）100ステップごとの発話文のトピック構成比．

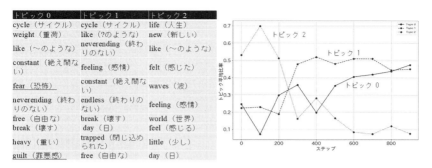

図11 AN（すべてネガティブ）・文化進化ありの設定での発話文に関するトピック分析．左）3種のトピックを構成する単語．右）100ステップごとの発話文のトピック構成比．

形質が含まれたり，トピック間で共通単語が少なく全体としてネガティブ傾向の強い単語が多種存在する結果となった．これらはPNの設定とは逆の進化過程のようにも見える．

図12はANの設定における文化形質のトピックの推移を分析したものである．同図から，3種のトピックが時間を経るごとにその頻度が変化して入れ替わる傾向が見られ，PNの設定より動的な変化が生じていることがわかる．各トピックの構成単語は，下線で示された遺伝形質に含まれるネガティブな単語が複数含まれ，それに類するネガティブな単語も含まれていた．また，PNの場合と比べてトピック間で異なるものが多く含まれており，多様な形質が維持される傾向が示唆された．

このような文化進化と発話の傾向が生じた要因の一つは，ネガティブ個体の発話にはnewのような共通語は含まれても，それが発話中の主要なキーフレーズになることはあまりなく，遺伝形質を含むそれぞれ固有のネガティブな単語が重要語となって伝播したことが考えられる．同時に，グループ形成の傾向がPNの設定よりも弱いことから，グループ間の個体のより頻繁な移動が多様な文化形質の伝播や変遷に寄与したことも推測される．

以上のように，遺伝形質をもとに発せられた会話に基づく文化進化は，遺伝形質の極性の構成によって異なる傾向を示しうることが明らかになった．

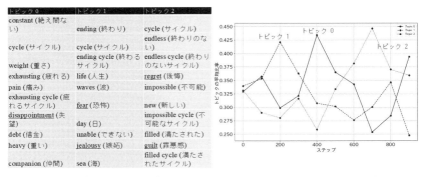

図12 AN（すべてネガティブ）・文化進化ありの設定での文化形質に関するトピック分析．左）3種のトピックを構成する単語．右）100ステップごとの発話文のトピック構成比．

3 おわりに

本章では対面やSNSなどさまざまな社会的場面での会話集団において，個人の会話に関する選好性が集団内の相互作用に与える影響を，LLM集団を用いたミニマルなモデルで分析した．特に，各個人が不変に持つ会話トピック（遺伝形質）の極性の影響と，他者の発話から受け取る可変のトピック（文化形質）の進化の観点から議論した．本モデルは従来のエージェントモデルとは異なり，各形質やそれをもとにLLMで生成される会話文は言語で記述されている．この進化の過程を明らかにするために，ワードクラウドやトピックモデル，また，文章のベクトル化に基づく可視化等を用い，有用性を示した．

その結果，従来のエージェントベースモデルでは取り込むことが容易でない，言葉が持つ繊細な違いや共有特性が集団行動に影響しうることが示された．具体的には，ポジティブな単語から生成される発話文には共通する言葉が多く含まれる一方，ネガティブな単語から生成される発話文は他者のものとは異なる独自の傾向を持つことがわかった．このような傾向は，会話内容の類似性に基づく集団の形成に影響し，さらには集団内で生じるトピックの文化進化にも影響を及ぼしうることも示唆された．ポジティブなエージェン

ト集団では特定の発話単語（new）が主要な文化形質の構成要素となりその関連語からなる文化形質集団を生み出しうる一方，ネガティブなエージェント集団では多様なトピックが入れ替わりつつ維持されること示唆された．これらの新奇な文化形質の創発やその広まり・変遷の過程は，LLMエージェント集団の活用が，多様で複雑，累積的でオープンエンドな文化進化の理解に貢献しうることを示唆すると考える．

今回の実験では英語を用いたが，日本語に対応した言語モデルを用いた場合でも類似の傾向が生じることを確認している．また，今回のモデルでは，生成された会話文の類似度を，Jaccard係数を用いて判定したが，文章をベクトル化しベクトル間のコサイン類似度を利用する方法なども考えられる．このような改変と閾値の調整に基づく簡易な追実験では，おおむね当初のモデルと同様の傾向が示され，本研究で得られた知見の一般性の一端を示していると考えられる．

文化形質の伝播過程においても，キーワード抽出プログラムではなく，たとえば「他者の"・・・"という文から興味のあるトピックを取り出して」のように言語モデルに問いかけてキーワードを取り出す方法もありうる．こちらについても予備実験を行なった（浅野他，印刷中）ところ，採用するLLM特有のバイアスがキーワードの抽出傾向に存在し，序盤はその影響が強い一方，時間経過とともに遺伝形質の極性の影響がより文化形質に反映されがちになることや，文化形質が示す概念の抽象度などに影響しうることもわかってきた．

前述のように，LLMを用いたマルチエージェントモデルはさまざまな領域や問題意識から注目を浴びている．それらの中には，今回のようにトピックなどを仮定せず，相手の会話を受けた自由な発話のような自然な会話形式を用いて，さまざまな文化的な相互作用ダイナミクスの創発を議論しているものもある．また，近年エージェントにペルソナと呼ばれる性格を与え，さまざまなペルソナやその集合が集団問題解決や集団行動に与える影響が分析されている．本研究の遺伝形質，文化形質は，エージェントに固有で不変のペルソナと，動的に変化しうるペルソナの会話におけるミニマルな表現とも

考えられる．本研究の知見は，LLMに基づくエージェント間の言語的なコミュニケーションにおいて，ペルソナを含むエージェントの持つ言語的に表現された特徴の繊細な違いが集団全体の構造形成に少なからず影響しうることを示している．対話だけでなく自律的に環境を認識し実社会の問題解決や作業をこなすLLMエージェントの開発が企業で進む中，LLMと人間が創る社会構造の理解や設計にも示唆をもたらしうることが考えられる．

複雑系科学研究では，従来，極力単純な仮定からいかに複雑さが生じるかを議論してきた．一方，LLMの登場によって極めて多様で自然な会話やそれに基づく複雑な相互作用をごく簡単にモデルで表現することができるようになった．この状況では，むしろ多様で複雑になることが自然であり，問われるべきはそこからどのような秩序が生じるかであるといえる．本モデルの知見がそのような多様な集団から創発する秩序形成の理解の一助になることを期待したい．

謝辞

本研究の一部は，JSPS 課題設定による先導的人文学・社会科学研究推進事業 JPJS00122674991, JSPS科研費 JP21K12058, JP24K15103 の支援を受けた．

註

〔1〕〔2〕〔3〕　　名古屋大学大学院情報学研究科

文献

Alemohammad, S., Casco-Rodriguez, J., Luzi, L., Humayun, A. I., Babaei, H., LeJeune, D., Siahkoohi, A., & Baraniuk, R. G. (2023). Self-consuming generative models go MAD. arXiv preprint arXiv:2307.01850.

Axelrod, R. (1997). The dissemination of culture: A model with local convergence and global polarization. Journal of Conflict Resolution, 41(2), 203–226.

浅野誉子, 鈴木麗璽, 有田隆也 (2023)．生成モデルに基づき雑談するエージェントの会話トピック選好性に関する文化進化．第37回人工知能学会全国大会予稿集，4H3-OS-6b-04.

浅野誉子，鈴木麗璽，有田隆也（印刷中）．大規模言語モデルを用いた会話集団における社会的相互作用と文化進化．第87回情報処理学会全国大会論文集．

Boudin, F. (2018). Unsupervised keyphrase extraction with multipartite graphs. In Proceedings of the 2018 Conference of the North American Chapter of the Association for Computational Linguistics: Human Language Technologies, Volume 2 (Short Papers) (p. 667–672). New Orleans, Louisiana: Association for Computational Linguistics.

Carr, J. W., Smith, K., Cornish, H., & Kirby, S. (2017). The cultural evolution of structured languages in an open-ended, continuous world. Cognitive Science, 41(4), 892–923.

Creanza, N., Kolodny, O., & Feldman, M. W. (2017). Cultural evolutionary theory: How culture evolves and why it matters. Proceedings of the National Academy of Sciences, 114(30), 7782–7789.

Dawkins, R. (1976). The selfish gene. Oxford University Press.

Derex, M., & Boyd, R. (2016). Partial connectivity increases cultural accumulation within groups. Proceedings of the National Academy of Sciences, 113(11), 2982–2987.

Epstein, J. M., & Axtell, R. (1996). Growing artificial societies. MIT Press.

Gao, C., Lan, X., Li, N., Yuan, Y., Ding, J., Zhou, Z., Xu F. and Li, Y., (2024). Large language models empowered agent-based modeling and simulation: a survey and perspectives, Humanities and Social Sciences Communications, 11, 1259.

Guo, Y., Hu, X., Sun, Z., Zhang, C., Guan, Z., Zhong, H., ... & Gao, J. (2023). Large language model based multi-agents: A survey. arXiv preprint arXiv:2308.11432.

Hirata, S., Suzuki, R., & Arita, T. (2022). The cultural evolution of memes based on communicative interactions in language among chatting agents using a generative model. Proceedings of the Joint Symposium of the 27th International Symposium on Artificial Life and Robotics, 225–230.

Kato, M., Suzuki, R., & Arita, T. (2025). Towards open-ended cultural evolution using LLM-based agents enhancing creativity in science fiction plot generation. Proceedings of the Joint Symposium of the 30th International Symposium on Artificial Life and Robotics, 193–198.

加藤真紘，鈴木麗璽，有田隆也（印刷中）．LLMエージェントを用いたオープンエンド性を有する文化進化モデルの構築．第39回人工知能学会全国大会予稿集．

金明哲（2009）．『テキストデータの統計科学入門』．東京：岩波書店．

金明哲・中村靖子（編著），上阪彩香，土山玄，孫昊，劉雪琴，李広微，入江さやか（著）．（2021）．『文学と言語コーパスのマイニング』．東京：岩波書店．

Kirby, S., Cornish, H., & Smith, K. (2008). Cumulative cultural evolution in the laboratory:

An experimental approach to the origins of structure in human language. Proceedings of the National Academy of Sciences, 105(31), 10681–10686.

Matsui, K. (2024). Delving into PubMed records: Some terms in medical writing have drastically changed after the arrival of ChatGPT. medRxiv.

McInnes, L., Healy, J., & Melville, J. (2018). UMAP: Uniform manifold approximation and projection for dimension reduction. arXiv preprint arXiv:1802.03426.

Mesoudi, A., & Thornton, A. (2018). What is cumulative cultural evolution? Proceedings of the Royal Society B: Biological Sciences, 285(1880).

Nisioti, E., Risi, S., Momennejad, I., Oudeyer, P.-Y., & Moulin-Frier, C. (2024a). Collective innovation in groups of large language models. Proceedings of the 2024 Conference on Artificial Life, 16.

Nisioti, E., Glanois, C., Najarro, E., Dai, A., Meyerson, E., Pedersen, J. W., Teodorescu, L., Hayes, C. F., Sudhakaran, S., & Risi, S. (2024b). From text to life: On the reciprocal relationship between artificial life and large language models. Proceedings of the 2024 Conference on Artificial Life, 39.

Park, J. S., O'Brien, J. C., Cai, C. J., Morris, M. R., Liang, P., & Bernstein, M. S. (2023). Generative agents: Interactive simulacra of human behavior. arXiv preprint arXiv:2304.03442.

Perez, J., Léger, C., Ovando-Tellez, M., Foulon, C., Dussauld, J., Oudeyer, P.-Y., & Moulin-Frier, C. (2024). Cultural evolution in populations of large language models. arXiv preprint arXiv:2403.08882.

Regan, C., Gournail, A., & Oka, M. (2024). Problem-solving in language model networks. Proceedings of the 2024 Conference on Artificial Life, 70.

Rendell. L., Fogarty, L., Hoppitt, W. J. E., Morgan, T. J. H., Webster, M. M., Laland, K. N. (2011). Cognitive culture: theoretical and empirical insights into social learning strategies, Trends in Cognitive Sciences, 15(2), 68–76.

Smolla, M., & Akçay, E. (2019). Cultural selection shapes network structure. Science Advances, 5(8), eaaw0609.

Suzuki, R., Harlow, Z., Nakadai, K., & Arita, T. (2024). Toward integrating evolutionary models and field experiments on avian vocalization using trait representations based on generative models. Proceedings of 4th International Workshop on Vocal Interactivity in-and-between Humans, Animals and Robots.

Suzuki, R., & Arita, T. (2024). An evolutionary model of personality traits related to cooperative behavior using a large language model. Scientific Reports, 14, 5989.

鈴木麗璽, 浅野誉子, 有田隆也 (2024). 大規模言語モデルを用いたエージェントベース進

化モデルにおける形質表現の拡張. 言語処理学会 第30回年次大会発表論文集, 1931–1935.

コラム4
能登半島地震報道の感情分析

熊川穣[1]

　本研究の目的は，2024年の能登半島地震報道を事例として，被災者表象の特徴や災害報道の問題点を，現地での聞き取り調査とニュース映像の分析を通して明らかにすることである．分析手法は，前者が定性的分析，後者が定量的分析であり，両者をつなぐ鍵が「物語性」である．物語性のサブカテゴリーは，Oswald DucrotとTzvetan Todorovが著わした『言語理論小辞典』(1975) に拠った．今回は映像のセンチメント分析に限定して報告する．取り上げたのは，NHKとキー局の公式YouTubeにアップロードされた同地震関連ニュースのうち，再生回数の多い2本である．

　2本のニュースの音声をテキストデータ化し，センチメント分析において高い性能を示しているHugging FaceのTransformerライブラリのDistilbert-base-multilingual sentiment model（本書第3章，84–85頁を参照）を使用し，文ごとにポジティブ，ネガティブ，および，ニュートラルである確率を算出した．（書き起こした会話文を一文ごとにナンバリングした．一文の捉え方については本書研究事例4，188頁を参照）

　図1は再生回数の最も多い，日本テレビ（2024年1月8日）のニュースの感情スコアの推移である．

　図1では，No.30からNo.40の間で，ポジティブのスコアが跳ね上がる箇所がある．これは，厳しい避難所生活について述べたのちに，「助け合いの心で，乗り越えようとしています」という前向きな発言があり，支援物資がたくさん届いていることに触れているためである，DucrotとTodorovが示した物語性パターンで考

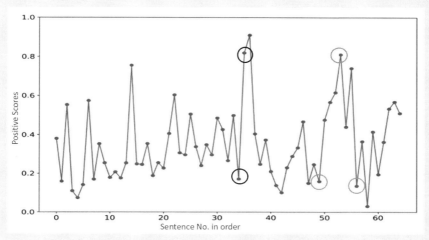

図1 再生回数1位のニュースにおける感情の推移

えると，この箇所は，「マイナス→プラス」のパターンに当てはまる．No.50から No.60にかけては，「マイナス→プラス」に「プラス→マイナス」のパターンが続いている．ここでは，亡くなった娘のMさんが抱いていた夢や，受験に合格したらディズニーランドに行く予定であったことを述べたのちに，それらを果たせなかった無念さが語られている．

　図2は再生回数が2番目に多い，テレビ朝日（2024年1月4日）のニュースの感情スコアの推移である．

　図2を全体的に見ると，前半は振り幅が大きく，後半は振り幅が小さいことが分かる．このニュース全体の物語構造は，「プラス→マイナス」のパターンに当てはまるが，さらに細かく見ていくと，二人の被災者に焦点を当てており，以下のような対比構造が見られる．

　このニュースは，「72時間のリミット」をテーマにして，二人の男性が経験した異なる結末が対照的に描かれている．表1が示すように，一本のニュース内で，ポジティブな要素とネガティブな要素の対比が，視聴者の感情に訴えるようニュース全体が構造化されている．

　以上のように能登半島地震に関する報道の感情分析を行なった結果，個人の被

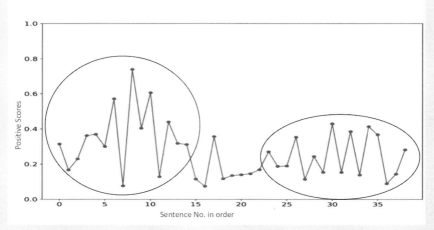

図2 再生回数2位のニュースにおける感情の推移

表1 再生回数2位のニュースにおける対比構造

項目	前半（79歳の男性）	後半（79歳の男性）
状況	72時間のリミット内に無事救助される	72時間のリミット内に救助されず，妻を亡くした
感情	娘たちと涙を流しながら感謝し合う	男性が涙ながらに辛さを語り，喪失感を抱える
家族への反応	娘たちが「お父さん，よく頑張ったね」と涙を流す	家族に電話で「おばあちゃんは，死んでもうた」と報告
結末	希望的，感謝，家族との絆	悲しみ，喪失，孤独感

災や葛藤に強く焦点を当て，被災者をまるでドラマの主人公のように描くことで，彼らの体験や感情を視聴者が物語的に消費する構造を確認できた．

註

〔1〕　長崎大学多文化社会学部

参考文献

Ducrot, O. & Todorov T. (1972). *Dictionnaire encyclopédique des sciences du langage*, Seuil.
　　（滝田文彦他訳（1975）『言語理論小辞典』朝日出版社）

コラム5
ホープスピーチ

和泉悠[1]

「ヘイトスピーチ」（hate speech）ならぬ「ホープスピーチ」（hope speech）が，近年，自然言語処理研究者の間で注目を集めている（参考文献としては，和泉悠他（2024）を参照されたい）．AIを用いて，ヘイトスピーチをはじめとした有害なコンテンツを検出し対処しようとする試みは盛んに行なわれてきた．しかし，そのような技術を実際に運用する際には，一般市民による投稿の削除や制限を必要とするため，表現の自由との緊張関係があらわになる．2025年1月には，ソーシャルメディアのFacebookとInstagramを運営するMeta社が，従来のヘイトスピーチ抑制の運営方針を，「検閲」が含まれるとして大幅に変更すると発表した．

そんな中，ホープスピーチは重要な機能を発揮するかもしれない．ヘイトスピーチ規制は，言ってみれば滅菌手段である一方，ホープスピーチの増進は，善玉菌を助ける手段だと言えるからだ．

ホープスピーチとは，社会的マイノリティへのエンカレッジメントなども含む，何らかの意味で希望的な言説を指し，ソーシャルメディア上でもちろん自然に観察される．しかし，著者らの研究などが示すように，非常に少ない割合でしか観察されない（全体の数％程度にとどまる）．そこで，そうした前向きな言説をAI技術を使い自動的に検出し，より広く人の目に触れるようにすることで，まるで善玉菌を増やすことで健康な腸内環境を促進させるように，健全な情報空間を促進させよう，という発想なのである．これはディストピアじみた管理社会への第一歩なのだろうか．筆者は必ずしもそう思わない．ホープスピーチが果たす役割がある

はずだと考える.

註
〔1〕　南山大学人文学部人類文化学科

参考文献
和泉悠, 谷中瞳, 永守伸年, 荒井ひろみ（2024）. ホープスピーチ研究のための日本語データセット. 言語処理学会第30回年次大会発表論文集, 1876–1881頁.

あとがき
―― 学恩が未来へと繋ぐ

鄭弯弯

　本書の執筆には，博士課程でご指導くださった金明哲先生，研究のみならず人との接し方や物事への向き合い方についても多くの指導をいただいた中村靖子先生，常に温かく見守ってくださったAAAプロジェクトの先生方，そして大学院時代の先輩方が携わっており，そのような中であとがきを執筆する役目を担うことは，身に余る光栄であるとともに，大変恐縮しています．私が本格的にテキスト分析に取り組み始めたのも，名古屋大学大学院人文学研究科附属人文知共創センターに着任（2023年4月1日）してからのことであり，本の執筆はもちろん編集することもこれが初めての経験でした．編集者としての役割を果たせるか自信がない中，貴重な鍛錬の機会を与えてくださった先生方のお心遣いに応えたくてお引き受けいたしました．実際の作業においては，中村靖子先生，岩崎陽一先生とRAの田中基規さんがともに支えてくださり，全員で協力しながら遂行してきた過程は充実しており，大変勉強になったと実感しています．また，執筆を担当してくださった先生方には，度重なる改稿依頼にも迅速にご対応いただき，みなさまが原稿執筆に向ける真摯な姿勢に何度も励まされました．この機会に心より感謝申し上げます．

研究歴の浅い私がここで自分の経験を述べることは恐縮ですが，大学院修士課程で取り組んだ最初の研究テーマは，ある中国作家の文体変化でした．先行研究によると，この作家は戦乱のため中国北京から昆明へ移住したことに伴い，それまでの詩的世界を書いた郷土文学作品から現代社会に対する批判と皮肉の作風へ転じたということになっていました．これを踏まえ，私はこの作家のテキストを計量的に分析しました．その結果，多種多様な文体特徴量により，この作家の作品は，移住前後で確かに異なる文体性格を持つことが示されました．さらにコンテンツを精査し，量的な結果（たとえば，ある単語の使用率の経年的増加）を質的に解釈しようとしました．しかし，私の〈解釈〉に対して，「なぜその単語が増加したのか」，「増加は何を意味し，どのように読み取れるのか」など問い詰められました．文学研究者から，「これは単なる集計結果であり，真の解釈でない」と指摘されました．統計的なアプローチを用いれば容易に傾向を探ることができ，それは確かにメリットでありますが，文学解釈ではその作品が生まれた歴史的・社会的文脈を踏まえる必要があることを教えられました．そこで，文学研究には膨大な背景知識が求められ，言語学，哲学，心理学，歴史学，精神分析学，ジェンダー，エコロジーなど，多岐にわたる研究領域の知見が取り入れられてきました．私自身は最終的にはこうした解釈が要請する課題を克服できず，別のテーマへと切り替えました．

　しかし，統計的なアプローチには十分な価値があることを，人文知共創センターに着任して以来，人文学の研究者との交流を通じてあらためて実感するようになりました．その背景としては，膨大なデータが常に生成される世界に生きているという現状があると思います．たとえば，2019年の統計[1]によると，1分間にInstagramでは5万枚を超える写真がアップロードされ，YouTubeでは450万本の動画が視聴され，Twitterでは51万件以上のツイートが投稿されています．また，メールは毎分1億件以上送信されています．このような情報社会が生み出す新たな社会課題と需要に対応するため，データとテクノロジーは極めて重要な道具となっています．実際に現在，日本においても文化資源の保存形態をデジタル化する事業が大きく推進されていま

す．たとえば，国立国会図書館デジタルコレクション，東京大学の「SAT大正新脩大蔵経テキストデータベース」，大阪大学の「歌枕・名所データベース」，さらには国立歴史民俗博物館の書物データベースなど，多くの文化資源がデジタル化され，保存されています．これらのデータベースは，単にデータを保存し文化を継承するだけではなく，その中から新しい知見を引き出すためのリソースとしても活用されています．これには，データ駆動的な分析が必要とされています．

このような人文学の多様な分野が持つテーマや素材に対して，データ駆動型の手法を用い，今まで人には見えなかった内容を見えるようにして，新たな文化資源を構築するデジタル・ヒューマニティーズ（Digital Humanities, DH）が世界的に広がっています．日本でも2012年には日本デジタル・ヒューマニティーズ学会が発足し，DHを重点的に推進する大型プロジェクトなどが立ち上がっています．DHの日本語表現としては，「デジタル人文学」，「人文情報学」などがあり，まだ訳語は定まっていませんが，ここでは「デジタル人文学」という呼称を使用します．このような人文学と情報学の分野融合により形成されたデジタル人文学は，単に人類の知的資源を保存し，研究し，発信する方法を革新するだけでなく，各時代の要請に応じた新たな学問領域を切り開く分野です．それは，学際的なアプローチを可能にすることで，学問の「タコツボ化」という問題を克服し，次世代人文学を開拓するために重要であるとされています．

しかし，このような分野融合は，決して一方が他方の代わりになるものではなく，また一方が他方よりも重要であるわけでもありません．たとえば，ドイツの社会学者マックス・ヴェーバー（Max Weber, 1864–1920）が1910年に開催された第1回ドイツ社会学大会で提案したように，利用可能なすべての方法を駆使することで，新たな展開を導く可能性が高まると考えられます．

　ここで明言しておきたいのだが，私は，とりあえずコンパスとハサミを手にとって，この一世代のあいだに新聞の内容が量的な面においてどのような変遷を遂げてきたかという点について測定してみる必要がある

と思っている．

　それには，広告欄だけでなく，軽い読み物や主要な記事あるいは社説なども含まれる．つまり，かつて「ニュース」として提示されたものであり，すでに新しい情報ではなくなったものの全てについてである〔……〕．

　［もっとも］そのような量的研究は単なる出発点を示すだけに過ぎない．そして，我々は，その出発点を端緒として質的な側面に関する分析に移行すべきであろう．（Weber, 1911, 52）

　未熟でありますが，人文知共創センターに着任して以来，ドイツ文学の中村靖子先生，心理学の大平英樹先生，日本近現代文学の日比嘉高先生，考古学の梶原義実先生，文化社会学の葉柳和則先生が共同研究に入れてくださり，日々，多くの新しい視点や学びを得ています．それと同時に，研究者としての新たな課題に挑戦する姿勢の重要性を改めて認識させられました．さらに，その過程で，新しい知識や手法を探求する意欲，異なる分野の専門知識や考え方を受け入れ，協働するオープンな心の大切さについても深く学びました．これからも研究に精進し，さらなる成長を目指して取り組んでまいりたいと思います．

　最後に，日々ご指導とご協力をいただいている先生方に，改めて心より感謝申し上げます．引き続きどうぞよろしくお願いいたします．

註

〔1〕　https://www.domo.com/learn/infographic/data-never-sleeps-7

参考文献

Weber, M. (1911). « Geschäftsbericht », p. 39–62, in: Verhandlungen des Ersten Deutschen Soziologentages vom 19. bis 22. Oktober 1910 in Frankfurt a. M., Tubingen, J.C.B. Mohr.

執筆者紹介 （執筆順）

中村靖子 （なかむら・やすこ）
名古屋大学大学院人文学研究科附属人文知共創センター・教授
研究分野
ドイツ文学・思想史
主要研究業績
（編著）『予測と創発——理知と感情の人文学』春風社，2022 年
（編著）『非在の場を拓く——文学が紡ぐ科学の歴史』春風社，2019 年
『フロイトという症例』松籟社，2011 年

金明哲 （きん・めいてつ）
京都先端科学技術大学総合研究所・特任教授
研究分野
統計科学・データサイエンス・計量言語学
主要研究業績
『テキストアナリティクスの基礎と実践』岩波書店，2021 年

岩崎陽一 （いわさき・よういち）
名古屋大学大学院人文学研究科附属人文知共創センター・准教授
研究分野
インド哲学
主要研究業績
『言葉の「正しさ」をめぐって——インド新論理学派による言語情報の哲学』山喜房仏書林，2017 年

伊東剛史 （いとう・たかし）
東京外国語大学大学院総合国際学研究院・准教授
研究分野
イギリス史・感情史・動物史
主要研究業績
『近代イギリスの動物史——歴史学のアニマル・ターン』（名古屋大学出版会，2025 年）
London Zoo and the Victorians, 1828–1859 (Woodbridge: Boydell, 2014)

鄭弯弯 （てい・わんわん）
名古屋大学大学院人文学研究科附属人文知共創センター・助教
研究分野
機械学習・自然言語処理

主要研究業績

Can official data be trusted? Clarifying biases in sentiment analysis, *The 5th Asia Conference on Information Engineering*, 2025.

Estimating word difficulty using stratified word familiarity, *Cogent Arts & Humanities*, 2024.

李広微 (り・こうび)
暨南大学外国語学院・講師
研究分野
計量言語学
主要研究業績

G. Li, M. Jin and Y. Nakamura, Did the Novelist Minae Mizumura Achieve Her Literary Goal: A Corpus-Based Stylistic Analysis, *Psychologia*, 2023.

孫昊 (そん・こう)
大連外国語大学日本語学部・講師
研究分野
日本語教育・人文情報学
主要研究業績

(分担執筆)『文学と言語のコーパスマイニング』, 岩波書店, 2021年

川端康成『花日記』の代筆疑惑検証, 知識情報学, 2018年

Collaborative Writing of Yasunari Kawabata's Novel Otome no minato, Structure, Function and Process in Texts, 2018.

劉雪琴 (りゅう・せっきん)
下関市立大学研究機構・助教
研究分野
デジタル人文学・計量文体学
主要研究業績

(訳著)『824人の四次元事件簿「清明上河図」密碼9』, 株式会社ヒロガワ, 2022

A corpus-based approach to explore the stylistic peculiarity of Koji Uno's postwar works. *Digital Scholarship in the Humanities*, 37(1): 168–184, 2021.

Classification analysis of Kouji Uno's novels using topic model. *Behaviormetrika*, 37 (1): 189–212, 2020.

程星博 (てい・せいはく)
南京農業大学外国語学部・修士
研究分野
翻訳・SF小説
主要研究業績

程星博, 盧冬麗, 茂野瑠美. 日本における『折りたたみ北京』の物語の再構築.『東アジア言語文化研究』第7号, p. 106–121.

盧冬麗（ろ・とうれい）
南京農業大学外国語学院・准教授
研究分野
翻訳学
主要研究業績
盧冬麗，浦元里花.《繁花》在日本的翻譯與接受——與日訳者浦元里花的對談.『揚子江文學評論』（CSSCI）2024 年第 2 號，p. 68–72+98.

盧冬麗，陳慧.翻譯学知識的話語複現與重構——以《翻譯論》的学術日訳為例.『当代外語研究』（CSSCI）2023 年第 5 號，p. 33–42.

盧冬麗.《三体》系列在日本的複合性訳介生成,『外語教學與研究』（CSSCI権威）2022 年第 5 号，p. 783–792.

張玉鳳（ちゃん・ゆうほう）
長崎大学大学院多文化社会学研究科・博士前期課程
研究分野
文化表象論

平井尚生（ひらい・なお）
京都大学文学研究科・博士後期課程
研究分野
英文学
主要研究業績
Pointless Narrative and Straying Readers in Virginia Wool''s "Gipsy, the Mongrel," *Virginia Woolf Review*, 2024.

(共訳)『ギリシャ SF 傑作選 ノヴァ・ヘラス』竹書房，2023 年

ヴァージニア・ウルフ "On a Faithful Friend" における死と痛み, Zephyr, 2022.

山下裕子（やました・ゆうこ）
徳島大学大学院創成科学研究科・博士後期課程
研究分野
臨床心理学・バーチャルリアリティ
主要研究業績
Y. Yamashita, and T. Yamamoto (2024). Effect of virtual reality self-counseling with the intimate other avatar. *Scientific Reports*, 14, 15417.

Y. Yamashita, and T. Yamamoto (2021). Perceiving positive facial expression can relieve depressive moods: The effect of emotional contagion on mood in people with subthreshold depression. *Frontiers in psychology*, 12, 535980.

山本哲也（やまもと・てつや）
徳島大学大学院社会産業理工学研究部・准教授
研究分野
臨床心理学・心理情報学
主要研究業績
T. Yamamoto, Y. Nakamura, H. Ohira, and M. Jin, Quantitative Analysis of the Characteristics and Historical Transition of Edogawa Rampo's Works. *Psychologia*. 2024 March;65(2):284–295

T. Yamamoto, C. Uchiumi, N. Suzuki, N. Sugaya, E. Murillo-Rodriguez, S. Machado, C. Imperatori, and H. Budde, Mental health and social isolation under repeated mild lockdowns in Japan. *Sci Rep*. 2022 May 19;12(1):8452.

T. Yamamoto, C. Uchiumi, N. Suzuki, J. Yoshimoto, and E. Murillo-Rodriguez, The Psychological Impact of 'Mild Lockdown' in Japan during the COVID-19 Pandemic: A Nationwide Survey under a Declared State of Emergency. *Int J Environ Res Public Health*. 2020 Dec 15;17(24):9382.

髙橋英之（たかはし・ひでゆき）
追手門学院大学理工学部・准教授（2025年4月から）
研究分野
ヒューマンロボットインタラクション・認知科学
主要研究業績
髙橋英之．（2022）．人に優しいロボットのデザイン：「なんもしない」の心の科学．福村出版

H. Takahashi, T. Morita, M. Ban, H. Sabu, N. Endo, and M. Asada (2022). Gradual rhythm change of a drumming robot enhances the pseudosense of leading in human–robot interactions. *IEEE Access, 10*, 36813–36822.

H. Takahashi, K. Terada, T. Morita, S. Suzuki, T. Haji, H. Kozima, ... and E. Naito (2014). Different impressions of other agents obtained through social interaction uniquely modulate dorsal and ventral pathway activities in the social human brain. *cortex, 58*, 289–300.

竹内英梨香（たけうち・えりか）
大阪大学基礎工学部・学生
研究分野
流体工学
主要研究業績
竹内英梨香，髙橋英之．（2022）．心の世界の多様性を映像を用いて表現する．研究報告ヒューマンコンピュータインタラクション (HCI), 2022(20), 1–4.

宮澤和貴（みやざわ・かずき）
大阪大学大学院基礎工学研究科・助教
研究分野
記号創発ロボティクス

主要研究業績

K. Miyazawa, and T. Nagai, Concept formation through multimodal integration using multimodal BERT and VQ-VAE, Advanced Robotics, 2023.

K. Miyazawa, T. Horii, T. Aoki, and T. Nagai, Integrated Cognitive Architecture for Robot Learning of Action and Language, Frontiers in Robotics and AI, 2019.

鈴木麗璽 (すずき・れいじ)
名古屋大学大学院情報学研究科・教授
研究分野
人工生命・複雑系科学
主要研究業績

R. Suzuki and T. Arita: An evolutionary model of personality traits related to cooperative behavior using a large language model, *Scientific Reports*, 14, 5989 (2024).

有田隆也 (ありた・たかや)
名古屋大学大学院情報学研究科・教授
研究分野
人工生命・複雑系科学
主要研究業績

Y. Yamato, R. Suzuki, and T. Arita: Evolution of metamemory based on self-reference to own memory in artificial neural network with neuromodulation, *Scientific Reports*, 12, 6233 (2022).

葉柳和則 (はやなぎ・かずのり)
長崎大学多文化社会学部・教授
研究分野
スイス文化・文化社会学
主要研究業績

(編著)『ナチスと闘った劇場——精神的国土防衛とチューリヒ劇場の伝説』春風社，2021年

(編著)『長崎——記憶の風景とその表象』晃洋書房，2017年

『経験はいかにして表現へともたらされるのか——M・フリッシュの「順列の美学」』鳥影社，2008年

浅野誉子 (あさの・たかこ)
名古屋大学大学院情報学研究科・博士前期課程
研究分野
人工生命・複雑系科学
主要研究業績

浅野誉子，鈴木麗璽，有田隆也：生成モデルに基づき雑談するエージェントの会話トピック選好性に関する文化進化，第37回人工知能学会全国大会論文集，4H3-OS-6b-04 (4 pages) (2023).

熊川穣（くまがわ・じょう）
長崎大学多文化社会学部・学生
研究分野
文化表象論

和泉悠（いずみ・ゆう）
南山大学人文学部人類文化学科・准教授
研究分野
言語哲学・意味論
主要研究業績
『悪口ってなんだろう』（筑摩書房，2023年）
『悪い言語哲学入門』（筑摩書房，2022年）

AAA叢書第1巻
ことば×データサイエンス
かける

2025年3月27日　　初版発行

編者	中村靖子・鄭弯弯
発行者	三浦衛
発行所	春風社
	横浜市西区紅葉ヶ丘53　横浜市教育会館3階
	〈電話〉045・261・3168　〈FAX〉045・261・3169
	〈振替〉00200・1・37524
	http://www.shumpu.com　　info@shumpu.com
印刷・製本	シナノ書籍印刷株式会社
装丁	矢萩多聞

JASRAC出2501839-501

乱丁・落丁本は送料小社負担でお取り替えいたします。
© Yasuko Nakamura, Wanwan Zheng. All Rights Reserved. Printed in Japan.
ISBN 978-4-86816-027-4 C0090 ¥4000E